古典文獻研究輯刊

三 編
曾永義 主編

第22冊

明傳奇宗教角色研究

賴慧玲 著

國家圖書館出版品預行編目資料

明傳奇宗教角色研究／賴慧玲 著 — 初版 — 新北市：花木蘭
文化出版社，2011〔民100〕
目 4+282 面；19×26 公分
（古典文學研究輯刊 三編；第 22 冊）
ISBN：978-986-254-564-5（精裝）
1. 明代傳奇 2. 宗教文學 3. 戲曲評論
820.8   100015023

ISBN-978-986-254-564-5

9 789862 545645

古典文學研究輯刊
三 編 第二二冊   ISBN：978-986-254-564-5

明傳奇宗教角色研究

作　　者　賴慧玲
主　　編　曾永義
總 編 輯　杜潔祥
出　　版　花木蘭文化出版社
發 行 所　花木蘭文化出版社
發 行 人　高小娟
聯絡地址　新北市永和區中正路五九五號七樓
　　　　　電話：02-2923-1455／傳眞：02-2923-1452
網　　址　http://www.huamulan.tw 信箱 sut81518@ms59.hinet.net
印　　刷　普羅文化出版廣告事業
初　　版　2011 年 9 月
定　　價　三編 30 冊（精裝）新台幣 48,000 元

明傳奇宗教角色研究

賴慧玲　著

作者簡介

賴慧玲，民國五十二年生於台灣彰化。大學畢業於中興大學夜中文系，師從當代道家王淮先生學習中國思想史前後約二十年，並賜字以甯，號抱一。東海大學中國文學研究所碩士、博士，碩士期間由李田意教授及哲研所的謝仲明教授指導古典小說及中西美學理論之研習；博士階段則由王安祈教授、李豐楙教授指導古典戲曲與道教文學領域之研習。2000年開始從大陸川派琴家丁承運教授學習古琴操縵。現任義守大學通識教育中心華語文組專任助理教授，近年來主要從事於道家道教、仙學養生及古琴美學等領域之相關研究。

提　　要

　　明傳奇中各類宗教角色及神怪情節充斥，其濃厚的三教合一色彩，在「宗教文學」的研究中自是值得注意的一環。故本文參考俄國敘事學家普洛普（V. Propp）歸納民間故事型態之理論方法，和格睿瑪（A. J. Greimas）在《結構語義學》中所提出「角色模式」和「行動元」之理論觀念，以《六十種曲》為核心，並擴及《全明傳奇》二百四十七本劇本，歸納分析其中各式「宗教角色」和「宗教性情節」，以一斷代微觀文學史料之研究為基礎，為中國宗教文學的發展脈絡提供新的輪廓證明。

　　本論文分成八章：第一章為導論，交代研究動機、目的和研究背景，以及本文所使用之研究方法及理論架構，屬論文外圍之理論說明。第二章則羅列說明此研究論題所使用之基本材料和範圍——即將《六十種曲》中之「宗教行動元」作整體歸納，並畫成圖表，以此為基礎展開理論分析，並進一步擴及《全明傳奇》中之例證和現象分析。第三章則分析各類傳奇中宗教性情節之敘事模式與結局間之互動關係，及其對人物塑造之影響。第四章則將明傳奇中出現的宗教角色依其性質作基本歸類，討論這些基本人物類型之特色及塑造手法。第五章以表演藝術的角度，關注宗教角色的行當分類、穿關砌末、曲詞科白、劇場造景與表演場合等戲劇藝術方面之問題。第六章則專門討論明傳奇中宗教角色之戲劇功能及社會文化功能，注意宗教角色在情節結構中本有的功能之外，在敘事程式及全本戲轉變為折子戲的過程中，其所處地位之變動性，以及觀眾在欣賞宗教劇、或劇中宗教成份較濃的部份，所抱持的心態及產生之效能等。而根據第三、四、五、六等幾章對《六十種曲》及《全明傳奇》等原典內部之觀察、分析、歸納，得出第七章對明人宗教、文化心理意識結構之理路分析，並觀察歷史、民俗現象在戲劇中之反映結果；第八章結論則以宗教文學之脈絡，檢視明傳奇中宗教角色之美學特質及其與宗教儀式有關之特性，並予以價值定位。

目次

第一章　導　論

　　「明傳奇」〔註1〕作爲一發展成熟的戲劇體裁，不管在文學劇本、音樂唱腔、服飾化妝、腳色行當、表演身段等各方面，都已發展出特定的程式規範。〔註2〕李漁在《憐香伴》中曾說道：「傳奇十部九相思」，〔註3〕當我們大量閱讀明代傳奇劇本時，固然會發現：生旦爲主的才子佳人愛情戲確爲明傳奇的主要演出題材；然而搜讀同時不免感到傳奇十部亦九部怪力亂神，各類宗教角色及神怪情節充斥，「不論情理之有無，以致牛鬼蛇神，塞滿氍毹之上」。〔註4〕這當然不會是偶然意外，「程式化」〔註5〕了的明傳奇中濃厚的三教合一色彩，在

〔註1〕　本文因以整個明代爲討論範圍，故所謂之「明傳奇」實已包括明代前期的少數「南戲」（如：現今可見收在《六十種曲》中的《荊釵記》、《白兔記》、《幽閨記》、《殺狗記》等都包含在內），因從「南戲」至「傳奇」雖已蛻變得較爲「文士化」、「北曲化」、「崑曲化」（此觀念可參看曾永義〈論說「戲曲劇種」〉一文，收在其《論說戲曲》，頁239～285，台北：聯經出版，1997年3月初版），但因《六十種曲》中之南戲劇本多已經明人改編過，且本文著重透過「角色人物塑造」觀察整個明代之歷史、民俗現象，並分析宗教、文化心理，故並不將少數南戲排除在外討論。

〔註2〕　戴平〈獨特的信息符號系統——論戲曲程式〉一文中提到：「戲曲的形式不限於表演身段，大凡劇本形式、腳色行當、音樂唱腔、化妝服裝等各方面帶有規律性的相對穩定的表現形式，都可以泛稱之爲程式」（收在《戲曲研究》卷20，頁72）。而林鶴宜另有〈明清傳奇敘事程式初探〉（1997年6月中央研究院中國文哲研究所籌備處舉辦「明清戲曲國際研討會」發表論文），文中指出除戴平上文所提到的戲曲那幾方面有所謂程式之外，明清傳奇敘事結構方面也有程式化的傾向。

〔註3〕　見《李漁全集》第四卷，頁110（浙江古籍出版社，1990年6月，第一版）。

〔註4〕　見李漁《閒情偶寄・演習部・選劇第一》（台北：淡江書局，1956年5月，初版，頁69）。

〔註5〕　每一發展成熟的戲劇體裁（比如元雜劇、明傳奇、以及後來的京劇、地方戲），實亦各自有體製上之獨特「程式化」現象。例如元雜劇之體製規律是「四折一

宗教文學的研究中自是值得注意的一環，本論文擬就對各式「宗教角色」的歸納研究討論此問題。所謂「宗教角色」：上至仙、佛、上聖高眞等天界善神；下至地府冥界之魔、鬼、魂、精怪；乃至專事隱修的出家僧、道，或在家修行的居士、隱士；以及溝通神人之間的謫仙異人、神媒術士等，都在討論之列。

　　然上述諸色，何以稱作「宗教角色」，而不稱爲「宗教人物」，在此有加以說明之必要：由於本文所討論的對象，除了部份存在「此界」之僧、道、居士、隱士、神媒、術士等「人物」之外，其餘介於「半神人」之間的謫仙、異人，以及屬於「他界」之仙、佛、上聖高眞和鬼、魂、魔、精怪等，雖在文學描述上亦可籠統地稱爲「人物」，然如此一來，宗教上屬於「他界」特有的神聖（秘）意味即無法突顯。再者，所謂「人物」（character）一詞在小說技巧、敘述技巧之運用上，通常偏重描述或塑造個性、心理世界等性格特質，〔註6〕在一般敘事文學中，「人物」依其性格講話且展開各種不同關係，故基本結構單位是「事件」；然對於戲劇文學而言，其基本結構單位是「動作」，〔註7〕劇場的搬演主體——「演員」——透過各類「腳（角）色」之扮飾扮演「劇中人」，而成爲劇場演出中的主要「行動者」，是全本戲情節內容推展呈現的中心。故「人物」（character）一詞未若「角（腳）色」（role）一詞能強調顯示戲劇本身之動作意味。

　　而根據曾永義給中國古典戲劇中所謂「腳（角）色」所下的定義：「腳色只是一種符號，必須通過演員對於劇中人物的扮飾才顯現出來。它對於劇中人物來說，是象徵其所具備的類型和性質；對於演員來說，是說明其所應具備的藝術造詣和在劇團中的地位」，〔註8〕且「腳色」或作「角色」，因「腳」、「角」同音通假之故，可以如下示之：

　　　　演員——→腳（角）色——→劇中人

　　另外根據大陸《中國戲曲曲藝詞典》的說法，我國古典戲曲把劇中人物

人獨唱」，明傳奇則多是「三、五十出各門腳色皆可唱」，皮黃戲則多「散齣、各腳有專長劇本和聲腔」等等。而本文所指「程式化」現象，只針對「明傳奇」之諸種規律現象而言，其他戲劇體裁之「程式化」現象則不在討論之列。

〔註6〕可參見佛斯特《小說面面觀》第三、四章（台北：志文出版社，1973年9月初版，1985年2月再版），及金健人《小說結構美學》第三章（台北：木鐸出版社，1988年9月初版）。

〔註7〕參見前註金健人書，頁3。

〔註8〕參見曾永義〈中國古典戲劇腳色概說〉，頁291～292（此文收在其《說俗文學》一書，頁233～295，台北：聯經出版，1980年4月，初版）。

稱「腳色」，近代和現代戲劇則多用「角色」一詞。〔註9〕而《中國大百科全書、戲曲曲藝卷》則認爲「腳色行當」或作「角色行當」，有雙重涵意：它既是戲曲中藝術化、規範化的性格類型；又是帶有性格色彩的表演程式分類系統。〔註10〕總結上述，所謂「腳色」（角色）一詞實包含兩層涵意：一指作爲程式符號的各類行當；一指透過劇作家筆下構造以及經由演員場上表演所共同塑造出賦有性格的劇中人物。因此本論文所指之「宗教角色」主要將偏重有關「人物塑造」方面之討論。

　　因爲本文所討論的宗教「角色」已不止指作爲一種符號的「腳色行當」等門類，還更著重角色如何在各類傳奇有關宗教部份之情節敘述模式中行動及被塑造，並討論此種塑造目的反映中國文化的那些集體意識和宗教文化心理等問題。而相對於以導演爲中心的西方戲劇〔註11〕而言，中國古典戲曲的表演原即更近於「演員中心制」，所有演員須在前幾齣中陸續出場出齊，通常每齣戲都有主要腳色，上場主腳要自報家門並交代自身所處之環境背景，舞臺上的時空非常自由。雖然主要劇情往往只集中在二、三主要演員當中推展，然而在文戲、武戲的調節配合下，每個腳色都有成爲各別齣主腳的機會。尤其在長篇大幅、往往連演幾天幾夜的全本傳奇大戲中，更須注意到分腳的勞逸平均，〔註12〕及場上氣氛的冷熱相劑。〔註13〕而在此種以演員爲中心的表演體系中，「角色」的研究，無疑是瞭解中國戲曲、尤其是傳奇大戲的鑰匙，並且可藉每齣上場主要腳色之遞輪和出場頻率，瞭解傳奇內容及表演重點的移轉分佈情形。故透過「宗教角色」觀察明傳奇中所反映的宗教現象有其根本作用。

〔註9〕　見上海辭書出版社，1981年9月第一版，1985年2月第三刷，頁57。

〔註10〕　見北京：中國大百科全書出版，1983年8月第一版，1988年11月第二印，頁170。

〔註11〕　傅謹《戲劇美學》中第六章「戲曲的創作主體」談及：「從西方經典的藝術理論角度看，任何一種成熟的藝術形式都要講求其整體性。……西方戲劇學家……認爲，戲劇雖然是由多種藝術成份共同構成的綜合藝術，但是這些構成戲劇的因素在戲劇這個藝術整體中，應該都服從一個中心，圍繞這個中心形成一個完整的有機體，這個中心就是導演。……在這個意義上說，西方戲劇是一種導演中心制的戲劇。」（台北：文津出版社，1995年7月，臺初版，頁268～269）。

〔註12〕　張敬《明清傳奇導論》第二章「傳奇的分腳與分場」中曾討論到分角的六項要點，其中第三項即談到：分場必須顧到各角的休息和表演的情況（台北：華正書局，1986年10月，初版，頁134）。

〔註13〕　李漁《閒情偶寄、演習部、選劇第一》中有一要點即「劑冷熱」，頁71。

第一節　研究動機與目的

　　明傳奇中存在著數量龐大的宗教角色實非偶然存在的個別現象，魯迅在寫《中國小說史略》時就曾以最長的篇幅來介紹明代的「神魔小說」，〔註14〕隨著明代小說戲曲發展的繁盛，神魔幻化、仙佛鬼怪一類的題材也大量充斥，在萬曆年間其數量之多、品類之繁已遠遠勝過歷史演義小說。〔註15〕而傳奇大盛的明代，亦是民間秘密宗教四處流佈發展時期，雖一般標榜著「三教合一」，其內涵本質反而更近於道教。楊慶堃即曾指出傳統的中國宗教多屬於「普世化的宗教」（diffused religion），〔註16〕即宗教信仰與儀式多混合於生活習俗之中。而道教完全起源於中國本土，本身教派眾多、內容駁雜，其形成過程早已參雜神仙信仰、道家哲學、陰陽五行學說與術數、還吸收了巫術、鬼神觀念和自然崇拜、以及儒家思想、宗法宗教和佛教教義〔註17〕等等。故不似佛教、基督教、伊斯蘭教那種一源眾流的發展形態，而是屬於多源眾流逐漸匯流交錯，各經系、教派卻又各自發展、多神多元、自有理路的並存形態，乃「普世化」與「制度化」兼而有之。所以研究中國的「宗教文學」，興起於中國本土、包容性強、組成成份複雜、與中國百姓生活習俗往往又混合不分的「道教」，即成了了解文本必要的關鍵之一。

　　而「宗教文學」在中國文學中一直是頗受忽略的研究論題，由於中國文學主流首重抒情傳統〔註18〕的興趣制約，一般文學家在創作內容中雖反映了「人

〔註14〕　參見台北：谷風出版社《中國小說史略》中第十六篇至第十八篇。

〔註15〕　見孫一珍《明代小說的藝術流變》，頁 155（四川文藝出版社，1996 年 10 月，第一版第一刷）。

〔註16〕　楊慶堃（C．K．Yang）在他的 "Religion in Chinese Society" 一書中曾分辨所謂「制度化宗教」（institutional religion）和「普世化宗教」（diffused religion）之別，所謂「制度化宗教」有完全獨立的宗教組織與教義、儀式；而「普世化宗教」之特質則是教義、儀式與組織都與世俗的社會生活與制度混而為一（參見，頁 294～340 "Diffused and Institutional Religion in Chinese Society" 一文，Berkeley：University of California Press，1961）。

〔註17〕　參見朱越利《道經總論》第一章第一～四節之標題（台北：洪葉文化事業，1995 年 1 月，臺初版一刷，原遼寧教育出版社出版）。

〔註18〕　討論有關中國文學抒情傳統之文章很多，在此參考陳世驤〈中國詩之分析與鑒賞示例〉、〈原興：兼論中國文學特質〉（收在台北：志文出版《陳世驤文存》，1972 年，初版）；蔡英俊〈抒情精神與抒情傳統〉（收在台北：聯經出版《中國文學新論・文學篇（一）・抒情的境界》，頁 6～110，1982 年 9 月，初版）；呂正惠〈中國文學形式與抒情傳統〉（收在台北：大安出版《抒情傳統與政治現實》，頁 159～207，1989 年 9 月，初版）；以及陳芳英《市井文化與抒情傳統的新結

與自我」、「人與人」、「人與社會」、「人與自然」之種種關係和看法，獨「人與神」、「人與超自然」之間關係的描述吟詠則逐漸失落，起碼自《詩經》的〈頌〉、《楚辭》的〈九歌〉、〈離騷〉之類詩篇以降，漸不再成為文人創作關懷之最重要主題。所幸由於中國宗教與社會生活習俗往往不分之特質，尤其自明清以後，小說戲劇等民間俗文學中大量描繪抒寫神魔鬼怪之事蹟，「人與神」、「人與超自然」關係之密切探索，藉此形式反大量留存。而人神關係之探索，在一般宗教中是為直接處理或解決現實人生之問題；但戲劇卻是模擬現實人生，以舞台人生反映劇作家、演員和台下觀眾對人生共同祈求之願望，藉虛擬之人生情境，亦在其中探尋對應現實人生之各種可能方式。故戲劇舞台上所呈現之宗教角色及宗教性情節，同時反映出人與宇宙大能之關係，以及中國人宗教意識中之種種內涵（諸如：對彼界的認識、虛擬情境下人神關係的可能互動……之類），實際是觸及人心靈之終極關懷層次，以看戲經歷人生秩序之破壞與重建，故在其藝術性結構下，實隱含著對生命意義之詮釋探詢，並在其中尋求不圓滿人生之補償。因此「宗教」以神聖又神秘之彼界表述人生終極境界，並以經典教義方式呈現；「文學」則以藝術美學之方式描述及呈現人生；「宗教文學」則結合二者，以藝術美學之方式描述且呈現人生終極關懷中那神聖（秘）未知之領域，「藝術性結構」與「生命意義之詮釋結構」並存。

　　故就研究學門而論，「宗教文學」實為一邊際學門，其研究需交互考察「中國文學」、「宗教學」甚至旁及文化人類學、神話學、相關歷史學、藝術學等其他學科，方有可能深入理解「宗教文學」之美學及神話神學等特質。〔註19〕而自來較為熱門的「佛教文學」僅偏重於微觀地研究禪詩、僧傳以及俗文學中的講唱變文等；而「道教文學」近年來研究風氣漸開，才逐漸有遊仙詩、仙傳、仙境小說、度脫雜劇等專題之研究。大陸學者詹石窗雖有《道教文學史》〔註20〕與《道教與戲劇》〔註21〕等通史性專著，實者前書僅限於漢魏兩晉以來至五代北宋中的道教文學，南宋以下尚未觸及；後者則偏重元雜劇，其餘亦仍未逮。換言之，要完成一部宏觀通史性的「中國道教文學史」乃至

　　　　合──古典戲劇》（收在台北：聯經出版《中國文化新論・文學篇（二）・意象的流變》，頁539～585，1982年10月，初版，1993年6月，六版第二刷）等文。
〔註19〕參見李豐楙《憂與遊：六朝隋唐遊仙詩論集》導論，頁2（台灣學生書局，1996年3月，初版）。
〔註20〕由上海文藝出版社出版，1992年5月，第一版第一刷。
〔註21〕台北：文津出版社，1997年5月，初版一刷。

於「中國宗教文學史」，還需以更多微觀專題的研究整理爲基礎方有可能。目前在臺灣相關問題的研究中，李豐楙和王秋桂兩學者即特別關注到詩文、小說、戲劇中與宗教（尤其是道教）有根本關聯的作品，前者由道教的仙界結構、神女降眞、誤入洞天遊歷、謫譴等觀念有系統地研究自六朝隋唐以來的遊仙詩、仙道傳說、小說等文學文本；〔註22〕後者則直接由田野調查入手，與庹修明等大陸學者通力合作，出版了一系列調查報告和期刊、通訊，〔註23〕儘可能將目前仍可見的大陸各地宗教儀式劇錄音、錄影、再加上文字記錄，以免待年代久遠失傳，要追溯研究原始「宗教劇」的第一步工夫亦不可得。另在海外學者方面，目前則以余國藩從中國傳統宗教思想之角度重新探討《西遊記》一書之意旨最爲知名。〔註24〕

順著前面幾位學者所開發出來的研究課題，可知「明傳奇中宗教角色研究」一文正是接續李豐楙、詹石窗兩先生之研究年代，繼續考察宗教文學史文獻的專題研究。本論文將由檢閱大批明傳奇劇本入手，將較純粹的宗教劇本與受宗教影響程度不一的劇本，就其內涵分別考察，以「宗教角色」爲討論中心並予以分類。主要在檢尋這些宗教人物在明傳奇表演逐漸程式化的過程中反映出那些文化集體意識之「原型」（archetype）？〔註25〕且何以在中國

〔註22〕參見李豐楙收錄其近年來研究之三論文集：《憂與遊——六朝隋唐遊仙詩論集》（台北：學生書局，1996 年 3 月，初版）、《誤入與謫降——六朝隋唐道教文學論集》（台北：學生書局，1996 年 5 月，初版），《許遜與薩守堅——鄧志謨道教小說研究》（台北：學生書局，1997 年 3 月，初版），以及稍早出版、近年再印之《六朝隋唐仙道類小說研究》（台北：學生書局，1986 年 4 月，初版：1997 年 2 月，初版二刷）等書。

〔註23〕例如由施合鄭民俗文化基金會出版的《民俗曲藝叢書》、《中國儺戲、儺文化研究通訊》、《中國儀式研究通訊》等等。

〔註24〕可參見由李奭學譯《余國藩西遊記論集》一書，台北：聯經出版，1989 年 10 月，初版。

〔註25〕英語中的 "archetype" 即「原型」一詞，最早源出於希臘文，是西方文化術語中一個涉及哲學、神學、心理學、文學等領域，並帶有形而上意味的概念。柏拉圖最早從哲學角度運用此概念，到二十世紀榮格「分析心理學」的建立，提出「集體無意識」概念，並將「原型」此一術語運用於心理學領域，它在現代人文科學和社會科學中已被廣泛運用，而不同領域對「原型」這一概念的理解，逐漸產生許多差異，並賦予了不同含義。此處作爲文學批評方法之術語運用「原型」一詞，則著重指在文學作品中一種規律性反覆的、且具有共同性、相通性的「深層模式」，在具體文學作品中或爲反覆出現的「故事母題」、「意象」、「象徵」或「創作模式的置換變形」，而在此表層模式下有一「深層心理結構」或「集體的普遍心理現象」。討論「原型批評」之文學理論專書

文化脈絡中獨獨形成這些特定的宗教人物型態，而非其他？這些宗教角色又如何被塑造，且在那些情境下出現？其表演藝術爲何？此類演出活動有何戲劇功能及社會文化功能？宗教角色的表演內容反映出何種宗教、文化心理和歷史、民俗現象？最後檢視明傳奇中宗教角色之性質及其承傳地位，並予以評價。寫作目的即欲以一斷代微觀文學史料之研究爲基礎，爲中國宗教文學的發展脈絡提供新的輪廓證明。

第二節　研究背景

　　這一節將討論三個重點：首先表述前人研究成果；其次順著本文內部脈絡先說明當時政治、經濟、宗教等時代社會背景；再者就戲劇之起源、發展過程、表演場所和功能、以及文學史之立場等要點，說明戲劇與宗教密不可分之歷史淵源問題。

一、前人研究成果

　　林鶴宜曾統計臺灣地區博、碩士論文在古典戲曲方面的研究趨勢及現況，將目前已開發、及未來可能的研究方向分爲：專家（分全面研究、作品研究、單一作品研究三類）、同類型題材、主題、劇種、理論與批評、戲劇背景、劇本藝術手法、劇場、音樂、比較、敘錄、散曲、相關研究等十五類。〔註26〕根據上述分類，〈明傳奇中宗教角色研究〉應可算是兼跨「同類型題材」、「劇本藝術手法」、「戲劇背景」等方向之綜合研究。明傳奇由於篇幅較長，研究者通常以「某一專家的作品」、或「比較幾本較有代表性的作品」爲研究要點，完整地研究明傳奇則勢必要尋找特定的立論點方爲可能，目前已知臺灣僅有從「聯套」〔註27〕、「女性角色」〔註28〕、「夢的運用」〔註29〕、「劇場藝術」〔註30〕、「排

　　很多，此處主要參考程金城《原型批判與重釋》（北京：東方出版社，1998年12月，第一版第一刷）一書，因此書最爲晚出，且對原型概念之溯源、理論辨析與批判最爲清晰完整。
〔註26〕參見收在《國文天地》9卷5期（1993年10月）中〈台灣地區「中國古典戲曲研究」博、碩士學位論文寫作概況（民國四十五～八十二）（上）〉一文，頁93。
〔註27〕汪志勇《明傳奇聯套研究》，政大碩士論文，1969年，盧元駿教授指導。
〔註28〕李桂柱《明傳奇所見中國女性》，台大碩士論文，1970年，張敬教授指導。
〔註29〕陳貞吟《明傳奇夢運用研究》，輔大碩士論文，1979年，葉慶炳教授指導。
〔註30〕王安祈《明代傳奇之劇場及其藝術》，台大博士論文，1985年，張敬、曾永義

場要素」〔註 31〕等角度研究之論文。此外，根據天津教育出版社《明代戲劇研究概述》的整理，我們可看出一九八六年以前，大陸學者亦多偏重在某一專家及其作品之研究，〔註 32〕而一九八六年以來從事全面性研究的，目前也僅發現郭英德的博士論文《明清文人傳奇研究》〔註 33〕一本，然其研究範圍主要偏重在文人傳奇，關於弋陽腔系許多無名藝人之作品就不在討論之列。

　　因此本論文即為全明傳奇的研究增加了「宗教」這個切入點，且以「角色」為研究重心，類似前面有關「女性角色」方面的人物研究。然不同的是，上述臺灣全面研究明傳奇之諸論文，由於年代稍早、且多為碩士論文，故僅有王安祈《明代傳奇之劇場及其藝術》和許子漢《明傳奇排場三要素發展歷程之研究》兩本博士論文所根據的材料涵蓋明代傳奇之全部作品，以外其他幾本論文所根據取樣的劇本則僅限於《六十種曲》。而大陸方面針對文本唯一較全面且專精之研究，則又偏重在文人傳奇，故關於弋陽腔系的民間傳奇，尚有再比較、討論之餘地。

　　而有關戲曲中宗教要素研究方面，除上一節所提及諸學者之研究成果外，明朱權《太和正音譜》中曾將元雜劇分十二科，其中將具有宗教成份的部份歸為「神仙道化」、「隱居樂道」、「神頭鬼面」等三類雜劇；〔註 34〕而今人羅錦堂以為這樣的分類與現存雜劇之本事不甚貼切，故於《現存元人雜劇本事考》中便重新歸類命名，並分若干細目，結果與宗教角色及神怪情節內容有關之部份，便歸在「道釋劇」、「神怪劇」、及「仕隱劇」中的第三類「隱居樂道」，其中「道釋劇」一項又可細分為「道教劇」與「釋教劇」兩

教授指導（台北：學生書局，1986 年 6 月已出版）。

〔註 31〕許子漢《明傳奇排場三要素發展歷程之研究》，台大博士論文，1998 年，曾永義教授指導。

〔註 32〕寧宗一、陸林、田桂民合編，1992 年 8 月，第一版第一次印刷（本書所收內容包括：論略、綜述、題解、索引等，所涉年代、地區整體而言已包括由 1900年～1986 年的兩岸三地。而前註林鶴宜文，其年代、地區則包括 1956 年～1993年的臺灣。故筆者另檢索 1987 年～1999 年這十二年間的各類期刊論文索引，除了林鶴宜《晚明戲曲劇種及聲腔研究》（台北：學海出版社，1994 年 10 月，初版）和王瓊玲《明清傳奇名作人物刻劃之藝術性》（台北：臺灣書店，1998年 3 月，初版）二書分別由「聲腔劇種」以及「部份傳奇名作」著手研究明傳奇外，目前尚未發現其他全面研究之成果）。

〔註 33〕台北：文津出版社，1991 年 1 月，初版。

〔註 34〕此書收在《中國古典戲曲論著集成三》中（北京：中國戲劇出版社，1959 年7 月第 1 版，1982 年 11 月第 4 次印刷），見頁 24。

類。〔註35〕然只要是分類，就可能出現各種不盡然、不必然之情形，例如近年來臺灣各大學中文研究所有許多以元雜劇爲主要研究對象的博、碩士論文，其中與宗教研究有關的論文便有〈元代度脫劇研究〉〔註36〕、〈現存元人度脫雜劇之研究〉〔註37〕、〈元雜劇神話情節之研究〉〔註38〕、〈元雜劇中道教故事類型與神明研究〉〔註39〕、〈元代神仙道化劇研究〉〔註40〕、〈元雜劇中的道教劇研究〉〔註41〕、〈元代仕隱劇研究〉〔註42〕等七種。其中僅後面兩本論文是依循羅錦堂的分類方式來研究其中某一類，以外前四種均將「道釋劇」、「神怪劇」、「隱居樂道類」打散，分別以度脫、神仙道化、神話情節、道教故事類型與神明等重點方式切入。

　　如果以朱權或羅錦堂之分類方式來看明傳奇中的宗教成份，任何人將不免感到莫大困擾。因除了一部份確可算作典型的「宗教劇」（其作者在創作劇本時即以宗教人物爲主角、或以宗教故事爲主線、甚至本來即爲宣揚輪迴報應或各種宗教教義而作），如《邯鄲記》、《南柯記》、《彩毫記》、《獅吼記》、《曇花記》、《呂眞人黃粱夢境記》、《新編目連救母勸善戲文》、《觀音魚籃記》、《觀世音修行香山記》等等之外，幾乎百分之九十以上之傳奇劇本，都出現了各式各樣的宗教人物和宗教活動、神秘事蹟。或者應該說：儒道釋三教合流與民間多神信仰、占卜術數等意識，早已融入明代庶民生活、社會習俗及各類小說戲劇之中，宗教信仰及活動原已不是某種單獨存在的個別現象。因此若欲依主題內容將明傳奇分爲「道釋」、「神怪」、「隱居樂道」等簡單幾項，幾乎是不可能的，因爲此種分類方式之於少則二、三十齣、多則五、六十齣、甚至上百齣的傳奇劇本，將發現：整本傳奇中既有道釋思想、又有神怪人物，而主角可能最後隱居修道去了；即使全本戲是才子佳人愛情悲喜劇，則故事往往發生於寺廟祠堂，或男女主角原即謫仙下凡來歷劫。故本論文將不藉「主題內容」的分類方式來討論明傳奇中的宗教性，而由「宗教角色」來分類。

〔註35〕見台北：中國文化事業股份有限公司，1960 年 4 月，初版，頁 420～421 有說明。

〔註36〕輔大碩士論文，1977 年，趙幼民著，葉慶炳教授指導。

〔註37〕高師碩士論文，1978 年，蕭憲忠著，李殿魁教授指導。

〔註38〕輔大碩士論文，1979 年，陳美雪著，葉慶炳教授指導。

〔註39〕師大碩士論文，1983 年，諶湛元著，余培林教授指導。

〔註40〕香港：新亞研究所碩士論文，1996 年，葉嘉輝著，李豐楙教授指導。

〔註41〕台大碩士論文，1984 年，渡邊雪羽著，曾永義教授指導。

〔註42〕輔大碩士論文，1988 年，譚美玲著，包根弟教授指導。

然有關「腳色」（或「角色」）本身之淵源、名義考述、分化衍派、及與演員和劇中人三者關係等問題之討論，前輩學者如王國維、曾永義、王安祈、李惠綿等先生，均曾有專文或專章處理，此處便不再贅言。〔註43〕

二、時代社會背景

　　大量神魔小說的出現與反映在傳奇中數量龐大的宗教角色，有其時代社會背景：

　　就當時政治環境而言，明太祖朱元璋出身寒微，青少年時曾於皇覺寺出家為僧，後來群雄起義天下紛亂之時進退無據，故在伽藍中祝禱神明占卜去向，因神明占示「從雄後昌」，方才投紅巾軍參與以「明王出世」、「彌勒佛降生」為號召的白蓮教農民起義。〔註44〕而其率眾起兵之時，軍中多術士，先後有和尚月庭〔註45〕、道人周顛仙〔註46〕、張鐵冠〔註47〕等為其謀劃占驗；待其即位之後，又怕其他宗教徒以相同模式取明統而代之，故制訂較為嚴密的宗教政策：將僧俗隔離、限定僧尼年齡、又造冊以便於驗明僧道的身份，雖高舉著三教合一論，〔註48〕現實上仍是以儒教為治世之道方為上策。然無論如何影響所及，

〔註43〕見王國維〈古劇腳色考〉（收在《王國維戲曲論著、宋元戲曲考等八種》，頁227，台北：純真出版社，1982年9月）；曾永義〈中國古典戲劇腳色概說〉、〈前賢「腳色論」述評〉（收在《說俗文學》，台北：聯經出版事業公司，1980年4月，初版）；王安祈《明代傳奇之劇場及其藝術》第四章第一節「明傳奇的腳色分化」，頁223～245；李惠綿《戲曲搬演論研究——以元明清曲牌體戲曲為範疇》第七章「腳色論」（國立臺灣大學中國文學研究所博士論文，曾永義教授指導，1994年6月）。

〔註44〕參見明太祖《御製紀夢》，頁2：「予當是時，尚潛草野，托身緇流，兩畏而難前，欲出為元，慮繫縛以廢生；不出，亦慮紅軍入鄉以傷命，於是禱於伽藍，以筊卜凶吉，神示以從雄而後昌，遂入濠城，決意從諸雄。」（收在台北：藝文印書館，《百部叢書集成之十六》中《記錄彙編卷五》，1966年版）

〔註45〕見《罪惟錄》志卷一：〈天文志〉，頁2，月庭和尚事蹟（收在《四部叢刊三編‧史部》，台北：商務印書館，1966年10月，臺一版）。

〔註46〕見《御製周顛仙人傳》，頁3（收在《紀錄彙編》卷六）。

〔註47〕見《明實錄‧太祖實錄》卷十五（台北：中央研究院歷史語言研究所，1966年9月，初版）。

〔註48〕《明太祖文集》卷十〈三教論〉：「三教之立，雖持身榮儉之不同，其所濟給之理一，然於斯世之愚人，於斯三教並有不可缺者。」（《四庫全書》第一二二三冊，頁107）；另參見沈德符《萬曆野獲編補遺》：「聖祖兼三教」一條（收在台北：新興書局，1988年1月版《筆記小說大觀十五編》，頁787）。

明朝歷代帝王十有八九都祀奉神道釋老、並崇尙方術，〔註49〕故上行下效，明代民間信仰祭祀之神多不勝數，原本重出世的宗教生活與世俗生活融成一片，無論宮廷或民間，大大小小各種祀神祭祖（陵）之活動幾乎每年月月都有，早已成爲日常生活、社會習俗的一部份。〔註50〕

而戲曲方面更由於帝王士大夫之愛好和提倡，〔註51〕神仙鬼怪之類的劇情因荒誕不經、無所觸忌，〔註52〕正可列引多人、任憑點綴。而明王朝亦有意藉神權之力鞏固皇權，使百姓因相信鬼神而肯定朱家天下乃「天命神授」，且將現實之富貴災厄訴諸天意、或寄望來世，而戲劇之傳播力量更加強宣揚此種思想。何況當時又有知名文人如李贄、袁宏道、馮夢龍、凌濛初、湯顯祖等，特別重視並發揚小說戲曲的社會教化功能，〔註53〕以爲忠孝節義、因果靈怪之情節內容可以教化百姓、並使市井小民因畏果報而遵守規範法律；

〔註49〕 以上詳情可參見楊啓樵〈明代諸帝之崇尚方術及其影響〉（收在《明代宗教》，頁203～297，台北：學生書局，1968年8月，初版）一文；及任繼愈主編《中國道教史》第十六章「明王朝與道教」（台北：桂冠圖書公司，1991年10月，臺初版一刷）；或卿希泰主編《中國道教史》卷三，第十章第一節（台北：中華道統出版社，1997年12月12日，初版，頁412～449）。

〔註50〕 王熹《中國明代習俗史》第八章談明代的「祀神、祭祖與信仰習俗」中寫道：「面對諸神、祖宗，求神發願，大則延年益壽、富貴長存，次則求子求財，小則出門舟車求順，家避盜賊，眞是包羅萬象、囊括一切，致使上自帝王，下至臣民，整個社會生活，籠罩著一層神秘的色彩。」（人民出版社，1994年4月，第一版北京第一次印刷）。

〔註51〕 可參考曾永義《明雜劇概論》第一章第一節「明代戲劇發達的原因」，其中第四個原因即「帝王與士大夫的喜好」（台北：學海出版社，1979年4月，初版，頁4～10）；及其〈明代帝王與戲曲〉一文（《臺大文史哲學報》第四十期，頁1～28）；以及王安祈《明代傳奇之劇場及其藝術》第二章第一節「宮廷演劇」，頁121～128。

〔註52〕 在《大明律集解附例・卷之二十六・刑律・雜犯》中「搬做雜劇」條有此規定：「凡樂人搬做雜劇戲文，不許粧扮歷代帝王后妃、忠臣烈士、先聖先賢神像，違者杖一百；官民之家容令粧扮者，與同罪。其神仙道扮及義夫節婦、孝子順孫勸人爲善者，不在禁限。」（台北：學生書局，1970年12月，影印初版，頁1888～1889）。

〔註53〕 討論到這方面的學者很多，可以馬美信《晚明文學初探》第三章第二節第四段：「借男女之眞情，發名教之偏藥——肯定小說、戲曲和民歌等通俗文學的文學價值」一段詳析李贄、袁宏道、馮夢龍、凌濛初、湯顯祖等人對小說戲曲社會教化功能之看法（台北：聖環圖書公司，1994年6月，第一版第一刷，頁96～101）；以及夏咸淳《晚明士風與文學》，頁293～298「關風化與娛心目」一節之說明（北京：中國社會科學出版社，1994年7月，第一版第一刷）爲代表，此處就不再詳論。

也因此明清之際社會秩序漸亂，百姓宿命地將精神寄托於光怪陸離的鬼神世界，小說戲曲中更要出現各式各樣的神怪角色、魔幻情節了。

其次，就當時的社會經濟而言，明王朝在元末戰爭後的廢墟中休生養息，社會經濟終於逐漸復甦，大体而言，「南方在成化以後，北方在弘治、正德以後，農業、手工業便日趨繁榮，嘉、萬時期，則達到封建經濟的頂點」〔註54〕由於此時期中國出現前所未有的工商業繁榮經濟型態，社會結構亦因此改變，大批人口由農村湧進都市成為大戶人家的奴僕佃戶、或從事家庭手工業及其他買賣，〔註55〕而一部份官僚和地主躋身於商業，商人階層亦由四民（「士、農、工、商」）的最低階級提升成為「士商、農、工」之新社會地位，〔註56〕因此有許多學者認為這個時期是中國資本主義生產的萌芽時期。〔註57〕姑且不論中國是否真有所謂的「資本主義」，或此時期之工商業繁榮算不算「資本主義生產的萌芽」？〔註58〕然不可否認，這個時期的確是中國前所未有的都市人口猛增〔註59〕

〔註54〕見王春瑜〈明代商業文化初探〉頁131（收在其《明清史散論》中，上海：東方出版中心，1996年1月第一版，10月第二次印刷）。

〔註55〕正如何良俊《四友齋叢說摘抄》中所言：「正德以前，百姓十一在官，十九在田，蓋因四民各有定業，百姓安於農畝，無有他志。……自四、五十年來，賦稅日增，徭役日重，民命不堪，遂皆遷業。昔日鄉官家人亦不多，今去農而為鄉官家人者，已十倍于前矣。昔日官府之人有限，今去農而蠶食於官府者五倍於前矣。昔日逐末之人尚少，今去農而改業為工商者三倍於前矣。昔日原無游手之人，今去農而游手趁食者又十之二三矣。大抵以十分百姓言之，已六七分去農。」（收在《叢書集成簡編》2808號，台灣：商務印書館，1966年3月，台一版，頁171～172）。

〔註56〕此觀念可參見陳學文〈明代中葉「工商亦為本業」思潮的出現〉（收在《明清社會經濟史研究》，頁365～370，台北：稻禾出版社，1991年12月，臺初版）、鄭利華《明代中期文學演進與城市形態》第四章第三節第一段「商人勢力的崛起與儒商轉化」（上海：復旦大學出版社，1995年，第一版第一次印刷，頁198～203）、以及余英時《中國近世宗教倫理與商人精神》下篇第二節「新四民論──士商關係的變化」（台北：聯經，1996年9月，初版第五刷，頁104～121）之分析。

〔註57〕如大陸學者傅衣凌《明代江南市民經濟試探》（台北：谷風出版社，1986年9月，臺初版）、李文治《明清時代農業資本主義萌芽》（台北：谷風出版社，1987年）、許滌新、吳承明《中國資本主義發展史》（北京：人民出版社，1985年9月，第一版；台北：谷風出版社，1987年4月，臺初版）等均主張明代中、晚期以後是中國資本主義生產的萌芽時期，另有許多主張此說的學者其單篇論文結集於《明清資本主義萌芽研究論文集》（台北：谷風出版社，1987年9月，臺初版；原載於《歷史教學》1964年第五期）中可參看。

〔註58〕知名學者黃仁宇在他的《中國大歷史》第十四、十五章中就認為，朱元璋所孵劃的明朝是一個以農民為主體的統一國家，當時的中國為世界上最大

和工商業市鎮（尤其集中在運河及長江沿岸、東南沿海）大量湧現〔註60〕、以及城鄉市場形成，〔註61〕甚至民間海上貿易也陸續開展之時期。〔註62〕

　　因之而起的市民階層也因此發展出自己的休閒娛樂方式和通俗的文化生活，以及世俗化、民間化的宗教信仰。尤其配合印刷術的發展，小說、戲曲大量刊刻風行，其內容更迎合市民大眾通俗淺近的口味。以戲曲劇本的刊刻為例，到了晚明時期可發現主要的發行據點即多集中於「浙江的杭州、紹興、吳興（湖州府城），江蘇的南京、蘇州，安徽的歙縣（徽州府城）、及福建的建陽」〔註63〕等南方工商重鎮。而所刊刻的內容往往反映市民那種「窮算命、富燒香」的思想感情與生活，並呈現個體意識逐漸覺醒解放後天馬行空般的

的農村集團，明朝中、晚期經濟的繁榮只能算是國家安定日久、人口增加後制度及結構的鬆動，並非即是出現現代商業所謂的資本家或資本主義。資本主義必有的特徵如：帶服務性質的事業、銀行、發放信用的機構、保險業等一切「可在數目上管理」的存在要件，明代都沒有（台北：聯經，1993 年 11 月，初版第五刷，頁 207～250）。為了更進一步證明他的論點，黃仁宇另有《近代中國的出路》（台北：聯經，1995 年 4 月，初版：1996年 4 月，初版第三刷）及《資本主義與廿一世紀》（台北：聯經，1991 年11 月，初版：1993 年 5 月，初版第六刷）說明何謂「可在數目字上管理」，及由技術角度與事實層面分析討論「資本主義」的生產與經營方式種種內涵，可進一步參看。

〔註59〕 參見牛建強《明代人口流動與社會變遷》頁 104～106「人口因素的影響」一節（河南大學出版社，1997 年 3 月，第一版第一刷）。

〔註60〕 根據韓大成《明代城市研究》第二章指出：「明代的城市，由於經濟、政治、文化與自然環境等因素的不同，而呈現出各種各樣的類型。其中有政治型城市，工商業型的城市，海外貿易城市和邊塞城市等。」這四類型城市的發展以工商業型的城市數量最多，且多集中在運河及長江沿岸，如：杭州、蘇州、揚州、淮安、臨清、濟寧、通州、武昌、蕪湖、上海、天津等地（北京：中國人民大學出版社，1991 年 9 月，第一版第一次印刷，頁 47、103）。

〔註61〕 根據樊樹志《明清江南市鎮探微》第一章第二節「從定期市到經常市」的說明：隨著商品經濟的發展，市作為基層經濟中心地的作用日趨明顯。市依托它四周的鄉村，成為一個商品集散中心，鄰近的農家定期前往趨集，稱為"市集"、"市合"、"趁墟"、"墟集"，形成定期集市（上海：復旦大學出版社，1990 年 9 月，第一版第一次印刷，頁 25～26）。

〔註62〕 朱元璋建立明朝後有鑑於海疆不寧，嚴厲推行海禁政策，禁止私人出海貿易。隆慶改元以後海禁部份解除，使私人海外貿易獲得迅速發展。詳情可參看李劍農《宋元明經濟史稿》第六章第三節（北京：新華書店，1957 年 4 月，第一版第一次印刷，頁 160～176）及林金樹、高壽仙、梁勇《中國明代經濟史》第四章第六節「海禁的解除與對外貿易的新發展」（北京：人民出版社，1994年 4 月，第一版第一次印刷，頁 198～207）。

〔註63〕 參見林鶴宜《晚明戲曲劇種及聲腔研究》頁 86。

想像力，以及對明末貪官污吏及現實不滿後隱遁出世、或改爲對神仙菩薩救苦救難神蹟的嚮往情懷。

而就宗教本身的發展而言，中華民族的宗教信仰基本上是一種「多神崇拜」的信仰模式，民眾的宗教意識基本上是功利、實用，但也是包容、開放、活潑的。即令在上位的統治者有個人的好惡（如梁武帝好佛，三武好道）、或基於政治上之需要（如唐代帝王之崇祀太上老君），然中國的官民信仰始終未眞正受禁制而保持著較自由渙漫的色彩。大體而言，明清時代儒釋道三教混同現象漸爲普遍，民間新興宗教也紛紛出現，外來宗教如天主教、基督教、伊斯蘭教也在社會上逐漸發展，加上中國本土固有的占卜術數、自然崇拜、鬼神祭祀等具有原始巫術色彩的民間信仰從未斷絕，因此明代以後，中國宗教已漸發展成爲一具「擴散性」〔註64〕的宗教信仰形式，即信仰、儀式及宗教活動擴散爲日常生活的一部份，彼此混而難分。

前面曾經提到，朱元璋的宗教政策主張儒釋道「三教合一」，而所謂三教的「教」，與其說是「宗教」，無寧更近於「教化」。儒教方面由於統治思想之需要，強力推行程朱理學，民間學堂等亦倡儒學經義；道教方面則任用道士廣設齋醮，並篤信方術，且丹道修練派別增多，漸行於社會；佛教方面則有鑑於元代崇奉喇嘛教之弊，轉而支持漢地佛教各宗派，並廣建寺院。然之於廣大百姓而言，由於知識有限，逢仙則求、見佛即拜，只求現世幸福、心靈寬慰，更無庸也無能分辨三教之別。當時許多民間秘密宗派寶卷大量抄襲三教經典和神祇，均標榜三教同源。而明代由於社會經濟和城市商業的發展，宗教亦漸趨世俗化和民間化，僧人、道士隱於山林清修者少，反逐漸深入市井、走街穿巷，與世俗生活打成一片，宗教成了謀生的職業。反映在小說戲曲中，則有大量占卜、風鑑等星士，或各式三姑、僧道等市井人物。整體而言，明代的社會文化特徵愈到後期愈具有明顯的市民性和世俗性。

三、戲劇與宗教之關係

自古以來戲劇與宗教即有著不解緣：

就其起源而論，自王國維《宋元戲曲考》以來，即曾懷疑「後世戲劇之萌芽」存於巫覡，〔註65〕而英國學者龍彼得〔註66〕、香港學者陸潤棠〔註67〕、

〔註64〕同前楊慶堃（C．K．Yang）一文。
〔註65〕同前王國維書，頁6。

大陸學者郭英德〔註 68〕、周育德〔註 69〕等，亦主張「中國戲劇起源於宗教祭祀儀典」，所持論點大抵為：遠古人類以歌舞祀神，散漫的原始歌舞通過人神之間的溝通者——巫覡，逐漸將人類本能的戲劇模仿與宗教祭祀融成特定的禮儀祭典。隨著時間轉化，某些儀典宗教色彩逐漸變淡，而世俗化成份相對增強，終於戲劇模仿完全脫離宗教活動，而成一獨立表演形式。上述說法儘管受到主張「戲劇起源應屬多源（或多元）」的學者如：唐文標〔註 70〕、曾永義〔註 71〕、鄭傳寅〔註 72〕等人之修正、補充或質疑，然而即使主張戲劇起於多源的學者，亦不敢說戲劇與宗教毫無關係。

　　因為就其發展過程而言，的確有一類小戲是由迎神賽會的宗教儀式所發展形成：根據曾永義的考察，在《論語、鄉黨篇》、《後漢書、禮儀志》、唐段安節《樂府雜錄》、《唐書、禮樂志》、《唐六典》中，均有「儺」、「大儺」、「驅儺」的記載，這類通過歌舞表現、在古代臘月舉行驅鬼逐疫的「儺」，後來逐漸向娛樂方面轉變，有的就發展成為「儺戲」。〔註 73〕這類戲劇因與宗教儀式有關，從古至今反而變動不大，保存至今還可看到的如：廣西漢族、壯族的師公戲；湖南漢族的師道戲（或稱「儺願戲、還願戲、跳戲」），侗族的多多推（或稱「嘎儺」）；湖北的儺堂戲；四川、陝西的端公戲；山西、河北、內

〔註 66〕見其〈中國戲劇源於宗教儀典考〉一文，王秋桂、蘇友貞譯，收在《中國文學論著譯叢》（台北：學生書局，1985 年 3 月初版，頁 523～547）。

〔註 67〕見陸潤棠〈中西戲劇的起源比較〉，刊於《戲劇藝術》1986 年 1 期，頁 103～107。

〔註 68〕見郭英德《世俗的祭禮》的「引言」，國際文化出版公司，1988 年 5 月，第一版第一次印刷。

〔註 69〕見周育德《中國戲曲與中國宗教》第一章，中國戲劇出版社，1990 年 12 月，第一版第一刷。

〔註 70〕參見唐文標《中國古代戲劇史初稿》中所收〈中國戲劇的起源問題〉一文，他以為王國維「歌舞之興，其始於古之巫乎？」是不合歷史的，應改為「巫之興，其始於古之歌舞者」（台北：聯經出版事業，1984 年 5 月初版，1985年 5 第二月次印行，頁 219）。

〔註 71〕參見曾永義《詩歌與戲曲》中所收〈中國古典戲劇的形成〉一文，他以為誤認中國古典戲劇的根源是單純的，將如瞎子摸象（台北：聯經出版事業，1988年 4 月，初版，頁 80）。

〔註 72〕參見鄭傳寅《中國戲曲文化概論》第一章，他反對戲曲「導源于宗教儀式說」，但同意「宗教儀式」和「民間社火」等為戲曲文化的近源（湖北：武漢大學出版社，1993 年 8 月，第一版第一次印刷，頁 21～63）。

〔註 73〕參見曾永義〈中國地方戲曲形成與發展的徑路〉頁 125（亦收於《詩歌與戲曲》書中）。

蒙一帶的賽（或稱「賽賽」）；安徽貴池的儺堂戲；貴州的地戲（或稱「神戲、陽戲、儺堂戲」）；雲南的關索戲、昭通端公戲；蘇北的僮子戲；江西的孟戲等等，有的甚至逐漸形成大戲（例如《目連救母》）。〔註 74〕由於這些宗教儀式劇本身之變化發展、及其與一般戲劇（尤其是受到宗教薰染影響、或根本就直接搬演宗教故事之劇目）之間的關係還有許多未明之處，故近年來有關「儺戲」、「儺文化」及各種宗教儀式劇的研究成為顯學。

此外，就戲劇的表演場所和功能而言，中國以農立國，各種節日慶典往往配合歲時節令而舉辦迎神賽會、酬神演劇，廣大民眾農閒之餘最大的娛樂及受教育來源即為參與賽會、觀賞戲劇，故戲臺往往即搭建於社祠寺廟之中。日本學者田仲一成就曾於一九七八年起三年間在華北、華中、福建、廣東、香港一帶作過田野調查，考察從古代至宋元時代之村落祭祀演劇，及其後來傳播發展演變情形〔註 75〕；另一日本學者磯部彰也曾從一九八八年起兩年，在華北、華南、江南一帶考察中國地方劇，〔註 76〕兩人都拍攝許多照片，證明此種習俗所形成之祠廟結構至今可見。而根據廖奔《中國古代劇場史》中對明清戲台式樣的考證，新蓋或重建的神廟，往往在最初建築時即注意到音響效果的設計，〔註 77〕把戲臺納入神廟的整體結構中形成不可分割的一部份。就因為這類迎神賽會、酬神演劇多在社祠寺廟演出，目的在娛人悅神、並負有教化的功能，故免不了搬演各種宗教劇、吉慶戲，上場人物更少不了各類仙佛神怪。因此，不管就起源、發展過程、或表演的場所與功能來看，中國的戲曲與宗教關係都十分密切。

最後，站在文學史之立場探本溯原考察中國宗教文學的發展，其實「道教文學」系統遠自《楚辭》中的〈離騷〉、〈遠遊〉等巫系文學，及與宗教儀典密切關聯的〈九歌〉；秦漢巫師、方士神遊體驗的詩賦；以及東漢以來文士

〔註 74〕參見曲六乙〈建立儺戲學引言〉一文頁 7「儺戲的界說問題」，可以知道今日儺戲的分布概況（此文收於《儺戲論文選》，貴州民族出版社，1987 年 10 月，第一版第一次印刷，頁 1～13）。

〔註 75〕參見《中國祭祀演劇研究》（日本：東京大學出版，1981 年 3 月 30 日發行）一書所附相片；另《民俗曲藝》第十二至十四期，亦有田仲一成〈中國地方劇的發展構造〉系列報導（1980 年 10 月～1982 年 2 月）；第三十九期亦收有其〈祭祀性戲劇的傳播原理〉一文（1996 年 1 月，頁 41～68）。

〔註 76〕參見《中國地方劇初探》（東京：多賀出版株式會社，1992 年 4 月 29 日發行）。

〔註 77〕河南：中州古籍出版社、1997 年 5 月，第一版第一刷，頁 25。

競擬的樂府體遊仙詩、民歌體的〈神絃歌〉及道曲體的〈步虛辭〉；〔註78〕再接著六朝隋唐的志怪小說、遊仙詩、仙道小說；以及宋代的仙歌道曲；到了元代道教大盛，全眞道與正一派勢力龐大，尤以全眞道因受到蒙元統治者的重視，其神仙故事、出家禁慾、三教合一等觀念，已深入民間，前面曾提到的神仙道化劇、隱居樂道劇、神頭鬼面劇，已成爲元雜劇中的重要題材。而另一支「佛教文學」的發展則由最初的譯經影響了中國的聲律，到了唐代逐漸形成所謂的禪詩及俗文學中的講唱變文，而其輪迴果報和佛菩薩救世、僧尼出家等觀念已深入唐傳奇、宋元話本中；到了元代亦成爲雜劇裡的重要題材。道釋二教文學的發展綿延不斷，來到明代三教混融的宗教環境和特定的政治、經濟、社會時空，配合當時白話文學的發展，致使產生戲曲中大批的宗教人物和大量神魔小說，有其文學淵源和歷史傳承關係。由以上種種勾勒，大致可看出當時的整體環境背景。

第三節　研究方法

這一節將討論四個要點：首先討論「宗教文學」之內容和外延；其次說明結合「宗教」與「文學」研究之意義；再者表述本文研究之理論方法；最後說明本文之架構及其建設性。

一、「宗教文學」內容和外延之討論

宗教與文學之間的關係本有：宗教影響文學（觀念外爍）及其於根源處即與宗教不分，而形成過程因此內涵宗教之某種思維及本質（根於內在）兩種。前者通常是作者在文學創作之前已具有某種宗教信仰或意識，故自覺或不自覺地在主題思想的發抒、創作題材的選擇、甚至表現的體裁和技巧上，都受到宗教的影響，比如元代馬致遠被稱作「馬神仙」，以寫神仙道化劇聞名，〔註79〕又朱有燉的《誠齋雜劇》三十一種中就有十五種仙佛劇〔註80〕之類。

〔註78〕參見李豐楙《憂與遊：六朝隋唐遊仙詩論集》的〈導論〉一、「『道教文學』的探本溯源：從巫歌、遊仙詩到道曲」頁4（台北：學生書局，1996年3月，初版）。

〔註79〕馬致遠因擅寫神仙道化劇，故有一別號「馬神仙」。出自貫仲明〈凌波仙〉：「萬花叢裡馬神仙，百世集中說致遠，四方海內皆談羨。戰文場，曲狀元。姓名香，貫滿梨園。……」（見鍾嗣成、貫仲明撰，馬廉校注《錄鬼簿新校注》，

而後者則如初民的神話傳說，或某些古巫的神遊吟詠、及從事祭祀儀典之原始記錄，抑或部份宗教經典、仙佛僧道紀傳之類、經由文人的潤飾改編而形成之文學作品，例如有些原始儀式祭典以一種極富戲劇性的方式表現，最後逐漸發展形成特定的儀式劇或小戲，或如屈原《楚辭》中之某些篇章，還有佛教的變文或某些偈頌詩，以及道教的青詞、步虛詞、仙傳等。

然而這樣區分宗教與文學的關係，雖可根源性的說明某些真相，但愈到後世、或某種文體發展愈盛，以及作者意圖之不可追溯性等種種因素，都將模糊了兩者之間關係的確定。比如部份佛教的禪詩或道教的遊仙詩，我們即無法確實掌握究竟是受到宗教的影響，還是真正出於某種宗教體驗而作？又如戲劇與宗教之間的關係，到底那些作品在構造時即為了宗教宣揚之目的？而那些作品卻因宗教觀念之滲透，不自覺的使用宗教典故、意象、角色等等，兩者實難截然斷定。因此在宗教文學的研究中如何能先精確地掌握文學（含戲劇）確實源於宗教的主要作品（根源性的檢視，以宗教為本位），第二步再站在文學及文學史的立場，依作品受宗教薰染的程度而檢別分析其他具有宗教意涵的作品，如此方更能全然地掌握「宗教文學」的內容與外延。

二、結合「宗教」與「文學」研究之意義

但結合「宗教」與「文學」、尤其結合「宗教」與「戲曲」之研究，到底有何意義？這是需先加以說明的。由於「宗教」以信仰之方式來表達對彼界、對超自然之認識；而「文學」則以審美的方式來表述對人生之看法，故結合二者之考察研究，則可看出人們如何以審美方式認識超自然、同時以美學方式理解、詮釋超自然和人神之間的關係。而「戲劇文學」相對於其他諸如詩詞、散文、小說等文類又有其特殊性，因一般文類讀者之於作品而言通常是單獨與文本照面，其審美經驗是個別且私密的；即便大量暢銷之作家作品，其閱讀人口亦非如戲劇觀眾般龐大且密集——由一大群人在特定時間下共同完成審美經驗。又由於中國古代戲劇演出多在農閑節慶時於祠廟廣場前演出，故其欣賞觀眾不管在年齡層、知識階層、流通人口量等各方面分佈，都

北京：文學古籍出版社，1954 年版，頁 34）。

〔註80〕參見八木澤元《明代劇作家研究》頁 79～80（台北：中新書局，1977 年 4 月，初版）；及曾永義《明雜劇概論》，頁 153～170 之說明（台北：學海出版，1979 年 4 月，初版）。

比今日買票進場之國家劇院觀眾、以及一般文本之讀者,在數量和影響勢力上都更為普及且深遠。因此研究戲劇中宗教角色及宗教性情節之內涵,則可明顯看出一時代之文人、民間藝人及廣大觀眾對彼界、對鬼神、對超自然之共同認識,而此認識,亦必反映出一時代人民之集體經驗和共同之文化心理結構。

　　故同時結合兩者之研究,將不同於「宗教」之專門研究者多注重宗教教義之理路脈絡、及教團本身之發展影響等問題;亦不同於「戲劇文學」研究者多偏重戲劇文學本色論、自身技巧主義之討論研究,而會將戲劇文學研究進一步擴及宗教和社會、文化論述之層面。且此種研究方式所得之結論,亦不同於研究各別作家之單本小說或劇本之方式般涵蓋面較偏狹;亦不同於以「文化」、「社會」為獨立考察對象之歷史學研究般重現象描述,因將更落實於具體文學作品以觀察社會、文化生活,使對一時代社會、文化之歷史描述增其血肉,並在社會、文化現象之表層描述研究外,更理解廣大士庶集體心理意識之內在深層結構。故交互考察「宗教」與「文學」之研究方法,除了將加強對文學社會文化功能面之理解外,同時亦將發現創作者在以「人」的立場看人生時,亦同時反映出「神」的立場。尤其因劇作定在寫作時雖以「人」的立場來創作,但當作品脫離劇作家,經由藝人演員在祠廟廣場演出時,已不止是劇作家單獨與讀者對話般純粹。

　　因祠廟廣場前演出之戲劇既演給「人」看、亦演給「神」看,故劇情中之宗教神怪情節及角色活動,雖原本是劇作家以人之想像,對「未知之彼界」和「現實的觀眾」展示其個人內在意識中對宗教之理解。但舞台上經演員再詮釋、且經觀眾等待、期盼、喝采之宗教神怪角色,其出場行動早已脫離劇作家之個人想像活動,而以來自彼界之姿態,對現實群眾致意,代替祠廟中的神靈,以神的觀點、超越之立場審視現實人生和觀眾。故戲劇急難時神明之顯聖及劇中宗教性情節程式化地反覆出現,已不止是劇作家單純之情節安排而已,在舞台上已近乎宗教儀式活動,帶領觀眾在「現實此界」與「超越之彼界」穿梭,既用「人」的觀點看人生,亦學習用「神」的觀點視界審視現實。說明了人在天地間已非單獨存在,現實人生之圓滿,除了人之努力外,還需有神明之監看和暗助救度。這是結合「宗教」與「文學」之研究,尤其結合「宗教」與「戲劇」之研究,所顯示出的最重要意義。

三、研究理論方法之說明

本文將對明代最具代表性戲劇文學體製——傳奇——作一大量檢擇、歸納、統計,首先將以《六十種曲》為根據,將其中所有出現宗教角色和凡涉及神秘事蹟或任何宗教性活動之齣目,全部調出羅列,再繪製成圖表(參見第二章),以此為基礎來觀察《全明傳奇》約兩百四十七個劇本中出現的宗教角色和情節結構,去其複重,再歸類補充。而在此種冗長且全面之大量統計中,在閱讀時或將使人感到枯燥不耐(而這正是所有使用統計方法研究者之共同缺點),然經此檢閱統計過程,正可明顯看出各傳奇劇中出場宗教角色之身份及行當變化,以及劇中各式神秘事蹟與宗教人物活動之內容和頻繁程度。且由統計比例上亦可看出,事實上明代傳奇中真正典型之宗教劇、和完全沒有宗教角色或情節之劇本都佔少數,然其他絕大部份各類劇本中,反無時不出現各種與宗教有關之角色和戲份,此亦為明代宗教之擴散普化現象得一明證。故經由大量資料之全面處理方式所得之結果,將比印象式、舉隅式之研究方法,不管在涵蓋面或結論本身之準確度上,都將更具說服力。

而此種研究方法,其實是受到俄國結構主義敘事學家普洛普(V.Propp)歸納俄國民間故事型態的理論方法,和格睿瑪(A.J.Greimas)在《結構語義學》中所提出「角色模式」理論的啟發。前者曾根據人物執行動作將童話中的人物分類歸納其通則;而後者則認為故事敘事表層關係各異之不同性格人物,實是某種深層模式的表層化或落實化的結果。〔註81〕上述研究觀點,將「人物」與「行動」聯結在一起,反對以心理本質或性格等單純要素解釋「人物」,以為「人物」之本質是「參與」或「行動」,而非「個性」。故「人物」實是情節的產物,是動作之執行者。此種看法在西方文學傳統中可追溯至亞里士多德,〔註82〕而俄國形式主義和法國結構主義文論則全面繼承且充份發展,並將之運用至小說與民間故事之解釋評論上,在西方本世紀已發展迅速而成顯學。〔註83〕而近年

〔註81〕 參見高辛勇《形名學與敘事理論》(臺北:聯經出版,1987年11月,初版),頁29～39、頁152～154;胡亞敏《敘事學》(湖北:華中師範大學出版,1994年5月第一版,6月第一刷),頁144～149;及申丹《敘述學與小說文體學研究》(北京大學出版社,1998年7月,第一版第一刷),頁34～38、頁64～67等處之評介說明。本文並非直接採用其理論,而是因其理論啟發,觀察歸納明傳奇文本自身透顯的現象規律,嘗試找出明傳奇宗教現象的詮釋架構。

〔註82〕 參見姚一葦譯註《詩學箋註》頁68:「悲劇不可能沒有動作,但卻可能沒有性格。」(台北:中華書局,1993年8月,十版三刷)。

〔註83〕 可參見周發祥《西方文論與中國文學》第十三章第一節「西方敘事學概況」

來在中國文學方面亦有諸如蒲安迪〔註84〕、李豐楙〔註85〕、陳平原〔註86〕等學者，將敘事學研究方法運用至中國神話、明清小說、道教小說、武俠小說等文類之研究。本文在此則將採取前述格睿瑪理論中所提出「行動元」之觀念，來歸納明傳奇中宗教角色及宗教活動內容。而所謂「行動元」本指一種結構單位，用於標示人物之間、人物與客體之間的行動關係。在本論文中則指是：劇本中出現的神秘事蹟（如：顯聖救度、冥判、夢兆預言等）或宗教人物的活動（如：齋醮薦亡、占卜風鑑）等一個個行動單位，筆者將之稱爲「宗教行動元」。

　　故若以此理論觀念觀察思考明傳奇劇中人之動作，將可得出如下理解：因古典戲曲中的腳色行當原本即依人物之性別、年齡、身份來劃分腳色，且傳奇之分場須顧慮到音樂曲律的安排、腳色唱作的份量以及關目場次文武冷熱配置等問題，〔註87〕如何使諸種要素有機組合，讓全本戲成爲舞台上搬演流暢之綜合藝術，實爲一門大學問。李漁劇論繼承王驥德對編劇的看法，明確提出「結構第一」的主張，即注意到劇作家總體構思和全面佈局設想的重要性。〔註88〕然前述之音樂結構、關目場次的配置等問題，僅屬戲曲的「表層形式結構」。戲曲作爲一由行動者推展情節事件的綜合表演藝術，實由一連串之動作組合而成，組織完美自然之劇作，劇中人物動作和情緒發展的運動

有詳盡説明（江蘇教育出版社，1997年11月，第一版第一刷，頁310～315）。

〔註84〕參見蒲安迪《中國敘事學》一書（北京大學出版社，1996年3月第一版，1998年1月第二刷）。

〔註85〕參見李豐楙《許遜與薩守堅——鄧志謨道教小説研究》一書及〈罪罰與解救：《鏡花緣》的謫仙結構研究〉一文（收在《中央研究院中國文哲研究集刊》第七期，1995年9月）。

〔註86〕參見陳平原《中國小説敘事模式的轉變》（台北：久大出版，1990年5月，初版）及《千古文人俠客夢——武俠小説類型研究》（台北：麥田出版，1995年4月，初版一刷）二書。

〔註87〕此即所謂戲曲的「排場」問題，可參見張敬《明清傳奇導論》第四編第一～三章（台北：華正書局，1986年10月，初版）；曾永義〈説「排場」〉（收在其《詩歌與戲曲》台北：聯經出版，1988年4月，初版，頁351～401）；及許子漢博士論文《明傳奇排場三要素發展歷程之研究》，台大曾永義教授指導，1998年1月。

〔註88〕歷代劇曲論散見於序跋、眉批、筆記中，大多偏重在曲辭、曲律等章法技巧方面的討論。其中以王驥德《曲律》和李漁《閒情偶寄》對理論系統之建立最爲全面，對「戲曲結構」的討論亦較明確，關於兩人曲論之研究，學者討論文章已很多，此處僅參考葉長海《中國戲劇學史稿》（台北：駱駝出版社，1987年8月）第六章跟第十章有關部份。

方向有一條理規律，〔註89〕而劇中往往有一統籌意識使劇中動作方向明確，而成一有機之整體動作體系。宏觀「高度程式化」了的明傳奇，即可看出無論劇中人命運際遇如何悲慘坎坷、曲折離奇，結局永遠是大團圓、賜官完姻或證果、群仙會等幾種固定模式。

　　從宗教的角度來觀察情節發展之各種要素，在達成此「最終目的」之故事設計上，總不斷出現顯聖冥判、占夢卜課、祭奠薦亡、進香祈願、皈依點化、隱遯修道……等內容，這使得歸納劇中人物之「宗教行動元」，找出其中宗教性故事情節發展的幾種模式、規律，以及內在的可變因素與恆定因素成為可能。因此類「宗教行動元」在傳奇劇情中往往反覆出現，由特定宗教角色推動，具有發展轉變劇情之功能。而上述方法，實肯定戲曲除了「表層形式結構」外還隱含一「內在意識結構」，此內在意識反映出明人某種「集體文化心理」，且特別是一種「宗教文化意識」，故相對程度地決定了明傳奇敘事結構推展之形式。而各類宗教角色之行動，則往往擔任此宗教文化意識之推動者，並具有發展轉變劇情之功能。因劇作家在設計故事情節時，無法自外於此種集體文化意識，而在劇場演出效果之考量上，亦須顧慮百姓觀眾對現世圓滿之共同期待，故創作時即自覺不自覺地以達此集體心理願望為依歸。而藉由宗教性情節之幾種敘事模式來觀察宗教角色的功能作用，則可明顯看出明傳奇宗教角色之塑造手法和幾種基本類型。

四、本文之架構及建設性

　　故本文最起碼的任務是：找出宗教角色在上述基本敘事模式和結局中的存在型態、藝術功能、以及在文學和文化上之意義，而非僅止於各類宗教角色之分類整理。「宗教角色」作為一文化概念之象徵符號，在戲曲文學藝術系統中有其特定的功能作用，使之有別於其他不具任何宗教功能任務之角色類型；而劇作家選擇大量頻繁地使用此一文化符號，對戲曲表演藝術之類型發展又有某種制約，使中國戲曲之敘事結構有別於西方戲劇，而發展出自身特有的神話架構以及美學特質。因此對「宗教角色」的解讀，勢必涉及對文學傳統、觀眾反應、劇場之功能設計、當時之宗教文化氛圍等種種現象之理解，一來可分析戲曲承繼宗教文學（尤其是道教文學）發展而形成特有的敘事模

〔註89〕李曉《比較研究：古劇結構原理》（北京：中國戲劇出版社，1989年1月，第一版第一刷）一書即針對此構成規律有全面研究和類型分析。

式之原理特質；二來可解釋中國文化深層蘊涵之某些原型概念內容，故此種研究方法將較純粹由傳奇中有關宗教之「情節要素」去分析，所得知之結論涵蓋問題面更廣。而「傳奇」作為有明一朝的戲劇代表體裁（尤其指實際場上搬演的戲碼，而不只是案頭欣賞的傳奇文本），正反映當時社會的共同審美準則和為大眾所接受之文化觀念，故研究過程亦需特別注意文人傳奇和民間無名氏作品之間塑造人物的藝術手法和呈現方式有無異同。然於此仍不得不先說明：由於研究的重點是宗教角色之塑造目的，及其如何存在於中國文化脈絡中等問題，雖然戲曲藝術實際仍重場上表演，然而目前能夠查考到的明傳奇宗教角色實際演出資料並不算完整，〔註90〕故場上表演藝術之細節問題我們只能儘可能於第五章中照顧到，全文所根據的材料仍以目前可見之傳奇文本、以及有實際搬演記錄之全本戲、折子戲目為主。

　　順此思考，論文將分成八章：第一章是為導論，先交代研究動機、目的和研究背景，以及本文所使用之研究方法及理論架構，屬論文外圍之理論說明。第二章則羅列說明此研究論題所使用之基本材料和範圍——即將《六十種曲》中之「宗教行動元」作整體歸納，並畫成圖表，以此為基礎展開理論分析，並進一步擴及《全明傳奇》中之例證和現象分析。第三章則開始分析各類傳奇中宗教性情節之敘事模式與結局間之互動關係，及其對人物塑造之影響。第四章則將明傳奇中出現的宗教角色依其性質作基本歸類，討論這些基本人物類型之特色及塑造手法。第五章以表演藝術的角度，關注宗教角色的行當分類、穿關砌末、曲詞科白、劇場造景與表演場合等戲劇藝術方面之問題。而第六章則專門討論明傳奇中宗教角色之戲劇功能及社會文化功能，注意宗教角色在情節結構中本有的功能之外，在敘事模式程式化及全本戲轉變為折子戲的過程中，其所處地位之變動性，以及觀眾在欣賞宗教劇、或劇中宗教成份較濃的部份，所抱持的心態及產生之效能等。而根據第三、四、五、六等四章對《六十種曲》及《全明傳奇》等原典內部之觀察、分析、歸納，方可進一步得出第七章對明人宗教、文化心理意識結構之理路分析，以

〔註90〕最具代表性之有關場上表演資料是：江蘇戲曲研究室記錄之《崑劇穿戴》、清‧琴隱翁編《審音鑑古錄》（台灣學生書局，1987年11月影印初版）、陸萼庭之《崑劇演出史稿》（上海文藝出版社，1980年版）和王安祈之《明代傳奇劇場及其藝術》等書，以及近年來行政院文化建設委員會監製、中華民俗藝術基金會製作一系列《崑劇選輯》錄影帶，然其中可供參考之宗教角色資料並不完全，無法遍及本文所研究之各類宗教角色。

及觀察歷史、民俗現象在戲劇中之反映結果；故第八章結論亦能以宗教文學之脈絡，檢視明傳奇中宗教角色之美學特質及其與宗教儀式有關之特性，而才予以價值定位。

而上述論文章節之架構安排，實際欲透過明代最具代表性文學體製之最大量完整之選集，以觀察當時歷史現象、民情風俗之具體示現，和分析明代廣大庶民與士人之宗教文化意識異同。故本論文第五章以前仍屬戲劇美學自身特質之分析研究；第六章則開始就戲劇之功能面來討論；第七、八章以後則進一步擴及文化、社會層面之論述。故本文之建設性在於論文第六章以後所歸納出的結論，將超出單獨針對戲劇自身美學特質之研究者所關注；而此方面，單純研究「宗教」之學者通常亦未暇顧及；且若單獨研究各別作家之某一文本，或宗教之善書寶卷，亦無法得出此普遍涵蓋之結論。因經由最大量傳奇文本對「戲曲」與「宗教」之交互考察研究中，所觀察出的明代歷史現象、民情風俗，已非乾硬之史料和民俗素材，而可看出明人鮮明生動之思維和生活習慣模式。而其中所反映出明代士庶之宗教、文化心理，相較於其他文類單一文本或宗教之善書、寶卷所反映出的，都已更具普遍涵蓋性。因善書寶卷之讀者，僅限於對某些特定宗教感興趣之少數人士；而其他文類文本之讀者，正如前文所述，亦不似戲劇觀眾之不分男女老少而普遍廣佈，故透過傳奇戲劇歸納分析之宗教、文化心理，已非某些特定作家個人之特殊思維意識，而是整個明代士庶之共同思維、心理意識。故若本文研究還有其價值，亦將因此而出。以上是為論文之導論。

第二章　研究材料與範圍——以《六十種曲》爲核心之統計與說明

　　目前已知有關登錄明傳奇劇目總集的基本資料，以傅惜華《明代傳奇全目》〔註1〕、莊一拂《古典戲曲存目彙考》〔註2〕、和郭英德《明清傳奇綜錄》〔註3〕等三書的搜羅最爲完備。莊書成書較傅書晚，所收較全；傅書版本登錄較詳細，統計數目亦明確；而最晚出的郭書優點則是依年代分期，將版本、作者、情節本事作敘錄，詳盡度最高。根據《明代傳奇全目》之登錄，明代傳奇約有九百五十種，其中包括有姓名可考者六百一十八種，無名氏作品三百三十二種。當然這些劇本不可能至今全部完整保存，故從一九五四年到一九六四年間，由大陸中央文化部領導、鄭振鐸主持的古本戲曲叢刊編委會爲了保存現存古代劇本資料，以影印方式編出我國歷史上篇幅最大的古典戲曲劇本總集：《古本戲曲叢刊初、二、三、四、九集》，其中明代傳奇多收在初、二、三集裡。近年來台北：天一出版社爲方便世界各地學者研究，以棉紙線裝重新影印《古本戲曲叢刊》，將明代傳奇集中印成《全明傳奇》和《全明傳奇續編》。前者所收明代傳奇，上起元明之間，下迄明清之際，計二百四十七種；後者所收則多與前編同書而異版，加上極少數新出土劇本，以及明末清初蘇州曲派的大量劇本，和清初曲家的劇本共約九十二種；此外《明清抄本

〔註1〕　北京：人民文學出版社，1956年12月，第一版第一次印刷。
〔註2〕　上海：古籍出版社，1982年12月，第一版第一次印刷。
〔註3〕　河北教育出版社，1997年7月，第一版第一次印刷。

孤本戲曲叢刊》另有收有十五冊約二、三十種，〔註4〕這幾個數目加起來恐怕已是目前可見明代傳奇劇本之極限了。

由於傳奇劇本篇幅實在太長，情節內容類似的又頗多，加上同一劇本因年代或發行書商之不同又產生不同刊本等問題，故在研究方法上若是將全部劇本都精讀再統計、歸納、分析，恐怕過份曠日廢時，而其實亦非竟一人之力在短期內所能。更重要的是，由於傳奇在劇本形式、腳色行當、音樂唱腔、化妝服裝及敘事結構等各方面都有程式化的現象而產生了規律的特徵，故亦無此必要。又由於我們研究的重點是「明傳奇中的宗教角色」，而非版本之搜羅，故基本上本文引用的主要材料將以《六十種曲》為核心，再進一步擴大檢尋《全明傳奇》中《六十種曲》所無之其他宗教神秘現象與宗教角色類型，必要時亦偶及《全明傳奇續編》之例證，而其中亦將特別留意弋陽腔系傳奇作品、及其他作者闕名之民間傳奇相關現象。

而在本章中將先以《汲古閣六十種曲》為基礎，統計歸納其中有關宗教角色之類型和各種神秘事蹟、宗教活動。因為毛晉所編的這六套十種曲選所收的劇目，即使南戲亦經明人改動，且依次已顧慮到以「純忠孝、真節義」、「麗情流逸的愛情劇」、「才子風流韻事」、「妓女愛情故事」、「離奇、怪誕、龜毛兔角之作」、「補編性質」等類別來編排，〔註5〕將明傳奇中最具特色的上乘之作包羅在內，「堪稱中國古代篇幅最大、流傳最廣的一部戲曲選集，基本上反映了有明一代戲曲創作的風貌」。〔註6〕況且《全明傳奇》中《六十種曲》的絕大部份版本都已收入，並有同書異版及同一本事而不同作者改編之情形，故兩套書在數量上雖不能相提並論，但在情節內容方面之同質性及重複性卻很高，先以之為基礎來歸納分析，所得結果已八九不離十，而以此結果檢視《全明傳奇》後再增刪補充，可收方法之便。底下便是根據開明書店所出版的《汲古閣六十種曲》，將其中出現「神秘事蹟」或「宗教角色及其活動」之內容整理繪製成一系列表格，本文論點將以觀察歸納這一系列表格所得之結論為基礎而擴大、展開。

〔註4〕 北京：線裝書局，1996 年版。

〔註5〕 今日開明書店所出版的《六十種曲》中原第一套即第一、二冊，第二套即第三、四冊，第三套即第五、六冊，第四套即第七、八冊，第五套即第九、十冊，第六套即第十一、十二冊。

〔註6〕 參見《明代戲劇研究概述》頁 273（寧宗一、陸林、田桂民合編，天津教育出版社，1992 年 8 月，第一版第一刷）。

〈凡例〉

一、臺灣開明書店所發行的精裝《六十種曲》共十二冊，每冊收五個劇本。
　　爲了方便查閲起見，本圖表編號以原書爲準，例如：60-1-3，60 代表《六
　　十種曲》，1 代表第一冊，3 代表第一冊中所收的第三個劇本。

二、六十種曲中的「本事發生朝代」，基本上是根據金夢華《汲古閣六十種曲
　　敍錄》〔註7〕的考證而加以列出。

三、「劇中曾出場之各類宗教角色」一欄，須配合「神秘事蹟或宗教人物及其
　　活動之內容」一欄出現的出數參看（例如《琵琶記》第二十七出，上面
　　列有三名宗教角色，即表示本出戲曾依序有三個宗教角色出場過）。而在
　　同一本傳奇中，凡第一次出場的「角色行當」，其字體爲「細明體」，再
　　次出場以後標示之字體則爲「斜體字」。

四、「類別」欄和「故事發生地或劇中人曾經（遊）歷之宗教場所」欄，亦須
　　配合「神秘事蹟或宗教人物及其活動之內容」一欄之出數參看，凡條列
　　於某出底下之「類別」或「宗教場所」，即表示爲該出特有之現象。又凡
　　第一次出現之「類別」或「宗教場所」，其字體爲「細明體」，重覆出現
　　以後所標示之字體爲「斜體字」。

五、凡「行當」欄未標示，表示原劇本中作者即未注明。

六、更詳細之解說須參看表格 60-12-5 之後的文字説明，而在本論文的其它各
　　章，亦陸續有引伸參看處。

【另案】：爲方便讀者參看故，凡本文徵引《全明傳奇》及《全明傳奇續編》
　　　　　之劇本，逐標示台北：天一出版社本版之圖書目錄編號，〔註8〕如
　　　　　《全明傳奇》中：126《凌雲記》；另《全明傳奇續編》中：39《吉
　　　　　慶圖》、或續 39《吉慶圖》。

〔註7〕臺灣：嘉新水泥公司文化基金會研究論文第九十三種，1966 年。

〔註8〕《全明傳奇》之詳細目錄資料，收在台北：天一出版社 1990 年 5 月印行之《古
　　　典小説劇曲研究資料目錄》頁 87～120 中，目錄書前附有編號。又《全明傳
　　　奇續編》之目錄另有單行小冊，其中亦附有編號（台北：天一出版社發行，
　　　朱傳譽主編，1996 年 10 月）。

編號	傳奇名稱	作者或改編者	本事發生朝代	全部出數	劇中曾出場之各類宗教角色		出現神秘事蹟或與宗教人物及其活動相關之齣目		故事發生地或劇中人曾經(遊)歷之宗教場所
					劇中人身份	行當	神秘事蹟或宗教人物及其活動之內容	類別	
60-1-1	琵琶記	高明		四十二	陳留當山山神	外	第二十七出 感格墳成（趙五娘誠感動天，山神示現神通救助）	顯聖	
					南山白猿使者	淨			
					北岳黑虎將軍	丑			
					趙五娘（扮道姑）	旦	第二十九出 乞丐尋夫（趙五娘改換衣裝，扮作道姑尋夫）	現出家相	
					五戒	末	第三十四出 寺中遺像（趙五娘扮道姑，但到佛寺作佛會追薦翁姑）	佛會薦亡	彌陀寺
					和尚	淨			
					趙五娘（扮道姑）	*旦*			
60-1-2	荊釵記	柯丹邱（朱權）	北宋孝宗年間	四十八			第十一出 辭靈（錢玉蓮出嫁前，在祠堂中拜別親生母親神主）	祭奠	
							第二十五出 發水（撫衙錢安夜夢中神人囑咐有節婦投江，且此婦人與其有義女之分）	夢兆	
							第三十三出 赴任（王十朋赴任途中，於城隍廟宿山，有道士接迎）	借宿寺觀	城隍廟
							第三十五出 時祀（王十朋夜夢錢玉蓮，王母以為乃兒媳清明節討祭，故設路祭祝禱）	祭奠	
							第三十八出 意旨（王十朋擬於隔年正月十五日玄妙觀起醮大會中追薦錢玉蓮）	齋醮薦亡	玄妙觀
					道士	淨	第四十五出 薦亡（道士誦經科諢，王十朋與錢玉蓮於醮會中重逢）	*齋醮薦亡*	*玄妙觀*
60-1-3	香囊記	邵燦（邵文明）	宋室南渡時期	四十二	呂洞賓	末	第七出 題詩（呂洞賓酒店題詩，預示主角未來命運）	預言	
					踢禿（賣卦）	淨	第二十三出 問卜（邵貞娘與張母招賣卦先生問三卦，得兩吉一凶之預示）	卜課	
							第二十四出 設祭（張九思在戰場設奠儀，望空祭張九成）	祭奠	
							第三十六出 強婚（邵貞娘為逃婚，與周老嫗寄居尼姑寺）	借宿寺觀	尼姑寺

編號	傳奇名稱	作者或改編者	本事發生朝代	全部出數	劇中曾出場之各類宗教角色		出現神秘事蹟或與宗教人物及其活動相關之齣目		故事發生地或劇中人曾經（遊）歷之宗教場所
					劇中人身份	行當	神秘事蹟或宗教人物及其活動之内容	類別	
					道士（表白）法官	丑淨	第三十八出　治吏（張九成拿香金一百貫差人送玄妙觀修設好事，保佑合家眷屬）	布施	玄妙觀
							第三十九出　祈禱（上元節玄妙觀啓建黃籙大齋，邵貞娘爲禳星薦亡，張九成爲上香，夫妻得重逢）	齋醮薦亡	玄妙觀
							第四十出　相會（張九成遺失在戰場上的紫香囊由邵貞娘再得，夫妻以爲必爲祥瑞之兆，應可與張母重逢）	瑞兆	
60-1-4	浣紗記	梁辰魚	吳越春秋末年	四十五	西施（謫仙）	旦	第二出　遊春（范蠡初見西施以爲是：「上界神仙，偶謫人世，如此豔質，豈配凡夫」）	謫仙	
					伍員（道服）公孫聖（道服）	外末	第十二出　談義（伍員因國事不順，進退維谷，故訪蹟陽山隱士公孫聖，以卜國之興衰）	隱逸	
					范蠡（道服）	生	第二十三出　迎施（范蠡換道服訪西施，勸西施替越國獻身遠征吳國）	現出家相	
							第二十八出　見王（吳王夫差晝臥姑蘇台，得一夢。伯嚭解爲吉夢，可興師伐齊）	夢兆	
					公孫聖	末	第二十九出　聖別（公孫聖自道：「今年流年不好，正應今日，若過午時，則災星過度，太平無事」。果然王孫大夫來請去爲夫差占夢。公孫聖預知死期，交待身死後不需葬理，後日精靈要作影響）	看流年占夢預言歷劫	
					公孫聖	末	第三十二出　諫父（公孫聖占夫差之夢非吉兆，因此被殺。公孫聖再預告「死後不理，……後作影響，以報大王」之事）	預言	
					伍員（錢塘江之神）西施（神女）	外旦	第四十一出　顯聖（伍員死後，玉帝封爲錢塘江之神，助吳國抵擋越國。又西施逃難，被誤看作神女）	顯聖	
							第四十二出　吳刎（吳王夫差逃難，正應公孫聖占夢結果。夫差呼公孫聖三聲，果有精靈回應，可見公孫聖預言靈驗）	應言歷劫	

編號	傳奇名稱	作者或改編者	本事發生朝代	全部出數	劇中曾出場之各類宗教角色		出現神秘事蹟或與宗教人物及其活動相關之齣目		故事發生地或劇中人曾經(遊)歷之宗教場所
					劇中人身份	行當	神秘事蹟或宗教人物及其活動之內容	類別	
					吳國太子友 伍員(陰靈) 公孫聖(陰靈) 陰兵	小末 外 末	第四十三出 擒嚭(吳國太子友、伍員、公孫聖三人陰靈帶陰兵擒伯嚭至酆都)	現神通	酆都
							四十四出 治定(越王句踐命錢塘江口立廟奉祀子胥。並使良工鑄范蠡金像,立於座右,論政可諮啓)	立廟立像	
					范蠡(宵殿金童) 西施(天宮玉女)	生 旦	第四十五出 泛湖(范蠡告訴西施:「我實宵殿金童,卿乃天宮玉女,雙遭微謫,兩謫人間」)	謫仙	
60-1-5	尋親記	無名氏	宋仁宗年間	三十四	金山大王鬼判	小生	第十五出 託夢(張文欲殺周羽,金山大王叫鬼判阻止,且反鄉張文,並於兩人夢中均預示周羽未來命運)	顯聖 夢兆	金山大王神廟
							第十七出 遙奠(郭氏以爲周羽已死於路途,備涼漿水飯、紙錢一陌、望空遙奠)	祭奠	
					周瑞隆(扮道人)	小生	第三十一出 血書(周瑞隆刺血寫經尋父)	現出家相	
60-2-1	千金記	沈采	秦末漢初	五十	弱水仙人 崑崙仙人	末 外	第二出 遇仙(二仙人執兵書及藏心寶劍贈韓信)	顯聖	
							第二十五出 保奏(蕭何要陳平轉告劉邦,拜韓信爲大將軍需擇日齋戒,設壇具禮,方可成事)	擇吉期齋戒	
							第四十五出 通報(連夜燈花結蕊,終朝喜鵲聲喧,預示韓信恩賜還鄉)	瑞兆	
					張子房(扮道人)	末	第四十六出 遊仙(張子房功成棄職隱於山中,修行學道以避禍)	隱遯修道	
60-2-2	精忠記	姚茂良	南宋、金時期	三十五			第九出 臨湖(秦檜夫婦遊西湖,經大佛寺)	參訪寺觀	西湖大佛寺
					卜卦先生 道士 道士	丑 淨 丑	第十三出 兆夢(岳夫人夜夢不祥,請人卜卦得凶象。又請道士做齋禳星)	夢兆卜課 祈禳	
					金山寺住持道月和尚 徒弟	末 丑	第十四出 說偈(道月和尚夜來伽藍托夢道:岳飛將來訪,果然第二日岳飛來問前程。又岳飛亦夜夢二犬爭言,道月和尚解爲有牢獄之災,臨行贈一偈預言未來命運)	僧俗交遊 夢兆 預言歷劫	金山寺
					周三畏(隱遯學仙)	末	第十六出 掛冠(周三畏不願審判岳飛,棄職歸山學張子房,作個長生不死之術)	隱遯修道	

編　號	傳　奇名　稱	作者或改編者	本事發生朝代	全　部出　數	劇中曾出場之各類宗教角色		出現神秘事蹟或與宗教人物及其活動相關之齣目		故事發生地或劇中人曾經（遊）歷之宗教場所
					劇中人身份	行當	神秘事蹟或宗教人物及其活動之內容	類別	
							第二十二出　同盡（岳飛父子三人死於風波亭上，臨刑前想起道月和尚贈偈預言，今果應言）	應言歷劫	
							第二十六出　畢命（岳夫人與岳銀瓶同去大理寺祭奠岳飛、岳雲、張憲父子三人）	祭奠	
					幽冥教主地藏王（扮行者）	外	二十七出　應眞（幽冥教主地藏王奉如來法旨化身風魔和尚投宿杭州靈隱寺，要點化岳飛父子之幽魂）	點化	杭州靈隱寺
					靈隱寺住持和尚風魔和尚葉守一	丑外	第二十八出　誅心（秦檜至杭州靈隱寺辦超生法事，遇幽冥教主地藏王所化身風魔和尚出他平生所做惡事）	現神通	杭州靈隱寺
							第二十九出　告奠（岳飛帳下副將施全欲行刺秦檜前，至岳飛墳上準備紙錢、淡酒告祭）	祭奠	
							第三十一出　伏闕（韓世忠奏請聖上，禮勅岳飛父子葬於西山棲霞嶺下，仍立忠臣廟宇）	朝廷立廟	
					岳飛（魂）岳雲（魂）張憲（魂）頒玉帝旨使者鬼判（聽差小鬼）	生小生小外末	第三十二出　天策（岳飛一家忠良賢孝，故得上帝分封。岳飛授雷部賞善罰惡都元帥，岳雲授雷部都總管，張憲授雷部副總管。岳夫人張氏授天仙宮仙姑，岳銀瓶授地仙府仙姑）	上帝封神	
					鬼		第三十三出　同斃（秦檜與秦夫人被鬼鎖命，瞬時氣絕）	惡報	
					秦檜（魂）秦夫人（魂）鬼	淨占	第三十四出　冥途（鬼判押持秦檜夫婦入酆都受審）	冥判	酆都
					岳飛（神）岳雲（神）張憲（神）靈應眞人周三畏鬼判万俟卨（魂）秦檜（魂）秦夫人（魂）岳夫人（神）岳銀瓶（神）錢塘西湖上棲霞嶺下當境土地之神	生小生小外末丑淨占老旦小旦丑	第三十五出　表忠（岳飛父子三人已受封爲天神，審判万俟卨與秦檜夫婦。周三畏亦受上帝封爲靈應眞人，也來作證。最後人間宋朝皇帝亦焚齎誥命封岳飛一家五人，春秋祭祀，賜廟額曰精忠。周眞人亦一同附廟享祀）	上帝封神 朝廷封號	

編號	傳奇名稱	作者或改編者	本事發生朝代	全部出數	劇中曾出場之各類宗教角色		出現神秘事蹟或與宗教人物及其活動相關之齣目		故事發生地或劇中人曾經（遊）歷之宗教場所
					劇中人身份	行當	神秘事蹟或宗教人物及其活動之內容	類別	
60-2-3	鳴鳳記	王世貞	明嘉靖年間	四十一			第二出 鄒林遊學（鄒應龍、林潤從學郭希顏於杭州西湖報國寺，後三人結拜兄弟）	借宿寺觀	杭州西湖報國寺
							第六出 二相爭朝（夏言主張興兵對抗胡虜，嚴嵩反對，以為嘉靖帝久厭兵革，方與邵真人修延禧萬壽清醮）	齋醮	
							第七出 嚴通宦官（嘉靖帝要打醮，命嚴嵩監齋，道場完日，封隆三代）	*齋醮*	
					道士金甲神	旦淨	第八出 仙游祈夢（鄒應龍、林潤、孫丕揚三人結伴至福建仙游縣祈夢，果然在道士引領之下祈禱歇宿，夜裡金甲神顯應預示三人前程）	顯聖夢兆	福建仙游縣
							第十出 流徙分途（夏言死後，停柩京城外西寺，夏夫人及賽瓊備酒祭拜）	停喪祭奠	城外西寺
					小鬼	副淨	第十四出 燈前修本（楊繼盛夜半寫奏章彈劾嚴嵩，有祖宗亡靈示現，預警殺身之禍，然楊繼盛寧死亦作忠臣義士）	顯靈	
							第十六出 夫婦死節（楊繼盛臨刑，陸炳建議其妻張氏對天祈禱，看是否有人解救。張氏果對天拜，然楊繼盛依舊被斬）	祈願	
							第十八出 林公避兵（林潤午夢，夢強徒攻殺擄掠婦女。果然不久，倭夷造亂，擄掠金銀男女）	歷劫夢兆	
					和尚	*淨*	第二十一出 文華祭海（趙文華被任命與倭寇海戰，先祭東海龍王，並請和尚誦經。祭畢要殺和尚以充倭頭。和尚機警，因本是戒壇上住持，故言率五百雲遊僧可充作倭兵，因而免被趙文華殺頭）	祭東海龍王 誦經 *祈願*	
							第二十三出 拜謁忠靈（郭希顏、鄒應龍、林潤三人同去京城外寺夏言停柩處拜謁。又去楊繼盛夫婦城外墓所祭拜）	祭奠	

編號	傳奇名稱	作者或改編者	本事發生朝代	全部出數	劇中曾出場之各類宗教角色		出現神秘事蹟或與宗教人物及其活動相關之齣目		故事發生地或劇中人曾經（遊）歷之宗教場所
					劇中人身份	行當	神秘事蹟或宗教人物及其活動之內容	類別	
					道童漁鼓	小生	第二十七出　幼海議本（董傳策、吳時來、張翀三人同上奏本彈劾嚴嵩前，共同拜告天地，望神明默佑）	焚香祈願	西山小茅菴
							第三十三出　鄢趙爭寵（鄢懋卿、趙文華爲巴結嚴嵩，同時都至西山小茅菴求仙丹。道童頌詩諷刺，並述師父赤肚子預言鄢、趙二人及嚴嵩等人未來命運事）	預言	
							第三十六　鄒孫准奏（鄒應龍、孫丕揚談起當年仙游祈夢，今已漸應驗。又楊繼盛忠魂不散，助鄒、孫等人除奸。鄒、孫望空拜謝）	應言 顯靈	
							第四十出　獻首祭告（林潤以嚴世蕃首級祭郭希顏）	祭奠	
							第四十一出　封贈忠臣（鄒應龍、林潤談及當年仙游仙夢、金甲神預言，今均已一一應驗）	應言	
60-2-4	八義記	徐元	春秋晉靈公時期	四十一	樂人扮東方鶴神	丑	第五出　宴賞元宵（鬧元宵，樂人扮東方鶴神，在公主、附馬前雜耍表演）	扮仙	
					員夢人姜不辣	丑	第十七出　舉家兆夢（趙盾一家上下全作一夢，請員夢人姜不辣來員夢，預示王家未來命運）	歷劫夢兆	
					土地神	外	第三十七出　出神點化（趙朔、靈輒困苦山間，土地神化成客商點化他們下山，並留下兩頂道巾，故趙朔、靈輒欲扮道人下山）	顯聖	
							第三十九出　杵臼出現（屠岸賈田獵路經太平莊，見公孫杵臼與驚哥之冤魂不散）	顯靈	
					趙朔（扮道人）靈輒（扮道人）	生 丑	第四十出　陰陵相會（趙朔、靈輒與程嬰、公主、春來等人於陰陵相會）		
60-2-5	三元記	沈受先	宋	三十六	風水先生徐曉山	外	第五出　抵墓（馮商無子，只恐風水不利，請風水先生徐曉山看。然徐曉山因其心好，告知：穴在人心，不在山）	堪輿	

編號	傳奇名稱	作者或改編者	本事發生朝代	全部出數	劇中曾出場之各類宗教角色		出現神秘事蹟或與宗教人物及其活動相關之齣目		故事發生地或劇中人曾經（遊）歷之宗教場所
					劇中人身份	行當	神秘事蹟或宗教人物及其活動之內容	類別	
							第十三出　秉操（王以德因馮商代納贓銀，又助盤費，感激莫名，因此與妻子焚香禮拜祈祝馮商早生貴子、福祿雙全）	焚香祈願	
							第十六出　空歸（趙得濟不知趙乙經商得失，請趙甲找占卜先生問吉凶，預知凶中有吉之象）	卜課	
							第十八出　合歡（趙得濟因趙乙遺金失而復得，全家感激馮商，故拈香點燭，望空拜謝皇天后土，以護佑馮商福壽康寧）	焚香祈願	
					玉帝殿前左侍掌書金童	旦	第二十三出　格天（臘月三十日眾神將人間一年之內所作善惡，奏聞玉帝。馮商積善陰德，因各省土地神一一奏請，而得天上文曲星君謫為其子，而織女星亦謫為其媳）	謫仙	
					玉帝殿前右侍傳言玉女	貼			
					太極宮漢關公	淨			
					黑虎主玄壇趙元帥	丑			
					京都土地神	外生			
					河南土地神	生			
					湖廣土地神	末			
					祥符縣土地神	雜			
					文曲星君	小生			
					織女星	小旦			
					衛冰月先生	淨	第二十四出　挺生（馮商生子，家家戶戶聽得空中鼓樂喧天。馮商請衛冰月為其子馮京排八字算命）	喜兆　算命	
					衛冰月先生織女星謫為富碧雲	淨小旦	第二十五出　議親（富碧雲年來多病，丞相夫人請衛冰月為富碧雲算命，以為與馮京同年同月同日同時生，可聯親。衛冰月又以給富碧雲禳星作福無效，需見喜方安靜）	算命　謫仙　祈禳	
					文曲星君謫為馮京	小生	第二十六出　講學（文曲星君謫為馮京，讀書六經淹貫，諸史旁通）	謫仙	
					文曲星君謫為馮京	小生	第二十七出　應試（馮京應試，輕易即得中第一名解元）	謫仙	
					文曲星君謫為馮京	小生	第二十九出　辭親（馮京拜祠堂後赴京會試，以為少年高科乃因祖宗積善多之故）	謫仙　善報	

編號	傳奇名稱	作者或改編者	本事發生朝代	全部出數	劇中曾出場之各類宗教角色		出現神秘事蹟或與宗教人物及其活動相關之齣目		故事發生地或劇中人曾經（遊）歷之宗教場所
					劇中人身份	行當	神秘事蹟或宗教人物及其活動之內容	類別	
					文曲星君謫爲馮京	小生	第三十出　乃第（馮京參加禮部會試第一名，又於廷試第一中狀元，連中三元）	謫仙	
					織女星謫爲富碧雲	小旦	第三十二出　謁相（富小姐綵樓上看迎狀元，馮京接絲鞭，完宿世姻緣）	謫仙	
					文曲星君謫爲馮京	小生			
					文曲星君謫爲馮京	小生	第三十四出　榮封（馮京連中三元，聖上賜姻，父母受封）	謫仙	
					文曲星君謫爲馮京	小生	第三十六出　團圓（一家圍圓，馮京、富碧雲拜天地，以爲全爲馮商當年陰德感動天地之故）	謫仙	
					織女星謫爲富碧雲	小旦		善報	
60-3-1	南西廂記	李景雲崔時佩	唐代	三十六			第三出　蕭寺停喪（崔家母女因扶柩回博陵，避亂停喪於普救寺西廂。故修齋作法事，追薦崔相國）	停喪 薦亡	普救禪寺（武則天蓋的香火院）
					僧法聰	淨	第五出　佛殿奇逢（張君瑞拜訪普救禪寺法本長老未遇，只徒弟法聰帶領參觀佛堂，遇崔鶯鶯，一見鍾情）	參訪寺觀	普救禪寺
					普救寺住持法本 僧法聰	末 淨	第六出　禪關假館（張君瑞爲接近崔鶯鶯，借宿普救寺。巧遇紅娘向法本長老傳問修佛事薦亡之事，順道打聽鶯鶯身世）	借宿寺觀 薦亡	普救禪寺
					法本（扮道人）	末	第七出　對謔琴紅（張君瑞派琴童跟紅娘打探消息。遇「末」改道扮，說長老入定去了）		普救禪寺
							第九出　唱和東牆（崔鶯鶯每夜在後花園中燒香，張君瑞藉機吟歌試探）	焚香祈願	普救禪寺
					法本長老 僧法聰 僧惠明	末 淨 丑	第十出　目成清醮（眾和尚啓建道場、說法誦經超渡崔相國。張君瑞假託和尚母舅，參與佛事，以飽看鶯鶯）	建醮誦經	普救禪寺
					法本長老	末	第十二出　警傳閫寓（賊兵孫飛虎領五千兵馬圍住普救寺，要擄崔鶯鶯爲妻，否則僧俗不留，將寺燒毀）	僧俗糾紛	普救禪寺
					法本長老 僧惠明	末 丑	第十三出　許婚借援（爲救普救寺之危，張君瑞請法本派徒弟惠明出使請兵解圍）	僧俗交遊	普救禪寺

編號	傳奇名稱	作者或改編者	本事發生朝代	全部出數	劇中曾出場之各類宗教角色		出現神秘事蹟或與宗教人物及其活動相關之齣目		故事發生地或劇中人曾經(遊)歷之宗教場所
					劇中人身份	行當	神秘事蹟或宗教人物及其活動之內容	類別	經(遊)歷之宗教場所
					僧惠明	丑	第十四出 潰圍請救(僧惠明以布施之名,突圍請救援)		
					僧惠明	丑	第十五出 白馬起兵(僧惠明被以為是奸細,被捕後說明來意,得賜酒飯壓驚)	僧俗糾紛	
					法本長老眾和尚	末	第十六出 飛虎援首(白馬將軍來救普救寺之危,張生、崔母、法本長老、眾和尚等致謝)	僧俗交遊	普救禪寺
							第二十三出 乘夜踰垣(張生乘夜跳牆,與鶯鶯幽會,祈禱花園土地神保佑他跳牆成功)	求神祈願	普救禪寺
					法本長老	末	第二十九出 秋暮離懷(法本長老知張生要進京赴考,特辦酒果送行)	僧俗交遊	普救禪寺
							第三十三出 尺素緘愁(鶯鶯擔心張生赴考不回,紅娘建議請問卦先生占卜,但鶯鶯以為不準確。又紅娘道:昨夜燈花報,今朝喜鵲喧。果有人來報張生已得官)	卜課 喜兆	普救禪寺
							第三十四出 回音喜慰(張生命琴童回普救寺打探鶯鶯消息,琴童帶回鶯鶯書信)		普救禪寺
							第三十六出 衣錦還鄉(張生中狀元,回普救寺迎娶崔鶯鶯)		普救禪寺
60-3-2	幽閨記	(元)施惠?	宋室南遷、金時期	四十	太白星(明朗神) 花園土地神	末 丑	第七出 文武同盟(太白星君命花園土地神將陀滿興福化為神道以逃過追兵。陀滿興福發願,若逃此難將來要重修廟宇再整金身)	顯聖 修廟	花園土地廟
					和尚 道士	淨 外	第十六出 遄離兵火(逃難人群中有婦人、和尚、道士等)	僧俗逃難	
							第三十二出 幽閨拜月(瑞蘭於夜深時,只見半彎新月斜掛柳梢,於是安排香案,對月禱告與蔣世隆早日重逢)	拜月祈願	
60-3-3	明珠記	陸采	唐代	四十三			第十七出 抄沒(劉震、崔氏、劉無雙等一家經亂軍危圍後團圓,拜謝天地,謝神明護持)	謝神	

編號	傳奇名稱	作者或改編者	本事發生朝代	全部出數	劇中曾出場之各類宗教角色		出現神秘事蹟或與宗教人物及其活動相關之齣目		故事發生地或劇中人曾經（遊）歷之宗教場所
					劇中人身份	行當	神秘事蹟或宗教人物及其活動之內容	類別	
							第二十三出　巡陵（宮中內養太監，奉聖旨巡視園林，在寢廟中夜夜燒香點燭，向皇陵下朝朝祭物獻新）	祭陵	陵廟
							第二十八出　訪俠（古押衙棄職歸山，王仙客拜訪並成爲鄰居，想學長生金鼎之事）	隱遯修道	
							第三十一出　吐衷（古押衙打聽茅山道士有一種妙藥返魂香，可用來救劉無雙出宮）	僧俗交遊	茅山
					茅山仙子的徒弟 茅山仙子 古押衙（仙都散吏）	末 外 小生	第三十二出　買藥（古押衙向茅山道士買續命膠以救劉無雙。茅山仙子點明古洪本爲仙都散吏謫在人間，要古洪助王仙客、劉無雙之後上山修眞）	謫仙	茅山
					古押衙（仙都散吏）	小生	第三十七出　授計（古押衙助王仙客救出無雙後，自去茅山尋師覓丹）	尋師覓丹	茅山
							第三十九出　回生（劉無雙吃了古押衙送之仙方，果死後還魂）	還魂	
							第四十一出　珠圓（王仙客、劉無雙雙珠重合，以爲非關明珠成就之功，皆是神明護持之力）	謝神	
					古押衙（道士）	小生	第四十三出　榮封（古洪入茅山學道隱居，因助王仙客、劉無雙事，朝廷降詔封爲通靈玄妙先生）	隱遯修道 朝廷封號	茅山
60-3-4	玉簪記	高濂	宋	三十三	女貞觀主 陳妙常（道姑）	老旦 旦	第五出　投庵（陳嬌蓮逃難中與母分散，由張二娘介紹入住女貞觀，皈依觀主，出家爲道姑，法名妙常）	皈依出家	女貞觀
					女貞觀主 香公 女道童 陳妙常	老旦 淨 小旦 旦	第六出　假宿（張知府赴任金陵，在城外尋個僧房道院洗澡，而到女貞觀遇陳妙常，陳妙常有悟眞菴王師兄來訪，先行告退）	僧俗交遊	女貞觀 悟眞菴
					陳妙常 道姑 道姑 道姑	旦 淨 丑 小旦	第八出　譚經（眾道姑群集，請老師父講經，有一道姑阻托，說有報恩寺人約去看經。又老師父講經後去打坐，陳	講經打坐	女貞觀 報恩寺

編 號	傳 奇 名 稱	作者或 改編者	本事發 生朝代	全 部 出 數	劇中曾出場之各類 宗教角色		出現神秘事蹟或與宗教人物 及其活動相關之齣目		故事發生地 或劇中人曾
					劇中人身份	行當	神秘事蹟或宗教人物 及其活動之內容	類別	經（遊）歷 之宗教場所
							妙常彈琴，張知府盜聽）		
					陳妙常	旦	第十出　手談（張知府 愛陳妙常，與其下棋、 題扇）	僧俗 交遊	女貞觀
					女貞觀主 道姑 道姑	老旦 淨 丑	第十一出　鬧會（九天雷 神降生，女貞觀作佛會功 果，有許多小姐、王公子 等施主來燒香酬願）	佛會 酬願	女貞觀
					女貞觀主 陳妙常	老旦 旦	第十二出　下第（潘必 正考試下第，羞回鄉 里，至金陵女貞觀投 宿，投靠姑娘）	借宿 寺觀	女貞觀
					王尼姑	小淨	第十三出　求配（溧陽王 公子請凝春菴王師姑去 女貞觀向陳妙常求婚）	僧俗 交遊	凝春菴
					香公 陳妙常 道寧道姑 道成道姑 陳妙常	淨 旦 丑 小旦 旦	第十四出　幽情（陳妙 常煮茗焚香，請潘必正 清話片時）	僧俗 交遊	女貞觀
							第十六出　寄弄（陳妙常 彈琴，潘必正亦以情挑， 陳妙常故作矜持斥喝）	僧俗 交遊	女貞觀
					女貞觀主 陳妙常 課命方先生	老旦 旦 淨	第十七出　耽思（潘必正 染病，女貞觀主請方先生 課命禳解，女貞觀主以其 胡說，致薄禮後請回）	卜課 祈禳	女貞觀
					陳妙常 王尼姑	旦 淨	第十八出　叱謝（陳妙 常凡心已動，然王尼姑 為王公子來說親，仍遭 陳妙常拒絕）	僧俗 交遊	女貞觀
					陳妙常	旦	第十九出　詞媾（陳妙 常情思飄蕩，被潘必正 發現情詩稿，兩人終成 好事）	僧俗 交遊	女貞觀
					王師姑	小淨	第二十出　詭媒（王尼 姑替王公子與陳妙常說 媒不成，用計賺陳妙常 出觀）	僧俗 交遊	凝春菴
					陳妙常 女貞觀主	旦 老旦	第二十一出　姑阻（潘 必正與陳妙常夜半幽 會，半途被觀主拉去經 堂，觀主打坐，潘必正 讀書，以為佛教通儒教）	打坐 儒釋 相通	女貞觀
					女貞觀主 陳妙常 眾道姑	老旦 旦	第二十二出　促試（女 貞觀主見潘必正、陳妙 常兩下青春佳麗，意氣 相投，心裡有數，故促 潘必正即日赴試，讓眾 道姑相送）	僧俗 交遊	女貞觀

編號	傳奇名稱	作者或改編者	本事發生朝代	全部出數	劇中曾出場之各類宗教角色		出現神秘事蹟或與宗教人物及其活動相關之齣目		故事發生地或劇中人曾經（遊）歷之宗教場所
					劇中人身份	行當	神秘事蹟或宗教人物及其活動之內容	類別	
					女眞觀主 *陳妙常*	老旦 旦	第二十三出　追別（女貞觀主送潘必正渡江赴試，陳妙常亦隨後趕至江口相送）	僧俗交遊	
					起課劉如見	末	第二十四出　占兒（潘母與陳母原爲親家，同請起課劉先生問陳嬌蓮、潘必正下落、前程，得好音）	卜課	
					陳妙常	旦	第二十六出　相寬（張二娘發現陳妙常懷孕，安慰她）	僧俗交遊	女貞觀
					陳妙常	旦	第二十八出　設計（王師姑與王公子設計賺陳妙常，陳妙常巧對辭退）	僧俗交遊	女貞觀
					王尼姑	小淨	第二十九出　誑告（王公子在張知府處告王尼姑、陳妙常不成，反受罰）	僧俗糾紛	
					女貞觀主 *陳妙常*	老旦 旦	第三十出　情見（潘必正取得功名，向觀主坦陳親事，觀主以爲山門中成親不便，送陳妙常至張二娘處）	僧俗交遊	女貞觀
					女貞觀主	老旦	第三十一出　回觀（潘必正回觀，觀主請去張二娘處迎娶妙常）	還俗成婚	女貞觀
60-3-5	紅拂記	張鳳翼	隋末	三十四	西岳大王 小鬼 判官	末 丑 淨	第四出　天開良佐（李靖途經西岳大王廟，卜卦問前程，打算不靈時，要斬大王頭，焚其廟。拜禱畢，睡夢中得神託夢預示前程）	卜課 夢兆	西岳大王廟
					道士徐洪客	淨	第九出　太原王氣（道士徐洪客觀天象望氣，告知虯髯客太原有異人出）	望氣	
							第十二出　同調相憐（虯髯客與李靖交換太原有奇氣之消息）	望氣	
					道士徐洪客	淨	第十三出　期訪眞人（徐洪客、虯髯客、李靖三人遇合，同尋劉文靜）	僧俗交遊	
					道士徐洪客	淨	第十六出　俊傑知時（李靖與張君同尋劉兄，應了西岳大王廟中之夢）	應兆	
							第二十二出　教婿覓封（李靖卜一吉日欲登程，紅拂以爲不疑何占？故李靖立即登程）	卜課	

編號	傳奇名稱	作者或改編者	本事發生朝代	全部出數	劇中曾出場之各類宗教角色		出現神秘事蹟或與宗教人物及其活動相關之齣目		故事發生地或劇中人曾經（遊）歷之宗教場所
					劇中人身份	行當	神秘事蹟或宗教人物及其活動之內容	類別	
					僧道	小淨末	第二十五出　競避兵燹（薛仁杲作亂，僧道妓女一同逃難，神通佛咒到此皆休）	僧俗逃難	
							第二十九出　拜月同祈（陳美人、紅拂不知徐官人、李靖求取功名如何，故同拜月祈禱）	拜月祈願	
							第三十四出　華夷一統（李靖回憶當年西岳大王廟中之夢兆一一應驗，故修葺西岳廟宇）	應兆修廟	西岳大王廟
60-4-1	還魂記	湯顯祖	南宋	五十五			第二出　言懷（柳夢梅自道曾做一夢，夢到一園，梅花樹下立一美人，與其有姻緣之分，故改名夢梅）	夢兆	
							第六出　悵眺（韓秀才自道為昌黎祠香火秀才，邀柳夢梅同至香山嶴多寶寺看賽寶）	參訪寺觀	昌黎祠香山嶴多寶寺
							第九出　肅苑（杜麗娘取曆書還看吉期，命春香預喚花郎掃清花徑以遊園）	擇吉期	
					花神（束髮冠、紅衣、插花）	末	第十出　驚夢（杜麗娘遊園、晝眠，夢中柳夢梅與其溫存。南安府後花園花神因其日後與柳夢梅有姻緣之分，故憐香惜玉，特來保護，使其雲雨十分歡幸）	顯聖	
							第十四出　寫真（杜麗娘回憶遊園夢中畫生曾折柳一枝相贈，以為他日所適之夫姓柳，故有此警報）	夢兆	
							第十六出　詰病（杜母以為杜麗娘生病乃因後花園遊玩著鬼沖然了，要請人頌經禳解）	誦經祈禳	
					石道姑	淨	第十七出　道覡（石道姑自道因石女出家之身世。府差來請去替杜小姐祈禳，石道姑攜靈符前往）	出家祈禳	紫陽宮
					陳最良	末	第十八出　診祟（杜麗娘生病，杜父請陳齋長診病。杜麗娘問陳齋長是否為她推算八字。又杜父請紫陽宮石道姑保禳，石道姑取杜麗娘釵掛小符作咒）	算命祈禳	

編　號	傳　奇名　稱	作者或改編者	本事發生朝代	全　部出　數	劇中曾出場之各類宗教角色		出現神秘事蹟或與宗教人物及其活動相關之齣目		故事發生地或劇中人曾經（遊）歷之宗教場所
					劇中人身份	行當	神秘事蹟或宗教人物及其活動之內容	類別	
					*石道姑*陳齋長	*淨**末*	第二十出　鬧殤（陳師父替杜麗娘推命，要過中秋好，然杜麗娘仍病死，遺言葬於後園梅樹下。杜父起座梅花菴觀，安置杜麗娘神位，請石道姑焚修看守，陳齋長往來看顧。陳齋長還建議給杜老爺立生祠哩！）	立祠	梅花菴觀
					老僧		第二十一出　謁遇（柳夢梅棄家出遊，巧遇欽差於寺中祭寶，託詞請見，而得欽差識寶使臣苗舜賓資助。是時，苗舜賓正於多寶寺中祭賽多寶菩薩，並請老僧替番回海商祝贊一番）	祭多寶菩薩	廣州香山嶴多寶寺
					胡判官鬼使（持筆簿）勾令使趙大（鬼）錢十五（鬼）孫心（鬼）李猴兒（鬼）杜麗娘*花神*	*淨*丑貼生外*末*老旦旦末	第二十三出　冥判（枉死城中胡判官審問花間四友和杜麗娘。花間四友分別被判投生爲鶯燕蜂蝶，而杜麗娘因一夢而亡，特有花神來作證。因杜父爲知府，丈夫爲新科狀元之故，判官判其遊魂可跟尋柳夢梅）	冥判輪迴轉世	枉死城
							第二十四出　拾畫（柳夢梅臥病梅花觀，撿到檀匣中杜麗娘畫像，以爲是觀世音喜相，而將之頂禮供養）	供佛	*梅花菴觀*
							第二十五出　憶女（杜母於杜麗娘生忌之辰，香燈奉佛望空頂禮，祝禱杜麗娘能皈依佛力，早日昇天）	祭奠	
					*石道姑*小道姑（韶陽郡碧雲菴主）徒弟*杜麗娘（魂）*	*淨*貼丑旦*旦*	第二十七出　魂遊（杜麗娘死三年，石道姑擇取吉日開設青醮壇場，請南斗註生真妃、東岳受生夫人超拔。有韶陽郡碧雲菴小道姑、徒弟登壇共成好事。杜麗娘感應靈現）	擇吉期建醮*顯靈*	*韶陽郡碧雲菴*
					杜麗娘（魂）	旦	第二十八出　幽媾（柳夢梅日夜想念杜麗娘畫像中人，引得杜麗娘告過冥府判官，趁良宵現身，與柳夢梅共渡良辰）	*顯靈*	

編號	傳奇名稱	作者或改編者	本事發生朝代	全部出數	劇中曾出場之各類宗教角色		出現神秘事蹟或與宗教人物及其活動相關之齣目		故事發生地或劇中人曾經(遊)歷之宗教場所
					劇中人身份	行當	神秘事蹟或宗教人物及其活動之內容	類別	
					石道姑 小道姑 陳最良	淨 貼 末	第二十九出 旁疑(石道姑聽見柳夢梅夜間房裡有女聲,懷疑是與韶陽來的小道姑勾搭。兩道姑爭辯,陳最良相勸)		
					杜麗娘(魂) 石道姑 小道姑	旦 淨 貼	第三十出 懽撓(柳夢梅與杜麗娘夜裡歡會,石道姑與小道姑求證非小道姑與柳夢梅勾搭)		
					杜麗娘(魂)	旦	第三十二出 冥誓(杜麗娘要柳夢梅香盟定己為正妻後,告知柳夢梅自己為鬼)	顯靈 香盟	梅花菴觀
					石道姑	淨	第三十三出 秘議(陳最良說了一府州縣士民人等為杜老爺立生祠。柳夢梅拜杜麗娘神主,與石道姑密議開墳,讓杜麗娘回生)	立祠 開墳	
					陳最良 石道姑	末 淨	第三十四出 詞藥(陳最良失館重開藥鋪,石道姑假藉小道姑犯凶煞,買定魂湯藥)		
					石道姑	淨	第三十五出 回生(柳夢梅與石道姑找癩頭黿開墳,果然杜麗娘還陽回生)	開墳 還魂	
					石道姑 陳最良	淨 末	第三十六出 婚走(陳齋長要上杜麗娘墳,石道姑怕開墳事發,讓杜麗娘與柳夢梅拜告天地成婚,一同出走考狀元去)	上墳	
					陳最良	末	第三十七出 駭變(陳齋長發現墳被劫,大驚而報官府)		
					石道姑	淨	第四十八出 遇母(杜麗娘與杜母重逢,杜母以為是鬼,要春香丟紙錢,並以為石道姑亦是鬼哩!)	丟紙錢除煞	
							第四十九出 淮泊(柳夢梅訪岳父,夜宿淮城漂母祠)	借宿祠院	漂母祠
							第五十五出 圓駕(眾人在皇帝面前辨明杜麗娘還魂奇蹟)	還魂	
60-4-2	紫釵記	湯顯祖	唐	五十三			第四出 謁鮑述嬌(鮑四娘為李益介紹霍小玉說:有一仙人謫在下界,不邀財貨,但慕風流)	謫仙	

編號	傳奇名稱	作者或改編者	本事發生朝代	全部出數	劇中曾出場之各類宗教角色		出現神秘事蹟或與宗教人物及其活動相關之齣目		故事發生地或劇中人曾經(遊)歷之宗教場所
					劇中人身份	行當	神秘事蹟或宗教人物及其活動之內容	類別	
							第三十三出　巧夕驚秋（霍小玉於七夕備香燭瓜果邀鄭六娘、範六娘同會綵筵。鄭六娘與範六娘乞巧，心中暗祝、同拜雙星）	乞巧祝星	
					水月院小尼姑王母觀道姑		第四十四出　凍賣珠釵（霍小玉不知李益消息，博求師巫、遍詢卜筮，有尼姑、道姑均來哄他錢鈔，尼道爭論，小玉仍以觀音居長。觀音、王母都許其夫妻團圓，小玉各捐三十萬貫）	僧俗交遊卜筮布施	
					埋名豪客（輕紗巾、黃衫、挾弓彈、騎馬跟從數人打獵）		第四十八出　醉俠閒評（埋名雄豪至崇敬寺前酒館飲酒，酒保以爲活神道來也）		崇敬寺
							第四十九出　曉窗圓夢（霍小玉夢黃衫客遞與小鞋，範四娘解爲必與李郎重諧連理）	夢兆	
							第五十出　玩釵疑歎（崔韋二秀才置酒崇敬寺，假託無相長老之名邀李益飲酒）	僧俗交遊	崇敬寺
					老僧無相弟子弟子	外末丑	第五十一出　花前遇俠（老僧無相入定，弟子別處隨喜。寺中設筵，崔韋二秀才請李益飲酒。黃衫豪俠帶胡奴挾李益去霍王府）	打坐	崇敬寺
60-4-3	邯鄲記	湯顯祖	唐開元年間	三十	呂洞賓（裕袱葫蘆枕）何仙姑（持箒）		第三出　度世（因何仙姑已位證仙班，蓬萊山門外桃花瓣無人掃，故呂洞賓至岳陽樓、邯鄲等地尋覓有緣人度化，好供掃花之役）	顯聖度世	蓬萊山
					呂洞賓（背裕袱袱枕）盧生（短裘、鞭驢）	生	第四出　入夢（呂仙望氣，發現邯鄲盧生相貌精奇古怪，眞有半仙之分。故喚訣勅驢兒、雞兒、犬兒和塵世一班人物，凡精靈合用的，都依法旨聽其指揮。爲度化盧生，並將枕借盧生榻上打盹）	望氣	
							第十一出　鑿郟（盧生夢中任知州鑿石開河，因水道不通，領了眾夫甲三步一拜到禹王廟點香燒紙錢，叫山神早開、河神早來）	歷幻祭山神	禹王廟

編號	傳奇名稱	作者或改編者	本事發生朝代	全部出數	劇中曾出場之各類宗教角色		出現神秘事蹟或與宗教人物及其活動相關之齣目		故事發生地或劇中人曾經(遊)歷之宗教場所
					劇中人身份	行當	神秘事蹟或宗教人物及其活動之內容	類別	
					眾鬼(各色隨意舞弄介) 天曹	 末	第二十二出 備苦(盧生夢中被宇文融奏通番謀叛,竄居海南煙瘴地方,途遇諸苦。在搭船又船覆時,喊天妃聖母娘娘。又頸斷遇眾鬼,有一鬼用一股鬆鬚替他塞了刀口。流亡至鬼門關,當地住有大小鬼約四萬八千)	歷幻 歷劫	海南鬼門關
					呂洞賓 盧生	 生	第二十九出 生寤(盧生夢中年過八十,因皇帝送他幾個教坊中人,行採戰之術,結果一病瘋蹶,所仗聖眷轉深,分遣禮部官于各宮觀建醮祈禱,然而仍氣盡而死。由夢中醒來,黃粱飯熟,才由呂仙處知夢中兒子乃雞兒狗兒所變,妻子崔氏則胯下青驢所變,因此了悟拜師,隨呂洞賓雲遊尋證盟師去)	歷幻 建醮 開悟 拜師 修仙	
					漢鍾離 曹國舅 鐵拐李 藍采和 韓湘子 何仙姑 呂洞賓 盧生 張果老	 生	第三十出 合仙(呂洞賓度了盧生,赴蟠桃宴。眾仙將盧生夢中之境逐位點醒證盟。之後盧生領帶拜謝,八仙則朝東華帝君去)	點化	蟠桃宴
60-4-4	南柯記	湯顯祖	唐	四十四	蟻王(大槐安國主) 眾(蟻兵) 右相武成侯段功		第三出 樹國(大槐樹下蟻國主,千年動物生神,蟻王邀右相君臣同遊)		樹國(蟻國)
					契玄禪師 眾(僧俗四人持書)	淨	第四出 禪請(揚州孝感寺、禪智院二寺住持居士敬選七月十五日大會盂蘭,虔請甘露寺方丈契玄禪師升座。契玄禪師本因老病不奈過江,然想起五百年前傾瀉蓮燈,熱油注於蟻穴之業債因果,而答應講經施法)	盂蘭大會講經	甘露寺 孝感寺 禪智院
					大槐安國母宮娥 金枝公主(瑤芳) 郡主瓊英	老旦 旦 貼	第五出 宮訓(大槐安國母要為瑤芳公主招選人間駙馬。請郡主瓊英及靈芝夫人、上真仙子三人同去揚州孝感寺聽契玄法師講經,並代為留神英俊之士)	講經	蟻國 孝感寺 禪智寺 天竺院

編號	傳奇名稱	作者或改編者	本事發生朝代	全部出數	劇中曾出場之各類宗教角色		出現神秘事蹟或與宗教人物及其活動相關之齣目		故事發生地或劇中人曾經（遊）歷之宗教場所
					劇中人身份	行當	神秘事蹟或宗教人物及其活動之內容	類別	
							第六出　讒遣（孝感寺中元盂蘭大會，僧俗男女都去潤州甘露寺請契玄禪師講經，眾人皆知，淳于棼亦欲前往聽經）	盂蘭大會講經	孝感寺
					五戒僧 *郡主瓊英* 靈芝國嫂 上眞仙姑（道扮） 婆羅門弟子石延	貼 老旦 小旦 回子	第七出　偶見（瓊英、靈芝國嫂、上眞仙姑三人同至禪智寺天竺院紫竹觀音旁報名聽講。有一客居之婆羅門石延跳胡旋舞。淳于棼也來參觀。然靈芝國嫂無法去孝感寺聽經，因爲月信來了）	聽經	*揚州府禪智寺* 天竺院
					契玄禪師首座弟子（持釣竿） *契玄老禪師（拄杖、拂子上升座）* 老僧 上眞仙（道扮） 瓊英	雜 淨 外 小旦 貼	第八出　情著（契玄老禪師說法，眾人聽講發問。契玄以爲淳于棼外相雖病，但可立地成佛，故以禪語預示未來命運，又藉鸚哥點醒淳于棼之情著，但淳于棼無法領會。瓊英與上眞仙看中淳于棼爲瑤芳之駙馬）	點化預言	
					蟻王娘娘 宮娥 瓊英	老旦 貼	第九出　決婿（瓊英向蟻王娘娘報告選中駙馬爲淳于棼，要待淳于棼睡夢中，請紫衣使者去迎待）	歷幻	蟻國
					三黑巾紫衣使者 眾（引牛車） 淳于棼 右相段功	生	第十出　就徵（淳于棼醉臥夢中，被紫衣使者等引牛車接去大槐安國當駙馬，右相段功亦來迎接入朝）	歷幻	蟻國
					周弁 黃門官 *蟻王（插花）* 眾 *右相* *淳于棼*	生	第十一出　引謁（淳于棼拜見蟻王，見老友周弁也在此）	歷幻	蟻國
					聽事官 淳于棼 *上眞仙姑（道扮）* 靈芝國嫂 *瓊英* 田子華（冠帶引隊子） 紫衣使者 執燈 眾（奏樂戲笑）	生 生 小旦 老旦 貼 雜	第十二出　貳館（蟻王新招淳于棼爲駙馬，說及承其令尊之命，淳于棼心疑。蟻王暫停賓館，於修儀宮給公主成親。淳于棼舊友田子華亦來相見）	歷幻	蟻國

編號	傳奇名稱	作者或改編者	本事發生朝代	全部出數	劇中人身份	行當	神秘事蹟或宗教人物及其活動之內容	類別	故事發生地或劇中人曾經（遊）歷之宗教場所
					瓊英	貼	第十三出 尚主（淳于棼與公主成親）	歷幻	蟻國
					眾（奏樂）				
					靈芝國嫂	老旦			
					金枝公主	旦			
					淳于棼	生			
					國王				
					國母千歲	老旦			
					上真仙姑	小旦			
					檀蘿國王（赤臉）		第十四出 伏戎（槐安國東檀蘿國王領隊眾欲犯槐安國）	歷幻	蟻國
					隊眾	生			
					蟻王				
					眾		第十五出 伏獵（蟻王田獵，田子華獻龜山大獵賦）	歷幻	蟻國
					淳于棼	生			
					右相	旦			
					田子華				
					淳于棼	生	第十六出 得翁（淳于棼之父早已用兵失利，身殁在胡，然蟻王卻道其父在北土，啓淳于棼疑竇。公主自做長生襪、福壽鞋，欲贈公公）	歷幻	蟻國
					金枝公主	旦			
					右相		第十七出 議守（槐安國商選南柯太守。右相與紫衣使討論淳于棼貴婿中選之機會最高）	歷幻	蟻國
					紫衣使者				
					淳于棼	生	第十八出 拜郡（小軍由北方果帶回淳于棼父親家書。又紫衣使捧詔，蟻王命淳于棼爲南柯郡太守）	歷幻	蟻國
					金枝公主	旦			
					女官（持燈籠）	旦			
					小軍	丑			
					紫衣（捧詔）				
					紫衣		第十九出 薦佐（淳于棼新除南柯太守，薦周弁，田子華兩舊友一同前往）	歷幻	蟻國
					眾（隊子）	生			
					淳于棼				
					周弁				
					田子華				
					二紫衣		第二十出 御餞（蟻王、蟻王娘娘餞送駙馬、公主之任南柯）	歷幻	蟻國
					蟻王				
					蟻王娘娘	老旦			
					宮娥				
					淳于棼	生			
					金枝公主	旦			

編號	傳奇名稱	作者或改編者	本事發生朝代	全部出數	劇中曾出場之各類宗教角色		出現神秘事蹟或與宗教人物及其活動相關之齣目			故事發生地或劇中人曾經(遊)歷之宗教場所
					劇中人身份	行當	神秘事蹟或宗教人物及其活動之內容	類別		
					府幕官吏 報子	丑	第二十一出　錄攝(南柯郡幕錄事官與官吏準備接迎附馬、公主)	歷幻		蟻國
					隊子 淳于棼 金枝公主 眾 官吏 府幕官 眾妓	生 旦 丑	第二十二出　之郡(附馬、公主到南柯郡上任,合郡官吏、生儒、僧道、耆老、教坊女樂都來迎接)	歷幻		蟻國
					大槐安國母 瓊英郡主	老旦 貼	第二十三出　念女(公主遠嫁南柯將二十年,生子過多,肌瘦怕熱。大槐安國母請瓊英郡主去禪智寺請問契玄師父,契玄師父告訴瓊英:凡生產過多,定有觸污地神天聖之處,可請一部血盆經並母子長齋三年,自然災消福長,減病延年,並告之血盆經爲目連救母故事。於是國母將命紫衣官捧血盆經一千部去南柯)	歷幻	請血盆經	蟻國
					紫衣(走馬捧經背勅) 眾父老(捧香) 眾秀才(捧香) 眾村婦女(捧香) 商人(捧香)		第二十四出　風謠(紫衣官送經書至南柯,遇父老、秀才、村婦、商人等,均捧香至淳于棼生祠保祝附馬、公主二人千歲,足見淳于棼夫婦之得民心)	歷幻 捧香祝禱		蟻國 生祠
					錄事官 周弁 田子華 淳于棼 金枝公主 吏 捧酒宮娥 小男 小女 紫衣(宣旨)	丑 生 旦 老旦 雜 雜	第二十五出　玩月(淳于棼爲公主蓋瑤台城子,於上賞月,紫衣來宣旨,並送血盆經千卷與公主供養流傳,消災長福)	歷幻 請經		蟻國
					賊太子 報子(花鼓)	丑 貼	第二十六出　啓寇(檀蘿國王位下四太子要兵搶金枝公主來當填房)	歷幻		蟻國
					宮娥 宮娥 金枝公主 小宮娥(吹彈) 大兒子 婦女(插旗守城) 王大姐	老旦 貼 旦 末 雜 丑	第二十七出　閨警(檀蘿兵臨瑤臺城,公主下令瑤臺衛老軍丁男出吊橋迎賊,軍妻守垛四門,四個女小旗總領)	歷幻		蟻國

編號	傳奇名稱	作者或改編者	本事發生朝代	全部出數	劇中曾出場之各類宗教角色		出現神秘事蹟或與宗教人物及其活動相關之齣目		故事發生地或劇中人曾經(遊)歷之宗教場所
					劇中人身份	行當	神秘事蹟或宗教人物及其活動之內容	類別	
					陳姥姥	老旦			
					趙姨娘	貼			
					小厮(插旗)	雜			
					淳于棼	生	第二十八出 雨陣(淳于棼晝寢,夢大兒子誦毛詩。田弁解夢為公主有難,主有征戰。果然大兒子由瑤臺城來報賊兵來犯)	歷幻 夢兆 應驗	蟻國
					周弁				
					田子華				
					大兒子	末			
					眾軍(排蟻陣、老鸛陣)				
					賊太子	丑	第二十九出 圍釋(檀蘿國四太子兵圍瑤臺城,金枝公主戎裝弓箭以待,駙馬淳于棼來救解兵圍)	歷幻	蟻國
					眾				
					內使				
					女官				
					金枝公主	旦			
					隊子				
					通事				
					卒				
					淳于棼	生			
					眾				
					賊子		第三十出 帥北(周弁好酒,檀蘿賊李子領軍來攻疆江時,周弁與眾守軍因酒醉不敵賊軍)	歷幻	蟻國
					眾				
					守城軍				
					周弁				
					眾				
					淳于棼	生	第三十一出 繫帥(周弁因酒誤事,淳于棼掛令旨旗牌,繫田弁於獄)	歷幻	蟻國
					眾				
					田子華				
					周弁(幅巾白袍帶劍走馬)				
					蟻王		第三十二出 朝議(蟻王與右相商議讓公主、駙馬回朝,由田子華接管南柯)	歷幻	蟻國
					眾				
					右相				
					宮娥	貼	第三十三出 召還(公主駙馬一家受召將回朝,槐樹作聲清亮,公主以為國中將有拜相者,此行回朝,駙馬早晚入為丞相)	歷幻 瑞兆	蟻國
					金枝公主	旦			
					淳于棼	生			
					大兒子	末			
					紫衣				
					老錄事官	丑	第三十四出 臥轍(淳于棼一家回朝,眾百姓來送行請留,然公主薨於途中。百姓合眾進香)	歷幻	蟻國
					父老(持秦)				
					田子華				
					淳于棼	生		進香	
					眾				
					蟻王娘娘	老旦	第三十五出 芳隕(公主薨於回朝途中,蟻王、國母傷痛)	歷幻	蟻國
					宮娥				
					女官	旦			
					蟻王				
					內使				

編號	傳奇名稱	作者或改編者	本事發生朝代	全部出數	劇中曾出場之各類宗教角色		出現神秘事蹟或與宗教人物及其活動相關之齣目		故事發生地或劇中人曾經（遊）歷之宗教場所
					劇中人身份	行當	神秘事蹟或宗教人物及其活動之內容	類別	
					右相 淳于棼（朝服、持笏） 眾國公（酒席上）	生	第三十六出　還朝（附馬還朝與右相辯論何處風水適合葬公主。又老王親、國公因附馬還朝皆來相請）	歷幻 堪輿	蟻國
					瓊英郡主 宮女 靈芝夫人 上眞子（道裝）	貼 老旦 小旦	第三十七出　粲誘（瓊英郡主、靈芝夫人、上眞子三家寡婦在公主處上香回來後聚談，商請附馬來輪流取樂解悶）	歷幻 僧俗交遊	蟻國
					淳于棼（冠帶） 眾 報子（持書） 女官（持書） 瓊英郡主 靈芝夫人 上眞仙子 內使	生 末 旦 貼 老旦 小旦 丑	第三十八出　生恣（瓊英郡主、靈芝夫人、上眞仙子三人設筵請附馬，灌醉後安紗廚枕帳，三人同陪附馬）	歷幻 僧俗交遊	蟻國
					右相 內臣（傳呼擁王） 蟻王		第三十九出　象譴（淳于棼回朝，位居左相，然出入無度，賓從交遊，威福日盛，又男女混淆，閨門無忌。故感動上天，客星犯於女牛虛危之次。蟻王與右相以爲淳于棼到底「非我族類，其心必異」，打算遣他還鄉）	歷幻 星象	蟻國
					淳于棼（素服愁容） 公子 紫衣官	生 貼	第四十出　疑懼（淳于棼被縶於私室，其子告知緣由。紫衣官來傳達國母牽掛）	歷幻	蟻國
					蟻王 內使 蟻王娘娘 淳于棼 持酒上	老旦 生 末	第四十一出　遣生（蟻王遣淳于棼回歸故里，國母不捨，然亦不能強留）	歷幻	蟻國
					二紫衣 淳于棼（朝衣） 小僧	生 丑	第四十二出　尋寤（淳于棼被紫衣人送回廣陵郡家中檐上。淳于棼由夢中醒來，與山鵬、溜沙一同察看槐穴，果有蟻群。又因天快雨快晴，蟻穴失蹤，與夢中蟻國星變流言應驗。又由六合縣小僧處得知田子華、周弁已死。又得先府君書約於丁丑年相見，一切懸惑，均將於契玄法師所作水陸道場中寫疏請問緣由）	星象 法會	蟻國

編號	傳奇名稱	作者或改編者	本事發生朝代	全部出數	劇中曾出場之各類宗教角色		出現神秘事蹟或與宗教人物及其活動相關之齣目		故事發生地或劇中人曾經（遊）歷之宗教場所
					劇中人身份	行當	神秘事蹟或宗教人物及其活動之內容	類別	
					僧（持旛）僧（持罄）淳于棼（捧香爐）契玄老僧	生淨	第四十三出 轉情（淳于棼參加契玄老僧之水陸無邊道場，並燃指焚香要祈請父親、瑤芳公主、槐安一國升天。契玄法師點明當年預言，並示現幻景，破淳于棼情障，讓他知諸色皆空，萬法惟識之理，以便收爲佛子）	法會 點化	
					淳于棼（作指痛）淳于棼之父右相周弁田子華蟻王蟻王娘娘眾（掌扇）上眞仙姑（道扮）靈芝夫人瓊英郡主金枝公主契玄老僧（持劍）眾僧	生外 老旦 小旦老旦貼 旦淨	第四十四出 情盡（淳于棼又燃指重上天壇，大槐安國五萬戶螻蟻、淳父、右相、周弁、田子華、蟻王、國母、上眞仙姑、靈芝夫人、瓊英郡主、金枝公主等一一成天仙告別。淳于棼戀金枝公主，而又相約忉利天重作夫妻，痴纏間被契玄禪師猛持劍砍開，而夢醒知人間君臣眷屬，螻蟻何殊？故而立地成佛）	修仙 魔考 成道 證果	
60-4-5	北西廂記	元 王實甫	唐	二十	小僧法聰		第一出 佛殿奇逢（崔夫人一家扶柩途中寄宿普救寺。張君瑞進京求進，途中至普救寺遊玩，由法聰帶領遊殿，遇崔鶯鶯，因此欲借宿僧房）	借宿寺觀	普救寺（則天娘娘香火院）
					法本長老 小僧法聰		第二出 僧房假遇（張君瑞拜訪法本長老借宿，遇紅娘傳問齋供道場之事。張君瑞藉機追薦父母，可飽看鶯鶯）	薦亡	普救寺
							第三出 牆角聯吟（崔鶯鶯夜晚後花園燒香祝禱）	焚香祈願	普救寺
					法本長老 小僧法聰 眾僧		第四出 齋壇鬧會（超薦法會張君瑞亦假託爲法本親成，帶齋追薦父母。眾僧祝告，動法器、搖鈴杆、宣疏、燒紙，張生也幫忙點燈燒香忙了一夜）	齋戒法會	普救寺

編　號	傳　奇名　稱	作者或改編者	本事發生朝代	全　部出　數	劇中曾出場之各類宗教角色		出現神秘事蹟或與宗教人物及其活動相關之齣目		故事發生地或劇中人曾經（遊）歷之宗教場所
					劇中人身份	行當	神秘事蹟或宗教人物及其活動之內容	類別	
					*法本長老*僧惠明		第五出　白馬解圍（孫飛虎領兵圍寺欲搶鶯鶯爲妻，張君瑞獻計請救兵，由惠明去傳書）	僧俗糾紛	普救寺
					法本長老		第十二出　倩紅問病（張君瑞病重，崔母著法本請太醫來診病）		*普救寺*
					法本長老		十五出　長亭送別（張君瑞進京趕考，眾人至長亭送別，法本告訴張生將準備登科錄等他榮歸，並將來做親的茶飯將包下）	僧俗交遊	
					法本長老		第十九出　鄭恒求配（法本買登科錄知張生高第並除授河中府尹，故備鋪饌至十里長亭接官）	*僧俗交遊*	
					法本長老		第二十出　衣錦還鄉（法本自道接張生不遇，逕去崔夫人處慶賀張崔親事）	*僧俗交遊*	
60-5-1	春蕪記	汪錂	春秋楚襄王時代	二十九	隱士荊伏飛（野服、善冰鑑）	外	第二出　訪友（宋玉借招提寺僧舍讀書。荊伏飛因顧集冰鑑之術，見宋玉氣格體貌，預言他將來必前程遠大）	風鑑	招提寺
							第三出　感嘆（季夫人要季清吳去招提寺還觀音大士香願，帶春蕪帕）	還香願	*招提寺*
							第四出　宴賞（登徒大夫喜至勾欄尋小娘兒，登徒夫人咸脅說，亦將去招提寺尋和尚）	僧俗交遊	
					老僧	丑	第五出　瞥見（季清吳與秋英至招提寺拈香祝禱，遇宋玉，遺下春蕪帕）	*還香願*	*招提寺*
					*隱士荊伏飛*劍仙（扮道者）	外末	第六出　說劍（劍仙因荊伏飛本蓬萊仙種，偶然寄跡人間，故傳其劍術，並贈劍，即回終南山）	謫仙顯聖	
							第七出　探遺（宋玉知季清吳必尋春蕪帕，故至招提寺佛殿前探望，果秋英來尋）		終南山*招提寺*
							第十出　言謝（季清吳派秋英至招提寺謝宋玉）		*招提寺*
					巫山神女仙女	小旦二旦	第十四出　宸游（楚襄王巡游雲夢之觀，聽神女事，神動色飛，感動神女顯應，喚醒襄王睡魔，並賜詩）	*顯聖*夢兆	雲夢之觀

編號	傳奇名稱	作者或改編者	本事發生朝代	全部出數	劇中曾出場之各類宗教角色		出現神秘事蹟或與宗教人物及其活動相關之齣目		故事發生地或劇中人曾經（遊）歷之宗教場所
					劇中人身份	行當	神秘事蹟或宗教人物及其活動之內容	類別	
					游俠荊伏飛	外	第十七出 訴怨（荊伏飛至招提寺訪宋玉，並要用劍仙所傳劍術為宋玉報登徒屧之仇）		招提寺
					游俠荊伏飛	外	第十八出 報仇（荊伏飛刺殺王小四，並斫壞登徒屧一隻腳）		
							第二十二出 獻賦（楚襄王因感神女之異，命宋玉寫賦）	神異	
					荊伏飛（道妝）	外	第二十八出 尋真（荊伏飛別故人，度家業，往山中學道）	隱遯修道	
60-5-2	琴心記	孫梅錫	漢	四十四	賣卜人嚴君平（上羅天真降世）	外	第二十出 誓志題橋（嚴君平賣卜，自道乃上羅天真降世。而司馬相如乃文昌星下凡，為卓文君病問卜，而得吉象）	謫仙
					司馬相如（文昌星）	生		卜課	
							第三十一出 文君信証（卓文君自道夜夢不祥，不料第二日果有司馬相如得罪朝廷之凶信）	夢兆	
					卓文君（翦髮出家）	旦	第三十三出 空門遇使（卓父逼嫁，卓文君與孤紅翦髮入巫神廟出家。幸遇青囊追來）	出家	峨眉山中小巫山廟
					孤紅（翦髮出家）	貼旦			
					小尼姑通性徒弟	丑			
					卓文君	旦	第四十出 吟寄白頭（卓文君以為司馬相如再娶，派青囊、孤紅去打探消息，自己寄寺而居）	借宿寺觀	巫神廟
					孤紅	貼旦			
					尼姑通性				
					司馬相如（文昌星）	生	第四十一出 賫金買賦（司馬相如要尼姑伴送卓文君入京）	僧俗交遊	
					卓文君	旦	第四十二出 錦江曉發（尼姑要徒弟看守山門，自己送卓文君入京）	僧俗交遊	巫神廟
					尼姑通性				
							第四十三出 片帆追送（卓父至小巫山廟看卓文君，然人已入京）		小巫山廟
					司馬相如（文昌星）	生、旦	第四十四出 魚水重諧（尼姑送卓文君入京與司馬相如團聚。司馬相如因卓文君久居巫神廟，贈白金百兩助修神廟）	修廟	
					卓文君				
					尼姑通性				

編號	傳奇名稱	作者或改編者	本事發生朝代	全部出數	劇中曾出場之各類宗教角色		出現神秘事蹟或與宗教人物及其活動相關之齣目		故事發生地或劇中人曾經（遊）歷之宗教場所
					劇中人身份	行當	神秘事蹟或宗教人物及其活動之內容	類別	
60-5-3	玉鏡記	朱鼎	晉	四十	郭璞真人徒弟趙戴	末丑	第二十出　郭璞仙術（溫太真將興兵渡淮，郭璞攜徒助軍莫遭水怪覆舟）	現神通	
					水怪水怪魚頭使者郭璞真人	淨丑末末	第二十一出　燃犀（水怪奉水母娘娘嚴命，過河者若無豬羊祭賽，將覆舟。郭璞點犀角燃照使水怪現形，投符入水鎮壓。並遺西江月一首，預言晉軍未來命運）	預言	
							第二十五出　得書（溫母、劉母、溫妻同取金錢卜遠人消息。隨後劉琨、溫太真有書信回，足見卜筮之驗）	卜課	
					郭璞真人	末	第二十六出　王敦反（王敦造反，郭璞卜出凶卦，王敦不信，反要殺郭璞。郭璞現神通，蛻衣、旋轉、鑽瓶、騰雲而去）	卜課現神通	
							第三十出　拘溫家屬（烏鴉噪，現凶兆。果然溫太真及其家眷均遭王敦擒綁）	凶兆	
60-5-4	懷香記	陸采	晉	四十	卜課張先生	淨	第二十九出　問卜決疑（韓壽與賈午姐幽情被發現，不知去留如何，問卜決疑，然卜課後反進退兩難）	卜課預言	
							第三十二出　受詔參戎（韓壽受封出使，見出張先生卜課預言正確）	應言	
							第三十三出　夜香祈佑（賈午姐擔心韓壽軍途安危，要春英取炷香，在星月之下對天祈禱一番）	焚香祈願	
							第三十八出　哀中聞喜（賈午姐誤以為韓壽橫死江中，故縞衣素裳備祭物望空遙奠）	祭奠	
							第三十九出　班師議婚（韓壽凱旋返都，想起張先生卜課之言，信不誣也。又以為姻緣必定如張先生預言，果如是）	應言	
60-5-5	綵毫記	屠隆	唐	四十二	李白（太白星）許湘娥（出家訪道）	生旦	第二出　夫妻翫賞（李白出生時，其母夢太白星精。其妻許湘娥亦有道氣，雅慕長生，欲出家西行訪廬山女道士李騰空）	謫仙出家	

編號	傳奇名稱	作者或改編者	本事發生朝代	全部出數	劇中曾出場之各類宗教角色		出現神秘事蹟或與宗教人物及其活動相關之齣目		故事發生地或劇中人曾經(遊)歷之宗教場所
					劇中人身份	行當	神秘事蹟或宗教人物及其活動之內容	類別	
					司馬子微(天台山阻者) 李白	外	第三出 仙翁指教(仙翁司馬子微知李白原為謫仙,故淺露天機點化李白,預言李白未來命運)	謫仙 預言	
					展靈旗(謫仙) 許湘娥(道扮) 李騰空	外 旦 老旦	第五出 湘娥訪道(謫仙展靈旗化身為許相國家給使,伴許湘娥等去盧山求道。李騰空知許湘娥有道緣,要她了脫世事,再來修仙)	謫仙 拜師修仙	盧山
					許湘娥 李白 展靈旗	旦 生	第七出 頒詔雲夢(李白至揚州,散盡許湘娥之數十萬金家產,然許湘娥不以為意,反以濟人有助德稱賞李白。又展靈旗傳報朝廷徵聘李白)	布施	
					李白(野服)	生	第九出 拜官供奉(唐明皇徵聘隱士李白拜翰林供奉)		
					葉法善真人 嫦娥 侍女(持旌節) 唐明皇(謫仙) 楊貴妃(謫仙) 李白(官帶)	小外 正旦 小生 小旦 生	第十五出 游翫月宮(葉真人攜唐明皇、楊貴妃、李白登銀河遊月宮、訪嫦娥。嫦娥因此三人並是仙班謫居凡界,故許他遊月府)	謫仙 遊月府	月府
					李白	生	第十七出 知幾引退(李白見唐明皇甚迷酒色,天下將大亂,打算還歸山林。又想起司馬真人預言已應,以為即使綵毫曾入夢生花,亦不可為)	隱遯 應言	
					李白(道裝)	生	第十八出 祖餞都門(李白辭官,欲至揚州看許湘娥,再去金陵拜訪司馬子微,並將找華山道者元丹丘同往)	尋師訪道	
					李白(道士)	生	第二十出 乘醉騎驢(李白乘醉騎驢入公門,任華肉眼不識神仙)		
					許湘娥 李白	旦 生	第二十一出 歸隱林泉(李白歸隱山林,夫婦重逢後即往求真訣)	尋師訪道	
					司馬子微 元丹丘 李白(道扮) 道童	外 末 生 小丑	第二十四出 訪道仙翁(李白至茆山華陽洞茅菴訪司馬子微、元丹丘,並得司馬子微再度指引前程)	尋師訪道	茆山華陽洞口茅菴
					許湘娥 展靈旗	旦 外	第二十八出 展叟單騎(李白被永王璘差將士劫去當軍師謀主,許湘娥派展靈旗去江干打聽消息)	歷劫	

編號	傳奇名稱	作者或改編者	本事發生朝代	全部出數	劇中曾出場之各類宗教角色		出現神秘事蹟或與宗教人物及其活動相關之齣目		故事發生地或劇中人曾經（遊）歷之宗教場所
					劇中人身份	行當	神秘事蹟或宗教人物及其活動之內容	類別	
					展靈旗	外	第二十九出　展武相逢（展靈旗挺身救主，途遇武騎，因曾受李白恩，故亦去救李白）	歷劫	
					展靈旗	外	第三十出　救主出圍（靈展旗、武騎連手救出李白）	歷劫	
					許湘娥（扮道姑） *步搖（扮道姑）* *展靈旗* 李白	旦貼外生	第三十一出　難中相會（永王之亂中，許湘娥、步搖扮作道姑逃難。途遇展靈旗、李白等，打算蟄至匡廬山依李騰空仙師避難）	現出家相逃難	
					清虛道士	末	第三十三出　羅襪爭奇（眾風流子弟爭看楊貴妃遺下羅襪。清虛道士點化，並道出李白受苦原因宿業所招）	點化	
					清虛道士 金甲神 *楊貴妃（素髻、粗衣、憔悴持箒）*	末外小旦	第三十四出　蓬萊傳信（清虛道士因唐明皇想念楊貴妃，故上蓬萊仙都訪楊貴妃遊魂。楊貴妃本蓬萊仙都謫降人間之仙子）	謫仙	
					李白 *許湘娥* *展靈旗*	生旦外	第三十五出　廬山受枉（展靈旗因於天門使氣，故被謫人寰，今謫限已滿，辭別李白、許湘娥，返天門而去）	謫仙	
					太上值殿仙官 太上值殿仙官 司馬子微眞人 葉法善眞人 清虛道士 女眞李騰空	旦貼外小外末老旦	第三十八出　仙官列奏（群仙朝見太上道君陛下，奏請李白、許湘娥夫婦可證道果，得太上允准，李白證蓬萊仙卿，許湘娥則仍需積功。而唐明皇、楊貴妃則受報生世爲夫續未了之緣）	證道果	
					廬山山神 廬山當山土地神 *許湘娥* 神兵 猛虎	外末旦	第四十出　汾陽報恩（九江大盜謀劫李白家眷，山神命當山土地領神兵猛虎救護）	顯聖	
60-6-1	運甓記	無名氏	晉	四十			第四出　辭親赴任（陶侃未發之時，自道偶遇一相者，說他左手中指有豎理，當爲三公，貴不可言）	風鑑	
							第八出　嗔鮓封還（陶母惦念陶侃，陶妻安慰昨夜有銀虹結蕊，今朝蛛喜當門，早晚必有信到，果然陶旺送信回來）	喜兆	

編號	傳奇名稱	作者或改編者	本事發生朝代	全部出數	劇中曾出場之各類宗教角色		出現神秘事蹟或與宗教人物及其活動相關之齣目		故事發生地或劇中人曾經（遊）歷之宗教場所
					劇中人身份	行當	神秘事蹟或宗教人物及其活動之內容	類別	
					伽藍土地神小鬼	外	第十三出　牛眠指穴（陶母死，陶侃遍尋福地，石壁寺伽藍土地神特化身老者，指點陶侃吉地，假託郭璞曾道此地葬者，位極人臣）	顯聖	彭澤縣石壁寺
					郭璞雙髻道童鶴童	外丑	第十七出　問卜決疑（陶侃、溫嶠、卞壺、蘇峻四人同請郭璞卜卦，預示四人未來命運）	卜課	
					柳神仙君平	丑	第二十三出　折翼著夢（陶侃夜夢生八翼飛天，請柳君平解夢，知為際會風雲之兆）	夢兆	
					郭璞	外	第二十八出　夢日環營（晉帝夢赤日環繞軍營，命郭璞卜卦決休咎，得凶兆，一怒將郭璞殺了。郭璞隱居卜筮，亦以卜筮殺身）	夢兆卜課	
							第三十八出　蔣山致奠（陶侃、溫嶠同往蔣山祭弔卞壺父子）	祭奠	
							第四十出　官誥榮封（陶侃衣錦還鄉，拜謝祖宗天地神明之佑）	謝神	
60-6-2	鸞鎞記	葉憲祖	唐	二十七	魚惠蘭（道扮）	小旦	第七出　秉操（魚惠蘭不願嫁人，寧願入道，故李夫人派人送入咸宜觀出家）	出家	咸宜觀
					咸宜觀道姑玄淡魚玄機	淨小旦	第八出　入道（李管家送魚惠蘭入咸宜觀焚修，咸宜觀道姑玄淡賜魚惠蘭法名玄機）	出家	咸宜觀
					賈島（僧扮）	外	第十二出　摧落（賈島累赴科場不得中第，乾脆祝髮出家當和尚）	出家	
					魚玄機（道妝）	小旦	第十五出　品詩（魚玄機奇跡咸宜觀中，因太和公主欣賞之故，名播京師，故有多人送詩請政）	僧俗交遊	咸宜觀
					魚玄機	小旦	第十七出　鎞訂（魚玄機因愛溫飛卿詩，故以鸞鎞贈溫飛卿以訂情）	僧俗交遊	
					賈島（僧服）	外	第十九出　勸仕（賈島吟詩推敲，得韓愈建議而定稿，韓愈建議他蓄髮出仕）	還俗	
					魚玄機	小旦	第二十出　春賞（太和公主請魚玄機、令狐夫人等賞牡丹）	僧俗交遊	

編號	傳奇名稱	作者或改編者	本事發生朝代	全部出數	劇中曾出場之各類宗教角色		出現神秘事蹟或與宗教人物及其活動相關之齣目		故事發生地或劇中人曾經(遊)歷之宗教場所
					劇中人身份	行當	神秘事蹟或宗教人物及其活動之內容	類別	
					魚玄機	小旦	第二十六出　合鏡(魚玄機與趙文姝因鸞鏡而於咸宜觀中重逢)	僧俗交遊	咸宜觀
					賈島(還俗)魚惠蘭(還俗)	外小旦	第二十七出　圓成(溫飛卿與魚玄機成親,賈島穿官服來祝賀。魚惠蘭與賈島皆還俗,故大家同席,好畫做三教一圖)	還俗成婚儒釋道三教一圖	
60-6-3	玉合記	梅鼎祚	唐天寶年間	四十			第五出　邂逅(柳氏許法雲寺繡幡一掛。要輕蛾於黃道吉日去法靈寺尋悟空法師辦些香水,掛在佛前)	擇吉期供佛	法靈寺
					尼姑法雲尼姑慧月	淨丑	第六出　緣合(輕蛾代柳氏拿繡幡至法靈寺還願,悟空法師不在,由尼姑法雲、慧月二人動法器宣疏,酌水焚香禮拜)	焚香還願	法靈寺
							第七出　參成(輕蛾去法靈寺掛幡回,順道買來君平本要託悟空師父轉賣的玉合)		
					李王孫	小生	第十出　懷仙(李王孫變跡埋名,還要棄家訪道自去遊仙,故將家中歌姬柳氏配給韓君平)	出家	
					李王孫	小生	第十三出　醉負(李王孫曾爲名將,後混跡屠沽逃名花酒,如今以都似做一場大夢,將美人柳姬、家財數十萬,都付予韓君平,自去終南山、華山尋仙,並預言輕蛾亦能入道)	出家預言	終南山華山
					九霄仙伯張果(道妝)李王孫(仙都散吏)(道妝)虎鬼鬼金童玉女眾(作樂)	外小生淨丑末小旦	第十八出　悟眞(張果老知李王孫本仙都散吏謫限將滿,故欲指點他去西岳華山金天部下修眞煉性。吩咐山神土地設魔難如山虎、神鬼來試他道心,並予預言贈之)	謫仙預言	
					法靈寺老尼悟空小尼法雲小尼慧月	老旦淨丑	第二十出　焚修(老尼悟空安禪打坐,二小尼互相玩樂取笑。柳氏因韓君平參軍河北,故來法靈寺焚香祈佑。又沙吒利亦因母大夫人有疾,來許本寺香願)	打坐焚香祈願	法靈寺

編號	傳奇名稱	作者或改編者	本事發生朝代	全部出數	劇中曾出場之各類宗教角色		出現神秘事蹟或與宗教人物及其活動相關之齣目		故事發生地或劇中人曾
					劇中人身份	行當	神秘事蹟或宗教人物及其活動之內容	類別	經（遊）歷之宗教場所
							第二十一出 杭海（侯節度欲泛海至青州，先祭海神以防水怪）	祭海神	
					柳氏（扮尼姑）輕蛾（扮道姑）	且貼	第二十三出 祝髮（長安城戰亂，柳氏剪髮毀容，投禪寄跡，將往法靈寺出家。輕蛾則當女冠，往熙陽觀出家）	出家	法靈寺 熙陽觀
					柳氏（尼妝）輕蛾（道妝）	且貼	第二十四出 兵變（安祿山之變，孤寡僧道都不殺害。柳氏與輕蛾分散，柳氏尋法靈寺，輕蛾往鍾、華二山）	僧俗逃難	鍾山 華山
					柳氏（尼妝）老尼悟空小尼慧月	且老旦丑	第二十五出 逃禪（柳氏因兵難逃至法靈寺，由老尼悟空收留，賜法號非空）	寄宿寺觀	法靈寺
					李王孫（道妝）輕蛾（道妝）	小生貼	第二十六出 入道（輕蛾入華山尋李王孫，得其安排入蓮花菴修行，李王孫則住雲臺觀）	出家修行	蓮花菴 雲臺觀
					輕蛾（道妝）	貼	第二十八出 感舊（輕蛾下山尋舊主柳氏）		蓮花菴
					柳氏（尼妝）老尼悟空小尼法雲小尼慧月	且老旦淨丑	第二十九出 嗣音（韓君平遣奚奴寄練囊予柳氏，奚奴尋至法靈寺。又沙吒利假託太奶奶生日，遣沙虫兒來請柳氏及老尼去講經，實是好柳氏之美色）	僧俗交遊	法靈寺
					老尼悟空柳氏（尼妝）	老旦旦	第三十一出 砥節（老尼與柳氏入沙吒利家，果然老尼被趕，柳氏受難。幸虧沙母趕來，沙吒利又有悍妻，方免於難）	僧俗糾紛	
					李王孫（道妝）道童南風輕蛾（道妝）	小生丑貼	第三十二出 卜居（韓君平華山雲臺觀訪李王孫）	僧俗交遊	雲臺觀
					輕蛾（道妝）	貼	第三十三出 聞哱（因法靈寺毀於兵火，柳氏回復女妝留於沙家，輕蛾由華山來訪柳氏）	還俗	
					李王孫（道妝）輕蛾（道妝）	小生貼	第三十六出 出山（李王孫出山與輕蛾西岸相約各尋菴觀，再探韓君平事體）		
							第三十九出 聞上（侯希逸告訴韓君平朝廷蓋造先天觀，想尋高眞掌管教事。韓君平告之，李王孫現多於玄都觀寄居）	朝廷立觀	先天觀 玄都觀

編號	傳奇名稱	作者或改編者	本事發生朝代	全部出數	劇中曾出場之各類宗教角色		出現神秘事蹟或與宗教人物及其活動相關之齣目		故事發生地或劇中人曾經(遊)歷之宗教場所
					劇中人身份	行當	神秘事蹟或宗教人物及其活動之內容	類別	
					李王孫（道妝）輕蛾（道妝）	小生貼	第四十出　賜完（輕蛾入道。又候節度舉李王孫爲先天觀主，當年李王孫及張果老之預言均應驗）	應言	
60-6-4	金蓮記	陳汝元	宋神宗年間	三十六	佛印禪師	丑	第四出　郊遇（佛印自道前世爲明悟，而東坡爲五戒，兩人原即認識，今生東坡爲了與朝雲之再世姻緣而來，現下宦情太熱，尚難點化）	輪迴	
							第九出　閨詠（琴操至紫陽菴尋朝雲，官差奉蘇軾之命也來尋）		紫陽菴
					琴操佛印禪師	貼旦丑	第十一出　湖賞（琴操因東坡之言而迷惘頓開，即當削髮爲尼。佛印以爲東坡只會啓他人覺路，反不能啓自己迷途）	出家	
					佛印禪師琴操（扮尼姑）	丑貼旦	第十二出　媒合（琴操一時醒悟，祝髮爲尼，又替蘇軾去向朝雲説媒。佛印由後面抱住琴操，要琴操代傳啞謎微言給蘇軾，提醒夢幻）	點化	
					琴操（扮尼姑）	貼旦	第十三出　小星（琴操替東坡作媒成功，婚禮上當東坡、朝雲贊禮。又代佛印傳書一紙，信中預言東坡未來命運，但東坡不解其意）	預言	
							第十九出　飯魚（東坡獄中寫詩寄子由道：與君今世爲兄弟，更結來生未了因）	輪迴轉世	
					佛印禪師道士	丑末	第二十三出　賦鶴（佛印、黃山谷、蘇東坡相偕遊赤壁賦詩，佛印早已預知東坡命運，故今日出前預言中兩句隱語，只是東坡尚有兩句預言未解。三人又遇道士憑虛而去，如飛鳴過舟之鶴）	應言	
					琴操（法號天然）觀主圓通尼姑	貼旦丑	第二十四出　詬姦（琴操雲遊玉覺菴，宰相章惇拈香，觀主圓通要琴操相陪）	僧俗交遊	妙覺菴
					佛印禪師	丑	第二十五出　量移（東坡又遠謫，遇黃山谷、佛印，問佛印往那里去，佛印反答：你不知自己從那里來，還問別人從那里去）	僧俗交遊	

編號	傳奇名稱	作者或改編者	本事發生朝代	全部出數	劇中人身份	行當	神秘事蹟或宗教人物及其活動之內容	類別	故事發生地或劇中人曾經(遊)歷之宗教場所
					五戒禪師	生	第三十出 同夢(蘇子由、秦少游、黃魯直三人同夢,夢中接五戒禪師,不意第二日接回東坡。東坡自道老母分娩之時,有異僧授胎之報,而自己數齡常夢為僧,合諸三人之夢,疑己即為五戒後身)	夢兆 輪迴	
					琴操(法號天然) 佛印禪師	貼旦 丑	第三十四出 證果(佛印與琴操同去點化東坡和朝雲,指出佛印前身明悟,東坡前身五戒,琴操、朝雲則分別是清一、紅蓮後身。東坡、朝雲悟後,四人同約上蛾眉山修行)	點化 出家 修行	
					東坡 朝雲	生 小旦	第三十六出 畫錦(東坡、朝雲拜別父母家人後,將入山修道)	出家	
60-6-5	四喜記	謝讜	宋仁宗年間	四十二			第二出 大宋畢姻(宋郊自道:父親宋杞與母鐘氏曾夢一道士授以小戴禮,曰,以遺爾子。故生宋郊、宋祁兄弟兩人。後至許真君觀內燒香,見面貌與夢中道士相像,故要兩兄弟朝夕焚香以奉許真君,並於觀內讀書)	夢兆 焚香奉許真君	許真君觀
					慧雲和尚	末	第三出 詩禮趨庭(西竺雲遊僧慧雲想借住許真君觀未果。借機為宋郊、宋祁、宋杞、張子野等人看相,預言未來,除宋郊外,其餘三人均貴相。宋杞勸宋郊:相書亦有骨法旋生,形容忽變之說,不可拘于一定,失修人事)	風鑑預言	許真君觀
							第七出 久旱祈神(天旱日久,雍丘縣令率縣里老同至城隍廟、許真君廟前祈雨)	祈雨	城隍廟 許真君廟
							第八出 喜逢甘雨(雍丘縣令祈雨十分虔誠,果有感應,今得一番霖雨)	天人感應	
					許真君 判官 日巡鬼使 城隍 玉帝	外	第十出 天佑陰功(玉帝有旨,糾察人間善惡,故許真君著判官小鬼查考,會同雍丘縣城隍及土地竈神查報。宋郊因有竹橋渡蟻之陰功,本命該貧寒,如今	善報	

編號	傳奇名稱	作者或改編者	本事發生朝代	全部出數	劇中曾出場之各類宗教角色		出現神秘事蹟或與宗教人物及其活動相關之齣目		故事發生地或劇中人曾經（遊）歷之宗教場所
					劇中人身份	行當	神秘事蹟或宗教人物及其活動之內容	類別	
							可製取眞魂，將其形骸骨格盡皆換了，以享福壽康寧。且讓陰騭星換榜，使宋郊中狀元）		
							第十一出　鶯儔賞夏（宋郊自道連日遍身疼痛，不知何故？況容貌比前不同，未知是福是禍。又宋祀去玄眞觀燒香，宋祁在外讀書，故夫婦兩人賞花於酒池亭）	善報 焚香	玄眞觀
					慧雲長老	末	第十二出　椿庭慶壽（眾人爲宋祀慶壽，慧雲和尚發現宋郊骨相大變，預言將中狀元，又宋祁亦將中狀元）	風鑑 預言	
							第十八出　瓊英閨悶（瓊英燒香告天祈禱雙親壽考）	焚香 祈願	
					慧雲長老	末	第二十四出　冰壺重會（宋郊連中三元，宋祁亦中狀元，慧雲來和，二宋始知當初慧雲風鑑甚奇）	應言	
							第二十七出　泥金捷報（紅香夜夢宋祁頭被宋郊割了。結果報捷的來報二宋都高中了，只是據傳皆爲榜首，不知孰先孰後）	夢兆	
					慧雲和尚	末	第三十七出　禍懷左道（慧雲和尚被胡永兒軍抓到，被迫看相，胡亂評贊，以免刑戮）	風鑑	
					慧雲和尚	末	第三十八出　平妖奏績（胡永兒妖兵作戰時口中念念作聲，喝聲道疾風迅雷電雨即時交作，文彥博軍隊以豬狗血望空潑去，妖法即破而得勝。俘虜中有慧雲和尚）	作法	
					慧雲和尚	末	第四十出　他鄉遇故（宋郊爲慧雲說情，得以由俘虜中釋放，慧雲因此又爲文彥博看相）	風鑑	
60-7-1	繡襦記	徐霖	唐	四十一			第五出　裁裝遣試（鄭元和將赴京趕考，其母虞氏夜夢神人贈一詩，預示鄭元和未來命運）	夢兆	
							第十七出　謀脫金蟬（李大媽設計李亞仙與鄭元和去竹林寺燒香祈男，好藉機甩掉鄭元和）	進香	竹林寺

編號	傳奇名稱	作者或改編者	本事發生朝代	全部出數	劇中曾出場之各類宗教角色		出現神秘事蹟或與宗教人物及其活動相關之齣目		故事發生地或劇中人曾經（遊）歷之宗教場所
					劇中人身份	行當	神秘事蹟或宗教人物及其活動之內容	類別	
					淨眞道姑曹大姐 道姑 眾道姑	貼 丑	第十八出　竹林祈嗣（四月十五日天上聖母娘娘誕辰，竹林寺道姑招呼李亞仙、鄭元和燒香）	進香	竹林寺
							第三十二出　追奠亡辰（鄭母虞氏誤以爲鄭元和已死，於其忌辰，吩咐乳母備辦紙帛牲禮祭奠）	祭奠	
							第三十三出　剔目勸學（鄭元和愛戀李亞仙美貌，李亞仙剔目勸學，打算自去落髮爲尼，免得有礙鄭元和前程）	出家	
60-7-2	青衫記	顧大典	唐貞元年間	三十					
60-7-3	紅梨記	徐復祚	宋	三十			第二十三出　再錯（趙伯疇迷戀謝素秋，不肯赴京會試，花婆故意編造謝素秋爲鬼小姐之事，嚇走趙伯疇）	鬧鬼	
							第二十六出　閨慮（謝素秋擔心趙伯疇眞以爲自己是鬼魅，不願再親近）	鬧鬼	
							第二十七出　發跡（趙伯疇中狀元後，想起鬼小姐事，仍覺毛骨聳然）	鬧鬼	
							第二十九出　三錯（趙伯疇與謝素秋重逢，以爲謝素秋是鬼祟，會攝人東西，經過幾番說明，終知當年中計被激）	鬧鬼	
60-7-4	焚香記	王玉峰	宋	四十	相士胡亂道	淨	第二出　相決（王魁請相士胡亂道看相，以決姻親在何處、功名在何年）	風鑑	
					相士胡亂道	淨	第五出　允諧（謝惠德夜夢一人對他說：明日有貴客臨門。果然胡亂道攜王魁來提親。又謝惠德亦看王魁爲貴相，將義女桂英嫁王魁）	夢兆 風鑑	
							第九出　離間（桂英邀王魁同去據稱靈應的海神祠焚香設誓，各不負心）	香盟	萊陽海神祠
					鎮海龍王部下判官 小鬼 龍王（海神）	淨 丑 外	第十出　盟誓（敍桂英與王魁於三月十五日鎮海龍王誕辰時至海神廟焚香盟誓，由海龍王命判官記下盟誓言語。並以聖筊卜問雙人前程）	香盟 卜課	

編號	傳奇名稱	作者或改編者	本事發生朝代	全部出數	劇中曾出場之各類宗教角色		出現神秘事蹟或與宗教人物及其活動相關之齣目		故事發生地或劇中人曾經（遊）歷之宗教場所
					劇中人身份	行當	神秘事蹟或宗教人物及其活動之內容	類別	
					算命張先生	淨	第十六出　卜筮（敷桂英曾讀周易，頗曉卜筮，自己占卦卜問王魁功名。又請算命先生算兩人前程，預示未來命運）	卜課　算命	
					海神 判官 小鬼	外 淨 丑	第二十六出　陳情（敷桂英因王魁別娶韓丞相女爲妻，去海神廟拜告，海龍王將其攝魂，夢中告知陰陽間隔，難以處分。敷桂英夢醒以爲畢竟死後才有分曉，乾脆自縊於海神廟，由謝惠德夫婦救回。前算命先生說桂英有兩晝夜黃泉之厄，今果應言）	祭告海神　夢兆　應言	海神廟
					判官 小鬼 海神 敷桂英（魂）	淨 丑 外 旦	第二十七出　明冤（敷桂英死後變爲陰魂，到海神齋廟訴冤，海神本不受理婚姻事，要桂英去跟閻王訴因由。但因桂英本因海神託夢而自縊懸告，故海神只好要判官查檢籍簿，果有桂英、王魁設誓事，故派鬼兵攝王魁魂來對證）	冥判　攝魂	
					鬼兵 敷桂英（魂） 王魁（魂）	旦 生	第二十八出　折證（王魁夜夢梨花被狂風吹落，又重置瓶中，花仍復鮮。不久即被鬼兵及桂英攝魂而去）	夢兆　攝魂	
					海神 判官 小鬼 鬼兵 王魁（魂） 敷桂英（魂）	外 淨 丑 生 旦	第二十九出　辨非（鬼兵攝王魁魂與桂英魂在海龍王前對證，辨明王魁並未負心，實金壘離間之故，故海龍王再判兩人再世，夫妻完聚，並送還魂回陽）	攝魂　冥判	
					青牛道人稚川子	淨	第三十出　回生（謝惠德自道夜夢青牛祖師救敷桂英。果然青牛祖師受海龍王所託，救桂英還魂。桂英醒後道出夢中因果）	夢兆　還魂	
							第三十二出　傳箋（王魁自疑被攝魂至海神廟受審經過，故派人至萊陽求證）	還魂	
							第四十出會合（王魁、敷桂英夫婦團圓，互道夢中陰司之事。又王魁任滿欲歸家祭掃父母墳塋）	祭奠	

編號	傳奇名稱	作者或改編者	本事發生朝代	全部出數	劇中人身份	行當	神秘事蹟或宗教人物及其活動之內容	類別	故事發生地或劇中人曾經(遊)歷之宗教場所
60-7-5	霞箋記	無名氏	元	三十			第六出 端陽佳會（張麗容爲李玉郎洗盡鉛華，李玉郎感激誓言：願爲比翼，永效鶼鶼，若有私心，神明作證）	立誓神鑑	
							第十九出 探音獲實（李玉郎假託張麗容兄之名偷入丞相府，永招待他入住相國寺，請寺僧看待）	借宿寺觀	相國寺
					老僧	末	第二十一出 主僕相逢（相國寺老僧招待李玉郎，並建議他去街上看聖上招附馬）	僧俗交遊	*相國寺*
60-8-1	西樓記	袁于令	明代	四十	扮于鵑之魂	小生	第二十出 錯夢（于鵑因素徽相思成病，死而復生，夢中猶魂離身尋素徽）	夢兆	
							第二十六出 邸聚（于鵑以素徽所贈玉簪曾投下跌成兩段，爲不祥之兆。又夢中夢素徽變作奇醜婦人，以爲素徽已死之兆）	凶兆 夢兆	
					張娘娘（女巫）	小淨	第二十七出 巫紿（池同計娶穆素徽，然穆素徽不讓他近身，池同先求籤問卜，後又找觀音堂間壁女巫張娘娘求和合之法）	求籤卜課 巫術	觀音堂
							第二十九出 假諾（穆素徽假諾池同願再嫁，而要池同喚集僧道設水陸道場，修懺設醮超度于鵑）	齋醮	混眞禪寺
					和尚 眾僧 眾道士（法衣、鼓樂、行香） 老道士	雜 雜	第三十一出 捐姬（穆素徽追薦于鵑法會上，道士和尚趁機吃狗肉葷菜去，胥表途經水陸道場，劫出穆素徽）	薦亡	*混眞禪寺*
60-8-2	投梭記	徐復祚	晉	三十二	賽社四人（一老者爲頭打鼓）	雜	第十七出 約社（中元節祭賽，盧山伊尼廟每年需獻童女祭享，否則起雷電，一年疾疫歉收。當地社居民，同去王鑒家報賽，因輪到王鑒當賽首）	賽會	盧山伊尼廟
							第十八出 哭友（謝鯤往西市祭哭周、戴二尚書）	祭奠	

編號	傳奇名稱	作者或改編者	本事發生朝代	全部出數	劇中曾出場之各類宗教角色		出現神秘事蹟或與宗教人物及其活動相關之齣目		故事發生地或劇中人曾經（遊）歷之宗教場所
					劇中人身份	行當	神秘事蹟或宗教人物及其活動之內容	類別	
					伊尼大王 麋將軍 麋丞相	末 雜 雜	第十九出　魔見（鹿精修成呼風喚雨、出鬼入神，土人爲之立廟，稱伊尼大王，每歲春秋二祭、看燈、侑觴）	顯神通 立廟 祭祀	
							第二十出　羈女（烏斯道、元矯子賣元綵風給王鑒當賽社社祭）	社祭	伊尼廟
							第二十一出　出守（謝鯤泊船至白鹿村古廟附近）		伊尼廟
					賽社四人	雜	第二十二出　賽魔（烏斯道、元矯子假託拜拜，將元綵風騙入伊尼廟，賽社眾人接收、更衣，綁縛元綵風以爲中元祭獻伊尼大王之禮物）	社祭	伊尼廟
					賽社眾人 伊尼大王 麀先鋒（提燈） 麂校尉（提燈）	雜 末	第二十三出　救女（謝鯤見賽社眾人準備祭獻，好奇躲避，待伊尼大王出，打敗而知本爲鹿精，乃天謫仙歌，打攪地方。如今願改歸正，助謝鯤往收錢鳳，待成功之日，再爲之重修廟宇）	謫仙 修廟	伊尼廟
					賽社眾人		第二十五出　□□（賽社眾人與王老爺至伊尼廟分福胙酒醴，發現元綵風沒死。故王鑒夫婦在伊尼大王前討三聖笤，壁上留詩，而知將收回元綵風）	卜笤 預言	伊尼廟
					鹿兵		第二十九出　獲醜（鹿兵助謝鯤打敗錢鳳）	顯聖	
							第三十一出　奠江（謝鯤以爲綵風投江而死，故備祭禮望空遙奠一番，並請清眞觀道官建黃籙大醮追薦她）	祭奠 建醮 薦亡	清眞觀
							第三十二出　大會（謝鯤請清眞觀法師修設醮事，後發現伊尼大王廟救回之女子，竟即元綵風）	建醮	
60-8-3	玉環記	楊柔勝	唐德宗年間	三十四			第十出　皋謁延賞（張延賞夫人苗氏善風鑑，爲韋皋看相，以爲棟樑材，欲將女兒許之，然仍先算命，看是否兩下無礙）	風鑑	

編號	傳奇名稱	作者或改編者	本事發生朝代	全部出數	劇中曾出場之各類宗教角色		出現神秘事蹟或與宗教人物及其活動相關之齣目		故事發生地或劇中人曾經(遊)歷之宗教場所
					劇中人身份	行當	神秘事蹟或宗教人物及其活動之內容	類別	
							第十二出　延賞贅皋（張延賞算章皋命，必至三公之位，故隨將女兒嫁他）	算命	
							第二十二出　祝香保父（張瓊英因父生病，在神前立下玄疏，要減二十年陽壽添父壽）	祈願	祠堂
							第二十八出　童兒暗毒（富童假託替張延賞占一課，說延賞病乃陰人氣上來的）	卜課	
							第三十四出　繼聚團圓（妓女玉簫轉世投胎為姜簫玉，手上且有玉環印，故與章皋再世姻緣，不負前盟）	輪迴轉世	
60-8-4	金雀記	無心子	晉	三十	扮鬼判舞	眾	第四出　玩燈（鬧元宵，燈市游觀中，有人扮鬼判賽會表演）	賽會	
					蓋禪師	末	第十出　守貞（蓋和尚與梁太醫、左太沖等人妓館飲酒，遇人白喫，故避去五道將軍廟行樂）	僧俗交遊	五道將軍廟
					白衣大士二太子	旦末	第十八出　顯聖（白衣大士預知巫彩鳳將投崖，命二太子大施法力，令當地土地化猛虎背負河陽道上，向紫雲峰觀音菴留下）	顯聖	
					土地神化虎尼僧	老旦	第十九出　投崖（紫雲峰觀音菴老尼僧道：昨夜夢中觀音託夢有巫姬來奔菴門，果然巫彩鳳投崖被老虎背至觀音菴，實菩薩慈悲救難）	夢兆顯聖	紫雲峰觀音菴
							第二十五出　訪花（觀音菴眾尼僧施主家赴會，巫彩鳳留守，遇瑤琴來尋金雀花）	僧俗交遊	紫雲巖觀世音菴
					尼僧	老旦	第二十七出　合雀（井文鸞赴任投夫途中雨阻，借宿觀音菴，與巫彩鳳相逢）	借宿寺觀	紫雲巖觀世音菴 土地祠
60-8-5	贈書記	無名氏		三十二			第二出　掃塋邁俠（清明佳節，談塵吩咐美奴備祭禮到墳上拜掃）	祭奠	
					尼姑談塵	丑生	第十一出　假尼入寺（談塵扮女裝逃難入菴院皈依出家，由尼姑賜法名自如）	出家	菴院

編號	傳奇名稱	作者或改編者	本事發生朝代	全部出數	劇中人身份	行當	神秘事蹟或宗教人物及其活動之內容	類別	故事發生地或劇中人曾經（遊）歷之宗教場所
					尼姑 談塵（自如）（扮袈裟）	丑生	第十七出　禪關匿影（菴院尼僧藉徒弟進關，讓眾施主布施錢糧，還說夜夢觀音菩薩要尼僧送蓮花給眾人。然朝廷還宮女，仍不管出不出家，照例抓談塵進宮）	布施	
					談塵（扮小尼姑）	生	第十九出　認男作女（獨民村里老抓談塵所扮之小尼姑進宮，得太監費有收留談塵爲義女）	現出家相避難	
60-9-1	錦箋記	周履靖		四十	曾尼姑了緣	丑	第四出　訪姨（曾尼姑與何老娘等三姑六婆去施主家攀緣）	僧俗交遊	極樂菴
							第十出　詒婚（柳夫人往菴中參加佛會）	佛會	
							第十四出　怨寡（常大娘要去進香，苦無盤費，向陳大娘借貸）	進香	
					五戒和尙南房師弟	淨丑	第十五出　進香（天竺寺兩和尚插科打諢討論淫女及男風之事。又有善男信女來進香，以重修大雄寶殿之名要人發心布施）	進香 布施	天竺寺 極樂菴
					曾尼姑	丑	第十八出　重晤（何老娘爲拉攏梅玉與柳淑娘之姻緣，特意買卦問卜，求問梅玉是否前來。又曾尼姑於地藏生辰，修齋禮誦，山肴送往柳夫人家）	卜課 齋施	
					極樂菴菴主 曾尼姑 尼姑	老旦 丑 淨	第十九出　協計（極樂菴菴主正在想法藉古爲柳衙禮誦祈申，刮些齋施。又知何老娘要拉攏梅玉、柳淑娘，故假託先知及觀音託夢，亦想要賺一份。故將使蒙汗藥作成梅、柳好事）	僧俗交遊	極樂菴（柳衙香火祠）
					極樂菴菴主 金甲神	老旦 末	第二十出　尼奸（極樂菴菴主與曾尼姑下藥持咒設計柳淑娘，虧金甲神顯聖打翻蒙汗藥，柳淑娘因此得以保持貞潔）	顯聖	
					極樂菴菴主	老旦	第二十一出　泛月（何老娘與極樂菴佛太藉柳淑娘泛月，又作成梅玉去親近）	僧俗交遊	
					曾尼姑	丑	第二十二出　聯姻（曾尼姑向何老娘打探，柳夫人終許諾梅玉與柳淑娘之親事）	僧俗交遊	

編號	傳奇名稱	作者或改編者	本事發生朝代	全部出數	劇中曾出場之各類宗教角色		出現神秘事蹟或與宗教人物及其活動相關之齣目		故事發生地或劇中人曾經（遊）歷之宗教場所
					劇中人身份	行當	神秘事蹟或宗教人物及其活動之內容	類別	
							第三十一出 選宮（丞相進番僧於帝，導帝秘密之術、天魔之舞，常心喜甚，恐女色未多，特命太監抵江浙選二八嬌姿進宮）	秘術	
							第三十五出 草奏（由小何口中得知何老娘被虎吃了，而極樂菴菴主被天打了）	惡報	
60-9-2	蕉帕記	單本	宋室南遷	三十六	月明和尚	中淨	第三出 下湖（胡連隨白元鈞、龍化之遊西湖，見各種雜耍百戲，並有人演竹林寺月明和尚渡柳翠之故事）		西湖淨慈寺昭慶寺竹林寺
					白牝狐（素袍）（前身為西施，號霜華大聖）	小旦	第四出 幻形（牛牝狐為修真煉形，欲交媾男精，以登正果，顯神通讓胡夫人生病，並打算化身胡弱妹，讓龍化之近身）	現神通	
					飛來洞矮地神	中淨			
					白牝狐變胡弱妹	小旦	第六出 贈帕（白牝狐化身成胡弱妹，將蕉葉變羅帕題詩贈龍化之。胡夫人病，胡連建議父親許本戲願以沖喜）	現神通	
					白牝狐變胡弱妹	小旦	第八出 探真（胡弱妹因母病，夜裡到花園裡燒香祈禱神明，要減自己陽壽，增母遐齡。白牝狐藉機化身胡弱妹與龍化之親近）	焚香祈願	
					白牝狐	小旦	第九出 鬧釵（白牝狐弄神通將胡弱妹金釵變作薔薇花，以免胡弱妹受冤屈。胡弱妹亦祈禱花園中土地公使其金釵尋得）	現神通	
					白牝狐	小旦	第十一出 議婚（白牝狐欲將夜明珠偷予龍化之當聘禮）		
					白牝狐	小旦	第十二出 行賂（白牝狐偷入秦太師家，欲偷夜明珠）		
					白牝狐	小旦	第十三出 竊珠（白牝狐偷換青梅入蠟丸，而取得夜明珠）		
					白牝狐變胡弱妹	小旦	第十四出 付珠（白牝狐又化身胡弱妹贈龍化之夜明珠，以為向胡家求親之聘禮）	現神通	

編號	傳奇名稱	作者或改編者	本事發生朝代	全部出數	劇中曾出場之各類宗教角色		出現神秘事蹟或與宗教人物及其活動相關之齣目		故事發生地或劇中人曾經（遊）歷之宗教場所
					劇中人身份	行當	神秘事蹟或宗教人物及其活動之內容	類別	
					白牝狐	*小旦*	第十六出　覷婚（白牝狐知龍化之將與胡弱妹成親，心中五味雜陳。但又顯神通，以免蕉帕之事穿梆）	*現神通*	
					白牝狐	*小旦*	第十七出　鬧婚（龍化之、胡弱妹洞房花燭夜誤會迭生，白牝狐將羅帕變蕉葉，在龍化之衣襟上書寫原委）	*現神通*	
					白牝狐	*小旦*	第十九出　超悟（白牝狐修眞三世，練氣千年，終借得丹頭在肚中，打算到西山候大仙皈依，以求解脫）	修眞皈依	
					漢鍾離 呂洞賓 鐵拐李 張果老 *白牝狐（長春子）* 柳樹精 龍孫（持寶旛） 龍女（持寶旛） 龍王（執笏）	末 小生 淨 *中淨* *小旦* 丑 生 旦 外	第二十出　脫化（白化狐求眾仙度化，由呂洞賓收爲弟子，命柳樹精馱白牝狐駕祥雲往弱水脫凡胎，換妝束，由海中龍神旛幢鼓樂送上來，改號長春子，已歸大道）	拜師修仙	
							第二十一出　鬧題（龍化之與胡弱妹向胡夫人告知將去天目山仙姑娘娘廟中香願求子嗣，實去求證蕉帕事）	*祈香願*	天目山仙姑娘娘廟
					白牝狐（長春子）	*小旦*	第二十三出　叩仙（龍化之與胡弱妹同去天目山與白牝狐相會，白牝狐新證道果，已號長春子，化身胡弱妹戲弄龍化之，並贈天書三卷，預言龍化之一世功名）	證道 預言	*天目山仙姑娘娘廟*
							第二十四出　造逆（劉豫想當皇帝，起個馬前課，排卦問是否當得成皇帝，得蠱卦，變作夬卦）	卜課	
					胡連（披髮、執苕箒、捏訣舞）（扮道士） *長春子* 馬、趙、關四大天王 龍化之（持劍、噴水、燒符、步罡介）	*淨* *小旦* *生*	第二十五出　演法（龍化之用長春子所贈遁甲天書，上香、持劍、噴水、燒符、步罡等依法演練，召來馬趙溫關四大天王。胡連由嫖友吳山上三茅觀王道士處亦學得破法之招式、口訣，想捻抉步罡，讓龍化之出醜，但失敗了）	作法 *顯聖*	三茅觀

編號	傳奇名稱	作者或改編者	本事發生朝代	全部出數	劇中曾出場之各類宗教角色		出現神秘事蹟或與宗教人物及其活動相關之齣目		故事發生地或劇中人曾經（遊）歷之宗教場所
					劇中人身份	行當	神秘事蹟或宗教人物及其活動之內容	類別	
					長春子（紅衣、執拂、懷一試卷） 魁星（內鳴鑼鼓，長春子從高擲筆，魁星接筆跳舞介）	小旦	第二十六出 鬧闈（長春子為助龍化之得狀元，請出魁星助采，待試官閱卷不欲讓龍化之得魁之時，便又以天雷天樂示警，終助龍化之中狀元）	顯聖	
					龍化之（登台仗劍、燒符噴水、唸咒作法介） 長春子 眾扮神鬼	生 小旦 眾	第三十二出 祈雪（龍化之捉拿劉豫，用仙姑所賜天書依他作法，請下大雪一壇。果然長春子暗中引神鬼相助灑雪）	顯聖	
					長春子 鬼 扮劉豫魂	小旦 雜	第三十三出 攝巢（長春子在戰場上又示現神通助龍化之。先攝劉豫魂靈，又於軍前引路）	現神通	
							第三十四出 相逢（胡連卜卦知龍化之與胡章打仗將凱旋而回。果然龍化之與胡章即回，並告知眾人仙姑顯聖事，朝廷亦封天目山仙姑為白衣元君，有司立廟崇祀）	卜課 立廟	
					呂洞賓 長春子 柳樹精	小生 小旦 丑	第三十五出 提因（呂洞賓因長春子成就龍化之的生前事業，故使柳樹精引他前來要指點他日後終果。並告知長春子龍化之原王母燒香童子，胡弱妹原王母執拂侍兒，因動凡心謫人間。最後贈長春子一粒金丹，完其正果）	謫仙	
					呂洞賓 長春子 柳樹精 龍化之（原王母前燒香童子） 胡弱妹（原王母前執拂侍兒） 胡章（紫薇殿下修文使者） 胡連（原蟒蛇） 金童玉女	小生 小旦 丑 生 旦 外 淨 旦	第三十六出 揭果（呂洞賓命柳樹精引路，告知龍化之、胡章一家蕉帕之事，並一一告知眾人前生至今生之因果。要胡章夫婦二十年後歸華陽洞天。賜龍化之、胡弱妹金丹以歸回謫仙之原來面目回天界。又勸告胡連由蟒蛇修成人身，仍應好好作人）	因果報應 謫仙	華陽洞天 天界
60-9-3	紫簫記	湯顯祖	唐	三十四	霍王（玉芙蓉冠、九光衣） 杜秋娘 善才 鄭六娘（淨持）		第七出 遊仙（霍王聽李益詞而欲入華山遊仙。賜鄭六娘名淨持。杜秋娘則至金飈門外西王母觀度為女道士）	出家 在家修行	華山 西王母觀

編號	傳奇名稱	作者或改編者	本事發生朝代	全部出數	劇中曾出場之各類宗教角色		出現神秘事蹟或與宗教人物及其活動相關之齣目		故事發生地或劇中人曾經（遊）歷之宗教場所
					劇中人身份	行當	神秘事蹟或宗教人物及其活動之內容	類別	
							第十出　巧探（範四娘替李益説媒，霍小玉以爲其父既作神仙，女兒當爲仙女。鄭六娘勸道：只有仙女住在無欲天中，一墮凡凡身便相求取，就麻姑仙子也有人間之情）	修仙	
					杜秋娘（扮女道士）善才（扮女道士）		第十七出　拾簫（杜秋娘與善才已入西王母觀作女道士，元宵節閒聖旨許玩燈，同至華清宮舊遊之所玩）	僧俗交遊	
							第二十出　勝遊（霍小玉與李益同遊園飲酒，私祝花神，願花神護持夫婦百歲同春）	祝花神祈願	
							第二十七出　幽思（霍小玉想去什麼仙宮道院燒香祈禱李益從軍平安，櫻桃建議四月十五日王母娘生日，可去西王母觀燒香）	焚香祈願	西王母觀
					杜秋娘（扮女冠）善才（扮女冠）		第二十九出　心香（善才與杜秋娘自道出家難耐。不久鄭六娘與霍小玉來到王母殿燒香祈保。杜秋娘告知把明威法籙受過幾度後，將去華山訪老霍王殿下）	僧俗交遊 焚香祈願	王母殿 華山
					老禪僧四空法香法雲杜黃裳		第三十一出　皈依（老和尚與二徒談論地水火風與酒色財氣四空之理後，杜黃裳來訪。老和尚爲杜黃裳説佛理點化，杜黃裳終皈依學佛修行）	皈依 點化	章敬寺
					山人尚子毗山童		第三十三出　出山（吐蕃贊普訪崑崙山人尚子毗，請問征隴西及與唐和親之事。尚子毗占雲、望氣、占風角，以爲之決斷，並隨之出山，將去終南山訪遊）	占雲望氣占風角	崑崙山 終南山
					杜秋娘		第三十四出　巧合（杜秋娘與範四娘、鄭六娘、霍小玉等於七夕之日乞巧穿針消遣）	乞巧	
60-9-4	水滸記	許自昌	南宋宣和年間	三十二			第五出　發難（劉唐醉臥古廟佛殿，被補盜的官軍抓去到官請賞）		古廟
					公孫勝（道服）	末	第十出　謀成（公孫勝思量劫蔡京的生辰綱，加入晁蓋、吳用等人的行列）	僧俗交遊	

編號	傳奇名稱	作者或改編者	本事發生朝代	全部出數	劇中曾出場之各類宗教角色		出現神秘事蹟或與宗教人物及其活動相關之齣目		故事發生地或劇中人曾經(遊)歷之宗教場所
					劇中人身份	行當	神秘事蹟或宗教人物及其活動之內容	類別	
					公孫勝	末	第十四出 剽劫(眾人劫生辰綱,公孫勝用計叫白勝出首官府,屆時將設法呼風喚雨,走石飛沙,之後逃到梁山泊)	作法	
					公孫勝(戎服)(披髮仗劍作法) 鬼兵	末 雜	第十九出 縱騎(公孫勝顯神通,披髮仗劍作法,遣鬼兵驚散打敗官兵)	作法 現神通	
							第二十七出 博執(宋江醉後題反詩,被蔡九知府捉去,只好妝作失心瘋,瘋言:玉皇下降,要斬白蛇,有龍起云云)	裝神弄鬼	
					閻婆惜(鬼魂)	小旦	第三十一出 冥感(閻婆惜鬼魂仍愛戀張三郎,還來扯張三郎去結一個鴛鴦塚)	鬧鬼	
60-9-5	玉玦記	鄭若庸	南宋	三十六			第十二出 賞花(王商與娟奴遊西湖各地名勝,之後李娟奴許諾要和王商至癸靈廟燒香)	焚香	西湖 天竺寺 靈隱寺 淨慈寺 瑪瑙寺 昭慶寺 靈芝寺 錢塘江口癸靈廟
					廟令呂公	外	第十三出 設誓(王商與李娟奴至癸靈廟對神歃血為盟婚姻之約,由廟令呂公收王商玉玦繫於癸靈大王佩刀鞘之上)	立誓神鑑	癸靈廟
					廟令呂公	外	第十七出 投賢(王商被李娟奴及李媽媽用計擺脫,王商至癸靈廟問呂公娟奴平日行徑,後由呂公收留溫習經史)	寄宿寺觀	癸靈廟
					廟令呂公	外	第十九出 赴試(廟令呂公收留王商經年,還贈粗衣、黃金助王商進京趕考。王商因此將玉玦再寄放癸靈廟,由呂公收下)	寄宿寺觀	癸靈廟
					道士馬扁 道士貝戎	末 丑	第二十出 觀潮(道士馬扁貝戎以內事、外丹之術哄騙貪員外錢鈔)	僧俗交遊	
					癸靈廟神 鯨波使者	外 淨	第二十五出 夢神(秦慶娘被擄守節自縊而死,被癸靈廟神命鯨波使者解救,並在秦慶娘夢中預言未來命運)	顯聖夢兆預言	

編號	傳奇名稱	作者或改編者	本事發生朝代	全部出數	劇中曾出場之各類宗教角色		出現神秘事蹟或與宗教人物及其活動相關之齣目		故事發生地或劇中人曾經（遊）歷之宗教場所
					劇中人身份	行當	神秘事蹟或宗教人物及其活動之內容	類別	
							第二十六出　擄忠（金國元帥擄王商羈禁金山寺中）	羈禁寺觀	金山寺
					咨喜（鬼魂）癸靈部下鬼使青鳥子（相風水）	淨丑淨	第三十一出　索命（癸靈大王差鬼使與咨喜去跟李娟奴索命。娟奴死後馬上有相風水的青鳥子來跟李大嫂獻好穴）	惡報堪輿	
					廟令呂公	外	第三十二出　陽勘（王商以為妻死，要請天師建起黃籙大齋追薦。又報答廟令呂公，並捐白金修造癸靈廟祠宇）	薦亡修廟	癸靈廟
					癸靈神睡魔鬼卒咨喜（鬼魂）李娟奴（鬼魂）王商（魂）	外丑淨小旦生	第三十四出　陰判（癸靈大王因王商為京兆府尹，又興造祠宇奉祀癸靈廟神，故顯神通讓睡魔引王商魂看癸靈大王審判咨喜及李娟奴受報過程，並指引王商夫婦將重逢）	立祠顯聖	癸靈廟
							第三十五出　宿廟（張宣撫羈候人犯在癸靈廟聽審。秦慶娘想起神明預言，故在癸靈廟前撮土焚香，禱告一番）	祈願	癸靈廟
					廟令呂公	外	第三十六出　團圓（王商因夢癸靈大王報應之事而到癸靈廟拈香，遇秦慶娘，夫妻重逢）	應言	癸靈廟
60-10-1	灌園記	張鳳翼	春秋齊國事	三十			第二十八出　墓祭王蠋（齊世子法章墓祭太傅王蠋，並要為他立祠，撥祭田二十頃著人管理）	祭奠	
60-10-2	種玉記	汪廷訥	漢代	三十	南極壽星東華福星西華祿星	末小生丑	第二出　贈玉（福、祿、壽三星君夢中預示霍休文未來命運，並贈玉纘環、玉拂塵、紫玉杖等三玉器）	夢兆顯聖	
							第四出　夢俊（俞氏與俞母同夢手執玉拂塵之霍休文為俞氏夫君）	夢兆	
					公孫敖（善相）	淨	第七出　奇術（公孫敖相衛青兄妹為尊貴之相，日後必驗）	風鑑	
					公孫敖（善相）	淨	第十一出　寵拜（公孫敖自相當刑而王，故欲攀附衛青而貴）	風鑑	
							第十三出　拂卷（俞氏、霍休文相逢，因符夢兆而締姻盟）	應兆	
							第三十出　榮壽（霍休文兩處姻緣及福祿壽兼全，符昔年夢中語）	應兆	

編號	傳奇名稱	作者或改編者	本事發生朝代	全部出數	劇中曾出場之各類宗教角色		出現神秘事蹟或與宗教人物及其活動相關之齣目		故事發生地或劇中人曾經（遊）歷之宗教場所
					劇中人身份	行當	神秘事蹟或宗教人物及其活動之內容	類別	經（遊）歷之宗教場所
60-10-3	雙烈記	張四維	南宋	四十四	隱者太虛道人陳公 道童溪雲 道童野鶴	老外 丑 淨 丑	第二出　訪道（韓世忠、張俊訪隱者陳公，陳公謨二十八字口號，預示未來命運）	預言	終南山
					星士開口靈		第四出　推詳（韓世忠、張俊遇星士，被算為大貴之命，但韓世忠以為星士諛佞，不給錢，還打星士）	算命	
							第五出　妄尊（方臘自以為應推背圖讖，有天子福分，以天神定光如來為國師，並起兵擾宋）	假宗教之名造反	
					韓世忠（元神為虎將）	生	第十一出　奇遇（韓世忠睡時現虎形，梁紅玉驚遇，主動託終身）	異相	甘露寺
							第十四出　惜別（梁紅玉因母親年老、夫婿新婚，往南海進香了願）	進香	
					定光和尚		第十七出　滅醜（方臘兵與韓世忠交戰，兵敗，其中國師定光和尚亦兵敗）	假宗教之名造反	
					小僧一錠金 明心長老	丑 外	第二十九出　計定（韓世忠訪明心長老並勘查金山龍王廟地形，以為軍戰之需）	僧俗交遊	金山寺 龍王廟 郭璞墩
							第三十出　寇逸（蘇德與方臘兵戰於龍王廟）		龍王廟
					卜者開口靈	丑	第三十九出　決疑（梁紅玉找卜者卜韓世忠前程，此卜者正是第四回出現之星士，前言均已應驗。韓世忠自擬辭官，因征戰殺戮太多，擬薦亡、焚卷、植福、齋戒、設醮、禳衍）	卜課 應驗 齋醮	
					紫陽宮住持老道士 道士 道童	外 丑	第四十一出　修齋（韓世忠送紫陽宮白米十石、銀子十兩，做七晝夜黃籙大醮）	齋醮	紫陽宮
					太虛道人陳公 清涼居士韓世忠 靈隱寺長老	老外 生 外	第四十二出　行遊（韓世忠因終南山陳公來訪，發現當年公預言應驗。兩人同訪靈隱寺長老）	應言 僧俗交遊	終南山 靈隱寺
60-10-4	獅吼記	汪廷訥	宋	三十	龍丘居士陳季常 佛印禪師 小和尚	生 外 丑	第四出　住錫（金山寺住持佛印禪師遊方渡眾，住錫黃州定惠禪寺，原寺小和尚透露定惠禪寺長老性空，雖出家而破淫戒）	度世	金山寺 定惠禪寺

編號	傳奇名稱	作者或改編者	本事發生朝代	全部出數	劇中曾出場之各類宗教角色		出現神秘事蹟或與宗教人物及其活動相關之齣目		故事發生地或劇中人曾經（遊）歷之宗教場所
					劇中人身份	行當	神秘事蹟或宗教人物及其活動之內容	類別	
					東坡居士蘇軾 龍丘居士陳季常 佛印禪師	小生 生 外	第八出　談禪（東坡、龍丘兩居士與佛印談禪，佛印闡釋男女慾內乃因凡世造業，而惡婆娘乃大羅刹投胎之因果）	僧俗交遊因果報應	
					土地神 土地娘娘 龍丘居士陳季常	外 丑 生	第十三出　鬧祠（懼內的陳季常與縣太爺同往土地祠告惡妻，豈知土地爺亦是怕土地娘娘的）		土地祠
					東坡居士蘇軾 佛印禪師 龍丘居士陳季常	小生 外 生	第十五出　赤壁（蘇軾攜琴操與佛印、陳季常遊赤壁，途中琴操皈依佛印）	僧俗交遊皈依	
					巫嫗 龍丘居士陳季常	淨 生	第十七出　變羊（巫嫗助陳季常假牽羊以誆惡妻，要柳氏齋戒懺悔）	巫術	
					巫嫗 龍丘居士陳季常	淨 生	第十九出　復形（巫嫗假借鬼神、祖宗之命，助陳季常說服妒妻納妾）	巫術	
					牛頭 馬面 二鬼卒（執鐵鎖、鐵叉） 龍丘居士陳季常	淨 丑 雜 生	第二十出　爭寵（牛頭、馬面與二鬼卒奉閻羅天子之命，因陳愷妒妻柳氏罪業太多，擬攝魂問理，故柳氏突發病症。蘇秀英提議請前日巫師禳解，然柳氏未肯）	攝魂 祈禳	
					牛頭 馬面 二鬼卒 龍丘居士陳季常 東坡居士蘇軾	淨 丑 雜 生 小生	第二十一出　訴冤（牛頭、馬面與二鬼卒拿柳氏。柳氏昏沈，手足漸寒，東坡建議仗佛印法力或可度脫回生）	攝魂	
					閻羅帝君 判執簿吏（捧業鏡） 神將金瓜 曹官 牛頭 馬面 佛印禪師 柳氏（鬼魂）	末 雜 淨 丑 外 旦	第二十二出　攝對（柳氏因嫉妒蓋世，殘酷逆天，故被鬼判勾往地府受審，閻王以業鏡照攪，迫使柳氏認罪。佛印親往地府求情，閻王禮遇佛印，准佛印領柳氏過遊地獄）	冥判 遊地獄	地獄
					牛頭 馬面 柳氏（鬼魂） 佛印禪師 鼓樂、幡幢 數婦女（仙妝）	淨 丑 旦 外 雜	第二十三出　冥遊（牛頭、馬面架柳氏與佛印遊地府，遇賢德留芳，並登天府之數婦女後，一一歷數地獄景象，使柳氏畏果報而改前非）	因果報應	

編號	傳奇名稱	作者或改編者	本事發生朝代	全部出數	劇中曾出場之各類宗教角色		出現神秘事蹟或與宗教人物及其活動相關之齣目		故事發生地或劇中人曾經（遊）歷之宗教場所
					劇中人身份	行當	神秘事蹟或宗教人物及其活動之內容	類別	
					佛印禪師 龍丘居士陳季常	外 生	第二十四出 謝師（柳氏還魂甦醒，蘇秀英情願齋戒三年。陳家三人同謝東坡、佛印。佛印要季常築一靜室，待柳、蘇二姬焚修）	齋戒 在家修行	
					東坡居士蘇軾	小生			
					柳氏（尼裝）	旦	第二十五出 生子（柳氏死裡逃生，已知因果，一心向佛）	在家修行	
					佛印禪師 龍丘居士陳季常	外 生	第二十六出 祖席（東坡調職還都，佛印告知其前身是五戒禪師）	輪迴	
					東坡居士蘇軾 柳氏（已皈依） 琴操（已皈依） 蘇秀英（已皈依）	小生 旦 老旦 小旦			
					佛印禪師	外	第二十八出 西歸（佛印已點化東坡，又度陳季常、柳氏、琴操、蘇秀英等，準備西歸）	點化	
					龍丘居士陳季常 柳氏 琴操 蘇秀英 東坡居士蘇軾 佛印禪師	生 旦 老旦 小旦 小生 外	第三十出 同榮（佛印往見如來，接引柳氏、琴操、蘇秀英同往參見，並要陳季常、東坡了卻塵緣後，亦同赴靈山相會）	了緣 修道	
60-10-5	義俠記	沈璟	宋	三十六	殷天錫 神兵（二人） 宋江	淨 丑 外	第十三出 奇功（宋江、花榮、顧大嫂同救李逵。殷天錫使劍登高作法，請神兵、起大風；宋江亦用九天玄女所授雲符，執劍、書、符去破法）	作法	
							第十五出 被盜（賈母與賈氏因被盜，故打算扮道姑，一路抄化尋武松投奔）	現出家相	
					武大郎（妝鬼）	小丑	第十七出 悼亡（武大郎被藥死，武松在靈位前睡，武大鬼魂來叫冤）	鬧鬼	
							第十八出 雪恨（武松砍下西門慶、潘金蓮之人頭，在武大靈前獻祭後，燒化靈座）	祭奠	
					賈母（扮道姑） 賈氏（扮道姑）	老旦 旦	第二十出 止觀（武松岳母及未過門的媳婦賈氏，為尋武松，扮道姑涉至陽穀縣，被孫二娘介紹入住清真觀）	借宿寺院	清真觀

編號	傳奇名稱	作者或改編者	本事發生朝代	全部出數	劇中曾出場之各類宗教角色		出現神秘事蹟或與宗教人物及其活動相關之齣目		故事發生地或劇中人曾經(遊)歷之宗教場所
					劇中人身份	行當	神秘事蹟或宗教人物及其活動之內容	類別	
					清眞觀觀主 賈母（扮道姑） 賈氏（扮道姑）	小旦 老旦 旦	第二十六出　再創（清眞觀觀主因臘月二十五日玉皇下降之辰，啓建道場，讓信女瞻禮、拈香）	齋醮	清眞觀
					賈母（扮道姑） 賈氏（扮道姑） 清眞觀觀主 跏子道姑	老旦 旦 小旦 丑	第三十一出　解夢（賈母與賈氏各作一夢，由清眞觀觀主請跏子道姑圓夢，預示將招待女婿，均爲好兆）	夢兆	清眞觀
							第三十二出　挂羅（十字坡火家一行四人埋伏在土地廟打劫）		土地廟
					賈母（扮道姑） 賈氏（扮道姑） 胖花和尚魯智深 武松（扮行者） 孫二娘（扮進香婦人） 扈三娘（扮進香婦人） 矮腳虎（扮道友） 張青（扮道友）	老旦 旦 淨 生 丑 小旦 小丑 末	第三十三出　征途（賈母與賈氏與武松相逢，又遇花和尚、矮腳虎、一丈青。故武松扮行者，跟著魯智深一行人或扮道友或扮進香婦人一同上梁山泊）	僧俗交遊	
					花和尚魯智深	淨	第三十六出　恩榮（武松與賈氏完婚，魯智深本想當掌禮，但孫二娘以爲出家人當婚禮掌禮不吉利）	僧俗交遊	
60-11-1	白兔記	無名氏	五代	三十三			第二出　訪友（劉智遠自道夜宿馬鳴王廟安身）	借宿寺觀	馬鳴王廟
					跳鬼判的 蹻蹻的 做百戲的	淨 眾 眾	第三出　報社（馬鳴廟社會，今年由李文奎當社主。跳鬼判的、蹻蹻的、做百戲的，不能盡述，故「淨」領眾演與李文奎看）	賽會	
					道士（馬鳴廟提典） 馬鳴王鬼判	淨	第四出　祭賽（眾人往馬鳴王廟賽會，劉智遠躲在供桌下。當李文奎主祭時，劉智遠偷福雞吃，卻見滿殿紅光，神帳裡現五爪金龍。又道士打筊，預告有貴星，落在莊上）	賽會 異相 預言	馬鳴王廟
					劉智遠（蛇穿竅）	生	第六出　牧牛（劉智遠睡臥牛岡邊，一道火光透入天門，又蛇穿鼻竅，顯大貴之人相，李文奎因此欲嫁女子劉智遠）	異相	

編號	傳奇名稱	作者或改編者	本事發生朝代	全部出數	劇中人身份	行當	神秘事蹟或宗教人物及其活動之內容	類別	故事發生地或劇中人曾經(遊)歷之宗教場所
					劉智遠(貴人異相)	生	第七出 成婚(劉智遠與李三娘拜堂,因其本大貴人,李文奎夫婦承不起他拜,便都頭頭暈了,更因此都生病了)	異相	
					碧長老劉智遠	丑生	第九出 保禳(李文奎夫婦因被劉智遠拜後均病,李三叔勸李洪一請道士解禳,李洪一嫌貴且費事,便請沙陀寺碧長老誦經,不想李文奎夫婦竟就死了,於是碧長老被驅走)	祈禳誦經	沙陀寺
							第十出 逼書(傳說臥牛岡上六十畝瓜園內有鐵面瓜精,青天白日,時常出來現形,食啖人性命,白骨如山)	鬧妖怪	
					鬼劉智遠	生	第十二出 看瓜(劉智遠夜間瓜園看瓜,有鬼出現,打殺鬼後發現石下有頭盔衣甲、兵書寶劍,其中並有讖語預言本應由劉智遠得,故劉智遠拜謝瓜園土地神看守)	鬧鬼謝土地神	
					劉智遠(貴人異相)	生	第十八出 拷問(岳小姐見劉智遠巡軍,窗外竟紅光閃爍、紫霧騰騰)	異相	
					劉智遠	生	第三十三出 團圓(劉智遠功成名就,打點祭禮,祭岳父母墳。又重修馬鳴王廟)	祭墳修廟	馬鳴王廟
60-11-2	殺狗記	徐𣈋著龍子猶訂定		三十六	土地神	外	第十二出 雪夜救兄(孫榮雪夜土地神顯化扯住他,要他救助醉漢孫華)	顯聖	
							第二十二出 孫榮奠墓(清明佳節,孫榮尋一陌紙錢,叫化得半瓶酒去祖宗父母墳前拜掃)	上墳	
					土地神	外	第二十六出 土地顯化(楊氏為勸夫,請人殺狗,假扮如人,但土地神示現神通,使兄弟二人看見,只道是人,不道是狗,以見楊氏賢德)	現神通	
60-11-3	曇花記	屠龍	唐	五十五	西天祖師賓頭盧	外	第三出 祖師說法(釋迦如來大弟子西天祖師賓頭盧說法,並說明來此人間,乃因如來命其點化謫仙木清泰,因其本為西天散聖焦鏡圓)	度世點化謫仙	

編號	傳奇名稱	作者或改編者	本事發生朝代	全部出數	劇中曾出場之各類宗教角色 劇中人身份	行當	出現神秘事蹟或與宗教人物及其活動相關之齣目 神秘事蹟或宗教人物及其活動之內容	類別	故事發生地或劇中人曾經(遊)歷之宗教場所
					蓬萊仙客山玄卿	末	第四出　僊伯降凡（蓬萊仙客山玄卿奉太上之命，下凡點化木清泰，因其本爲東華仙卿，後證西方散聖。途遇賓頭盧，故僧道同行）	點化謫仙	
					西天祖師賓頭盧	外			
					賓頭盧（扮醉僧）	外	第五出　郊遊點化（木清泰本攜眷郊遊，途遇賓頭盧化身醉僧、山玄卿化身風魔道人點化）	點化	
					山玄卿（扮風魔道人）	末			
					木清泰（道扮）	生	第六出　辭家訪道（木清泰辭爵別妻孥，出家訪道尋眞，並以曇花爲證果之記）	出家	
					西天祖師賓頭盧	外	第七出　僊佛同途（賓頭盧與山玄卿同途儒、釋、道三教合流說）	三教合流	
					蓬萊仙客山玄卿	末			
					木清泰（道扮）	生	第八出　雲遊遇師（木清泰出家尋師）	出家尋師	
					西天祖師賓頭盧	外	第九出　從師學道（木清泰拜和尚爲本師，拜道者做導師）	皈依	
					蓬萊仙客山玄卿	末			
					木清泰（道扮）	生			
					衛德荼（道裝）	旦	第十出　夫人內修（衛德荼因丈夫出家，亦在家修行，郭倩香、賈凌波二妾亦追隨當道姑。但自稱蓮花菴中三淨尼）	在家修行	蓮花菴
					郭倩香（欲修行）	貼			
					賈凌波（欲修行）	小旦			
					蓬萊仙客山玄卿	末	第十一出　檀施積功（木西來廣施錢財，改容、願家產盡布施，本心如此，入道如箭）	布施	
					木西來（木清泰法名）	生			
					西天祖師賓頭盧	外			
					巨蟒		第十二出　群魔歷試（木西來於古廟夜宿，群魔化作雷電、巨蟒、猛虎、鬼來歷試）	魔考	古廟
					猛虎				
					鬼				
					木西來（木清泰）	生			
					西天祖師賓頭盧	外			
					蓬萊仙客山玄卿	末			
					毗沙門天王使者	末	第十三出　天曹採訪（每月初八，毗沙門天王使者帶眾神將、力士、曹使考察人世）	神明鑑察	
					神將				
					力士				
					曹使				

編號	傳奇名稱	作者或改編者	本事發生朝代	全部出數	劇中曾出場之各類宗教角色		出現神秘事蹟或與宗教人物及其活動相關之齣目		故事發生地或劇中人曾經（遊）歷之宗教場所
					劇中人身份	行當	神秘事蹟或宗教人物及其活動之內容	類別	
					毗沙門天王使者眾將吏	末	第十四出　奸相造謀（毗沙門天王使者見奸相盧杞欲害顏眞卿而想出力相救，但神吏以爲顏眞卿已名列仙班，祇以宿怨當陷賊庭，若屍解得道，遂證上仙，大數已定，故不必拔救）	命定證果	關眞君祠
					毗沙門天王使者眾將吏	末	第十五出　士女私奔（毗沙門天王使者見文士顏雕龍以情慾私良家女子陳木難，應削祿減算，請奏天主施行）	惡報	
					毗沙門天王使者神吏 關眞君	末 外	第十六出　魑邪設謗（孟梁章欲害蕭黃流，籤卜問關眞君，籤筒飛裂，眞君大怒，但孟梁章仍一意孤行，且殺丫鬟。毗沙門天王使者與關眞君相見，互道考察人間結果）	卜課 顯聖	
					李泌（衡山隱士） 羅公遠方士 邢和璞眞人	末外 小外	第十七出　群僊會眞（李泌華誕，羅公遠、邢和璞分別以金桃、瑤池玉李祝壽）	仙界祝壽	
					木龍駒（裝雲遊道人） 李泌（衡山隱士）	小生 末	第十八出　公子尋親（木龍駒裝雲遊道人至李泌處打探父親消息）	現出家相	
					半天遊戲神 木龍駒（裝雲遊道人）	丑	第十九出　遊戲傳書（西天祖師囑半天遊戲神化身槳夫指點木龍駒回家孝敬母親。又半天遊戲神見木龍駒一家入道，亦想求西天祖師度脫）	神通 度化	
					衛德棻 郭倩香 賈凌波 木龍駒	旦 貼 小旦	第二十出　夫人得信（木清泰出家前曾插曇花爲記，曇花果然生長，長葉抽枝）	瑞兆	蓮花菴
					驢（陳贄） 西天祖師資頭盧 蓬萊仙客山玄卿木西來（木清泰） 紅銷花神	外 末生 小貼	第二十一出　超度沉迷（西天祖師度化驢身之陳贄升忉利天。又花神變身侍女紅銷，試木西來道念）	度化 魔考	
					木西來（木清泰） 鬼卒 王婉娘鬼魂	生 小旦	第二十二出　嚴公冤對（王婉娘鬼魂索嚴武命報仇。又王婉娘請木西來以一言超拔，木西來要她唸：阿彌陀佛）	因果報應	

編號	傳奇名稱	作者或改編者	本事發生朝代	全部出數	劇中曾出場之各類宗教角色		出現神秘事蹟或與宗教人物及其活動相關之齣目		故事發生地或劇中人曾經（遊）歷之宗教場所
					劇中人身份	行當	神秘事蹟或宗教人物及其活動之內容	類別	經（遊）歷之宗教場所
					關眞君 將卒	外	第二十三出 眞君顯聖（關眞欲顯聖助木西來抵擋魔軍）	顯聖	
					小魔王 眾陰兵	淨	第二十四出 西來遇魔（木西來大道將成，倍受魔考，被小魔王送入黑山獄）	魔考	黑山獄
					木西來（木清泰）	生			
					木西來（木清泰）	生	第二十五出 魔難不屈（木西來不願降，小魔王設鼎蒸火烹之，關眞君來救）	歷劫	
					小魔王 眾陰兵	淨		顯聖	
					關眞君 眾將兵	外	第二十六出 聖力降魔（關眞君率神兵大敗小魔王及眾陰兵，救出木西來）	顯聖	
					小魔王 眾陰兵	淨			
					木西來（木清泰）	生			
					冥府傳送官紳消丸	小丑	第三十出 冥官迓聖（西天祖師、蓬萊仙客攜木西來遊地府，冥府傳送官紳消丸及烈士顏杲卿因死後成神，兩人同向西大祖師參請佛法）	遊地府	酆都 冥府閻王殿
					連苑宮大將顏杲卿（天神）	小外			
					西天祖師賓頭盧	外			
					蓬萊仙客山玄卿	末			
					木西來（木清泰）	生			
					閻羅天子 神將 曹官 左右侍從	小生	第三十一出 卓錫地府（西天祖師、蓬萊仙客、木西來到地府見閻羅天子。又閻羅天子判白起入阿鼻地獄，而崔浩、傅奕亦因謗佛而入阿鼻地獄）	遊阿鼻地獄	阿鼻地獄
					西天祖師賓頭盧	外			
					蓬萊仙客山玄卿	末			
					木西來（木清泰）	生			
					曹操（鬼） 華歆（鬼） 伏后（鬼） 閻羅天子 階下金瓜武士 眾卒吏	丑 小丑 貼 小生	第三十二出 閻君勘罪（西天祖師、蓬萊仙客、木西來在地府看閻羅王審曹操、華歆，並讓伏后生大力鞭打他們。伏后被轉賜男身。又有鬼眾告木清泰，然因非枉殺，木清泰仍無罪）	冥判	
					西天祖師賓頭盧	外			
					蓬萊仙客山玄卿	末			
					木西來（木清泰）	生			
					鬼眾（東京戰卒）				
					判官				

編號	傳奇名稱	作者或改編者	本事發生朝代	全部出數	劇中曾出場之各類宗教角色		出現神秘事蹟或與宗教人物及其活動相關之齣目		故事發生地或劇中人曾經（遊）歷之宗教場所
					劇中人身份	行當	神秘事蹟或宗教人物及其活動之內容	類別	經（遊）歷之宗教場所
					西天祖師賓頭盧	外	第三十三出 遍遊地獄（使者帶領西天祖師、蓬萊仙客、木西來三人遍遊各輕地獄）	遊地獄	
					蓬萊仙客山玄卿	末			
					木西來（木清泰）	生			
					使者				
					閻羅天子	小生	第三十四出 冥司斷案（閻羅天子審張嫣兒謀殺親夫夏璜案；及范博平推溺妻子金氏入淮河案；又王延叟告人謀子占產案；及孟豕章謗蕭黃流交通逆賊案；及眾生多犯之各式案情）	冥判	
					判官				
					吏卒				
					張嫣兒（鬼）				
					夏璜（鬼）				
					金氏（鬼）				
					范博平（鬼）				
					王延叟（鬼）				
					陳神愿（鬼）				
					臧義（鬼）				
					淮河水神	丑			
					孟豕章（鬼）				
					西天祖師賓頭盧	外			
					蓬萊仙客山玄卿	末			
					木西來（木清泰）	生			
					西天祖師賓頭盧	外	第三十五出 普度群生（西天祖師、蓬萊仙客、木西來三人回閻浮世界途中度化西施、項羽、范丹、石崇等人）	度化	閻浮世界
					蓬萊仙客山玄卿	末			
					木西來（木清泰）	生			
					醜女西施（鬼）				
					老病人項羽（鬼）				
					乞人范丹（鬼）				
					乞人石崇（鬼）				
					楊再恩（鬼）	丑	第三十六出 眾生業報（歷史人物紛紛出場自道生前所犯之罪及死後所受業報）	因果報應	
					祝欽明（鬼）				
					李林甫（鬼）				
					伯嚭（鬼）				
					張宗昌（鬼）				
					元載（鬼）				
					王戎（鬼）				
					宋之問（鬼）				
					司馬懿（鬼）				
					曹丕（鬼）				
					衛德菜	旦	第三十七出 郊行卜佛（衛德菜與郭倩香、賈凌波去大悲禪寺求籤叩問木清泰消息，得尼僧解籤為上上籤）	求籤	大悲禪寺
					郭倩香	貼			
					賈凌波	小旦			
					大悲寺尼僧				

編號	傳奇名稱	作者或改編者	本事發生朝代	全部出數	劇中曾出場之各類宗教角色		出現神秘事蹟或與宗教人物及其活動相關之齣目		故事發生地或劇中人曾經(遊)歷之宗教場所
					劇中人身份	行當	神秘事蹟或宗教人物及其活動之內容	類別	經(遊)歷之宗教場所
					北幽太子 陰府女使胡媚兒 鬼使二人	小丑	第三十八出　陰府凡情（北幽太子派胡媚兒及鬼使，化身郭曖家婢向郭倩香、賈凌波說合，欲迎娶）	魔擾	
					郭倩香 賈凌波 陰府女使胡媚兒 鬼卒二人	貼 小旦	第三十九　窺園遘難（郭倩香、賈凌波拒絕胡媚兒說合，反被妖鬼相侵）	鬧鬼	
					衛德菜 郭倩香 賈凌波 鬼卒	旦 貼 小旦	第四十出　禮佛求禳（衛德菜焚香求請如來護佑郭、賈二姬鬼物相侵之病）	祈禳	
					許旌陽眞君 將吏 金童 玉女 北幽太子 眾鬼卒 衛德菜 郭倩香 賈凌波	外 小丑 旦 貼 小旦	第四十一出　眞君驅邪（觀音大士派許旌陽眞君化爲法官道士賜郭、賈二姬神丹，並除邪魔，打敗北幽太子。故郭、賈二姬欲裝塑許眞君金像供在如來之旁禮拜）	顯聖 立像	
					玉皇掌書香案吏 西天祖師資頭盧 蓬萊仙客山玄卿 木西來（木清泰） 雷師皓翁	小生 外 末 生 小外	第四十二出　上游天界（西天祖師與蓬萊仙客、木西來遊天界，遇玉皇掌書香案吏及雷師皓翁。西天祖師因未奉佛旨，故不敢登壇說法且未拜見帝君）	遊天界	天界
					衛德菜 郭倩香 賈凌波 龐靈照（扮雲水尼僧） 木府土地神（化身木清泰）	旦 貼 小旦 生	第四十三出　尼僧說法（龐靈照化作雲水尼僧爲衛氏，郭、賈二姬說法。並有木府土地神化作木清泰身形試衛氏、郭、賈二姬道心）	說法度世 魔考	蓮花菴
					顏眞卿仙卿 李長源仙卿 李太白仙卿 將吏 盧杞（鬼）	外 末 小生 淨	第四十四出　群仙會勘（顏眞卿仙卿與李長源、李太白二仙長均奉上帝之命會勘盧杞之罪）	群仙會	
					鬼卒 盧杞（鬼）	淨	第四十五出　凶鬼自嘆（盧杞自嘆生前曾道「天道難明，鬼神誰見」孰知死後果受地獄果報）	因果報應	

編　號	傳　奇名　稱	作者或改編者	本事發生朝代	全　部出　數	劇中曾出場之各類宗教角色		出現神秘事蹟或與宗教人物及其活動相關之齣目		故事發生地或劇中人曾經（遊）歷之宗教場所
					劇中人身份	行當	神秘事蹟或宗教人物及其活動之內容	類別	
					鬼下神眾神兵		第四十七出　木候夜巡（木龍駒軍武夜巡，聽見有鬼月夜獨嘆，並有神明擁眾查陣亡將士。並預言朱泚明日兵敗）	*關鬼*預言	
					木清泰（西方散聖）仙女蒼虎金瓜將士西方祖師賓頭盧蓬萊仙客山玄卿	生　　　　外末	第四十八出　東遊仙都（木西來與西方祖師、蓬萊仙客至蓬萊山洞府會群仙。仙女誤會，命守壇神將令蒼虎驅趕俗人木清泰。而後西方祖師給木清泰黑棗一枚，而使木清泰自知前身為西方散聖焦鏡圓）	*群仙會*謫仙	蓬萊山洞府
					西天祖師賓頭盧蓬萊仙客山玄卿木西來（木清泰）	外末生	第五十出　西遊淨土（西天祖師、蓬萊仙客、木西來三人上遊天堂、下觀地府、東泛蓬萊，最後西歸淨土。西天祖師為木西來與蓬萊仙客說明禪淨雙修之道）	遊淨土禪淨雙修	
					衛德菜郭倩香賈凌波玉女靈照菩薩金童	旦貼小旦	第五十二出　菩薩降凡（衛德菜夢本宅土地神說明前試道心事，並通知靈照菩薩降臨之事。果然午時靈照菩薩攜金童玉女幢幡寶蓋降臨授記，衛氏、郭、賈二姬香湯沐浴以侍迎）	夢兆顯聖	蓮花菴
					木西來（木清泰）西天祖師賓頭盧蓬萊仙客山玄卿遊戲神（三昧道人）綿消丸（廣長道人）	生外末丑小丑	第五十三出　西來悟道（木西來悟道。遊戲神、綿消丸亦歸道改名三昧道人、廣長道人）	開悟證道	
					衛德菜郭倩香賈凌波三昧道人廣長道人	旦貼小旦丑小丑	第五十四出　還鄉報信（曇花已開，木清泰成道。三昧道人、廣長道人通知衛氏一家老小木清泰將還鄉之信）	瑞兆	
					木清泰西天祖師賓頭盧蓬萊仙客山玄卿衛德菜郭倩香賈凌波靈照菩薩	生外末旦貼小旦	第五十五出　法眷聚會（木清泰一家入道，皇帝敕封。又靈照菩薩亦奉西方彌陀如來旨敕封眾人。眾人同看曇花盛開。並有眾人求見佛爺，各自持齋奉戒）	朝廷封號如來封神齋戒	

編　號	傳　奇 名　稱	作者或 改編者	本事發 生朝代	全　部 出　數	劇中曾出場之各類 宗教角色		出現神秘事蹟或與宗教人物 及其活動相關之齣目		故事發生地 或劇中人曾 經（遊）歷 之宗教場所
					劇中人身份	行當	神秘事蹟或宗教人物 及其活動之內容	類別	
60-11-4	龍膏記	楊珽	唐天寶 年間	三十			第二出　旅況（張無頗 客懷消阻，店主人建議 張無頗去向袁大娘問 卜）	卜課	
					道童 袁大娘（道扮） 值日天將	旦 老旦 雜	第四出　買卜（袁天綱 之女袁大娘奉玉帝之 旨，待天宮司香散吏張 無頗與水府纖綃仙姝元 湘英了鳳緣、合爲夫婦 後，授他們清虛仙訣。 故命值日天將盜燬金盒 贈張無頗，並借卜卦預 示前程）	謫仙 神媒 卜課	
					袁大娘	老旦	第十七出　下獄（張無 頗因燬金盒入獄，袁大 娘劫獄，來去自如）	神媒	
					袁大娘 天將 天將 天將 天將	老旦 淨 小生 旦 小旦	第十八出　脫難（袁大 娘以「張無頗是天上星 宿，偶然有難，今災殃 已過」爲由，請天將神 兵阻止追兵。並預告張 無頗發達有時）	神媒 謫仙	
					袁大娘 天官司香散吏 水府纖綃仙姝 仙女（執符節） 仙女（執符節） 仙官（執旛幢） 仙官（執旛幢）	老旦 生 旦 淨 丑 末 小生	第三十出　游仙（袁大 娘促成張無頗、元湘英 之姻緣後，恐倆人貪戀 榮華迷失眞性，故告知 兩人原列仙曹，需再去 山中學道）	神媒 謫仙	
60-11-5	飛丸記	張景	明嘉靖 年間	三十三	土地神		第七出　得稿贋詞（土 地神因嚴玉英、易弘器 乃宿世姻緣，故顯聖飛 紙丸，替嚴玉英傳情書）	顯聖	
					土地神		第九出　意傳飛稿（土 地神顯聖舞飛丸，將情 書傳給易弘器）	顯聖	
					土地神		第十出　丸裡緘懷（土 地神再顯聖舞飛丸，將 情書傳給嚴玉英）	顯聖	
							第十二出　憐儒脫難 （嚴玉英夢神告知，易 弘器有難，命嚴玉英救 之。果然圉公要害易弘 器性命，神言不虛）	夢兆	
							第二十五出　誓盟牛女 （張媽媽夜夢土神要她 撮合嚴玉英與易弘器之 姻緣。兩人原是紙丸媒 的，姻緣天定）	夢兆	

編號	傳奇名稱	作者或改編者	本事發生朝代	全部出數	劇中人身份	行當	神秘事蹟或宗教人物及其活動之內容	類別	故事發生地或劇中人曾經（遊）歷之宗教場所
60-12-1	東郭記	孫仁孺	春秋	四十四			第二十二出　卒之東郭墦間之祭者（田戴、王驩因受寵幸，以爲祖宗之福，故秋祭時，東郭墦邊祭祖）	祭奠	
60-12-2	節俠記	許三階	唐武后年間	三十二			第四出　忠忤（武則天改唐爲周，還要立武氏七廟）	立廟	
					駱賓王（僧扮）	小生	第十四出　訂訪（駱賓王因起義失敗，以計脫，祝髮爲僧，改號無名，暫脫是非。道學敗，學逃禪）	出家逃禪	嶺南香積寺
					駱賓王（僧扮）	小生	第十五出　俠晤（駱賓王與裴太僕，鐵騎將軍劉生等人論政）	僧俗交遊	
60-12-3	雙珠記	沈鯨	唐開元年間	四十六	袁天綱	外	第三出　風鑑通神（王濟川、孫天彝、陳獻夫三人拜訪袁天綱，請其看相，預示三人未來命運）	風鑑	
					玉虛師相玄天上帝　四神將	小外	第二十一出　眞武靈應（玄天上帝顯聖，遣四神將救節婦郭氏投崖）	顯聖	太和山眞武廟
					袁天綱	外	第二十四出　術士玄謀（王母、郭氏求袁天綱玄謀救王濟川）	神媒	
					北斗七星（化身七僧）		第二十五出　北斗化僧（北斗七星化身爲七僧人於酒肆飲酒）	顯聖	
					袁天綱	外	第二十六出　奏議頒赦（因北斗化人、天現異象，袁天綱建議皇上大赦天下）	神媒	
					僧悟眞（禁子葉清）	末	第四十四出　僧榻傳音（禁子葉清因一念之貪，害人母子生離死別，遂出家爲僧，以消惡業）	出家	西嶽華山下正覺菴
60-12-4	四賢記	無名氏	元	三十八	道士張霞杯	小生	第五出　寓奸（棒胡對道士張霞杯透露有造反之意）	假宗教之名造反	集福道院
					道士張霞杯	小生	第九出　搆釁（張霞杯在玄帝降臨之日頌經，有楊奶奶、王孝女來進香薦度。又助人避惡，自己逃往泰山）	進香薦亡	
							第十五出　招納（棒胡招納叛亡，有烏六禿贈讖緯天書及弓伯長贈彌勒佛古畫像。又棒胡夜夢布袋和尚來拜，果應其然）	假宗教之名造反　夢兆	

編號	傳奇名稱	作者或改編者	本事發生朝代	全部出數	劇中曾出場之各類宗教角色		出現神秘事蹟或與宗教人物及其活動相關之齣目		故事發生地或劇中人曾經（遊）歷之宗教場所
					劇中人身份	行當	神秘事蹟或宗教人物及其活動之內容	類別	
							第十六出　祈熊（王孝女撮土爲香，對天禱祝杜氏早生貴子。又烏古孫澤要替王祖母做佛事追薦）	祈願　*薦亡*	
					奏書博士　日間遊神　歲星　執符節二人	末　外　小生　旦	第十八出　賜胤（日間遊神咨訪土地神，得知烏古孫澤廉平自守，妻妾賢德，又妾王氏係掌書仙子謫凡塵，故勅歲星下世與他爲嗣）	*謫仙*	
							第十九出　弄璋（有鄉人半夜三更時分，聞得半空中環珮鏗鏘，笙竽嘹亮，說道送入烏古孫宅去，第二天烏古孫澤得子）	*謫仙*　瑞兆	
					棒胡（白蓮社主）　弓伯長（徒弟）　烏六禿（徒弟）　信徒　信徒　信徒　信徒	淨　末　丑　小生　貼旦　外　小旦	第二十二出　社會（棒胡得奇書，結白蓮社，廣開齋供結納人心。且索建彌勒道場讓眾燒香，又假託彌勒尊佛說弓伯長、烏六禿是火首金剛謫來人間，而自己有當皇帝之命）	結社　*假宗教之名造反*	
					王氏（謫仙當道姑）	小旦	第二十三出　出家（王氏在烏古良禎長大之後退避出家，因茹素胎年，情願當道姑，故於白鶴菴修行）	出家	白鶴菴
					鬼卒　鬼卒	淨　丑	第二十四出　夢警（許益夜夢鬼卒係祝融之氏追趕烏古孫澤，故預告烏古孫家中需防火）	夢兆	
					王氏（道姑）	小旦	第二十五出　送炭（杜氏託院公送米炭給在白鶴菴當道姑的王氏）	僧俗交遊	白鶴菴
					棒胡（白蓮社主）　弓伯長（徒弟）　卒　王氏（道姑）	淨　末　丑　小旦	第二十六出　遘難（棒胡帶領蓮社眾人作亂，欲抓王氏爲妻妾）	*假宗教之名造反*	白鶴菴
					王氏（道姑）	小旦	第二十七出　路贈（烏古孫澤想起許益曾叫他防禦火災，今果應其夢。又王氏逃往泰山途中被當作奸細誤抓後釋放）	應夢　僧俗逃難	
					道士張霞杯　王氏（道姑）	小生　小旦	第二十九出　詰問（王氏逃往泰山，與道士張霞杯相遇，張霞杯推薦她去清風菴）	寄宿寺觀	清風菴

編號	傳奇名稱	作者或改編者	本事發生朝代	全部出數	劇中曾出場之各類宗教角色		出現神秘事蹟或與宗教人物及其活動相關之齣目		故事發生地或劇中人曾經（遊）歷之宗教場所
					劇中人身份	行當	神秘事蹟或宗教人物及其活動之內容	類別	
					棒胡（白蓮社主）	淨	第三十出　奏凱（棒胡領眾作亂，濫使妖法，慶童命三軍噴血破法，收服棒胡亂軍）	作法	
					烏六禿（徒弟）卒	丑			
					王氏（道姑）丁香（比丘尼）	小旦丑	第三十五出　邂逅（王氏捧缽下山，探訪主家信息，途遇亦出家為尼的丁香，兩人同行，一前一後找尋故主）	出家	
					王氏（道姑）丁香（比丘尼）	小旦丑	第三十七出　會母（烏古良禎途遇王氏、丁香兩出家人，相認）		
					王氏（道姑）丁香（比丘尼）	小旦丑	第三十八出　具慶（王氏與丁香兩出家人與烏古孫一家相認圓圓）		
60-12-5	牡丹亭（還魂記）	湯顯祖撰 呂碩園刪訂	南宋	四十三			第二出　言懷（柳夢梅自道曾做一夢，夢到一園，梅花樹下立一美人，與其有姻緣之分，故改名夢梅）	夢兆	
					花神（束髮冠、紅衣、插花）	末	第五出　驚夢（杜麗娘遊園、晝眠，夢中柳夢梅與其溫存。南安府後花園花神因其日後與柳夢梅有姻緣之分，故憐香惜玉，特來保護，使其雲雨十分歡幸）	顯聖	
							第九出　寫真（杜麗娘回憶遊園夢中書生曾折柳一枝相贈，以為他日所適之夫姓應姓柳，故有此警報）	夢兆	
							第十出　詰病（杜母以為杜麗娘生病了乃因後花園遊玩著鬼沖煞了，要請人頌經禳解）	誦經祈禳	
					老僧		第十一出　謁遇（柳夢梅棄家出遊，巧遇欽差寺中祭寶，託詞請見，而得欽差識寶使臣苗舜賓資助。是時，苗舜賓正於多寶寺中祭賽多寶菩薩）	祭多寶菩薩	廣州府香山嶴多寶寺
					陳齋長石道姑	末淨	第十二出　診祟（杜麗娘生病，杜父請陳齋長診病。杜麗娘問陳齋長是否為她推算八字。又杜母請紫陽宮石道姑保禳，石道姑取杜麗娘釵掛小符作咒）	算命 祈禳	紫陽宮

編號	傳奇名稱	作者或改編者	本事發生朝代	全部出數	劇中曾出場之各類宗教角色		出現神秘事蹟或與宗教人物及其活動相關之齣目		故事發生地或劇中人曾經（遊）歷之宗教場所
					劇中人身份	行當	神秘事蹟或宗教人物及其活動之內容	類別	
					陳齋長	末	第十三出　鬧殤（陳師父替杜麗娘推命，要過中秋好，然杜麗娘仍病死，遺言葬於後園梅樹下。杜父起座梅花菴觀，安置杜麗娘神位，請石道姑焚修看守，陳齋長往來看顧）	立祠	梅花菴觀
					胡判官 鬼卒（持算簿） 勾令史 杜麗娘（鬼） 花神	淨 丑 貼 旦 末	第十五出　冥判（杜麗娘死，在陰司由判官審問，花神亦來作證其一夢而亡。因杜父為知府，丈夫為新科狀元之故，判官判其遊魂可跟尋柳夢梅）	冥判	枉死城
							第十六出　拾畫（柳夢梅臥病梅花觀，撿到檀匣中杜麗娘畫像，以為是觀世音喜相，而將之頂禮供養）	供佛	梅花菴觀
							第十七出　憶女（杜母於杜麗娘生忌之日，必香奉佛，望空頂禮，祝禱杜麗娘能皈依佛力，早日昇天）	祭奠	
					石道姑 小道姑（韶陽郡碧雲菴主） 徒弟 杜麗娘（魂）	淨 貼 丑 旦	第十九出　魂遊（杜麗娘死三年，石道姑擇取吉日開設清醮壇場，請南斗注生真妃、東岳受生夫人超拔。有韶陽郡碧雲菴小道姑、徒弟登壇共成好事。杜麗娘感應靈現）	擇吉期建醮 顯靈	韶陽郡碧雲菴 梅花菴觀
					杜麗娘（魂）	旦	第二十出　幽媾（柳夢梅日夜想念杜麗娘畫像中人，引得杜麗娘告過冥府判官，趁良宵現身，與柳夢梅共渡良辰）	顯靈	
					石道姑 小道姑	淨 貼	第二十一出　旁疑（石道姑聽見柳夢夜間房裡有女聲，懷疑是與韶陽來的小道姑勾搭）		梅花菴觀
					杜麗娘（魂） 小道姑 石道姑	旦 貼 淨	第二十二出　懽撓（柳夢梅與杜麗娘夜裡歡會，石道姑與小道求證非小道姑與柳夢梅勾搭）		
					杜麗娘（魂）	旦	第二十三出　冥誓（杜麗娘要柳夢梅香盟定己為正妻後，告知柳夢梅自己為鬼）	顯靈 香盟	
					石道姑	淨	第二十四出　秘議（柳夢梅拜杜麗娘神主，與石道姑秘議開墳，讓杜麗娘回生）	開墳	梅花觀菴

編號	傳奇名稱	作者或改編者	本事發生朝代	全部出數	劇中曾出場之各類宗教角色		出現神秘事蹟或與宗教人物及其活動相關之齣目		故事發生地或劇中人曾經（遊）歷之宗教場所
					劇中人身份	行當	神秘事蹟或宗教人物及其活動之內容	類別	
					石道姑	淨	第二十五出 回生（柳夢梅與石道姑找癩頭黿開墳。果然杜麗娘還陽回生）	開墳還魂	
					陳齋長石道姑	末淨	第二十六出 婚走（陳齋長要上杜麗娘墳，石道姑怕開墳事發，讓杜麗娘與柳夢梅拜天地成婚，一同出走考狀元去）	上墳	
					陳齋長	末	第二十七出 駭變（陳齋長發現杜麗娘神主不見，墳被劫，大驚而報官府）		
					石道姑	淨	第三十七出 遇母（杜麗娘與杜母重逢，杜母以為是鬼，要春香丟紙錢，並以為石道姑亦是鬼哩！）	丟紙錢除煞	
							第三十八出 淮泊（柳夢梅訪岳父，夜宿淮城漂母祠）	借宿祠院	漂母祠
					陳齋長	末	第四十三出 圓驚（眾人在皇帝面前辨明杜麗娘還魂奇蹟）	還魂	

關於如何審閱前列圖表，有幾個要點須更詳細說明：

（一）毛晉將《六十種曲》分為六大類，並不曾為「宗教劇」另立一類，而其中屬於「離奇、怪誕、龜毛兔角之作」一類，亦即一般志怪，一些宗教意味較濃厚的作品如《邯鄲記》、《南柯記》、《彩毫記》、《曇花記》、《蕉帕記》等，並未歸在其中。然沒有立「宗教劇」之名，卻並不表示即完全無宗教性內涵，由前面圖表的長短繁簡即足以證明。表中可發現：《六十種曲》中完全沒有「宗教角色」出場的，只有 60-7-2《青衫記》、60-10-1《灌園記》、60-12-1《東郭記》三本，而甚至《灌園記》、《東郭記》中都還有「祭祖立祠」之情節內容。更別提其它劇本中，「宗教角色」或為主角、或為陪襯、龍套；而與宗教活動或神秘事蹟有關之情節內容，則或為主線、或為伏筆、甚至即為劇情高潮點，不一而足。故本論文並不只針對某特定的祭祀片斷進行歸納而已，而是將所有宗教性角色與情節作了全面的歸納整理，由圖表條列的人物多寡、情節長短即一目了然。

（二）在「本事發生朝代」一欄可發現：不管本事發生於那一個朝代，其中「神秘事蹟或宗教人物及其活動」之內涵均已「明人化」。例如：在 60-1-4《浣紗記》中，本事年代為「吳越春秋末年」，然卻有西施為「謫仙」，而伍

員、公孫聖、范蠡均著「道服」出場等現象出現。這固然因為中國古典戲曲
程式象徵藝術之傳統，穿關妝扮本不分朝代、時季，然在吳越春秋末年，卻
斷不可能產生「謫仙」這樣的觀念。〔註9〕又如60-5-1《春蕪記》本藉春秋楚
襄王時宋玉寫〈登徒子好色賦〉事，演明傳奇最常見的才子佳人故事，然楚
襄王時代佛教根本尚未傳入中國，劇中卻出現有「老僧」與「招提寺」等角
色、背景。再如60-5-2《琴心記》中，司馬相如、卓文君本西漢武帝時人，然
司馬相如被喻為「文昌星下凡」，而卓文君則曾「翦髮入峨眉山巫神廟出家」，
兩人在「尼姑通性」的幫助之下終於重逢團聚，這種才子佳人受難分離又團
圓，以及佛、道不分的情節，完全是明人情調。凡此種種，均可看出明傳奇
本事雖常前有所承，有些本事甚至依歷代各別版本的流變增刪損益，然一經
明人寫定、上演，多已帶著明代文化意識的結晶以及三教混同的色彩。

　　（三）圖表中列出每本傳奇的「全部出數」，約略可看出「出現神秘事蹟
或與宗教人物及其活動相關」之齣目，在全本戲中前後之地位及所佔之比重
和影響。例如：在60-1-1《琵琶記》中全部出數是四十二出，到了第二十七出
才開始有宗教角色出現，而這些角色在全本戲中只出場一次，底下雖仍有兩
出戲出現其他宗教角色，但已可知第二十七出之山神、將軍、使者是作為情
節轉折關鍵處之「解救神」身份出現的，然這些宗教人物並非重要腳色，而
宗教情節亦非整出戲的重點。另如60-9-2《蕉帕記》全本戲共有三十六出，而
出現宗教角色或情節者即佔了二十三出，其中由小旦扮飾的狐仙貫穿全戲出
場二十出，又有第二十出及第三十六出中群仙度化及揭示因果等情節，可知
作者單本實有意以道教修真煉形、顯聖轉世等觀念入戲，宗教性情節在整出
戲中即佔有極高的比重。

　　（四）由「劇中人身份」一欄字體的變化，可看出宗教角色先後出場的次
序、重覆出場的頻率及行當的扮飾狀況。以60-2-5《三元記》為例：「外」在第
五出出場扮「風水先生徐曉山」，而在第二十三出扮「京都土地神」，可看出同
一行當分別在不同場次扮演兩種不同角色。又在第二十三出以前，宗教角色只
出現一次，並非重要人物，然從第二十三出「格天」開始，眾土地神奏請玉帝，
小生、小旦分飾的文曲星君、織女星第一次出場，故字體為「細明體」；而從第
二十五出以後，觀眾都知道謫仙開始以馮京和富碧雲等凡人身份出現，所標示

〔註9〕謫仙觀念與傳說不得早於兩漢。參見李豐楙〈道教謫仙傳說與唐人小說〉一
　　　文第一節「道教謫仙說的基本觀念」（收在《誤入與謫降》頁248～256，臺灣
　　　學生書局，1996年5月，初版）。

之字體爲「斜體字」，在《三元記》的倒數十出戲中可看出同一行當及身份重覆出場數次，小生、小旦所扮演的謫仙實際爲傳奇後半段的主角。

（五）「神秘事蹟或宗教人物及其活動之內容」欄其「內容」包括：由情節直接演出其事蹟或活動，以及直接由劇中人口中道出之科白或唱詞內容等。而底下「類別」一欄，即歸納上列內容所呈現的重點，而由字體之變化，更可看出某些類別一再重覆出現。例如 60-1-2《荊釵記》本非以宗教角色爲主之戲，全劇中只出現過一個由「淨」扮演的道士插科打諢一番，示意已誦經作齋醮薦亡等功果，其他宗教性情節如祭奠、夢兆等，則分別由其他劇中人科白道出，而在第十一出和第三十八出已分別演出關於「祭奠」和「齋醮薦亡」等內容，而第三十五出和第四十五出又重覆出現類似情節內容，故底下「類別」欄以斜體字再度標示。而在像 60-4-4《南柯記》這樣的宗教劇中，便可看出像「講經」、「歷幻」、「星象」、「法會」等情節類型之一再出現。

（六）由於中國古典戲劇舞臺的時空是超脫的，而其結構也是虛擬的、排斥寫實布景的，〔註10〕故「故事發生地或劇中人曾經（遊）歷之宗教場所」欄所指的是：根據劇情需要，由劇中人之做功表演或以科白、唱詞指示出來的故事發生地點，或劇中人經（遊）歷的地點（有的可能會有簡單的布景或道具），圖表中依其出現的頻率次數字體亦有變化。如 60-3-1《南西廂記》中明顯可知整本戲均發生於普救禪寺；而如 60-9-5《玉玦記》第十二出中出現的幾所寺廟僅由「末」角的科白中帶出。總體而言，在《六十種曲》中出現過的「宗教場所」大約有：傳統祭祖的祠堂、道教的廟觀及仙山洞天、佛教的寺庵堂院、神話傳說中的蟻國和酆都地府及天界、民間俗神小廟等幾大類。由於明傳奇的演出地點若非家宅氍毹、勾闌酒館、即祠廟廣場，最大可能的布景道具只能是掛幅神像、香案、及靠演員身上的妝扮如服飾、唸珠、拂塵等物來指示宗教場所之存在。然《六十種曲》中明確提到各類宗教場所的戲碼，至少有四十七本戲，〔註11〕這種高比例已非偶然現象，顯示出戲曲與宗教密不可分的關係，這個問題在第五章中會再進一步談到。

〔註10〕 參見黃克保〈戲曲舞臺風格〉一文，收在張庚、蓋叫天著《戲曲美學論文集》，頁 156～189（台北：丹青圖書公司版）。

〔註11〕 《六十種曲》中 60-3-1《南西廂記》與 60-4-5《北西廂記》以及 60-4-1《還魂記》與 60-12-1《牡丹亭》同本異版，故實爲「五十八種曲」才對。其中只有 60-2-1、60-2-4、60-2-5、60-5-3、60-7-2、60-7-3、60-10-1、60-10-2、60-11-2、60-11-4、60-11-5 等十一本戲，沒有提及明確的宗教場所，以外四十七本戲均提及或發生於各類宗教場所中。

第三章 各類傳奇中宗教性情節之敍事模式及故事結局分析

　　宏觀傳奇之「內在意識結構」，等於共時地全面審視明代劇作家之集體創作意識和構作手法，如此一來，似乎暗示傳奇作家之創作僅止於陳陳相因，而毫無個人才氣或個別創新可言。然其實正因全面宏觀，反而才能更敏銳準確地理解如：梁辰魚、湯顯祖等人，何以在一般均繼承傳統文學形式和文化意識之創作者中，仍有其藝術獨創性，終成為一時代表文體內涵之改造者或公認之時代巔峰大家等諸種現象。〔註 1〕故在這一章主要將藉由對明傳奇「宗教行動元」〔註 2〕之歸納（亦即在上一章圖表中「神秘事蹟或宗教人物及其活動之內容與類別」一欄之條列說明），試圖為隱藏在《六十種曲》千變萬化故事中之宗教性情節，找出基本之敍事模式並分析故事結局。也就是尋找劇中人物與宗教有關之動作和情緒發展之運動方向和規律，以瞭解劇本「內在宗教意識」之推展形式。

　　傳奇的體制結構一般由「副末」開場。〔註 3〕古典戲曲本以「代言體」之方式搬演故事，但第一出「家門大意」具提要作用，往往由「副末」直接以唱詞虛籠作者大意，或概括全劇本事、介紹故事關目，讓觀眾在上演前先大略瞭解劇情，故所謂「家門大意」實際與正戲之劇情發展不直接相聯。換言之，觀眾或閱讀者在觀看全本戲前，早已預知結局，「副末」有如小說話本中全知之敍

〔註 1〕北大學者陳平原在將「武俠小說」作為一「小說類型」考察時，亦從「類型研究」的立場，解釋此種研究方式正幫助說明了什麼是真正的「藝術獨創性」（參見其《千古文人俠客夢——武俠小說類型研究》一書第九章，台北：麥田出版，1995 年 4 月，初版一刷）。

〔註 2〕為說明宗教事蹟及宗教人物之活動類別，筆者歸納了諸如：顯聖、祭奠、齋醮……種種行動單元，故名之為「宗教行動元」。

〔註 3〕一般傳奇劇本多直接標示為「末」，實即「副末」之簡稱。

述者或說話人，先幫助觀眾及閱讀者有一超越全局之視角。在進入與劇中人共感之紛紜複雜的情節行動中，因先知結局之明朗美好，無庸太過費力思考而有因「心理上的放心」所產生的單純娛樂效果、距離之美感，和明確的善惡是非等道德價值判斷。而根據《全明傳奇》二百四十七個劇本觀察，傳奇之結局實可簡單二分為「出世的」與「入世的」兩大類。所謂「出世的」結局大抵以：歸隱、法會、悟夢修道、昇天證果、群仙會等作結；而「入世的」結局則不外是：未婚之有情人終成眷屬、離別之夫婦或家人終於團圓、士人登科衣錦還鄉、皇帝賜官封誥、榮壽慶賀、冤屈得雪或英雄聚義等。

　　這兩大類結局顯示中國人對人生之態度與期待：若非當下把握現實生活中真實可得之功名壽祿、或確實可樂之親情團圓，以及聚義、昭雪之快慰；則乾脆追求更超越的形上世界之真實。以宗教為本位來檢視，結局目的在「追求形上真實」之劇作雖可算是較典型之宗教劇；然以「追求現世圓滿美好」為結局之劇作，則未必沒有宗教修行之意涵。因惟獨早已預知結局，旁觀戲台上之人生波折、驚險歷難，則將產生一明覺之洞察、反省及對己身正平安之慶幸。既如上帝宏觀全局，又滿足窺伺別人命運之好奇心；並對自己若遭逢與劇中人相似際遇時，能有預防閃避之心理準備、或舉重若輕之聰明。劇中人在情節中受難而得以提升至神聖或美好之結局，觀眾或閱讀者亦透過舞台人生，由凡俗現況達至心靈淨化歡悅之彼岸。

　　而預期結局之必然完美，除因儒家「樂而不淫、哀而不傷」之教誠；且中國戲劇演出場合若非酬神娛人、即吉祥慶壽或家宅侑酒助樂，不宜有太過絕望悲傷之場面；也因歷經憂患之中國人無論如何對生命存在總有一強烈之樂觀自信和期許。顯示在戲劇情節中：急難緊急時主角總可能有神仙救度；而乖舛跌宕之命格可以積德累功之方式改變；即便在宿命之籠照下，人們看似只能妥協忍耐而無自由之主體意志可改變抗衡，總亦因占卜算命等「窺先機」之方式預知前程結果，終能當下接受現況而無須過份抗爭。故無論「求道歷幻」、「積德善報」、「仙佛紀傳」、「情愛風波」、「家庭離合悲歡」或「歷史、俠義」等情節本事類型，都一定程度顯示舞台世界有如人生修行，「求道歷幻」、「積德善報」、「仙佛紀傳」之類典型宗教劇主角固藉歷難而洗罪脫塵，超越凡俗以臻神聖，或以積善功而改變個人既定之命運、甚至本身即為仙佛紀傳；然其他各類情節本事，亦多有一特別之敘事間架：劇中人在命運擺弄中藉信任天意即「前程終將雨過天青」，故能勇敢承擔人生；而觀眾亦藉旁觀

劇情預開茅塞，體會「我命終可由我而不由天」之積極意義。故底下將分節，藉由上一章圖表「神秘事蹟或宗教人物及其活動之內容類別」一欄所列，來歸納各類情節本事之主要敘事間架，以得知明傳奇內在宗教意識推展之幾種敘述結構模式。

第一節　典型宗教劇

明傳奇中之典型宗教劇大抵可歸為「求道歷幻」、「積德善報」、「仙佛紀傳」等幾大類型，以下依序分節論述之：

一、求道歷幻型

在《六十種曲》中，無論就結局或敘事歷程來看，作者確「以宗教觀念為故事意旨」，且決定「劇中人最後走向出世修道之路」的劇作共有三本，即：60-4-3、60-4-4 湯顯祖所寫的《邯鄲記》、《南柯記》，和 60-11-3 屠龍所作之《曇花記》；三戲結局分別為：合仙、情盡、法眷聚會。上述劇作顯示作者在創作之前，均受到佛、道觀念之浸潤，故劇中情節儘管各自不同，但主角都有著「受點化啟悟而終走向出世（家）」之相似命運。從敘事情節看來，三者有類似之基本結構形式如下：

> 男主角有修道因緣（可能為謫仙、異人或居士、隱士）故受到祖師或神媒、術士（如：呂洞賓、契玄禪師、西天祖師和蓬萊仙客）之點化或預言命運
>
> ↓
>
> 出家或進入異界時空（如：夢境、蟻國）
>
> ↓
>
> 經歷各種滄桑劫難或磨考（出現冥界諸色、魔或各式精怪）
>
> ↓
>
> 通常在祖師或仙佛真聖之幫助下悟道、破情障或通過磨考
>
> ↓
>
> 群戲：或眾仙證盟；或參加法會渡眾升天；或悟道後返家，全家亦均入道

在上列結構形式中，男主角或「原有半仙之分」（60-4-3）、或「外相雖痴，但

可立地成佛」（60-4-4）、或原即「西天散聖被謫譴」（60-11-3），均先天內在地決定他本有修道之「種性」，只要遇一適當機緣（如：得高人點化、仙師指點），即受啓悟而走向修道之生命歷程。而修道過程中若尚未經人間繁華者（如：盧生、淳于棼），則進入夢境或蟻國歷幻；已有妻妾及生活富貴者（如：木清泰），則出家接受種種磨考、或遊歷天界地府以得啓示。而最後總在祖師之幫助下（如呂洞賓令盧生夢醒；契玄禪師破淳于棼情障；西天祖師、蓬萊仙客說法並印可木清泰之悟道）得證道（佛）果。結束則必爲一「群戲大場」：蟠桃宴眾仙證盟祝賀；或在情盡悟道後參與法會幫助眾人（蟻）升天；或悟道後返鄉，全家亦入道，眾人均受到人間皇帝和天上菩薩、彌陀等之敕封。其中《曇花記》較其他二劇複雜的是：除了男主角木清泰「本身出家磨鍊而悟道」一主要情節動線外，還加進其妻妾「在丈夫出家後亦在家修行，甚且接受魔試，危急時並有許眞君顯聖救助」之另一情節動線，兩線交錯進行，但全劇以男主角修道發展之動作線爲主。

　　三劇情節基本結構相似，而擔任「點化者」之祖師可道（如：《邯鄲記》中之呂洞賓）、可佛（如《南柯記》中的契玄禪師）、甚至佛道均可（如《曇花記》中乃西天祖師和蓬萊仙客一齊出現）。然湯顯祖所使用之神話架構較近於金元雜劇神仙道化劇中「度脫劇」一類之結構形態；而屠龍則採取了道教神話下的主題形式「謫譴和贖罪」以及類似《西遊記》小說所使用的「除魔收妖以爲修行」之交錯混用模式。〔註4〕原因是《邯鄲記》《南柯記》本事源於唐傳奇，「點化與度脫」之結構方式早有歷史淵源；若如《曇花記》純粹由明人構作，結構及內涵均已發展得較爲複雜。在觀賞上述三種典型宗教劇時，劇中人雖經「入夢、出夢」、「入蟻國、出蟻國」或「出家受考、回家受敕封」之種種歷幻磨鍊，但觀眾或閱讀者對主角之「自身安全性」卻早已確立無疑：因若未及於「家門大意」中預先了知；亦因舞台上之劇中人歷難過程必有祖師旁觀保護，則觀眾心理上總有一「安全護瓣」，對劇情起伏波折無需太過焦慮。不似唐傳奇中《杜子春》一類故事，若非閱讀至終，將不知故事主角竟以一聲「噫！」而未通過試鍊。〔註5〕

〔註4〕 參見李豐楙〈出身與修行——鄧志謨道教小說的敘事結構與主題〉一文，頁328～348之論述（收在臺灣學生書局，1997年3月初版，其《許遜與薩守堅——鄧志謨道教小說研究》一書中）。

〔註5〕 參見汪辟疆編《唐人傳奇小說》（台北：文史哲出版社，1983年7月版），頁233。

在上述敘事架構中，擔任點化主角而使主角人生得以度脫之祖師，實為全劇行動之「關鍵推動者」，否則劇中人即便已具修道種性，亦無由開花結果，仍可能在渾噩之人生中載浮載沉。而這一類關鍵點化推動情節之角色，正如李豐楙所言：「通常都會以年老、睿智者或宗教導師等形象登場，成為『智慧者』的原型人物」。〔註 6〕而主角磨歷過程又分二型：一為現世歷難；一為出家受考。所謂「現世歷難」，是根據觀眾所見舞台上之演出實況而言，之於劇中人則反是進入「枕中夢境」或「蟻國世界」。然劇中人雖不知是「夢」、是「蟻國」，旁觀者卻如同智慧老人一般明白審視著舞台上的現實人生，清楚了知一切現世之富貴風雲、恩愛情仇，正是一場虛幻浮夢。〔註 7〕故當劇中人進入異界時空以為所見是「實」，觀眾反知夢中世界乃「虛」；而當劇中人夢醒知歷幻為「虛」，觀眾則反明白舞台演出其實更反映人生之真實。台上台下虛實交織，「人生如戲、戲如人生」之感慨即透過舞台上的演出，活潑生動地重現。另所謂「出家受考」的磨歷劇情，則是將修行過程可能有的「內魔外考」，具體實象化為舞台上群魔、眾神輪番上陣：在空間歷程方面，或天界、或地府，到處遊歷；在時間歷程方面，則需藉重重布施累功、斬妖除魔、煉試凡心、並了知因果。當劇情近尾聲之時，亦是主角悟道時刻。藉由上述明傳奇這類宗教劇之結構方式——跟著劇中人「安全地」歷幻磨難一番，且「必然無誤」地得到祖師的點化啟悟和保護印可——因此將使觀賞舞台演出，有著如以儀式淨化心靈一般之演劇效果。

而這一類型宗教劇，在《全明傳奇》中可看到的還有蘇元雋所作 111《呂真人夢梁夢境記》和陳與郊所撰 71《櫻桃夢》。二劇亦分別利用「入夢、出夢」之結構方式，讓男主角呂洞賓和盧生由夢中經驗「現世歷難」，再分別由「鍾離權」和「海外黃里先生」擔任先知點化。結局當然亦是「尋真訪道」或「升入仙班」。另畢魏所撰之 194《竹葉舟傳奇》則將「入夢、出夢」改為「乘竹葉舟、出竹葉舟」，讓主角石崇得「僧支遁」之點化而夢醒出家為僧，並得正果。另謝國 130《蝴蝶夢》、屠隆 44《修文記》則均類似《曇花記》之結構：

〔註 6〕　參見李豐楙〈罪罰與解救：《鏡花緣》的謫仙結構研究〉一文，頁 145 語。此文收於《中央研究院中國文哲研究集刊》第七期，頁 107～156，1995 年 9 月。

〔註 7〕　參見黃景進〈枕中記的結構分析〉一文，頁 97。此文收於靜宜中國古典小說研究中心編《中國古典小說研究專集 4》，頁 95～107，台北：聯經出版，1982 年 4 月，初版。

主角一家均有仙緣、來根，一出由「瑤池長桑公子」、一出由「妙界慧虛仙師」點化，而家人亦同時各有磨考修煉，最終以「群仙會」、「拔宅飛升」作結。在這一類情節本事中較特別的則是無名氏所作 211《韓湘子九度文公昇仙記》，〔註8〕前述傳奇「度脫模式」中擔任點化工作的，通常以年老、睿智、宗教導師之智慧者姿態出現，而受點化者多是未歷人生、對現世浮華尚存幻想之青壯年。但在 211《昇仙記》中則反是，擔任點化工作的是早有仙緣、永保「年輕形象」的韓湘子，而受度者則為已享榮華富貴、執著現實人生之「老年」韓愈。故全劇重點除了描寫韓愈在執迷不悟過程中一次又一次之磨考劫難外，同時亦另突出塑造未諳「度脫工作」之年輕韓湘子仍待磨鍊之拙劣「度脫技巧」過程。而雜劇中慣用的「三度」〔註9〕模式，一以傳奇體製數倍於雜劇長度之故；在此又因韓湘子以「少年神仙」度「老年塵俗中人」，故已發展成「九度」〔註10〕之複雜歷程方度脫成功。

　　民間無名藝人此種安排使「度脫悟道」之類較具嚴肅意味之宗教劇增添了情節趣味，亦使「人」、「神」之間的區隔份際拉近。台下觀眾除了接受彼界仙真總將「臨在點化」之觀念外，似亦藉觀賞舞台戲劇之演出，幻想天上仙真亦可能有的「人性弱點」；或藉舞台上仍具某種「人性弱點」之仙真形象，以期勉自己「仙路不難登成」之可能性。而此種想法，在另一民間無名氏所作之 239《青袍記》中亦可發現。例如主角梁灝雖本係文曲星謫降，然其一生因戰禍隱居二十年，太平後雖參加科考，卻與兒子同科，且名次低於兒子；再考名次又低於孫子；連赴九科、與曾孫同試方中狀元，此時已八十二歲。此種情節安排，一使「屢試未中狀元」成為謫仙罪譴受罰之內涵之一；同時亦安慰了台下可能屢試不第之讀書人——即使天上文曲，遇上科考亦難盡如意。「仙」、「人」因此有了共同之焦慮，亦同時有了「仙人無隔」之相知相惜。

〔註8〕 此劇在傅惜華《明代傳奇全目》和天一出版之目錄作者名中均標為「錦窩老人撰」，但根據郭英德《明清傳奇綜錄》，頁107～109中之考辨，此劇明刻本即未題撰者，錦窩老人所作之《昇仙記》當為別出，此處從郭說。

〔註9〕 可參見曾永義〈雜劇中鬼神世界的意識形態〉一文，頁59所提示（此文收在台北：聯經出版《說戲曲》中，1980年9月初版，1983年5月第三次印行，頁49～72）。

〔註10〕 本劇題目原是「韓湘子九度文公昇仙記」，但劇中第一折家門之下場詩卻唱道「韓真人一生修道，老文公三度成仙」。綜觀全劇：韓湘子三次歸家，見韓愈而故意化身或示現神通則有九次之多，故此處之「九度」實指其變化神通次數，而非如雜劇以「富貴」、「功名」、「遭難」三度。

尤其在《青袍記》第四、五出中，由於雷神負責考察仙流、驅擊鬼神、以維持天界秩序，而劇中描寫鐵拐、劉海、寒山、拾得、呂洞賓等仙真群聚商討對付避禍之道，然見台上眾仙自吹自擂又商研互嘲，使觀眾直視群仙亦有如小人物般之弱點，然卻又不得不正視天律有其謹嚴端肅之秩序。故對「彼界存在」之認識，即因此更加親切但又莊嚴。

二、積德善報型

　　而《六十種曲》中另有一類以「廣積德、得善報」為主旨之傳奇故事：如 60-2-5《三元記》、60-6-5《四喜記》。其中劇中人雖未走向出世修道之路；結局亦以團圓而非群仙上場或法會渡眾為主，然毫無疑問地，作者必以「宣揚宗教果報」、或「積德可改命運」為作品主要內在意識，而敘事結構亦有相似模式如下：

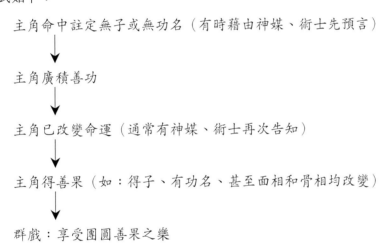

主角命中註定無子或無功名（有時藉由神媒、術士先預言）

主角廣積善功

主角已改變命運（通常有神媒、術士再次告知）

主角得善果（如：得子、有功名、甚至面相和骨相均改變）

群戲：享受團圓善果之樂

　　在這一類積德善報之戲劇結構中，通常會有一個類似「先知」般（如《三元記》中之風水先生徐曉山、《四喜記》中的慧雲和尚）之角色。他們通常以職業專長（如：堪輿）或特殊本事（如：風鑑），擔任「天意」之代言人（如：慧雲和尚宣告「除宋祁外，其餘三人均貴相」）或「須以人事培功立德」之建言者（如：徐曉山勸馮商「穴在人心，不在山」）。而主角接下來總會聽從勸說，不斷培功立德、累積善因，乃至感動上天（因玉皇大帝之實際職能是：派遣諸如各省土地神、城隍、判官、日巡鬼使，甚至許真君、灶神之類各級神明到處巡邏鑑察、記錄善惡，以作為審判人間之根據）。而個人命中註定之無子、無功名或面相、骨相等，都可因此人為善功來改變——或感應謫仙下

凡爲子嗣,連中三元;或得功名,家有四喜。最後劇中人總還會重覆肯定:並非當初神媒術士之「先知的預言」不準確,而是主角藉累積陰騭,感動天地改變宿命之故。

這一類型敘事模式基本上肯定「人間」(此界)與「天上」(彼界)並非完全阻隔,而可有一溝通關係:「天上」鑑察「人間」,「人間之作爲」可影響上界之決策和審判。作爲溝通天人之間的「先知」可預告上意,人們因此可在「預知上意」及「已受果報」和「尚未受報」之夾隙中積極努力。在「人間」這一方,「先知」作爲天意之代言者;在「天界」一方,則有許多各級神明作最高上意(玉帝)之鑑察耳目。而所謂「人爲之努力」其實無非是:拾金不昧、不淫人婦、賑貧拯難、不與人爭、竹橋渡蟻等古代社會認爲美善之德行義舉(當然在今日看來,亦仍是善德義舉)。然何以此「人爲之努力」終必得到上天垂察?且上天寵允之內容,何以必正是劇中人所缺憾?劇中並不多加探討,然其中「我命由我不由天」之觀念卻可十分肯定。這種思想類似先秦時的墨子:既肯定「天志」,尚且「明鬼」,而卻又「非命」之基本態度。〔註11〕

但不同的是:墨子的「非命」是站在實用、功利主義之立場上反對「算命活動」本身之耗時費財,並將使人因「以爲早已定命」而心態上流於疏懶、不願努力;然明人之「非命」,卻正是肯定有一既定之「宿命」(此宿命之內容,可透過類似「占卜」、「風鑑」、「算命」等方式預知),故在預知宿命之內容後,反可透過人爲之積極努力、培功立德,以改變「定命」。而擔任占卜、風鑑、堪輿之類工作之神媒、術士,以其專業技能或透過修持而得之超能力,既具有「先知」之色彩,又有幫助百姓大眾改變命運之心理輔導勸誘之功能,在劇情中出場頻率通常並不會太高(如:《三元記》中徐曉山只出現一次;而在《四喜記》全劇四十二出中,慧雲和尚出現六次,然其中三次是作爲亂軍俘虜,以增加武場熱鬧之閒角,與主要情節不相干;另外三次才分別擔任「先知」、「印證預言」、以及疑心預言不準確是因主角積陰功緣故之「檢視見證天意竟可變者」)。而「檢視並見證天意竟可變」這一任務,劇中有時由「先知」直接擔任,然多半由被命運擺弄之劇中主角、以及透過「台下觀眾對主角之認同」而直接見證,這亦正是劇作家所欲達到之目的和戲劇之功能。

然《全明傳奇》中屬於上述「果報型」之類劇本中,民間弋陽腔系劇本

〔註11〕 參見《定本墨子閒詁》(台北:世界書局,1986年10月12版)卷之七〈天志〉、卷之八〈明鬼〉、卷之九〈非命〉之義理。

中另有其他情節安排方式如：220《五福記》。此劇寫韓琦因陰功浩大，故玉帝命張仙眞人送天上五福星爲其子，且五子同榜連登，又其中三人獲鼎甲，另有一子選爲附馬，其以陰功故感動天賜五貴子，類《三元記》、《四喜記》之類情節結構安排。然此劇不同於前二劇者，在其中雖亦寫韓琦累積善功（如：不強娶民婦、助人夫妻姑媳團圓等），實質在第四出韓琦應試京師、仁宗策士、唱韓琦名時，太史即見天際有「五色云現」，暗示韓琦之「來歷不凡」。也因此即可發現：由沈受先、謝讜等文人寫作之劇本，其宣揚「積德改運」或「我命由我不由天」等觀念之企圖較顯，而民間無名氏所作之劇本，反更強調此類「歷史名人」原即來歷不凡，此中當然亦暗示：其如今有異常善報，是「來歷不凡」外加積極「培功立德」方能成就。顯然民間無名氏較文人更體知「我命由我不由天」實爲一樂觀之期許，乃「應然」，而非「必然」或「實然」，因人間事除了人爲努力，若無天助、亦是惘然。此中對人生之理解較爲實際，亦一定程度反映百姓對「天生限定」莫可奈何之態度。

三、仙佛紀傳型

　　上述諸劇，分別就結局、敘事歷程或主題意旨來看，均可謂典型之宗教劇，然《全明傳奇》中另有一類以仙佛紀傳爲主之情節本事，例如：鄭之珍所撰 68《目連救母勸善戲文》、無名氏作 243《觀世音修行香山記》、以及收在《全明傳奇續編》中張大復所撰 60《醉菩提傳奇》之類。其中 243《香山記》、續 60《醉菩提》中主要以「千手千眼觀音」和「濟顚和尙」之生平、成道及度化歷程爲主要敘事動線；而 68《勸善記》則在以「大目犍連」之生平、成道及度化歷程之敘事主幹外，另穿插許多諸如《王婆罵雞》、《啞子背瘋》、《趙花子打老子》、《拐子相邀》、《行路施金》等民間傳說。〔註 12〕巧的是此三劇所描寫均爲佛教菩薩、羅漢、和尙之紀傳，但各劇中卻均穿插有道教神祇和各種民俗神。尤以長達一百出之目連戲中出現諸如：閻羅王、眞武大帝、天師張道陵、馬趙溫關四元帥、九天聖母、魁星、閻羅王、城隍、判官、雷公、電母、灶司、土地神、門神、以及各式動物精怪等最爲可觀。此類宗教聖者之紀傳，若寫其成道前則強調其道心堅固、歷經諸多試煉絕無退轉（如：68《勸善記》上、中卷寫羅卜家世及成道前之試煉；243《香山記》則全劇三

〔註 12〕郭英德《明清傳奇綜錄》，頁 55 特指出此類雜戲均屬「民間傳說」，由鄭之珍編纂入 68《勸善記》中。

十出均寫妙善如何一關關修煉及其過程有神助之奇跡）；若寫其成道後則偏重其度眾之歷程（如：68《勸善記》下卷著重描寫大目犍連如何救母）、或度眾所現之各式神異事跡（如：續 60《醉菩提》重濟顛諸多違離常情之神通、行止），終場則必以法會或證果團圓等仙佛畢集、善惡有報之場面作結。

此三劇情節均有佛教經論為本，如目連救母故事最早見於西晉三藏竺法護所譯《佛說盂蘭盆經》；〔註 13〕妙善故事則出於《觀世音菩薩本行經》；濟顛故事祖本則見於明隆慶三年（1569A.D.）刻、沈孟柈之《錢塘湖隱濟顛禪師語錄》。〔註14〕然經文人及民間藝人改寫，就經論本身而言已有將之普及化、流通化之作用；而就仙佛紀傳本身之創作主旨而言，亦有積極勸善，使愚夫愚婦、閨閫之內、人人均去貪嗔痴之功效；〔註 15〕另就舞台演出效果而論，因群仙眾怪輪番上場、又劇中斬妖除魔諸多試煉考驗，往往高潮迭起、熱鬧非凡；再以演出場所而論，此類仙佛紀傳故事多於寺觀祭祀期間演出，既演給神看、亦演給人看，故就神而言乃敘其一生；就人而言，則是以宗教英雄聖者之戲劇方式表達對宗教英雄聖者之尊崇儀式行為。〔註 16〕因此「仙佛記傳型」宗教劇正以其戲劇藝術形式，直接帶領觀眾跟隨學習如何類宗教英雄聖者「超越魔障以登神聖」；又藉其中斬妖除魔、磨煉成道之情節經驗「生命秩序之破壞與重建」。

而此類型宗教劇不同於「求道歷幻型」者，乃在於前述「求道歷幻型」中之主角均因有修道因緣而受祖師點化，終場雖亦悟道、出家或升天，但大抵並非知名仙佛，其開悟亦需藉助「智慧先知」來點化。但「仙佛紀傳型」宗教劇中之主角，則均為家喻戶曉之宗教英雄聖者，故其修煉成道過程，往往在劇情開始，即以自覺堅修之形象出現，己身必無任何懷疑，亦無需他人點化。若有其他神祇之主動顯聖助成，目的亦不在「點化」，而是因其先天「來

〔註13〕有關目連故事研究之專文專著很多，此處主要參考陳芳英《目連救母故事之演進及有關文學之研究》（台北：台大文史叢刊之六十五，1983 年 6 月，初版）；及劉禎《中國民間目連文化》（四川，巴蜀書社，1997 年 7 月，第一版第一刷）二書。

〔註14〕三劇本事分見於郭英德《明清傳奇綜錄》，頁 54、頁 272、頁 553 之著錄。

〔註15〕68《勸善記》鄭之珍序書：「勸懲不惟中人能知，雖愚夫愚婦靡不惻惻涕洟、感悟通曉矣，不將為勸善之一助乎？」《曲海總目提要》卷十八《香山記》一條：「大士現女身說法，此事容或有之，且使閨閫之內，人人能去貪痴，持般若……。」

〔註16〕此說參見李豐楙〈出身與修行〉一文，頁 33（收在《許遜與薩守堅》一書，頁 313～352（台灣學生書局，1997 年 3 月，初版）。

根不凡」，仙佛之間理所當然之主動友愛幫助，可免其過度遭難。故其角色形象較「求道歷幻型」中主角更具「特殊性」與「神聖性」，且劇情安排中雖亦有驅妖除魔之歷煉過程，然其實以劇情顯示神通、神跡異象之「遊戲意味」反更強。換言之，「仙佛紀傳型」宗教劇固教人學習宗教英雄聖者堅毅修行之道心，然就觀眾而言，其角色性格形象反不如「求道歷幻型」中之主角貼近人性。因即使求道歷幻之主角本爲謫仙謫降，亦未若仙佛紀傳之主角根本即與常人有別，實質如目犍連可入重重地獄救母、或觀音示現千手千眼、又如濟顛可化身羅漢雲中說法，均非常人所能。故觀眾欣賞此類型宗教劇，反更可距離性的欣賞仙佛神通，而在劇場中神通異象之屢屢出現，則「遊戲意味」漸加強，「神秘（聖）效果」反低。故儀式性、神聖（秘）性與遊戲性混合之劇場氛圍，即成了此類型宗教劇演出時之最大特徵。

再者，《勸善記》中大目犍連與《香山記》中妙善之宗教聖者形象，與《醉菩提》中之濟顛形象，仍有其差別。由於前二劇之人物原型均本於佛經，故成道前之羅卜雖已經鄭之珍塑造成中國孝子形象；而《香山記》中之妙善亦被民間無名氏塑造成中國旦腳之類端莊淑女，但成道正果後之「大目犍連」與「千手千眼觀音」，基本上仍保留佛經中屬於印度式想像中神通變異之完美形象，與濟顛和尚「酒肉穿腸過、菩薩心中坐」之類純中國式概念之藝術形象有所不同。因濟公之顛狂形象，與其說近於佛教，還不如說更近於《莊子》中所塑造諸如楚狂接輿、壺子之類嬉笑怒罵、誇張荒誕之類道家人物性格。〔註17〕此種人物造型雖亦具一定程度之「宗教神聖（秘）性格」，其實更帶著「藝術美感性」。也因此在戲劇舞台上，此種宗教師造型更加強了「遊戲人間」意味，故其情節推動，亦因此由「遊戲」、「娛樂」功能混雜著「神聖儀式」功能，這是《醉菩提》一劇與其他宗教劇最不同的。

第二節　情愛風波型

在明傳奇中有一類總數較多，以《六十種曲》而言份量即幾佔三分之一之故事類型——「情愛風波型」，一般印象以爲傳奇多「才子佳人故事」，蓋指此類。此類劇情主角或一男一女、或最後一夫配二妻，終場總以「終成眷屬」、「大團圓」，或另加上「男得功名」、「女受封誥」之現世福樂作結。此類

〔註17〕參見莊子〈人間世〉、〈應帝王〉篇。

男女婚戀情事，不似前一節作者有意構造之宗教劇般有明確之求道、歷幻、果報等觀念意識。但仔細考察所謂「情愛風波型」劇本，除了 60-7-2《青衫記》果真純粹寫男女戀情毫無任何宗教成份外，其他各劇莫不不同程度地利用與宗教有關之場景、神話、或敘述模式。例如有一類故事背景，即直接發生於寺院或道觀之中，如：有名的《西廂記》（60-3-1《南西廂》、60-4-5《北西廂》）、《玉簪記》（60-3-4）、以及 60-6-2《鸞鎞記》、60-5-1《春蕪記》等。此類寺院情事之男主角往往因借宿寺觀（如：60-3-1 之張生、60-3-4 的潘必正、60-5-1 的宋玉）而與女主角相識；而女主角通常因故至寺觀參與法會或齋醮等宗教活動（如：60-5-1 的季清吳、60-3-1 的崔鶯鶯；又如《全明傳奇》151《望湖亭記》中的白英、175《雙金榜》中的弱玉、以及 209《粧樓記》中的周意娘）而與男主角一見鍾情；有時女主角身份根本即為出家人，而實際通常是「道姑」〔註18〕（如：60-3-4 之陳妙常、60-6-2 之魚玄機）；而甚至在《全明傳奇》188《眉山秀》中，秦觀知道蘇小小要去相國寺燒香，還假扮道士偷偷相親。

　　這一類故事因發生於寺觀之中，劇中不免穿插一些誦經說法、建醮薦亡、佛會酬願等宗教場面，以及僧俗交遊間一些是非糾紛。若女主角為出家人，最後終必還俗與男主角成婚（如：60-3-4 陳妙常嫁潘必正、60-6-2 魚玄機嫁溫庭筠，又《全明傳奇》209《粧樓記》周意娘嫁陳宜中），基本上仍屬於才子佳人終成眷屬之愛情故事型態。然劇中出家之道姑原本即非因虔誠向道而修行，通常是身世可憐（如：陳妙常、周意娘因逃難與家人離散而流落女觀或尼庵）或環境所逼（如：魚惠蘭先代嫁而未至夫家即夫死，又被迫再度改嫁）。這反映那時代女性在沒有經濟謀生能力和真正的學識，且又不可輕易拋頭露面之情況下，「出家」經常或為莫可奈何的一種選擇，故若遇「良姻巧緣」則不免還俗，此亦無可厚非。創作家選擇將才子佳人故事地點發生在寺觀，除了《西廂記》因本唐傳奇《鶯鶯傳》舊事外，可能有底下幾種原因：

　　首先就劇場演出效果而言，寺觀本為清修之地，才子佳人於其中談情說

〔註18〕可能因道姑不須削髮，在造型上較為美觀之故。明傳奇劇情中若女人出家又思凡與男子戀愛之「才子佳人」故事，多半是道姑而非女尼，這種現象應是審美上之考量，而非宗教信仰類別的緣故。例外情形並非沒有（例如《目連救母勸善戲文》中小尼與和尚戀愛），但劇中人並非所謂男女主角。又《琴心記》第三十三出卓文君與侍女弧紅為逃父親逼嫁亦翦髮出家，然其並非思凡戀愛，反因欲藉翦髮毀容以逃婚。另金夢華在《汲古閣六十種曲敘錄》，頁86 中亦談到，高濂將《古今女史》中舊事改編為《玉簪記》，「易尼為道姑，不過以尼必削髮，不利搬演，此正為場上設想而已，未必另有所據也」。

愛，終不能坦蕩無諱，故必有內心衝突或某種反諷之喜劇效果可發揮，創作時可增添情節之起伏高潮和趣味。其次就古代環境而言，自有科舉制度以來，士子進京趕考，盤纏終易用罄，而寺觀安靜適合讀書且香油錢往往隨喜，故在花費較少之考量上，寺觀優良之借宿狀況即成為最佳選擇；〔註 19〕且在禮教嚴防之時代，女人社交空間有限，往往僅止於寺觀或某些特殊節日時之少數公共場所，故寺觀佛會建醮期間，反成了青年男女自由戀愛最大可能之機會與地點。〔註 20〕再者就對「宗教禁欲」之省思而言，情欲本是人性之常，在劇作家眼中，與其強錮情感、去欲絕情（藝術創作原本即一情感之活動，戲劇藝術更亦然），無寧先盡人道，再談天道。故即使劇中其他出家人（如：《西廂記》中的法本長老、《玉簪記》中的女貞觀主），在發現男女主角之戀情後，即便先有反對（因與「宗教禁欲」基本立場衝突之故），最後態度總還是助成其事。而甚至《全明傳奇》中黃粹吾所撰 128《續西廂昇仙記》，雖最後結果乃紅娘吃仙棗而皈依出世、且迦葉尊者亦度化一寺人等，然實質全劇主要情節關目即圍繞在常住普救寺中的張生與崔氏、紅娘、琴童、法聰等人之間複雜之情慾妒恨等糾葛而發展。這顯示戲劇舞台上所呈現之庶民意識中對於「宗教禁欲」之類無情戒條，有較鬆動和更符合人性之想法，而在舞台中顯示為一種嘲諷和反省之態度，以及對男女情欲自然發展之包容空間。或者真正的宗教修行，應是人欲之「超越」，而非人欲之全然「否定」〔註 21〕吧！

〔註 19〕根據嚴耕望的研究，古代讀書人至遲或在隋世，或在隋前，即有讀書山寺者。參見其〈唐人習業山林寺院之風尚〉一文，頁 273（此文收在台北：聯經出版，《嚴耕望史學論文選集》，頁 271～316，1991 年，初版）。故如《全明傳奇》114《綵樓記》即以呂蒙正因太常往木蘭寺隨僧齋食，引起眾僧厭惡，而發展出一段情節風波為敘事重點，後來折子戲選本《微池雅調》卷之二上層中還收有「蒙正榮歸」一折，呂蒙正因聽木蘭寺鐘聲，想起貧時往往於寺觀借遊隨齋而引僧嫌惡之當年往事。

〔註 20〕這個觀點余秋雨在《中國戲劇文化史述》，頁 259～260 談元雜劇的「團圓之夢」時亦注意到（台灣：駱駝出版社，1987 年 8 月，初版）。

〔註 21〕這種精神態度無寧是更近於道教的。道教的修鍊有「煉精化氣、煉氣化神、煉神還虛」之概念，可利用某些功法，自然地將身體精氣一步一步提升轉化至與宇宙大能合一之境界，而非強行抑制，或故意置之不理；又有房中養生之術，男女性事不僅不必排斥，反可積極利用轉為養生之功。而關於後者，最早之研究可參看荷人高羅佩《中國古代房內考》（上海人民出版社，1990 年 11 月第一版，1996 年 4 月第 4 刷）、《秘戲圖考》（廣東人民出版社，1992 年 7 月，第一版第一刷）二書；近人之研究則有劉達臨編著《中國古代性文化》（寧夏人民出版社，1993 年 9 月第一版，1994 年 2 月第 2 刷）一書可參考。

在上述寺院情事劇本中，以《春蕪記》在男女主角戀情之主情節發展外，另有一次要情節動線較爲特別：有一隱士荊佽飛（此時僅是心性上自然喜好隱居，雖本爲謫仙，然仍不自知；其他若早自知爲謫仙之隱者，則是爲方便修煉故刻意掩藏行蹤），能冰鑑預言（類「先知」），遇劍仙（智慧者）點化方自知爲仙種，在替宋玉報仇殺人（謫謫人間需罪罰磨煉，在本劇之任務是爲人「除魔」，成爲「正義之執行」化身）後，棄家業隱遯修道（回歸）。而此時之「隱遯修道」，似乎才顯示爲謫仙已謫期滿回天之人間表象。然劇中通常描寫至此，沒有進一步表述「隱遯修道之生活」與「回到仙班之世界」，兩者具體內容有何不同。而有關荊佽飛之動作線，與《春蕪記》全劇愛情主旨並無直接關係，但可看出作者汪錂在才子佳人之故事外，嘗試使用「謫仙神話結構」，以爲支線增添劇情之豐富性，這是一個值得注意的現象。

因此類謫仙結構之使用，在 60-3-3《明珠記》王仙客與劉無雙、以及《全明傳奇》207《雙紅記》的崔慶與紅綃、208《千祥記》的賈鳳鳴與施玉娥等之愛情故事中亦出現。例如 60-3-3《明珠記》中：古押衙（原仙都散吏謫在人間，但自己不知）因故棄職歸山隱遯修道，被茅山仙子（智慧者）點化而自知本仙種被謫，故以助王仙客救劉無雙爲應盡之任務（罪罰磨煉，並擔任公義之執行者），在事成之後去茅山尋師覓丹，再度修煉隱居（回歸），最後尚因助成男女主角好事，而被朝廷封爲「通靈玄妙先生」。又 208《千祥記》中：天下劍仙展靈旗因喝酒鬧事被謫塵凡，以助成月下老人所牽成傳言玉女謫凡之施玉娥與賈鳳鳴之姻緣爲「解罪任務」，終在賈、施婚配生子後，化白鶴騰空回天。207《雙紅記》中則是由兩位謫仙：磨勒與栽杏叟分謫爲「昆崙奴」與「紅線女」，以助崔慶與紅綃之姻緣方得歸仙班。這樣的情節動線和《春蕪記》一樣，是作爲主要情節之輔助線存在，與全劇描寫愛情之本旨可以不直接關聯。但有趣的是：荊佽飛、古押衙、展靈旗、磨勒與栽杏叟之事蹟雖非愛情故事之主情節，然確是幫助兩劇男女主角聚合之關鍵人物。他們的存在，使男女主角之「姻緣天定」得到實際的「神助」，其隱遯修道本爲等待時機完成己身「謫謫與罪罰」之磨煉過程；而之於劇中男女主角，則同時擔任天意在人間之示現代行者，甚且得到人間最高政治執行單位——朝廷之降詔、封賞。

另在 60-5-2《琴心記》、60-11-4《龍膏記》，以及《全明傳奇》中 140《貞文記》、215《藍橋玉杵記》之類故事題材中，「謫仙神話結構」已不止是擔任主要情節之輔助線，更進一步以主要行動方式存在。例如《琴心記》中之男

主角司馬相如，被賣卜人嚴君平（「先知」兼「智慧者」，本身亦爲謫仙上羅天眞降世）點出本爲文昌謫星下凡；而《龍膏記》中男主角張無頗（天宮司香散吏被謫）、女主角文湘英（水府織綃仙妹下凡）則均爲天上金童玉女，因一點凡心而來人間歷經情愛風波，而由袁大娘（女性神媒擔任「先知」及關鍵點化之「智慧者」）助成其事，並指點修道回天之路。另《貞文記》中的沈佺、張玉娘則爲善才、龍女互生痴想，由觀音令墮凡間；而《藍橋玉杵記》中的裴航、李曉雲亦爲上界玉天仙張葦郎和玉女樊雲英因樊枝情牽，爲玉帝謫成人間愛侶。「謫仙神話」實際已成爲才子佳人故事之主要敘事架構和內在推動意識。

當然有時謫仙神話意識未必成爲劇情關鍵推動力量，但卻成爲表彰主角身份、身世的暗示用語。例如：60-4-2 湯顯祖的《紫釵記》承唐傳奇蔣防所撰《霍小玉傳》故事舊本，在第四出中鮑四娘向李益介紹霍小玉之語乃「有一仙人，謫在下界，不邀財貨，但慕風流」，使用自唐以來媒婆對娼家女子之習語。〔註22〕而在湯顯祖第一次將霍小玉故事寫成 60-9-3《玉簫記》時，〔註23〕其實本直接設計讓霍小玉之父放棄富貴繁華生活而爲道士，並入華山修道遊仙。故在第十出中：霍小玉自比「父王作神仙，女兒當爲仙女」，而其母勸嫁，亦道「只有仙女住在無欲天中，一墮凡身，便相求取」，又語「就麻姑仙子，也有人間之情」。可見謫仙、神仙之類概念，早已成明人指稱修道或某些具有特殊才藝、能力者之習用語和基本常識。

如果「謫仙神話結構」在戲劇中之運用，是直接顯示天界（彼岸）之實存，某些才子佳人、或隱修人士是來自彼界，在此岸（人間）修煉之後，終將回歸彼岸（天界）。那麼有時戲劇則並不用如此明顯之象徵比喻結構方式來呈現此一觀念，而以一種「姻緣天定」般理所當然之隱性概念，來指陳彼界之存在、和對此界之操縱力量。例如 60-7-3《紅梨記》、60-7-5《霞箋記》之類純粹男女情愛故事，在敘述結構方面完全沒有利用任何神話或宗教意識。〔註24〕然無論歷經多少誤會、錯認、波折，在男女主角重逢團圓婚配後，眾人總會得出如：「夙

〔註22〕　參見李豐楙〈道教謫仙傳說與唐人小說〉一文，頁 284（收在《誤入與謫降》一書，頁 247～285）。

〔註23〕　改寫之本末原委，可參考金夢華《汲古閣六十種曲敘錄》，頁 238。

〔註24〕　《紅梨記》中之鬧鬼情節只是一「理性的玩笑」而已，並非眞有其事；而《霞箋記》中的男主角借宿寺觀及與僧人交遊亦爲一偶然現象，於主情節言，並無任何重要性。

世姻緣今世招」（見《紅梨記》最後一出）、「姻緣本是前生定，曾向蟠桃會裡來」
（見《霞箋記》最後一出）之類好似「倒果爲因」之結論。而《全明傳奇》中
的 223《荔鏡記戲文》則甚至根本是女主角五娘以手帕書「宿世姻緣」四字包
荔枝拋樓外，爲男主陳伯卿拾得所結之姻緣。

　　此類常見之「姻緣天定」用語，如果並非中國人之集體意識早已肯定「彼
界」對人間干預力量之實存先在，必無法理解：何以在付出諸多努力爭取婚戀
成功，且亦終於成功後，竟反本因「婚姻前定」，而否定了現象界原須先「努力
爭取」才有「婚姻美滿」之因果時間順序？故有時彼界對人間干預之實存先在
力量，作者乾脆以具象神祇來擔任，例如 60-11-5《飛丸記》中之土地神，其在
劇情中示現神力之理由即「嚴玉英與易弘器秦晉宿緣，吳越世隙，婚姻怎能自
合？不若用箇機關，做個轉折，使他兩下暗託一丸媒妁，造成百世姻緣」（見第
七出）另在《全明傳奇》84《紅蕖記》中之「龍神」，則根本是直接將韋楚雲送
達予鄭交甫爲妻；而 210《玉釵記》中之瓊珍，則由「夢神」告之應嫁陳文秀。
又 195《天馬媒》中黃損與裴玉娥之姻緣，則是由上帝命氤氳使者利用玉馬墜
牽連之姻緣。使觀眾無法忽略：在現實表面以「偶然共在」方式存在之諸多現
象，背後其實有一無形之因果力量在隱隱推動（當然在《飛丸記》或《天馬媒》
傳奇之劇中人眼中仍是無形力量，但於觀眾眼中，卻以一活生生的土地神或氤
氳使者在暗中操弄劇中人之命運）。在這一類「宿世姻緣」之故事中，最特別的
是《全明傳奇》98《金鎖記》，男主角蔡昌宗之宿世姻緣對象竟是東海龍王三女
馮小娥，且由上帝直接命河伯傾覆其舟而入龍宮結姻。

　　故有時此一力量亦化作可被某種特殊人物窺解探測之律則，或以某種特
殊情境展示而事先得知。例如：60-5-4《懷香記》中之張先生在韓壽與賈午姐
之幽會曝光不知前途去向時，以卜課方式預言了韓壽之前途與和賈午姐之姻
緣。而此動作安排在全劇四十出中的第二十九出，換言之，張先生對韓壽事
先透露命運的方向（「先知」功能），同時亦對觀眾預示了底下情節之發展。
故「卜課」此一動作，同時展現了天意之內涵（同時也是作者之內在意識），
以及決定了情節之運動方向。上述手法之使用，在明傳奇中屢見不鮮，劇作
家各自運用巧妙不同，或早或晚沒有定則，理論上愈早出現只是愈早「暗示
觀眾未來劇情發展方向」、以及顯示「天意並非全不可預測」罷了！然藉助特
殊人物或夢境之力「探測天意」或「試圖改變天意」並非絕對靈光，例如：
在《全明傳奇》185《太平錢》中，韋固於夢中仙人告知與瞽目老嫗之女嬰有

姻緣之分，卻有意刺傷女嬰，然廿餘年後仍娶此長大成人之女；又如 60-8-1
《西樓記》第二十六出中，于鵑夢穆素徽變奇醜婦人以爲其已死之兆；或第
二十七出中池同計「求籤問卜」、又「找女巫張娘娘求和合之法」均失敗。但
這情形恐怕並非顯示作者「全然不相信」占卜、術數、夢兆之類感應天意之
捷徑（否則他可以完全不描寫），只是「想指出」夢境之準確度與人是否「關
心則亂」，此二者可能有關之「事實」，以及對此類神媒術士之專業能力（如：
女巫和合之法）和不肖僧道之人品（如：第三十一出寫道士和尚偷吃狗肉葷
菜）有所「批判質疑」罷了！

　　在這一類故事類型中，有名的 60-4-1《還魂記》（或 60-12-5《牡丹亭》）
和《全明傳奇》中的 143《夢花酣》、147《畫中人》三劇特別值得一提：因《還
魂記》中湯顯祖基本上亦採取利用「夢兆」（見第二出柳夢梅之自道）之方式
來預示柳夢梅與杜麗娘之「姻緣天定」，然劇情發展較特別的是，男女主角之
愛情發展在杜麗娘生前以「夢中戀」，死後又以「人鬼戀」之方式分別發生。
這樣的呈現方式固然是作者試圖打破才子佳人故事之舊套；以及「主情」不
「主理」之浪漫的戲劇美學觀所決定。〔註 25〕然從宗教文學的角度來思考，
這樣的構造方式，除了別具作者一廂情願之想像力外，恐怕亦寫出「決定」
本有「姻緣之分」之「他界力量」，將「不因現象界之生、死、夢、醒而有任
何阻隔」之事實，〔註 26〕而《夢花酣》中的謝蒨桃與蕭斗南、《畫中人》中的
庾長明與鄭瓊枝，其作者范文若、吳炳亦使用了類似安排。

　　表面看來，杜麗娘、謝蒨桃、鄭瓊枝以其對「情之堅持」，突破「夢」與
「醒」、「生」與「死」之不同時空，似有著強烈的「自我抉擇」和求真愛之
「意志堅持力」。然仔細想來，這原本亦即夢中早預知或前生早預定之姻緣，
故杜麗娘與柳夢梅可得「花神」來助成好事（見第十出）；死後鬼魂在枉死城
中，亦得到鬼判之幫助與柳夢梅相逢（見第二十三出）；而謝蒨桃有九天仙官
張園叟助其還魂；鄭瓊枝則有華陽真人助其重生。而人可離魂，卻仍如生前

〔註 25〕可參見姚文放《中國戲劇美學的文化闡釋》（中國人民大學出版社，1997 年 1
　　　　月，第一版第一刷）第二章「浪漫主義戲劇美學的崛起──湯顯祖的戲劇美
　　　　學思想」第二節，頁 27～29 之論述。
〔註 26〕日人岩成秀夫〈湯顯祖和他筆下的《還魂》夢〉一文，頁 320～321 中即提到，
　　　　湯顯祖則根本因其本就曾有夢中預知之神秘感應經驗，故堅信夢與現實有關
　　　　而寫作許多與夢有關之作品（此文收在山西師範大學戲曲文物研究所出版《中
　　　　華戲曲》第十四輯，頁 315～324）。

有著鮮明的意識和活動，顯見某種他界陰暗層次之構成，與人間亦並無太大不同，甚至此世界與人間有著重疊共存之時空，而在特殊情況下，其實可在其間來回活動穿梭。故在《全明傳奇》139《嬌紅記》中，申純和嬌娘兩人死後之魂魄則是以化爲鴛鴦與家人相見來顯示其力量。

故藉由杜麗娘、謝蒨桃、鄭瓊枝「死後還魂」之類愛情（尤其《還魂記》一劇得到當時大多數人之共鳴〔註27〕），反更突顯明代士庶試圖尋求個人意志與天命間之和諧關係，而非直接衝突抗爭。故明人若仍堅持個人之主體意志，實往往是一「相對之意志」，而非一「絕對意志」；當然若談對自我生命之承擔，亦仍是一「相對的承擔」，而非「絕對的承擔」（這個問題在第七章談「宗教心理」時會再進一步詳論）。影響所致，使得中國人普遍之生命存在，總不易走向無可挽回之悲劇偏鋒，亦不至於因個人意志過份絕決，導致產生「完全不相信有天意」之唯物態度（近代受馬克思主義影響之唯物史觀當然另當別論），反因信任天意實存，而試圖尋求理智與浪漫之精神平衡。這也可幫助我們理解，何以中國人戲劇之結局，總是以較美好之入世團圓、或乾脆出世以求解脫之方式作結。顯示在明人累積幾千年經驗智慧後所形成之天命觀，以及對宗教實事求是之態度，並對命運帶著一種聰明的運用想法，以及對多難現實總仍有一看似僥倖實則樂觀之心理。故藉由占卜、算命、夢兆之類活動以期窺探天機，原則上成了：若盡人事能改變命運則改，若盡人事而還無法改變的，反正也早已預知後果，也就有了心理準備。這到底並非全然順服命運而自我矇騙的阿Ｑ，而是仍心存一搏之樂觀慶幸，若最後終已「知其莫可奈何」，對命運才不得不「安之若命」。於是明傳奇故事中，才如此頻繁地出現諸如：風鑑、算命、卜課、祈願等溝通天人之活動。

而在情愛風波一型故事中，另有一類以「一男終配二女」之情節內容爲主的戲，如：60-8-3《玉環記》、60-8-4《金雀記》、60-8-5《贈書記》、60-9-1《錦箋記》及《全明傳奇》200《明月環》之類，其結局亦均爲「成眷屬大團圓」。其中《玉環記》寫再世姻緣，仍顯示「眞愛」可「突破生死輪迴」之觀

〔註27〕根據沈德符《顧曲雜言‧塡詞名手》：「家傳戶誦，幾令《西廂》減價」。焦循《劇說》六：「杭州女伶商小玲在演《尋夢》時一慟而絕」。蔣瑞藻《小說考證》（上海古籍出版社，1984年7月，第一版第一刷）卷四〈牡丹亭第六十一〉：「當日婁江女子俞二娘，酷嗜其詞，斷腸而死」（頁112）；又「揚州有女史金鈿鳳……臨死……曰：……我死，須以牡丹亭曲殉，無違我志也」（頁116）。

念，劇中亦不時穿插風鑑、算命、卜課、祈願等欲藉「窺先機」以決定如何將使現世生活更安穩可行之普遍行動；而《明月環》則以花仙竹翠奴、桂子芳、梅瓊英操控石鯨與羅浮、青蛾之姻緣；另其他三劇，則不約而同均描繪到不肖僧俗出家生活淫墮之一面。其中《金雀記》、《錦箋記》中之男女主角，在危急中均遇神仙顯聖救助（如：白衣大士命二太子施法力，令土地神化成老虎救巫彩鳳投崖事；又金甲神顯聖救柳淑娘被下蒙汗藥事），就劇場演出效果言，通常在祠廟祭祀演出時，「顯聖救助」一幕可顯示壯盛排場；〔註28〕而就劇情安排而言，可加強劇中人物在走頭無路時，最後終峰迴路轉柳暗花明之一線希望；然從宗教角度來看，此仍是為了顯示「天威本無所不在」，必要時可「干預」人間善惡是非，以顯其對人間之操縱力量。

綜觀上述「情愛風波型」傳奇，可發現：宗教描寫雖非劇作家構作才子佳人故事之本旨，然卻均不約而同使用諸如：謫仙神話和夢兆、占卜、風鑑、算命等「窺先機」行動，來作為情節推展的內在意識動力。而此類敘事模式，在底下其他各類傳奇中，仍可持續發現。

第三節　家庭離合悲歡型

在明傳奇中有一類以家庭離合悲歡為主軸之故事，這一類故事又可分為二型：一型純粹寫夫妻兩人悲歡離合之情，如：60-1-1《琵琶記》、60-1-2《荊釵記》、60-7-4《焚香記》、60-9-5《玉玦記》，又如《全明傳奇》中209《粧樓記》、224《高文舉珍珠記》、237《金花女大全》、238《金花記》之類。一為混合描寫父（母）子、夫妻、兄弟手足等之悲歡離合聚散，如60-1-3《香囊記》、60-1-5《尋親記》、60-3-2《幽閨記》、60-10-2《種玉記》、60-11-1《白兔記》、60-11-2《殺狗記》、60-12-3《雙珠記》等。這一類故事不似上一節「情愛風波型」那般單純，因劇中人均為已婚夫妻，或家中父（母）子、兄弟手足等親眷，故由其中交錯之離合悲歡事件，反映更多人性之衝突掙扎、以及生命中之兩難抉擇，而不儘是描寫男女愛情，故於此總歸為「家庭離合悲歡」一型來討論。

在純粹描寫夫妻悲歡離合一類故事中，除60-1-2《荊釵記》、209《粧樓記》、

〔註28〕 參見王安祈〈明代的關公戲〉一文，頁172。此文收於其《明代戲曲五論》（台北：大安出版社，1990年5月，第一版第一印）書中，頁141～201。

237《金花女大全》純以「大團圓」爲結局外，其他各劇無一例外，均再加上皇帝之「封誥旌獎」以喜上加喜。其情節結構亦有諸多類似如下：

未婚之男女主角結姻，已婚之男女主角則表示恩愛

↓

因男主角進京科考而夫婦分別

↓

雙線發展：男主角或得名、或已再娶、或未得功名即迷戀煙花女子
　　　　　女主角或尋夫、或投江被救、或神廟占卜求告

↓

夫婦因故重逢（地點多在寺觀）

↓

群戲：大團圓、皇帝封誥旌獎

在這一類故事中幾有一個共通點：女主角因丈夫離家，或家貧、或家人（有時是惡人）之逼嫁、或得知丈夫負心，總在走投無路之徬徨時刻，去神廟占卜祭告或自殺，但最後終因宗教信仰之力、或本即謫仙譴凡之故而得天神「顯聖救助」。而終場都與丈夫團圓，或在寺觀齋醮薦亡之類宗教活動中與丈夫偶然重逢。而戲中擔任「顯聖救助」任務之神祇多爲當地山神（如：60-1-1《琵琶記》中之陳留當山神）、水神或海神（如：60-9-5《玉玦記》中錢塘江之癸靈神、60-7-4《焚香記》中之海龍王）；當然亦有諸如觀音（如：209《粧樓記》）、陰陽判官（如：237《金花女大全》）、或天醫使者（如：238《金花記》）之類神祇。其示現神力救（幫）助女主角後，總會順道預示未來命運，讓女主角絕望之人生重燃一線希望。神力顯現方式不同：通常使女主角昏睡（如：60-1-1 第二十七出、60-9-5 第二十五出、237《金花女大全》第八折），夢中以神人身份援助勸告；或在其他角色夢中示現，藉劇中他人之力來解救勸告（如：60-1-2 第二十五出）；又或化身成人類或猛虎以解救（如：224《高文舉珍珠記》第十四、十五出，及 207《粧樓記》第三十五出）。最特別的則是《焚香記》中的桂英，她的情形因冤怨太深，在夢中神人告知「陰陽間隔」故不能立即在人間有一明白分判，則反因是自縊，以「死」迫使海龍王早日公斷是非。

　　這一類故事中，除了再次顯示「彼界之實存」、「天威無所不在、且對人間有干預力量」等內在宗教意識，還另顯現了人與山、水、土地等自然神之間親密的關係（因主角通常就近至所居附近之水神、海神廟求告，或得就近之山神援助）。甚至某些必要時刻還可跟神祇討價還價、撒嬌使潑（如：桂英），雖然可能必需付出極高的代價（如：死亡），但到底最後終以鬼魂冥判之方式得到怨苦之消解，並因神助而得以還魂（如：60-7-4 第二十七、二十九、三十出）。至此可見明代士庶對宗教普遍信仰之廣、對神力信任之深：男女相戀往往至寺廟請神明憑鑑（如：60-7-4 王魁與桂英至海神廟；60-9-5 王商與李娟奴至癸靈廟；《全明傳奇》139《嬌紅記》中申純與嬌娘去明靈大王祠）；親友死亡必至寺觀參與佛會、齋醮以薦亡（如：60-1-1 第三十四出、60-1-2 第四十五出、又《全明傳奇》170《十錦塘》最後一出）；士子往往借宿寺觀苦讀（如：60-1-2 王十朋借住城隍廟、60-9-5 王商借住癸靈廟；而《全明傳奇》175《雙金榜》中皇甫敦借宿白馬寺、209《粧樓記》中陳宜中借住圓清寺）；逢某些節日、遇重大事件、及功成名就時，往往至親人墳前祭奠（如：60-1-2 第十一出、60-7-4 第四十出），若無墳塋則路祭遙奠（如：60-1-2 第三十五出）、或回當初有求之廟宇還願——通常是捐款修廟、立祠（如：60-9-5 第三十二、三十四出）；必要時，甚至扮作出家人（如：60-7-4《焚香記》趙五娘扮作道姑；《全明傳奇》141《二胥記》中鍾離氏則逃至湘皇廟寄跡爲尼），以掩護身份（關於此點，第四章第五節中會再詳談）。

　　而「顯聖救助」手法之運用，往往成爲安排劇中人物命運之關鍵轉折點，故神明實擔任「關鍵解救神」之任務。因在神明出現前，主角總處於生命之最低落無助之絕望時期，藉由宗教神力告知劇中人未來將「否極泰來」之前景（觀眾其實亦早已知道，只是在此透過神明之口得到再度保證和確認，故總不至於因精神上對劇中人感情投注過深，而對劇情過份擔心），可使劇中人有再度活下去之盼望和意願。故「天意」非但不與「人之主體意志」衝突，反而善良和順地配合人意，此中看似「人文意識」已逐漸抬頭加強，但總體說來，實存的、有意志之「天」，卻仍在睜眼審視人之行爲，是否符合善良公義之「天理」（因此「天意」所配合之「人意」，必是「好人」之意）。換言之，中國士庶集體意識中的「天」，是富有人格色彩的，會賞善罰惡、助好人滿願、惡人得懲的——有意志的「天」。

　　而上述「顯聖救助」模式之運用，在有關父（母）子、夫妻、兄弟手足

等較複雜的悲歡離合故事中，亦有類似之處，只是不一定發生在女主角身上（如：60-1-5 周羽得金山大王顯聖救助，並預示命運；60-3-2 陀滿興福得花園土地神顯聖救助；60-11-2 土地神顯聖要孫榮救孫華）；而所出現顯聖之神明也不限於山、水、土地等自然神（如：60-10-2 霍仲儒得福、祿、壽三神贈物並預示命運；60-12-3 玄天大帝顯聖救節婦郭氏；《全明傳奇》172《牟尼合記》蕭思遠得達摩祖師救助，又 35《祝髮記》中王僧辯亦得達摩大師令徒弟法整指示前程）；有些法力高強、能通天之特殊術士，甚至能利用神明在人間顯聖之契機，影響本不可爲之人事決策（如：60-12-3 袁天綱利用「北斗七星化爲僧人在酒肆行走」之天現異象時，以天人感應說建議皇帝大赦天下；而如《全明傳奇》203《包龍圖公案袁文正還魂記》第十九出中的袁文正鬼魂，亦得閻羅天子特赦、門神通融、死而不腐，而能「顯靈」託夢救助妻子韓秀眞）。

而這一類劇情，當然亦會運用到一些諸如前面幾種故事類型曾使用過「以占卜、風鑑、夢兆來預示前程」之敘事結構模式，如：60-1-3 第二十三出利用卜課預示劇中人未來命運；60-10-2 第四出和第七出，以夢兆、風鑑來預卜劇中人未來姻緣和成就；60-12-3 第三出袁天綱亦藉風鑑之術爲人預示前程。而擔任此類天人感應或先知之角色，有可能完全與劇情無任何其他關連（如：在 60-1-3 第七出中出現之呂洞賓，除了擔任「先知預言」任務出現過一次之外，劇情中再無任何其他動作）。故顯然劇作家在劇情中並不一定令此角色與劇中人非有互動關係不可，只是藉宗教角色宣佈「世間存有神聖」及「人之命運可預先得知」等觀念，並達到讓觀眾再次預先知道劇情發展方向，並贊同其內在意識之目的。

而其他諸如：祭奠、齋醮薦亡、夫婦家人親友在寺觀重逢（如：《全明傳奇》183《占花魁》中秦良、莘善巧遇秦種夫婦於西湖法相寺）、借住寺觀等，亦是經常使用之情節場面，在傳奇中有時只是爲了藉其場面呈現劇中人某種內在情感狀態（因生離死別不免使人需面對「終極關懷」問題，故亦較容易與「宗教活動或場所」扯上關係），在敘事中有時並無任何關鍵性作用。前面提過，士子經常因讀書趕考而借宿寺觀；實際上女人亦常因逃難離家，而流落或借宿尼寺庵觀（如 60-1-6 第三十六出；又《全明傳奇》124《易鞋記》之玉娘投淨明庵、209《粧樓記》之意娘投尼庵、141《二胥記》之鍾離氏至湘皇廟爲尼）；而爲了雲遊方便、甚至爲表示對出遊尋親等行動之堅持，男子亦可能暫時現「出家相」（如：60-1-5 周瑞隆扮道人），直到心願、任務完成才回

復俗裝。顯然除了少部份真正以修行為職志之出家僧道外，一般所謂的「出家生活」，與其視為「真正的修行」，還不如視為中國百姓在某種非常狀況下不得已之生活權變方式，而非基於強烈的宗教出世意願而為。故劇中出現某些臨時道扮或尼扮之角色（如：60-1-1 趙五娘、60-1-5 周瑞隆；以及《全明傳奇》124 之玉娘、209 之意娘、141 之鍾離氏和王后等）總在闔家團圓後，立即還俗享受現世親情團圓之樂。

　　這一類故事中有一點較特別的是：有時作者為描寫主角因相貌或命格異於常人，故有一般難及之際遇、或得到超乎現世常態之圓滿，往往安排主角生來即具有某種極貴之異相（如：60-11-1 第四出寫劉智遠身現紅光及五爪金龍；第六出又寫其睡夢中，他人見有蛇穿鼻竅），或實得神仙之特別厚愛（如60-10-2 霍仲孺得福、祿、壽三神分贈玉滌環、玉拂塵、紫玉杖等三寶物；60-11-1 劉智遠得土地神贈寶劍、兵書、頭盔衣甲）；而此種極貴命格，一般百姓是無福消受的（如：劉智遠與李三娘拜堂時，其岳父母無法承受貴人跪拜之福，均頭暈生病而死）；其傳奇際遇和特殊膽識（如劉智遠擊敗鐵面瓜精等妖怪）亦非常人所有。這類敘述結構，基本上是使用了類似神話中異生譚及英雄戰勝妖怪〔註 29〕之類母題方式，讓英雄出身有異於常人之處，使底下故事情節之動作推展，更合理且利於推陳出新。一來可自圓其情節可能「過份違離庶民百姓認知經驗」之情形；二來亦使觀眾在欣賞劇中人跌宕曲折、但福報終又極為圓滿之人生歷程時，不至於因太過艷羨，而心生不滿或反感；同時亦還能在抒情、娛樂後、有回到工作崗位照常踏實生活之認份。而這一類神化主角出身或特徵之構造方式，在描寫「歷史英雄」時亦經常使用。

第四節　歷史、俠義型

　　明傳奇中可以歸為「歷史劇」一類情節本事為數亦頗多，以今人想法，或即因「以描寫歷史上曾真實發生之事件」為主，故應將情節內容重點放在人性之衝突及往「寫實劇」方向發展。然明傳奇劇作家創作考量之角度則反是：正因描寫歷史上某些冤獄及曲折不平之事件，故更須給予百姓觀眾一個符合願望之形而上的合理解釋，以及較令人能接受之結局，否則實太使人憤

〔註 29〕此處參考陳建憲《神祇與英雄——中國古代神話的母題》第七章（北京三聯書店，1994 年 11 月第一版，1995 年 8 月第二刷，頁 140～162）。

怨難平。〔註30〕故在《六十種曲》中較典型以歷史事件人物和為主的劇目計有：60-1-4《浣紗記》、60-2-1《千金記》、60-2-2《精忠記》、60-2-3《鳴鳳記》、60-2-4《八義記》、60-6-1《運甓記》、60-10-1《灌園記》、60-10-3《雙烈記》等八本。而《全明傳奇》弋陽腔系劇本至少有 226《范睢綈袍記》、227《張子房赤松記》、229《和戎記》、231《古城記》、233《草廬記》、234《白袍記》、242《舉鼎記》、246《倒浣紗》等劇，然其中竟只有 60-10-1《灌園記》、226《范睢綈袍記》、234《白袍記》等三本真正走「寫實」路線，其他各劇，反更充斥著各式占卜、夢兆、預言、顯聖、顯靈之類宗教神怪情節，且若為悲劇，則結局不約而同均設計在悲劇頂點之前（如：《千金記》以「榮歸」作結）、或之後（如：《浣紗記》以「泛湖」作結），甚至劇中人乾脆得到朝廷之追贈榮封（例如：《精忠記》以「朝廷表忠」、《鳴鳳記》以「封贈忠臣」、《雙烈記》以「策封」等作結；又如《全明傳奇》135《崖山烈》中之文天祥最後亦被建「烈祠」受祭奠）。

在此類劇情中之歷史名人、英雄，由於平生遭遇、個人才能都超過一般人太多，故劇作家往往先安排其家世因緣或來歷有異於常人處。如：60-2-1第二出韓信曾得二仙人主動贈寶劍和兵書；60-10-3 第十一出寫韓世忠被梁紅玉發現元神為「虎將」；60-6-1 第四出寫陶侃因左手中指有豎理，故被相者預言「當為三公、貴不可言」，於第十三出又寫土地神曾化身老者指點陶侃葬母之風水吉地，此地將出位極人臣之官員；而《浣紗記》最後一出，范蠡亦告訴西施「我實霄殿金童，卿乃天宮玉女，雙遭微譴，兩謫人間」，利用謫仙說，安慰兩人平生跌宕、分別磨難之心靈痛苦。上述安排，均為其後來際遇（果）尋求一合理化之形而上的解釋（因），使觀眾信服：原來其在歷史上之赫赫威名，乃「不得不然」，而某些非常際遇，實「命中註定」，故底下其他的「百姓本難以接受」之歷史動作安排，方更有說服力。而甚至在《全明傳奇》202《孔夫子周遊列國大成麒麟記》之類聖人紀傳歷史劇中，孔子亦被安排成是因孔叔梁與顏氏禱祭尼丘，得玉皇下旨生「聖子」，故出生時即呈麒麟祥瑞之象，而陳蔡兵圍時，亦有仙女授穿珠方以得脫之類神異情節。

〔註30〕例如：《墨憨齋新定精忠旗傳奇》第一出副末開場：「發指豪呼如海沸，舞罷龍泉，灑盡傷心淚。畢竟含冤難盡洗，為他聊出英雄氣。千古奇冤飛遇檜，浪演傳奇，冤更加千倍。不忍精忠冤到底，更編記實精忠記。」（參見台北：天一出版社《全明傳奇》第 161 冊，馮夢龍改訂，明墨憨齋刊本線二冊）。

　　有時此類英雄在歷史上因慘烈而死，使人懷念追想、深感惋惜，故劇作定往往賦予此種角色某種神格或靈性，以「顯聖」或「顯靈」方式再度出現（如：60-1-4 第四十一出伍子胥死後，玉帝封爲錢塘江之神顯聖；60-2-2 第三十二出岳飛一家忠良賢孝，均得上帝分封；又 60-2-3 第三十六出楊繼盛靈魂不散，顯靈助鄒、孫等人除奸；60-2-4 第三十九出公孫杵與驚哥忠魂不散，使屠岸賈心驚），在舞台上以其在天界或靈界之特殊能力和地位，肯定此類人間悲劇英雄實早已在天上成神，故已具顯聖能力。　而甚至乾脆安排歷史上之奸臣死後必有陰間審判（如：60-1-4 第四十三出伯嚭被擒至酆都審判；60-2-2 第三十四出鬼判押秦檜夫婦入酆都受審），或生前即已嚐到某種惡果（如：60-2-2 第二十八出秦檜被地藏王所化之瘋僧點出平生所做「自以爲神鬼不知」之惡事，被嚇得魂飛魄散），死時則必得慘酷報應（如：60-2-2 第三十三出秦檜夫婦被鬼索命，瞬時氣絕而死）。而這實是作者明顯地帶著「翻案補恨」思想，[註31] 和欲「代天行道」之創作意圖，而所代之「天」，當然亦如人們一樣將感到「好人受難眞是豈有此理」之天！故所行之「道」，必是人間眾所肯定之「公理正義」。

　　然此類悲劇之所以發生，通常也被解釋爲是歷史上難以避免之某種「劫運」、「劫數」，例如在《全明傳奇》242《舉鼎記》第二折「仙維」中，太上老君說道：「見陝西秦穆公蓄心起血牛，他乃上方白虎星，下界擾亂周朝，以完劫數。玉帝垂恩，令遣左喪門投胎伍氏喚名伍員，蓄他扶助周室江山。」（因到底是歷史劇，而非可自由編造之神怪劇，故雖給予各種翻案補恨之改造，卻亦不能違離某些歷史既成規則和事實，故最後只好以「劫運」釋之），故事實上發生前並非全不可測、無跡可尋，而可以看流年、占卜、夢兆、或修道人（先知）之預言等方式事先預知（如：60-1-4 第二十九出公孫聖自知流年不好，將因占夢而被夫差所殺；60-2-2 第十三出岳夫人夜夢不祥，請人卜卦又得凶象，而第十四出岳飛亦有惡兆之夢，道月和尚並預言暗示其未來將歷劫之命運；60-2-3 第十八出林潤午夢強徒攻殺擄掠；60-2-4 第十七出趙盾一家同夢將歷劫之惡夢；60-6-1 第十七出郭璞卜卦預示卜壺、蘇峻死亡之禍）。只是即使已預知前途，然此劫運卻不似個人命運那般單純靠努力累積善功即可改變

〔註31〕參見沈惠如〈中國古典戲曲中的「翻案補恨」思想〉（收在台北：聯經出版社《小說戲曲研究第二集》，頁 291～303，1989 年 8 月，初版）；及曾永義〈雜劇中鬼神世界的意識形態〉（收在其《論說戲曲》，頁 23～45，台北：聯經出版，1997 年 3 月，初版）二文。

（因它關涉到整個家國之氣運和歷史之運轉方向），故即使採用某種祈願齋醮之類法術（之於一般人改運可能即有效之方法），亦無濟於事（如：60-2-2 第十三出岳夫人作預示之惡夢後，請道士做齋禳星，但岳飛仍不免一死；60-2-3 第十六出楊繼盛之妻張氏對天祈禱祭拜，楊繼盛依舊被斬）。

甚至能通天、料事如神之類先知先覺者（如：《浣紗記》中的公孫聖、《運甓記》中的郭璞）會看流年占卜，早預知自己未來命運，亦無法逃過一劫。他們只是更能從容就死，不似一般人死亡當頭呼天搶地、驚慌失措罷了，因先知走向死亡之命運關乎家國，到底是很難改變的。故某些道緣較重，或較早勘破世情、窺天機之先知先覺者，往往在一定歷史任務完成後，即現出家相、或隱遯修道以明哲保身（如：60-1-4 最後一出之范蠡；60-2-1 第四十六出之張子房；60-2-2 第十六出之周三畏）。使君王不免對之因無戒心且感其功蹟，而為之立像（見：60-1-4 第四十四出之范蠡）、或附廟享祀（如：60-2-2 第三十五出之周眞人）。當然其餘受冤遭難之功臣，也往往得到「人間皇帝」和「天上玉帝」同時或分別封賞（如：60-1-4 第四十四出越王勾踐命錢塘江口奉祀伍子胥；60-2-2 第三十五出岳飛全家及周三畏均得上帝封神，又得宋朝皇帝立廟追封）。

有趣的是，這類歷史英雄、名人經常被作者安排與修道人有密切友誼（如：60-1-4 伍員與公孫聖；60-2-2 岳飛與道月和尚；60-6-1 陶侃與郭璞；60-10-3 韓世忠與太虛道人陳公）；但一開始經常保持著對命運預言之類事情的無知和懷疑，直至事件應言才若有所悟（如：60-2-2 第二十二出的岳飛；60-10-3 第四出、三十九出的韓世忠），若最後得高位如當年先知所言，或不曾遭難而亡，則往往祭奠謝神（如：60-6-1 第三十八出、第四十出）或自認平生殺戮太多而從事焚卷植福、齋戒薦亡、設醮禳衍之類宗教活動（如：60-10-3 第三十九出）。整體而言，所謂歷史劇一類情節本事，推動其敘事之內在意識，反毫無疑問的是以宗教「天命」和「劫運」一類觀念結構而成。

而有關俠義一型之情節本事描寫，在《六十種曲》中僅有 60-9-4《水滸傳》和 60-10-5《義俠記》，兩本均以水滸故事為題材，一以宋江、一以武松為主角；又《全明傳奇》中亦有 27《林沖寶劍記》、73《靈寶刀》、168《墨憨齋重定雙雄傳奇》之類。在小說《水滸傳》中本即以三十六天罡、七十二地煞之神話結構模式來書寫，而選取片斷改編成傳奇劇本來搬演，亦不免穿插某些宗教性情節。其中《水滸記》以宋江夫妻團圓且眾人於梁山泊聚義作結；而《義

俠記》結局亦安排武松有一自小訂親的媳婦賈氏來與之完婚團圓（這完全是明傳奇慣用模式，以符合劇場生、旦二主角都「有戲」之習慣）。尤其《義俠記》運用了許多上文已討論過之富有宗教意識之情節場面，諸如夢兆（第三十一出賈母、賈氏預夢未來姻緣）、女人逃難時扮成出家人（如：第十五出賈母、賈氏扮成道姑）、並借宿寺觀參與其中之宗教活動（如第二十出、第二十六出）。更有趣的是：宋江亦被塑造成是「得九天玄女雲符」那種具有特別因緣來歷、能使法術之英雄（以解釋其何以有使眾人聚義之能力）；而 168《雙雄記》中的丹信、劉雙則是因在白馬廟拜禱龍神，而得龍神化道者贈龍宮寶劍二口，據以仗劍從征；另外《義俠記》中武大郎被藥死，在舞台上以「鬼魂」形象出現，使「鬼神世界」存在之觀念，在舞台上成為更落實、有臨場動感之呈現畫面。

　　而這一類敘事模式，在《水滸記》中亦有類似。例如：原來小說話本中的公孫勝，本即是一具有法術能力的「道人」，然他的能力僅止於「呼風喚雨、駕霧騰雲」〔註32〕（類似《三國演義》中的諸葛亮）。而在傳奇劇本第十九出中，則已更進一步被塑造成能顯神通法術，役使「鬼兵」應敵之半神人；而第三十一出被宋江所殺之閻婆惜，死後亦化成鬼魂在舞台上出現，這樣可增加劇場上的熱鬧，使較多腳色輪番上場，同時不同於小說文本，而有「鬼魂」、「鬼兵」活生生存在眼前，以加強舞台演出特有之「臨場真實感」。此外，這一類俠義型傳奇中出現之出家人，往往並非嚴格意義之清修者（如：花和尚魯智深，扮成行者的武松，扮成道姑的賈母、賈氏，以及作法的宋江、公孫勝），通常是藉宗教身份掩人耳目，故可見自宋元以來之某些政治亂世，出家人反成為被管制較鬆，有較多行動自由之特殊人物。〔註33〕

第五節　其他混合型

　　在前面討論過較為典型之宗教劇、情愛風波劇、家庭離合悲歡劇、歷史劇、俠義劇等各型傳奇宗教性情節之敘述模式後，在這一節中最後要討論的

〔註32〕參見施耐庵《水滸》第十五回，頁169（台北：華正書局，1986年，初版）。
〔註33〕南宋鄭思肖〈大義略序〉（收在台北：老古出版《鐵函心史》書中，1981年8月，初版）：「韃法：一官二吏、三僧四道、五醫六工、七獵八民、九儒十丐，各有所統轄。」可見宋元之際僧道之身份僅次於官吏，比其他任何行業（尤其是儒者、讀書人）之身份地位都高，當然亦享有更多的自由。

是其他「混合類型」之傳奇。所謂「混合類型」指的是如：政治歷史混合家庭悲歡、家庭風波加宗教果報、謫仙故事混合夫妻離散、甚至上述多種交織運用等，不似前四節劇情那般單純，然其實結構方式亦大同小異，只是卻又難以完全歸類之故事型態，如：60-3-5《紅拂記》、60-5-3《玉鏡記》、60-5-5《綵毫記》、60-6-3《玉合記》、60-6-4《金蓮記》、60-8-2《投梭記》、60-9-2《蕉帕記》、60-10-2《獅吼記》、60-12-2《節俠記》、60-12-4《四賢記》等。這一類故事因難以根據情節本事及劇中宗教性情節，即簡單歸為前四節中之任何一種敘述模式，然其實不管「謫仙結構」、「因果報應」、「點化度脫」、「出家修道」（或假扮出家人身份行動）、「顯聖救助」、「攝魂冥判」、「以夢兆、占卜預示命運」、「輪迴轉世」等敘事結構或情節場面，在每劇中或多或少可以找到且交相混用，故本節將只挑前面不曾出現的新重點來談，其餘則不再重述。

　　首先是 60-3-5《紅拂記》及《全明傳奇》中的 155《墨憨齋重訂女丈夫傳奇》，由於此二劇本事是根據有名的《虬髯客傳》來改編，而《虬髯客傳》本是利用「創業真主傳說」〔註34〕來突顯「真命天子」觀念之敘事結構，故《紅拂記》和《女丈夫》基本架構亦承此。《紅拂記》中以道士徐洪客「望氣」（見第九出）之方式，告知虬髯客、李靖：「太原有奇氣」，顯示「所謂真命天子，其超凡絕俗甚至可使天現異象，千里外修道之士均可望知，而其他無此天命者，對帝王事業之妄想，均將成空」之基本理念；而在 55《女丈夫》第九折中則是由徐洪客與虬髯客一同望氣，而於第十五折中亦經由「棋決雌雄」而得知天意。

　　其次是 60-8-2《投梭記》，其第十七出以後特別以民間社祭中之動物信仰——伊尼大王（鹿精）為敘事重點，以謝錕反對「活人獻祭」之動作，反映民間信仰中某些非理性且無知之層次；而《全明傳奇》167《墨憨齋重訂萬事足傳奇》第六折「誅妖救女」中，亦寫到安慶城禮豐鄉以童女柳新營獻祭當地福神山魈獨腳大王，而為秀才高谷所救之事。但此類戲劇之寫作目的亦並非反對宗教信仰本身，因《投梭記》中之伊尼大王其實本為天界神獸謫降人間（顯示天界與人間實有等級之別，天界神獸在人間亦具某種法力），在改邪歸正、不騷擾百姓後，謝錕仍商請法師為之修設醮事、重修廟宇；而 167《萬

〔註34〕參見李豐楙《六朝隋唐仙道類小說研究》第六章〈唐人創業小說與道教圖讖傳說〉（台北：學生書局，1986 年 4 月初版，1997 年 2 月初版二刷，頁 281～354）。

事足》中亦不斷出現「夢中神示」（第三折）、「借宿寺觀」（第九折）、「拜月祈願」（第十二折）之類情節。

此外在《全明傳奇》241《觀音魚籃記》第十出、十四出中寫到東海金線鯉魚精藉白牡丹（占扮）之「唾液」化成女人身，以勾引男主角張眞；又 60-9-2《蕉帕記》中，主要藉「白牝狐三番兩次化成人形，欲偷龍化之精氣以修煉成仙」之動作，推展故事情節——此中均顯示道教修煉中「愛寶精氣」之觀念（「唾液」是人體精氣飽滿所生出）；以及精怪變化修煉，需借助好的氣（尤其可能是男人的「精氣」），以提升自己由低一「類」轉升至較高一「類」〔註35〕之資具（故可能修煉成功後，會給予男子某種報償），而此精怪修至一定程度，仍需接受點化以「脫胎換骨」（《蕉帕記》第二十出呂洞賓點化「白牝狐」成「長春子」；《觀音魚籃記》中鯉魚精則待觀音之收服）。

另最後有一重點特別值得一提：在 60-12-4《四賢記》第五出、十五出、二十二出、二十六出，及前面 60-10-3《雙烈記》第五出、十七出；以及《全明傳奇》132《雙螭璧》第五出、八出；171《二奇緣》第十七出、二十一出、二十二出、二十六出、三十出、三十五出；196《三社記》第十九出中，都曾出現「假宗教之名造反」之情節動作，其中造反之角色，多因擁有所謂妖術或讖緯之類天書，故有稱帝之野心；而《雙烈記》中描寫的是歷史上確曾存在的方臘造反；《四賢記》中亦寫元代棒胡結白蓮社、假託彌勒廣設齋供之事，在劇中以作爲與女主角對立之惡勢力情節動線存在，反映民間秘密宗教會社之某種現象。

總括上述，無論是那一類型劇本，均不同程度穿插宗教性情節，其結構方式及內在意識沒有任何宗教意味的，幾乎屈指可數。故明傳奇劇本敘事模式之形成及內在動作之推展，實很大成份受到宗教觀念意識之影響，發展出屬於中國人特有的神話結構形態和美學特質，這是一個特別值得注意的現象。

〔註35〕參見李豐楙〈六朝精怪傳說的結構性意義——一個「常與非常」的思考〉一文（此文收在國立中正大學《六朝隋唐文學研討會論文集》，頁 1～26，1994年 6 月）。

第四章　宗教角色的基本類型及塑造手法

　　劇作家塑造人物形象，在舞台上由演員表演詮釋，形成各種角色人物。如果劇作家算是第一度創作，演員的表演詮釋則算第二度創作。〔註1〕然而劇作家在創作時必定針對某些可能之觀眾素質及類型設想，而演員在表演時亦不可能脫離觀眾之理解能力來唱念做打；因此當演員在舞臺上表演劇作家所塑造角色之當下，其實即與臺下觀眾期待的眼睛接觸，混合眾人集體意識之投射，共同有著第三度的創造。而「戲劇表演」不同於以文字和讀者照面之其他各式文學類型（如小說、散文、詩詞等），其他文學類型之讀者反應對作者而言，是一個和緩、相對靜態、且有「時間落差」之過程，雖然有些作品在寫作過程中也不免「預設讀者」，然而當作品脫離作者而成為一「美學客體」時，只要作者本人在當世不過份曝光（古人傳播資訊媒體不發達，曝光問題較為少見）、或有意影射某些敏感話題或人物，他所創作之文本即一定程度脫離作者而單獨與讀者對話，較不至於直接對作者產生嚴重影響；〔註2〕更不可能如「戲劇表演」產生得不到觀眾認同乃至被當場鬧場〔註3〕、甚至傷害演員〔註4〕等事。

〔註1〕參見李惠綿《戲曲搬演論研究》第七章〈腳色論〉，頁260（國立臺灣大學中國文學研究所博士論文，曾永義先生指導，1994年6月）。

〔註2〕當然古代亦有少女因慕湯顯祖之文名而願許身、乃至尚未得見即香消玉隕、使湯顯祖抱憾並為其出資葬墓者（見蔣瑞藻《小說考證》，上海古籍出版社，1984年7月，第一版第一刷，頁116），然這到底是少數特例。

〔註3〕例如張岱《陶庵夢憶・卷四・嚴助廟》中即提到：「……夜在廟演劇，梨園必倩越中上三班，或雇自武林者，纏頭日數萬錢。唱《伯喈》、《荊釵》，一老者坐台下，對院本，一字脫落，群起噪之，又開場重做。……」（北京：作家出版社，1995年12月，第一版第二次印刷，頁83）。

〔註4〕例如《蓴鄉贅筆》有：「楓涇鎮為江浙連界，商賈叢積。每上巳，賽神最盛，

　　然正如上述，戲劇觀眾之反應相較於其他文學讀者是更直接而立即的，因此觀眾之理解接受程度和反應，即直接參與了劇場的表演，一定程度決定了演出之形態、風格和表現手法，實際根本是整體表演的一部份，若在「宗教儀式劇」中則甚至某些時候可以說「觀眾亦即是演員」。〔註5〕即使明傳奇中某些文人創作專供案頭欣賞之劇本，也比任何其他文類文本都更考慮到欣賞者在想像的「虛擬劇場」中之動態因素。故而劇場上受人歡迎的角色，以及經過歷史檢驗、汰換而逐漸程式化了的腳色行當、人物類型，比起任何其他文類作品，都更帶著那一時代人共同之喜好和集體意識。

　　而作為「宗教角色」與其他任何「角色」類型比較，仍有某些本質上之不同。正如所謂「宗教文學」與其他諸如政治文學、色情文學、報導文學等之別：除了美學上的考量外，亦有「終極關懷」之目標不同、且「宗教文學」必討論到「對彼岸之追尋」之類問題。因宗教之所以為「宗教」，且有別於其他科學、哲學思想，乃因其中必包涵了「非理性」與「神秘（聖）」因素，而人無法以「邏輯分析」與「理性」等能力來認知此「非理性」與「神秘（聖）」部份，只能通過某種「直感能力」（此「直感能力」必要時可藉某些宗教靈修方式喚起或開發）來認知。〔註6〕因此宗教文學作品經常以故事人物及其行動，來追索探尋「彼界」之存在，因而觸及「神秘（聖）」與「非理性」之範疇；或以象徵比喻方式，暗喻彼界之存在；若正面實寫「彼岸」之內涵，往往即透露作者對「彼岸世界」天馬行空般之想像力（然一時代多數作者天馬行空之想像，透過宏觀總合，仍可歸納出某些共性和規律，並非即完全混亂

　　築高臺，邀梨園數部，歌舞達旦。曰：『神非是不樂也。』一日，演秦檜殺岳穆父子，曲盡其態。忽一人從眾中躍登臺，挾利刃直前，刺檜流血滿地，執縛見官，訊擅殺平人之故，其人仰對曰：『民與梨園從無半面，一時憤激，願與檜俱死，實不暇計其眞與假也。』」。

〔註5〕例如：章愚在〈探討目連戲的學術價值〉一文中提到：「……祁陽高腔目連戲中的"劉氏產子"、"劉氏下陰"，紹興目連戲中的"別吊"，弋陽腔目連戲中的"趕吊"、"提劉氏"，在演出時台上台下打成一片，分不出哪里是舞台，何處是劇場；演員亦觀眾，觀眾即演員。……」（收在北京：文化藝術出版社《戲曲研究》第十六輯，1985年9月，第一版第一刷，頁236）。而劉禎《中國民間目連文化》一書，頁156，亦提到類似內容情節（四川：巴蜀書社，1997年7月，第一版第一刷）。

〔註6〕除括弧中為本文作者所加，以外參考德國基督神學家魯道夫·奧托（Rudolf Otto）所著：《論『神聖』》（The Idea of Holy）一書第一、二、及十八章（四川人民出版社，1995年12月第一版，1996年12月第二刷，頁1～9及頁170～184）。

無序的）。

而戲劇中的「宗教世界」，正使用了上述諸法，例如：由上一章對明傳奇中宗教性情節敘事模式及結局之分析，已可歸納出不管那一類型劇本，基本上均共同肯定「天界」對應「人間」乃一實存先在，且是一對人間具操控干預力量之「彼岸世界」。此「天」乃一「有意志的天」，此意志及操控干預人間力量之呈現，則由具體之各級神祇擔任，而若某些非常時刻（如：劫運）或某些特殊之人（如：謫仙被譴降罪罰、或有修道仙緣者），將得到神祇之主動點化度脫，以歸彼界。而「此界」（人間）可利用占卜、風鑑、算命、夢兆……等方式窺知彼界之運作規律，故必要時可透過積極累積善功改變彼界既定之律則；且有時良善具有節操之人在極度痛苦絕望之呼告中，亦將得天界神祇之顯聖救助。而「彼岸」是一上下等級制度分明、類人間官僚體系之組成形態，人死後歸去的時空則截然二分：高於人境的「天界」或低於人域的「地府」，而「人生」是一中間歷程。人透過一生作為，由神明鑑察，最後被決定躍升至「天界」，或墮入地獄受苦。而「宗教角色」作為上述集體宗教意識概念之隱喻象徵符號，實分別擔任不同功能任務，帶著明人集體意識之投射，構成了熱鬧且紛紜複雜之宗教世界。

由第二章圖表「劇中曾出場之各類宗教角色」一欄中所列的數百個宗教人物，依其類型大致可分為：「仙、佛、上聖高真」、「鬼、魂、魔、精怪」、「謫仙、異人」、「神媒、術士」、「僧、道、居士、隱士」、和「其他」等幾大類。其中「仙、佛、上聖高真」即代表高高居於「天界」之各級神明，掌握宇宙間光明正義之力量，依神職不同，有不同功能，並形成某種神統譜系；「鬼、魂、魔、精怪」描寫的則是負責「地府」執行任務之閻王、或人因故魂識脫體和死後之中陰狀態（所謂鬼、魂），以及某些介於「人界」與「地府」間所處的「動、植物精怪」層次，這一大類隱喻天地間本有某種邪惡、陰鬱以及具非常破壞能力之勢力，其時空態中亦存有不同等級之物類；而「謫仙、異人」一類則是指由「天界」被下放譴送來人間歷難以期最後將歸回彼岸之非常人；而「神媒、術士」一般而言是指：具有溝通「彼界」與「此界」能力之中介者（當然亦有一些走騙郎中）；「僧、道、居士、隱士」則是企求藉由各式修煉方法躍升入天界之慕道清修者（當然有一部份僅是藉此掩飾身份、或以此為謀生職業之不肖假扮者）；最後「其他」討論的則是民間宗教結社中之各式人物及某些異界時空態（如蟻國）。

　　根據上述，整個世界實包含了「光明正義」與「邪惡黑暗」等兩種力量，「人間」是此二種無形力量（如：太極圖☯中所顯示）交會拉扯之中途地，故需透過某種方式（如：隱遯修道、培功立德）擺脫邪惡黑暗勢力之誘引，以期達到光明正義之至樂彼岸。而「宗教角色」中之仙佛眞聖和魔鬼精怪等類型，正作爲此二力量之象徵符號。故本章中要討論之論題主要是：這些不同人物類型各自有何特色？分別在那些情境下出現？他們如何被塑造？底下就依這些重點，分節論述之。

第一節　仙、佛、上聖高眞

　　在明傳奇中出現的宗教角色，高於人間又自成一神秘縹緲世界的，主要是來自仙界天府的「仙、佛、上聖高眞」。這些仙佛眞聖分散於各劇本中擔負不同任務，在明代三教混同的信仰氛圍中，道教仙眞、佛教菩薩、民俗信仰眾神祇往往交雜混融、相伴而出，此類角色乃作者將原本「神聖」且無法以「理性」能力認知之宗教彼岸世界，以人之有限想像落實爲層層疊疊，有各級天神、時空層次之系統，雖則此系統是一開放而並未徹底定型之系統，然整體而言隱約有其等級次第。以《六十種曲》爲例，即可將眾仙佛眞聖細分爲各種不同的等級類型，下文即是根據眾神祇出現之場景、作用、頻率、比例等，據以分析其人物類型和塑造手法。由於《六十種曲》並非一人一時一地之作，根據作者個人信仰之不同，自有所尊神明菩薩之各別高下，故圖表（見本節末另附表）中所列仙佛眞聖之排列次序，只爲便於系列介紹、觀察，並非爲一等第分明、系統嚴密完整的神靈仙眞譜系，還須透過下列說明，瞭解明人心中普遍尊崇的仙神等級，以及與百姓生活密合之比重程度：

一、天界尊神

　　在《六十種曲》中出現的最高神祇是「玉皇大帝」（簡稱「玉帝」），其次是「玄天上帝」（又名「眞武大帝」），分別在《四喜記》和《雙珠記》中上場過一次。「玉帝」高高在天界俯瞰人間，作爲善惡審判、決定眾生命運的最後裁定者；「玉虛師相玄天上帝」則作爲被人們供奉的靈驗神祇，能適時顯聖遣將，直接介入人間救度節婦，以昭神威。一般而言「玉皇大帝」總管三界、十方、四生、六道，是民間信仰中的最高神，若在戲曲中出現，即表示這齣

戲的時空背景是「天界」。因爲「顯聖救度」一類之事並不需勞煩玉帝本尊下凡，玉帝的出現通常只爲顯示「天上有玉帝，地上有皇帝」這類天人對應關係，以滿足廣大百姓對神秘天堂之平凡想像。是故玉帝出現的排場正如人間帝王，必有眾仙官神將追隨，又有各級仙府官卿層層上報候裁，因而場面往往非常熱鬧壯觀。於整本戲而言，玉帝所在的這一齣戲通常爲一「大場戲」或「大過場戲」，因爲上場的人物很多，然未必有主角（有時若人手不夠，即使正生、正旦亦需分扮隨侍的仙官、仙女之類的小角色），好在「玉帝」必然作出合乎群眾集體願望之最後審判或裁示，而舞臺上群仙雲集，若爲廟會祠堂前節慶應景的演劇，往往爲全場觀眾帶來熱鬧高潮。當然有時其在劇中亦可能完全沒有任何實質作用，只是由劇中人提及，作爲明人普知之信仰型態出現，例如《全明傳奇》196《三社記》第二十四出中，孫湛遊泰山，特去「玉皇殿」進拜「玉皇大帝」之類。

　　而明成祖特別尊崇的「眞武大帝」，〔註7〕自是明人普遍立廟信仰的神祇。武當山的八宮二觀、三十六庵堂、七十二岩廟、三十九橋、十二亭的龐大道教建築群即是奉祀「眞武大帝」爲天柱峰頂的「金殿」主神。〔註8〕在《全明傳奇》241《觀音魚籃記》第五出眞武上場時有關、趙二元帥陪伴，還自報家門道：「自家靜樂國李普國王之子李玄天便是，七歲修行、二八成佛，收了龜蛇二將，封爲玄天上帝，鎮守北方武當山下，萬民無不感應」。另在《雙珠記》第二十一出中，眞武大帝則有馬、趙、溫、關四元帥作爲護法神將。由於民間普遍奉祀，眞武大帝即以顯聖姿態直接調遣神將，應民所請洗刷冤屈，當然祂亦不需親自現身救度，但相於「玉皇大帝」，眞武大帝似乎較易直接傾聽百姓疾苦，不須層層上報轉答，即可下達指令除暴安良（如：要雷神電殛惡民）、並與人民實質對話（如：指點正旦郭氏昏迷中的魂魄前途）、甚至指定人間之代理聯絡人（如：術士袁天綱），而在《全明傳奇》241《觀音魚籃記》第二出中，還兼理「祈子」之事。相形之下，其顯

〔註7〕明成祖爲了替「靖難」反叛謀帝位找「應神受命」、「奉天行道」的形上基礎，在軍隊出征前採道衍之說揚言「眞武顯聖」，當上皇帝後又自比眞武帝化身。可參見明・李贄《續藏書・卷九》：「出祭纛，見被髮而旌旗者蔽天。成祖顧公曰：『何神？』曰：『向固言之吾師，北方之將玄武也。』於是成祖即被髮仗劍相應。」（台灣：學生書局，1974年5月版，頁149）。

〔註8〕參見黃海德《天上人間——道教神仙譜系》頁78的說明（四川人民出版社，1994年7月，第一版第一刷）。

聖作用有如賢明皇帝的「微服出巡」，使常常一生都不可能見到皇帝的小老百姓在走投無路的困境中，有了不可思議但又扭轉乾坤的生機，因而大快人心。〔註9〕

　　從《六十種曲》中看來，明人所最尊神並非自魏晉南北朝至宋以來道教神統仙系中的最高神──「三清」，反而是「四御」中的首位神──玉皇大帝；以及受政治因素影響而地位節節高升的「玄天上帝」。前者是上古天帝崇拜之遺留，但在道教最早的神仙排列──梁朝陶宏景之《洞玄真靈位業圖》中，曾只是位於玉清三元宮右位第十一位的「玉皇道君」〔註10〕而已；而後者本由原始的動物崇拜到星辰崇拜最後才逐漸轉成人格神。〔註11〕二神地位的遷升，與歷史的偶然與政治的謀略運用等因素有關，不過最重要的，仍因明人的宗教信仰內涵中其實保留了中國原始宗教自然崇拜的習慣。

二、群仙眾真

　　在迎神賽會、祝福拜壽免不了的群仙戲中，「八仙」是極常見熱鬧的神仙劇。然在《六十種曲》中，「八仙」（李鐵拐、漢鍾離、張果老、何仙姑、藍采和、呂洞賓、韓湘子、曹國舅）只在《邯鄲記》的最後一出戲中同時上場過一次，比例並不算太高。而《蕉帕記》中只出現了「四仙」（呂洞賓、張果老、鐵拐李、漢鍾離），原因可能是在第二十出戲中上場的角色太多，一時劇團人手不夠，故無法「八仙」俱出；而何以選擇「此四仙」而非「彼四仙」，恐怕亦因可上場之腳色行當分配的原因重，而「八仙」中各仙受人囑目程度不一之因素輕。〔註12〕「八仙」由於人數眾多，造型遍及男女老少、雅俗文野各色人等，歷來廣受各階層老百姓的認同與歡迎。在傳奇戲最後一齣習慣以熱鬧團圓大場戲為收場的慣例下，「八仙」同時上場，自然充滿喜慶娛樂之氣氛。但八仙中確有特別受劇作家青睞而較常入戲者，比如呂洞賓在《六十種曲》中平均出現次數是其他「七仙」的好幾倍，這是因在《香囊記》、《邯鄲記》和《蕉帕記》中，呂洞賓特別被劇作家檢選擔任「先知者」

〔註 9〕 明萬曆年間流行之通俗小說《北遊記》，即是描述玄天上帝修煉得道、收妖除魔的故事，目前亦有從宗教文學角度研究之師大碩士論文可參看：白以文《北遊記敘事結構與主題意涵之研究》，1995 年，李豐楙教授指導。
〔註10〕 參見台北：藝文印書館《百部叢書集成》第十四輯《祕冊彙函》七。
〔註11〕 參見黃海德《天上人間──道教神仙譜系》頁 75。
〔註12〕 這由本文第二章 60-9-2 的圖表第二十齣「行當」一欄之條列，即可看出。

和「關鍵點化者」等任務、彷彿八仙中之「最佳男主角」；而《全明傳奇》亦收有以呂洞賓爲主角的 111《呂眞人黃梁夢境記》，另在 239《青袍記》中呂洞賓亦較鐵拐李、寒山、拾得，劉海等其他仙眞戲份重。這種現象實其來有自，早在元雜劇中即已出現了大量的「呂仙戲」，〔註 13〕顯示了呂洞賓在文人百姓心目中，較其他「七仙」更富傳奇戲劇性的特殊地位。

此外，張果老在上述二戲中曾分別與諸仙同時上場過一次，另外在《玉合記》中亦曾擔任「點化者」而出現過一次。不過這樣並不足以顯示張果老比其他眾仙更受到注意，可能因《玉合記》的時代背景是唐代天寶年間，而張果正好是當時知名的神仙道士之故。不過《全明傳奇》另有李玉的 185《太平錢》演張果老事，以及以韓湘子故事爲主軸的 211《韓湘子九度文公昇仙記》，而上述 239《青袍記》中鐵拐李亦與其他三蓬頭一起上場，只出現一折，戲份不高，顯示個別仙傳仍比「八仙」或「眾仙」俱出時劇情曲折，人物性格塑造亦較飽滿，八仙同時上場則「節慶熱鬧應景」之意義大於其他。

而在古典戲曲中另有一組常見的神仙群——即赫赫有名的「馬靈耀、趙公明、溫瓊、關羽四大元帥」，在舞台上只要「四大元帥」同時出現，必是喝采連連、鬧熱滾滾的武打戲。這四位元帥本是道士作法、請神伏魔時常見之天界護法神將（如《蕉帕記》第二十五出龍化之演法請神，即召請出「四大元帥」），但在民間信仰中關羽、趙公明更常以「關聖帝君、伏魔大帝」或「武財神」等形象爲人所知。尤其關公被人奉祀之比例最高，在舞台上更有所謂「關公戲」，有專屬之行當唱腔、服裝道具。同樣地，在傳奇戲中四大元帥一同出場在戲臺上固然非常熱鬧好看，但在全劇的情節地位往往不高；反而關公單獨出現，較常有「顯聖示威」之情節作用（例如《曇花記》第十六出以籤飛筒裂警示孟丞韋）；而作爲天界護法神將，在《三元記》第二十三出中關公、趙玄壇也只是作爲玉皇殿上輪班值殿的龍套角色，並無情節轉折之任何關鍵作用。

當然《全明傳奇》中收有以關公爲主角的 231《古城記》，以及三國戲如

〔註 13〕 《全元雜劇》中收輯的「呂仙戲」至少有：〈呂洞賓三醉岳陽樓〉、〈呂洞賓度鐵拐李岳〉、〈呂洞賓三度城南柳〉、〈呂洞賓桃柳升仙夢〉、〈呂洞賓花月神仙會〉、〈呂洞賓戲白牡丹〉、〈呂洞賓飛劍斬黃龍〉、〈呂洞賓九度國一禪師〉等（參見台北：世界書局，1968 年，初版）。另近年來亦有人以呂洞賓爲題，專門討論《戲曲中的呂洞賓研究》，可參見鄭喬方碩士論文，1995 年，柯慶明教授指導。

233《草廬記》、《連環記》亦有關公的戲份，然基本上這三本傳奇中的關公仍是歷史人物，不在我們的討論之列。但《全明傳奇》中另有 110《雙鳳齊鳴記》、214《喜逢春》、19《雙珠記》、147《畫中人》、241《觀音魚籃記》、211《韓湘子九度文公昇仙記》、68《目連救母勸善戲文》等劇本中都有關公出現，但均非主角，只是有時擔任「顯聖」或「關鍵解救神」的工作（如《雙鳳齊鳴記》、《喜逢春》、《畫中人》、《觀音魚籃記》）；有時亦只是陪襯的天界神將之一員（如《目連救母勸善戲文》、《雙珠記》、《韓湘子九度文公昇仙記》）。〔註 14〕整體而言，可發現真正具有情節重要性的「關公戲」往往是作為「人」的角色身份（但因愈到後世地位愈受人尊崇，即使以「人」的身份出現，在古典戲曲中也已發展出一套如「神將」般特殊的排場和待遇，甚至有了「驅鬼除煞」的積極作用〔註15〕），而作為天君神將的「關真君、關元帥、關聖、伏魔大帝」在傳奇中出現時，反而純粹「顯示神威無所不在」或「節慶壯盛排場」的象徵儀式作用大，而實質影響劇情的功用小。

　　在《六十種曲》中另有一名常見的真君「許旌陽」。許真君名遜，字敬之，東晉汝南人，因曾任旌陽令，又稱許旌陽。他是道教教派「淨明道忠孝道」之主要崇拜對象，因淨明道主張忠孝廉慎，強調修煉心性以得淨明，奉許遜為祖師，元初劉玉以「淨明忠孝」名其教，又以郭璞為淨明監度師，在明中葉以後，仍承傳不絕。〔註 16〕《六十種曲》中對許遜、郭璞崇拜或特加描繪尊崇之劇有：60-6-5《四喜記》第二出宋郊說到其父曾為「九江令」，因「許真君顯靈」之故才生二子。而在《曇花記》第四十一出「真君驅邪」中，許旌陽則被觀音大士派出化為法官道士，賜人神丹、除趕邪魔。由《四喜記》顯示明代許真君在江西一帶，仍以祠廟信仰型態為人所普遍奉祀，乃

〔註14〕　王安祈〈明代的關公戲〉（收在《明代戲曲五論》，頁 141～201，台北：大安出版社，1990 年 5 月，第一版第一印）一文有非常詳細的分析，可參看。
〔註15〕　參見容世誠〈關公戲的驅邪意義〉，頁 46 的說明（台北：麥田出版公司，1997年 6 月 15 日，初版一刷）。
〔註16〕　參見李養正主編《道教手冊》頁 109～110（鄭州：中州古籍出版社，1993 年8 月，第一版第一刷）；和王志遠主編《道教百問》頁 99～110（北京：今日中國出版社，1992 年 12 月，第一版第一刷；1997 年 9 月，第二版第一刷）；以及卿希泰主編《中國道教史》卷四頁 216（台北：中華道統出版社，1997年 12 月，初版），另有關「淨明道」之研究，實以日人秋月觀暎 1975 年完成之博士論文《淨明道的基礎研究》最為完整，後其書出版時改名為《中國近世道教之形成》（東京：創文社，1978 年版），可參看。

江西之「福主」。〔註17〕另60-5-3《玉鏡記》第二十、二十一出中，郭璞則以「眞人」形象顯神通，具有類似許遜水神般之威力，能制止「水怪」作亂。而在60-6-1《運甓記》中，郭璞則另以先知、術士等形象爲人指點迷津，並因卜筮被殺，較不具神格。

　　再者《六十種曲》中出現幾位「仙人」，比如蓬萊仙客山玄卿（見60-11-3《曇花記》）、崑崙仙人、弱水仙人（見60-2-1《千金記》）及劍仙（見60-5-1《春蕪記》）之類。這幾位仙人均非歷史上有名有姓之知名仙眞，而爲劇作家依劇情所需設計（如：蓬萊、崑崙、弱水等仙山福地之仙人）；或借用傳說概念使用（如：劍仙），然何以上述仙人來自「蓬萊」、「崑崙」、「弱水」或用「劍」，實與道教有密不可分之關係。因道教徒認爲天地間有五方六國、十洲三島，這些地方均有各色人類及眾多神仙，其中蓬萊、崑崙即爲「三島」中之二仙島。〔註18〕此外「劍」亦是道教重要的法器之一，既是「尚武」的標誌，亦具有收鬼攝邪之神秘功能。「寶劍」也是正一派道士的法寶之一，其在道教中具有如下三層涵義：一指現實中之「利劍」；二指被神仙化了的「神劍」；三指成爲一種象徵之「道劍」。〔註19〕故在傳奇中出現諸如：劍仙、崑崙仙人、弱水仙人之類角色，其上場總是擔任點化劇中人或顯聖贈「寶劍」、「兵書」或傳「劍術」之類任務，賦予劇中謫仙或歷史名人「異於常人之命運」一形上詮釋，實際以「寶劍」或「兵書」（天書）傳「道」，讓劇中謫仙及歷史名人之人物形象更「來歷不凡」，且證明其「宿有仙緣」。

　　另60-11-3《曇花記》中還出現諸如：李太白、顏眞卿、李長源等「仙卿」。由於道教之神統譜系類似人間官僚系統，故此類「仙卿」指的是天庭中封有官爵之神仙，且多爲歷史上本實有其人、曾擔任官職、又或有某些超常事蹟如：天才高邁（李白）、抗節晚景（顏眞卿）、勛烈於艱危（李長源）者。明代張介文輯錄之《廣仙列傳》卷七收有李白、顏眞卿二仙事蹟；〔註20〕清徐

〔註17〕有關許遜之傳說，除上註秋月觀暎之書外，又可參見李豐楙〈許遜傳說的形成與衍變〉及〈宋朝水神許遜傳說之研究〉，二文收在台北：學生書局《許遜與薩守堅》，頁11～121，1997年3月，初版。

〔註18〕參見林拓〈符咒的載體或變體——劍、印、鏡〉（收在台北：中華道統出版社，1996年9月，初版，《道教文化新典》上冊，頁542～546）。

〔註19〕參見郭武〈神仙體系的結構——人間地理及人間神仙〉（收在台北：中華道統出版社，1996年9月，初版，《道教文化新典》上冊，頁97～106）。

〔註20〕參見王秋桂、李豐楙主編《中國民間信仰資料彙編》第五冊，頁371～375及頁399～401，1989年11月，景印初版。

道藏集、程毓奇續成之《歷代神仙通鑑》二集卷之十四及《古今圖書集成・神異典神仙部列傳二十二》中，亦收有李泌事。〔註21〕此類仙卿之所以「成仙」，實一定程度乃人們爲其在人間所遇不平事「翻案補恨」，但其實際在民間信仰之影響力方面並不太大。若在傳奇中出現，目的亦即「群仙會勘」，基本上乃劇作家爲其生前受屈之事作一死後重審，以證明「善惡報應不爽」之類觀念。

三、佛教諸神

　　《六十種曲》中出現的佛教諸神大抵有：西天祖師賓頭盧、龐靈照、毗沙門天王使者（以上見60-11-3《曇花記》），白衣大士、二太子（以上見60-8-4《金雀記》）等。另在《全明傳奇》中至少還出現有：觀音、善才、龍女（以上見68《目連救母勸善戲文》、140《貞文記》、241《觀音魚籃記》、243《觀世音修行香山記》等劇中均有），牟尼佛、大目犍連（以上見68《目連救母勸善戲文》），達摩祖師（見35《徐孝克孝義祝髮記》、172《馬郎俠牟尼合記》），迦葉尊者（見128《續西廂昇仙記》）等。相較於道教天尊及群仙眾眞，佛教神靈在明傳奇中出現的數量和比例都較低，這除了因「佛教神靈譜系」相較於「道教神統譜」原本即較爲單純，而神靈種類及等第分階亦不那麼複雜外，亦可看出整體而言道教在明代民間之全面滲透影響力，還是比佛教要大。且在「三教混同」觀念影響下，佛教諸神在傳奇中亦常與道教仙眞一同上場，而此種神靈交流且包容不分之方式和性質，實際亦更近於道教所特有之精神態度。

　　在上述出現之佛教諸神中，以「牟尼佛」位階最高，其在68《目連救母勸善戲文》中約上場五次，由「外」扮，基本上均以一較靜態的、被朝見的方式上場，作爲全劇「最高境界」之象徵代表人物。然佛教諸神中最常出現、最受人歡迎、且所展現之顯聖救度神通最頻繁的，其實是位階次於「佛」之「菩薩」──觀世音。其「聞聲往救」之形象最打動多苦難的中國老百姓的心，故除了243《觀世音修行香山記》中根本演其生平及成道事蹟外，基本上其上場出現之任務多爲「顯聖救度」：使劇中人脫離險境，並因其預示將好轉之命運，因此有重生、再等待柳暗花明一日的力量。一般而言，傳奇中觀音出場多半有座下童子善才、龍女陪伴，兩人負責實施其所指派之工作；因其有時又有「白衣大

〔註21〕同前註第八冊頁2425，以及第十七冊頁793。

士」之化身，在《金雀記》中則由二太子木吒聽其調度執行任務。「觀世音菩薩」一腳除了在68《目連救母勸善戲文》中因上場腳色太多、不敷分配，故由「占」扮之外，一般均由「正旦」扮。若其救度的對象即是「旦」扮之女主腳，則由「老旦」或「小旦」扮。換言之，其均是以「女性神」、「慈母形象」出場，以其大慈大悲救苦救難之平易近人形象為人所尊崇。實際隋唐以前，「觀世音」基本上為一男身，甘肅敦煌莫高窟的壁畫，和南北朝時之雕像，嘴唇上還長有兩撇漂亮小鬍子，隋唐以後，才逐漸轉為女身。〔註22〕明傳奇戲台上之觀世音，已一律為「女性神」，且由243《觀世音修行香山記》中所顯示，其已完全漢化為一皇家公主形象。

再者，上述佛教諸神中的迦葉尊者、大目犍連、西天祖師賓頭盧等，均是釋迦牟尼親傳之弟子，屬於「羅漢」一級。其中迦葉尊者是所謂「頭陀第一」，大目犍連是「神通第一」，賓頭盧則為「十六羅漢」之第一。〔註23〕在68《目連救母勸善戲文》中實際是演大目犍連之修道、成道及救母事，但其原來印度人之造型已完全漢化成中國孝子羅卜之形象。而賓頭盧和迦葉在傳奇中，則擔任「智慧老人」之類「關鍵點化者」，就戲劇功能言，與道教仙真在劇情中之作用亦相差不多，只是將「道教神」換成「佛教羅漢尊者」罷了！此外還有在35《祝髮記》和172《牟尼合記》出現之「達摩祖師」，其在劇情中之作用，亦類前述羅漢。其他另有龐靈照菩薩，在60-11-3《曇花記》中亦擔任顯聖、或化成雲水尼僧點化說法之任務，只是其所度化之對象則為劇中欲修道之女性腳色，以性別相同，較易接近為之說法點化故。而佛教諸神中另有一「毗沙門天王使者」，據說其每月初八負責考察人間善惡；是佛教四大天王（東天持國天王、南天增長天王、西方廣目天王、北方多聞天王）中的北方多聞天王，名毗沙門者。根據柳存仁研究，中國本土因崇拜英雄觀念，而己諡之為神之唐代名將李靖姓名久與四天王之一毗沙門相化合，而產生一融合無間之名稱為「毗沙門天王李靖」，《封神演義》第四十回寫其有三子，名為金吒、木吒、哪吒，〔註24〕故《金雀記》中代觀世音救巫彩鳳者，即李靖二子木吒。這一類佛教護法神在劇中通常戲份不多，或執

〔註22〕參見馬書田《華夏諸神·佛教卷》頁84～88（台北：雲龍出版，1993年10月，初版）。

〔註23〕同前註書，頁113～116、頁119～122、頁140～147。

〔註24〕參見柳存仁〈毘沙門天王父子與中國小說之關係〉一文，收在《新亞學報》三卷二期，頁1045～1092，1958年。

行任務、或負責鑑察上報，擔任「糾察隊」般之任務。

四、民俗諸神

在《六十種曲》中出現有一類民間俗神諸如：福、祿、壽三仙（60-10-2《種玉記》）、半天遊戲神（60-11-3《曇花記》）、日間遊神（60-12-4《四賢記》）等。另《全明傳奇》中出現的民俗神至少亦有：門神、灶神（68《目連救母勸善戲文》），寒山、拾得二和合神（見 239《青袍記》及 68《目連救母勸善戲文》），魯班（235《四美記》）等。這一類民俗神最典型反映人民心理之潛在諸如對「福」、「祿」、「壽」、「和合」等之渴盼願望；以及對生活必需物如「門」、「灶」之感激愛惜；還有對某一技藝、某一行業祖師（諸如：魯班為建築業之行業神）之尊重禮敬。當然亦體會到天地間亦有一散漫浮蕩之氣，由「半天遊戲神」所掌理；又時時有「日間遊神」鑑看人間，人不可不慎獨，因神明時時在四週巡行查看。故若福、祿、壽三仙上場預示命運時（如：《種玉記》中的霍仲孺），即註定了將來一生之富貴榮華；另「門神」負責保護住家宅內之安全，中國人相信除非有特別緣故，一般鬼魂或其他陰煞物將由「門神」阻隔在外，不會侵犯屋中主人。而灶神則為負責記錄一家大小善惡之神，並跟天庭打小報告，故不可任意得罪。而「半天遊戲神」因懸蕩天地間玩世不恭，一有機會，仍需再修煉，以達更上一層樓，故《曇花記》中其後來亦歸皈而為「三昧道人」。

五、自然神

「自然崇拜」是人類宗教崇拜中最古老及流傳最久遠之崇拜形式之一，在明人信仰中，亦是所佔數量最多、出現頻率最高，以及顯示神力最多樣複雜之神靈形態。僅由《六十種曲》中歸納，即可看出有對雷電、星辰、水、山、土地等自然物及自然力之敬拜，故各式雷神、星辰之神、水神、山神、土地神，實是對此自然物神靈化的結果。而所謂「星辰之神」，至少可見包括了太白星（60-3-2《幽閨記》）、北斗七星（60-12-3《雙珠記》）、魁星（見60-9-2《蕉帕記》及《全明傳奇》68《目連救母勸善戲文》）、歲星（60-12-4《四賢記》）等。而水神至少亦包括了江神（60-9-5《玉玦記》）、河神（60-11-3《曇花記》）、海神（60-7-4《焚香記》、60-9-2《蕉帕記》、60-9-5《玉玦記》、60-11-4《龍膏記》）等。另各地諸如陳留當山、金山、西岳、廬山、巫山則

均有山神，甚至還有女仙（見 60-5-1《春蕪記》）。而土地神更不在話下，各縣、省、山坡山洞、廟宇、花園、私人家宅均有土地神，且土地神還有妻室為「土地奶奶」。另雷電亦有雷公、電母掌管（見 68《目連救母勸善戲文》），雷神或稱雷師皓翁（見 60-11-3《曇花記》），將其人格化；或又稱九天應元雷聲普化天尊（見《全明傳奇》239《青袍記》）。上述諸神在傳奇中上場大抵擔任顯聖、夢示、或執行更高級神靈所交付之任務，尤其土地神以其與人之最親近關係，亦經常需擔任向玉帝稟報人間善惡狀況之任務，以為報應時之根據。

六、動、植物神

《六十種曲》中另有一些動、植物神如：南山白猿使者、北岳黑虎將軍（見 60-1-1《琵琶記》）及花神（見 60-4-1《還魂記》、60-11-3《曇花記》、60-12-5《牡丹亭》）等。這一類「動、植物神」不同於下一節將談之「精怪」，基本上乃直接來自天庭，或屬天界之神獸，靈花異草之類，通常已具神格，不似精怪需修煉且性格尚不穩定。故可為人間同類動、植物之管理者。其在傳奇中，通常亦擔任顯聖救助之工作，主要象徵與「人間」相應之「彼界天庭」，亦蓄有各式動物、花草，且甚至更加華美，因中國人所想像之「彼界」，並非一空洞無物之形上概念，而是一繁華富麗、比人間更加優美之天堂樂園。

七、其　它

60-5-5《綵毫記》第十五回中出現有女仙嫦娥。傳奇中常有「拜月祈願」之類情節關目，月神是中國民間最流行之俗神之一，崇拜月神由來已久，而我國月亮神話中以「嫦娥奔月」最有名，故有些民間傳說遂把嫦娥視為月神。〔註25〕但《綵毫記》中雖提及月府由天仙嫦娥看管，但未言其即為「月神」。又《新鐫仙媛紀事》卷二中，亦載有嫦娥竊西王母不死藥而奔月宮事，〔註26〕顯然嫦娥之於月宮是後來之投奔居住者，而非先天掌理者，故此處不歸為「月神」之類自然神，而另立於「其他」一類中。

〔註25〕參見馬書田《華夏諸神——俗神卷》頁 64～68。
〔註26〕參見王秋桂、李豐楙主編《中國民間信仰資料彙編》第九冊，頁 124。

【附　表】

類型〔註27〕	名　稱		行當	出現之作用	上場次數〔註28〕	所屬劇本及齣數
天界尊神	玉帝			天界下旨	1	60-6-5（第10齣）
	玉虛師相玄天上帝		小外	顯聖遣將	1	60-12-3（第21齣）
群仙眾眞	八仙	呂洞賓	末	題詩預言	8	60-1-3（第7齣）
				度化盧生		60-4-3（第3、4、29、30齣）
			小生	度化白牝狐及揭示因果		60-9-2（第20、35、36齣）
		張果老（九霄仙伯）		眾仙點化	3	60-4-3（第30齣）
			外	點化謫仙		60-6-3（第18齣）
			中淨	眾仙度化		60-9-2（第20齣）
		鐵柺李		眾仙點化	2	60-4-3（第30齣）
			淨	眾仙度化		60-9-2（第20齣）
		漢鍾離		眾仙點化	2	60-4-3（第30齣）
			末	眾仙度化		60-9-2（第20齣）
		曹國舅		眾仙點化	1	60-4-3（第30齣）
		韓湘子		眾仙點化	1	60-4-3（第30齣）
		藍采和		眾仙點化	1	60-4-3（第30齣）
		何仙姑		眾仙點化	1	60-4-3（第30齣）
	四大元帥	關公（關眞君、伏魔大帝）	淨	輪班值殿	3	60-2-5（第23齣）
				顯聖		60-9-2（第25齣）
			外	顯聖		60-11-3（第16齣）
		黑虎主玄壇趙元帥	丑	輪班值殿	2	60-2-5（第23齣）
				顯聖		60-9-2（第25齣）
		馬元帥		顯聖	1	60-9-2（第25齣）
		溫元帥		顯聖	1	60-9-2（第25齣）
	許旌陽眞君		外	顯聖	2	60-6-5（第10齣）60-11-3（第41齣）
	蓬萊仙客山玄卿		末	扮風魔道人點化謫仙、宣說三教合流	17	60-11-3（第4、7、9、11、12、21、30、31、32、33、34、35、42、48、50、53、55齣）
	崑崙仙人		外	顯聖贈兵書	1	60-2-1（第2齣）
	弱水仙人		末	顯聖贈寶劍	1	60-2-1（第2齣）

〔註27〕 因歷來神仙譜系分類名稱尚無定論，此處參考黃海德《天上人間——道教神仙譜系》（四川人民出版社，1994年7月，第一版第一次印刷）和李養正主編《道教手冊》（中州古籍出版社，1993年8月，第一版第一次印刷）以及何星亮《中國自然神與自然崇拜》（上海三聯書店，1992年5月第一版，1995年3月第二次印刷）之用詞擬以分類，其中概念內容或有重疊之處，文中另有說明。

〔註28〕 所謂「上場次數」指的是在《六十種曲》的所有本戲中曾出場的全部次數，不分本、不分齣，以此看出各個宗教角色出場的頻率。

	劍仙		末	顯聖贈劍、傳劍術	1	60-5-1（第 6 齣）
	仙卿	李太白	小生	群仙會勘	1	60-11-3（第 44 齣）
		顏眞卿	外	群仙會勘	1	60-11-3（第 44 齣）
		李長源	末	群仙會勘	1	60-11-3（第 44 齣）
佛教諸神	西天祖師賓頭盧		外	扮醉僧點化謫仙、宣說三教合流	19	60-11-3（第 3、4、5、7、9、11、12、21、30、31、32、33、34、35、42、48、50、53、55 齣）
	白衣大士		旦	顯聖	1	60-8-4（第 18 齣）
	龐靈照		正旦	扮雲水尼僧說法、顯聖授記敕封	3	60-11-3（第 43、52、55 齣）
	毗沙門天王使者		末	鑑察人間	4	60-11-3（第 13、14、15、16 齣）
	二太子		末	顯聖施法	1	60-8-4（第 18 齣）
民俗諸神	三仙	東華福星	小生	夢示命運	1	60-10-2（第 2 齣）
		西華祿星	丑	夢示命運	1	60-10-2（第 2 齣）
		南極壽星	末	夢示命運	1	60-10-2（第 2 齣）
	半天遊戲神		丑	扮樵夫點化、歸道改名三昧道人	3	60-11-3（第 19、53、54 齣）
	日間遊神		外	鑑察人間	1	60-12-4（第 18 齣）
自然神	雷師皓翁		小外	傳達上帝敕命	1	60-11-3（第 42 齣）
	星辰之神	太白星（明朗神）	末	顯聖	1	60-3-2（第 7 齣）
		北斗七星		顯聖		60-12-3（第 25 齣）
		魁星		顯聖助采	1	60-9-2（第 26 齣）
		歲星	小生	下凡為謫仙	1	60-12-4（第 18 齣）
	水神	淮河水神		冥司作證	1	60-11-3（第 34 齣）
		錢塘江口癸靈神王	外	顯聖、夢示	2	60-9-5（第 25、34 齣）
		龍王（海神）	外	攝魂冥判、夢示	5	60-7-4（第 10、26、27、29 齣）
			外	海宮送客		60-9-2（第 20 齣）
		鎮海龍王部下判官	淨	冥判陪審察檢籍	4	60-7-4（第 10、26、27、29 齣）
		龍孫	生	海宮持寶旛	1	60-9-2（第 20 齣）
		龍女	旦	海宮持寶旛	1	60-9-2（第 20 齣）
		鯨波使者	淨	受命救人	1	60-9-5（第 25 齣）
		水府織絹仙姝	旦	謫仙悟眞性	1	60-11-4（第 30 齣）
	山神	陳留當山山神	外	顯聖	1	60-1-1（第 27 齣）
		金山大王	小生	顯聖、夢示	1	60-1-5（第 15 齣）
		西嶽大王	末	夢示	1	60-3-5（第 4 齣）
		廬山山神	外	顯聖	1	60-5-5（第 40 齣）
		巫山神女	小旦	顯聖夢示	1	60-5-1（第 14 齣）
	土地神	錢塘西湖上棲霞下當境土地神	丑	傳皇帝誥命	1	60-2-2（第 35 齣）
		京都土地神	外	鑑察人間奏稟玉帝	1	60-2-5（第 23 齣）

	河南土地神	生	鑑察人間奏稟玉帝	1	60-2-5（第 23 齣）
	湖廣土地神	末	鑑察人間奏稟玉帝	1	60-2-5（第 23 齣）
	祥符縣土地神	雜	鑑察人間奏稟玉帝	1	60-2-5（第 23 齣）
	廬山當山土地神	末	顯聖	1	60-5-5（第 40 齣）
	伽藍土地神	外	顯聖化身	1	60-6-1（第 13 齣）
	花園土地神	丑	顯聖	1	60-3-2（第 7 齣）
	飛來洞矮土地神	中淨	送神、插科打諢	1	60-9-2（第 4 齣）
	木府土地神	生	化身試道心	1	60-11-3（第 43 齣）
	土地神	外	顯聖化身	8	60-2-4（第 37 齣）
		外	顯靈判案		60-10-4（第 13 齣）
			顯聖		60-11-2（第 12、26 齣）
			顯聖		60-11-5（第 7、9、10 齣）
			顯聖化虎		60-8-4（第 19 齣）
	土地娘娘	丑	扮悍婦欺夫	1	60-10-4（第 13 齣）
動、植物神	南山白猿使者	淨	顯聖	1	60-1-1（第 27 齣）
	北岳黑虎將軍	丑	顯聖	1	60-1-1（第 27 齣）
	花神	末	顯聖	3	60-4-1（第 10 齣）
		小貼	化女身試譎仙道心		60-11-3（第 21 齣）
		末	顯聖		60-12-5（第 5 齣）
其他	嫦娥		月府天仙	1	60-5-5（第 15 齣）

第二節　鬼、魂、魔、精怪

　　宗教關懷「終極」問題。而人對「彼岸世界」，無法一味想像及理解成光明美好之「天界」，因如此一來人間某些不公不義、作奸犯科之「惡人存在事實」將不能得到令人心服口服之解釋，故在高於人境之「天界」外，必存有低於人域之「地府」以之平衡。而「天界」與「地府」象徵「彼岸世界」之最高境界與最低層次，其中「地府」乃一層次分明之組織單位：上有主宰掌理之「閻羅王」或「幽冥教主地藏王」和輔佐判獄之「判官、曹官」；下有聽令行事之「鬼使、鬼卒、陰兵、神將」，負責管理受報或含冤索命之「鬼」、未定罪或因故離體之「飄魂」、和人受惡報所化成之畜牲。此外冥界各地有城隍監管地方事務；並有各式竄遊人間之「魔」和「精怪」以試煉引誘修道人，此類「魔」、「精怪」與「仙佛神明」相對，隱喻宇宙間存有陽陰、正邪兩極之相反相成力量；另有某些有道「精怪」，擔任神明之使者執行任務，甚至自己亦藉此修煉成更高境界之神靈。

　　以《六十種曲》為例，在 60-10-4《獅吼記》第二十二出和 60-11-3《曇花

記》第三十一、三十二出，都出現「閻羅帝君」（閻羅天子）冥判之情節畫面。前面提到，「地府」象徵宇宙間某種陰性、暗邪力量之存在根源，然而在中國民間百姓的想像中，「地府」所隱喻涵具之陰邪力量，並不如西方神學概念中的魔鬼撒旦必與耶和華所欲的挑戰搗亂（且似乎總以其「魅力」誘引人入火獄）般對立，反與「天界」所象徵之光明正義力量和諧共榮。換言之，地獄中其他諸判官或有腐敗墮落之現象（如：60-12-5《還魂記》第十五出寫胡判官非常官僚且好女色）；然「閻羅王」卻總是清明正直之化身，甚至是彬彬有禮（如：《獅吼記》第二十二出）、本性大慈的（如：《曇花記》第三十一出）。因「地府」之所以存在，是人心作惡（「業眼看作是冥冥」）之故；若人不作惡（「道眼看作朗朗」），地獄亦無甚可懼。所以「天界」與「地府」比較，是一「相對」的，但非「對立」的關係，而此「相對」性，卻根於「人」自身之業識認知之故。——此種看法，基本上是受到佛教「萬法唯識」觀念之影響，而「閻羅」一詞，原本由古梵語音譯古印度神話陰間主宰之名，明清以後，其亦成為中國民間最知名之冥司主宰。〔註29〕

　　此外另有所謂「幽冥教主地藏王」（見60-2-2《精忠記》第二十七出），根據郭丹在《佛教神靈譜系》一書的說法，在佛國神靈中，分管陰間地獄的最高首長是地藏菩薩。因釋迦任命他為幽冥教主，管理陰間事務。然地藏的職位太高，管的事務也太多太雜，因此，具體處理陰間地獄的工作，就交給閻王行使。〔註30〕如此看來，「幽冥教主地藏王」與「閻羅天子」本似管理地獄之「董事長」與「總經理」之關係，然在人們心目中，閻羅因實際操管具體事務，權力反而更大些（故被尊為「帝君」、「天子」）。而「地藏王」反可到處自由地化身遊走（如：在《精忠記》中扮成「行者」，第二十八出又化成「風魔和尚」），擔任「先知點化」工作。

　　而若將「地藏王」比作地獄之「董事長」、「閻羅天子」似「總經理」，所謂「判官」（或「鬼判」）則工作可大可小，高則有如「業務經理」（如：60-4-1、60-12-5《還魂記》中之胡判官）、低則比如「隨身執行秘書」（如：60-11-4《獅吼記》中捧業鏡執簿吏、60-11-3《曇花記》中的執帖、照業鏡），且未必直屬

〔註29〕 參見呂宗力、欒保群編《中國民間諸神》頁 577（台灣：學生書局，1991 年 10 月，初版）。

〔註30〕 參見四川人民出版社，1995 年 4 月，第一版第一刷《聖凡世界——佛教神靈譜系》頁 199。

閻羅，亦可在其他神祇手下聽令（如：60-1-5 中金山大王底下鬼判，60-2-2 岳飛成神後支使鬼判聽差，60-3-5 中協助西岳大王之判官，60-6-5 中聽許真君傳派，60-11-1 則擔任馬鳴王鬼判）。故顯然「鬼判」實可在各級神明及陽陰時空間遊走。而其他另有地府之「曹官」（如：60-10-4、60-11-3）、「傳送官」（如：60-11-3 第三十出中有「冥府傳送絳消丸」一丑角）、「鬼使」（或勾令使）亦擔任類似「鬼判」之執行或使者工作，有時其可被塑造成牛頭馬面之長相（如：60-10-4 中），或具幽默感和人情味，而必要時亦可修成更高一級之神道（如：60-11-3「絳消丸」一角在第五十三出中亦歸道而改名為「廣長道人」）或如《全明傳奇》140《貞文記》第二十四出南海龍王手下夜叉婆之類，但通常此類角色只是擔任瑣碎龍套之工作，在劇情中並無特別重要性。此外更有一些「陰兵」、「神將」、「力士」等，手持「金瓜」砌末上場，幫忙助壯閻王或其他神明顯聖之排場以示熱鬧，還有更低一層之「鬼卒」、「眾鬼」（指地府鬼神官僚系統中的最低級卒吏），這些角色多由「雜」或其他各腳色在沒有主要戲份時輪流分扮，顯示飄乎其來、倏乎其去之地獄鬼類群相（多半是上場走鬼步隨意舞弄），嚇唬心性有虧之其他劇中人。

在明傳奇中還出現了數量眾多的「鬼」和「魂」。所謂「鬼」，通常指的是「人完全死透後」之狀態〔註31〕（例如：（60-10-5《義俠記》第十七出中的武大郎，以及 60-4-1、60-12-5 的杜麗娘）；而「魂」則是指人在病重迷離時之魂識脫體狀態（如：60-8-1《西樓記》第二十出中的于鵑），或生時含冤、對人執念很深、死後尚未確定去處之中陰狀態（如：60-7-4《焚香記》第二十七出的桂英，以及《全明傳奇》203《包龍圖公案袁文正還魂記》第十五出中的袁文正），以及在睡夢中被神靈調請出離之魂識（如：60-7-4 第二十八出的王魁，以及 60-9-5 第三十四出中的王商）。有時劇作家並未嚴格區分二者，而直接使用「鬼魂」二字（如：60-9-4 第三十一出的閻婆惜，60-10-4 第二十二出的柳氏，60-11-3 第二十二出的王婉娘）。無論如何，「鬼」或「魂」可依其在人間之作為，被決定當受「善報」或「惡報」。

而所謂「善報」，又可二分為：上升成神（如:60-2-2 岳飛全家之魂均被封神；又 60-11-3 第三十出烈士顏杲卿死後亦成天神；另如《全明傳奇》232《金貂記》中翠屏死後升天為「孝真仙女」，還授丁山辟邪寶劍）、或得到復仇或索

〔註31〕《說文解字》釋「鬼」：「人所歸為鬼」（見台北：黎明文化事業，1985 年 9 月，增訂一版，頁439）。

命之機會或權力（如：60-1-4 伍員、吳國太子友、公孫聖三人均化成陰靈復仇，
而《全明傳奇》203《包龍圖公案袁文正還魂記》第十九出中的袁文正，則得門
神通融入曹府託夢救妻）。而受「惡報」則是指：需受審判（如：60-4-1 第二十
三出，60-1-3 第三十四出）、或甚至輪迴成牲畜（如：60-11-3 第二十一出陳贊
化生成驢身）。特別是許多歷史上之名人（如：60-2-2 第三十五出的秦檜夫婦、
万俟卨；以及 60-11-3 第三十二出的曹操、華歆、伏后，第三十五出的西施、
項羽、范丹、石崇，第三十六出的楊再思、祝欽明、李林甫、伯嚭、張宗昌、
元載、王戎、宋之問、司馬懿、曹丕，第四十四出的盧杞）也都不分朝代、事
項，依作者個人喜好和判斷，一一將之請至戲台上依業報觀念審判其平生罪行。
有趣的是 60-11-3 第三十五出的幾位歷史名人：由醜女扮成西施、項羽則扮成
老病狀，范丹、石崇均扮成乞人，作者在劇中想表露之果報審判意味已令人一
覽無遺。

　　此外冥界尚有「城隍」監管地方事務有如地府「分部主任」（如：60-6-5
第十出），因監管地方事務，其職能似高於土地神而為城市保護神。因此「城
隍」與「土地神」代表著高於人境之「天界」與低於人域之「地府」兩時空
交會處之負責神靈，因鑑察善惡、負責上報，與「此界」之人民百姓反而最
為親切接近。然幽冥界似不限於閻羅王所掌理之「地獄」，還有其他幽冥時空
另成體系。例如：60-11-3《曇花記》第三十八出北幽太子所來自之「陰府」，
其中甚至有「女鬼使」（胡媚兒），這是其他傳奇中所無。這一類「陰府」，反
而比「地府」本身更具邪惡之概念，因原來「地獄」本身並不邪惡，是人心
邪惡，「地府」才成為審判所。然《曇花記》中另出的「陰府」，本身即是「邪
惡」之根源，所以更近於「魔」之概念。這一類的「魔」通常出現的作用是
考驗修道人之功夫（如：60-11-3 第二十四出的小魔王），或迷惑人之清明意識
（如：60-9-5 第三十四出之睡魔），甚至能化成其他各類形象顛倒人心（如：
60-6-3 第十八出化成虎試李王孫，60-11-3 化成雷電、巨蟒、猛虎試木西來）。

　　另外在「此界」與「彼界」（包含「天界」和「地府」）間還存有一些非
常之「精怪」，這類精怪多由動物或植物變化形成，或在人間作亂（如：60-5-3
第二十一出中魚頭使者與水怪奉水母娘娘之命在河邊覆舟，為求得過路人豬
羊之祭賽）；或借男精欲修真煉形（如：60-9-2 之白牝狐）；也有被仙人收服為
聽令使者（如：60-9-2 第二十出柳樹精為呂洞賓之聽令弟子，60-5-5 第四十出
猛虎聽山神調撥，60-11-3 第四十八出蒼虎為仙女看守蓬萊山洞）；其法力有的

極高強，在《全明傳奇》241《觀音魚籃記》第二十三出中之鯉魚精甚至還打敗了四大天將。而《六十種曲》中，除了60-9-2《蕉帕記》白牝狐實質為劇中真正女主角（由小旦扮演）外，其他劇中之精怪多非故事之關鍵要角。而「狐精」本為精怪家族之強宗，在中國傳說中素有淵源，〔註32〕在《蕉帕記》中白牝狐化身成正旦胡弱妹之形象，以造成劇中人之錯認、且觀眾對妖嬈之狐精又愛又怕（因總覺到底「非我族類」）之複雜心情。顯見明人已接受「狐仙喜歡與人雜處並混入人境」之認識與想法。基本上「魔」與「精怪」象徵宇宙間某種不安定、不受人控制、有時甚至是邪惡的力量，但這個力量有時亦可助成修道人之功果，未必完全是無挽救餘地的「惡」勢力。

第三節　謫仙、異人

在這一節中要討論的主要是某些非常人：他們不似仙佛、上聖高真般高高在上，但又不同於人間大多數人之平凡。這一類人介於「天仙」與「凡人」之間，就凡人言是「人中龍鳳」；就「天仙」言，卻又次一級，而尚未登臻仙班。因其才能或際遇，均特出常人太多，故在戲劇故事中才有特別一寫之價值；然亦因其太不平凡，反使大眾難以理解，故劇作家在塑造時，便先給其背景一形上詮釋，將此類角色歸為「謫仙」或「異人」。而所謂「謫仙」根據明傳奇所出，約可分為底下幾種：

一為歷史名人（例如：60-1-4《浣紗記》中的范蠡、西施；60-5-2《琴心記》中的司馬相如；60-5-5《彩毫記》和《全明傳奇》91《驚鴻記》中的李白、唐明皇、楊貴妃；又如《全明傳奇》242《舉鼎記》中的伍子胥、秦穆王之類）。首先在《浣紗記》第二出中，范蠡初見西施便道「上界神仙，偶謫人世，如此艷質，豈配凡夫」。此時在劇中「謫仙」一詞像只是形容西施美質，似非實指其真為「謫仙」下凡；然劇中第二十三出，范蠡（生）換成道服去訪西施，作者安排其換道服，暗示范蠡本亦有出世修道之心境種性；故第四十一出西施逃難時，再寫她被眾人誤看成「飄如驚鴻，婉若游龍」之神女；而到最後「泛湖」一出，才由范蠡正面告知西施兩人原為「謫仙」，要結三生未了之姻，始豁迷途，方歸正道。《浣紗記》這種寫法最特別的是：范蠡對自己之謫仙身

〔註32〕參見劉仲宇《中國精怪文化》第二章第四節（上海人民出版社，1997年10月，第一版第一刷，頁141～158）。

份似早有所知（起碼在初遇西施主動告知其美質有形上理由時，便應反自證知），然劇中西施的表現，卻只逆來順受而不知自己本爲「謫仙」的樣子，直到當范蠡最後一出告知時，她似乎才默默領受，卻也不疑問反駁。有趣的是，整本戲給人感覺只有作者梁辰魚和劇中范蠡才眞知男女主角之先天來歷，觀眾及西施自己均無法眞正確定（因劇中僅用「語中形容」，即使第四十一出之演出方式，亦不「實指」），故「謫仙說」就范蠡而言更像是：因勸西施替越國獻身故心理對其有愧疚感後的「安慰」之說；就作者而言，才是因對百姓觀眾解釋「兩人相愛又分別歷難波折，而重逢後並不同享富貴，反而選擇共同退隱江湖」之理由，其結局安排有異於一般傳奇「大團圓」之熱鬧。此種「謫仙」之解釋及用法，是其他明傳奇劇本中不曾出現的。

　　因在《琴心記》中司馬相如爲「文昌星」謫降之事實，是透過賣卜人嚴君平讓台下觀眾知道，劇中包括司馬相如本人，自始至終是不知的。故劇中人自以爲經歷著悲歡離合之才子佳人乖蹇愛情；於觀眾而言，卻正是「謫仙」不能不免的一番歷難波折。而《彩毫記》第三出中的李白，則是早早經由司馬承禎點化，即自知本爲神仙中人，而觀眾亦知整本戲即謫仙李白欲以修道歸回天界之故事歷程。尤其中間穿插李白與唐明皇、楊貴妃同遊月宮，因嫦娥以三人均是仙班謫居凡界，才得允遊。另 91《驚鴻記》中之唐明皇，則是藉臨邛仙人楊貴妃之靈，才知己乃孔升眞人，而梅妃乃許飛瓊、楊妃乃太一玉妃、李白乃方壺外史等仙眞謫降。可見傳奇劇本中將歷史名人歸爲「謫仙」，通常因其文采特出，或命運過程有類謫譴之經歷，再者因男女情緣雖深、然其相愛過程有不得不絕情分離之際遇者。

　　而明傳奇中有一類「謫仙」，則純是指天帝指派謫降，來人間應劫、救劫或還願、了塵緣者。例如：前述《全明傳奇》242《舉鼎記》中的伍子胥和秦穆公乃「左喪門星」和「白虎星」下凡，其下凡之目的即擁立周朝及擾亂周朝。此類歷史名人被作者給予一個「形而上」的來歷，以解釋「歷史事件」發生之緣由。另外在 60-2-5《三元記》第二十三出中，玉帝命「文曲星」謫降爲馮商之子，又命「織女星」謫爲馮商之媳，目的爲顯示馮商因積德而得大福報。其中「左喪門星」和「白虎星」謫降的目的乃爲解釋歷史大事之緣由；而「文曲星」和「織女星」則屬「上帝」對人之恩賜而來，在人間不過即爲一般優秀美麗之才子佳人，故此類謫仙均不寫其有何特別需罪罰或譴降歷難之過程（雖則以常識而言，由天界墮降至人間，心中必感俗濁和痛苦的）。又

60-9-2《蕉帕記》最後一出「揭果」中，且角胡弱妹被告知原為「王母前執拂侍兒」被謫讉；其父胡章（外）亦被告知原「紫徽殿下修文使者」謫降人間，換言之，天上謫仙降至人間，未必定為夫婦，亦有可能為父女、親人或仇敵等其他關係。而天上之小侍兒、小使者，降至人間往往已為大富大貴者，顯然「天界」層級超乎「人間」太多，本為較高貴且更富麗之世界。

另有一類謫仙其謫墜之目的即為「藉和光同塵試煉心性」、以顯「真人不露相」，如：60-3-3《明珠記》中的古押衙，和 60-5-5《綵毫記》中的展靈旗；另如《全明傳奇》207《雙紅記》中之磨勒和栽杏叟、以及 208《千祥記》中之劍仙展靈旗。此類謫仙均安於賤役，藉幫助劇中主角渡過劫難以累積功德，並完成自己心性之磨煉。故任務完成後必隱遯修道，或謫期一滿即返天門。而 60-12-5《四賢記》中的王氏（天上掌書仙女）亦是類似情形，然因其為女性，作者塑造偏重其孝行、以及為丈夫正妻扶養兒子之含莘茹苦方面之磨煉，因其茹素多年，終得家人同意諒解而現道姑之出家相（出家即算「歸道」）。這一類謫仙，均表現自知本為「謫仙」之生活態度，將人間生活視為苦役和過渡時期，俗緣一了，即毫不貪戀，迅速歸道或返天門（雖然返天門後通常亦不過是「掌書」或「執拂」、「掃地」之類天上生活，然就其價值觀而言，似乎在「天界」之低微工作，亦比人間富貴有更可樂者——當然亦有可能是「天界生活」不易想像，遠超人間劇作家之思議能力，故草草帶過）。

最特別的一類，則是《全明傳奇》民間無名氏所作 239《青袍記》中梁灝一類文曲謫仙，其被罪謫謫罰之內容竟是「屢試不中狀元」，顯示民間百姓對謫讉內涵之想像與已有功名之文人大有不同且更切合實際；另如 60-8-2《投梭記》中提到的「伊尼大王」，不同於前一節曾提及之其他精怪由動、植物慢慢向上境修煉變化而成，其反是天上蟠桃會王母所乘之仙獸，因偷食桃實而被讉降下凡人間，故在人間已有呼風喚雨、令土人懼怕之神力。然此類「仙界神獸」雖有神力，遇人間如謝鯤乃晉王朝都督之類大臣，亦要矮一截聽其管教，可見「天界」與「人間」等級對照，實有一定標準。而「仙獸」謫降人間，亦可透過「顯聖」方式助主角解除危機，並得天子詔封，故其能力與所享待遇，與一般人類其實亦並無太大不同。

而明傳奇中另塑造有一類「異人」，如：60-10-3《雙烈記》中的韓世忠和60-11-1《白兔記》中的劉智遠，或《全明傳奇》227《赤松記》中的張子房、220《五福記》中的韓琦。這一類英雄異人通常不被實寫為「謫仙」，但與塑

造「謫仙」手法類似的是，其生平必歷經各式動盪坎坷驚險，且最後必安然無恙還有修隱之志、或對某神應之廟宇懷感激之情。當然與「謫仙」不同的是，其「神異」處之被發現，通常不由神明先知或智慧老人之類角色來擔任，而多由生活周圍較敏銳體貼者發現有異（如：《雙烈記》第十一出韓世忠睡時現虎形，被梁紅玉發現故主動託終身；又《白兔記》第四出、六出、十八出劉智遠均被旁人發現有紅光及現五爪金龍或蛇穿鼻竅等異徵；而《全明傳奇》220《五福記》中韓琦則是在仁宗策士、被唱名時天際現五色雲而為太史所見）；而其平生所求目標亦非歸向「彼岸」，而只是如荀子所言：「無冥冥之志者，無昭昭之明；無惛惛之事者，無赫赫之功」〔註33〕之類藏器以待時，而終發跡變泰、揚眉吐氣之現世福樂。

　　然到底因其生來異相（也就是具「先天道根」）、或有特殊機遇（如《全明傳奇》227《赤松記》中張子房遇黃石公），雖不迷信一般江湖術士之算命預言（如：60-10-3 第四出），亦不輕易被普通鬼魅精怪所迷惑（如：60-11-1 第十二出），但對於真正的有道高士（如：60-10-3 第四十二出的太虛道人陳公、靈隱寺長老，及227《赤松記》中的赤松子、商山四皓）還是非常尊敬親近；而通常對其落魄時曾棲身之寺廟，亦多懷感念之情（如：60-11-1 第三十三出劉智遠重修馬鳴王廟）。也就是說，此類英雄異人，其在藏器等待、尚未發跡前，實一定程度藉助宗教信仰或特殊機緣之力，來支撐其終必成功之信念（類似明太祖登基前），故成功後均不排斥原來之真正信仰，甚至藉由宗教信仰儀式，來悔懺平生無意中所造惡業（如：60-10-3 第三十九出）。反映在傳奇中之上述觀念作法，應是受明開基帝王影響、上行下效之緣故。

第四節　神媒、術士

　　如果上一節之「謫仙、異人」是介於「仙佛、上聖高真」與「凡人」之間的特殊份子，另有一類「神媒、術士」則是其間的「中介溝通者」。因在第三章中已談到，明人相信「天」、「人」有一對應關係，「天上神明」鑑察「人間善惡」，必要時，人可透過某些諸如：占卜、課命、風鑑、夢兆等方式事先窺知「彼界」之預定運作規律，以期對目前運途困蹇之最終結果「及早放心」；

〔註33〕參見王先謙《荀子集解》（台北：華正書局，1982 年 10 月版）〈勸學篇第一〉，
　　　　頁 5。

或試圖透過人為善功及其他術數來改變令人不滿之「既定命運之果」。如此既成一常民集體文化心理，則必有因應而起之專門技術和專業人士，代理「天人溝通」之專門業務。這是中國百姓在幾千年歷史發展中，與憂患對抗之經驗累積所得，此種集體文化意識不似人群中終屬少數的儒者型聖賢思想家——有能「無所禱於天」之坦然無畏〔註34〕、和「知其不可而為之」〔註35〕之堅絕意志，亦不似道家型真人——能以真正的清明智慧觀照，達至「太上忘情」之境界；而是在勤勤懇懇、胼手胝足之認份踏實中，面對無情之命運黑網，有亟欲一撥之微小盼望和努力一搏之堅強勇氣，甚至是自以為已暗自揭穿其中奧秘之僥倖聰明。故此類「窺先機」之專門技術發展既久，種類孳乳繁多，無非隱涵常民對宗教中的「神秘」、「非理性」部份，欲「把握解釋、設法拆解神秘，以為現世所用」之微妙心理；而其中專業人士之素質良莠不齊、層次等級不一，亦可以想見。

反映在《六十種曲》中，依「專門技術」種類不同而出現的角色，約有底下幾類：

（一）賣卦卜課者：如 60-1-3 第二十三出的踢禿（淨）；60-2-2 第十三出的卜卦先生（丑）；60-3-4 第二十四出的起課劉如見（末）；60-5-4 第二十九出的卜課張先生（淨）；60-10-3 第四出、第三十九出星士卜者開口靈（丑）。

（二）算命者：如 60-2-5 第二十四、二十五出排八字算命先生衛冰月（淨）；60-3-4 第十七出的課命方先生（淨）；60-7-4 第十六出的算命張先生（淨）。

（三）風水堪輿者：如 60-2-5 第五出的風水先生徐曉山（外）；60-9-5 第三十一出的青烏子（淨）。

（四）圓夢人：如 60-2-4 第十七出的姜不辣（丑）；60-6-1 第二十三出柳神仙君平（丑）。

（五）風鑑相士：如 60-7-4 第二出的相士胡亂道（淨）。

（六）女巫：如 60-8-1 第二十七出的張娘娘（小淨）；60-10-4 第十七、

─────────────

〔註34〕《論語・述而》：子疾病，子路請禱。子曰：「有諸？」子路對曰：「有之，誄曰：『禱爾於上下神祇』。」子曰：「丘之禱久矣！」

〔註35〕《論語・憲問》：子路宿於石門。晨門曰：「奚自？」子路曰：「自孔氏。」曰：「是知其不可而為之者與？」

十九出巫嫗（淨）。

　　一般而言，這一類角色上場之次數頻率都不高，通常出現一次，至多兩次，作用通常是幫劇中人「解答難題」或「預示前程」，之後即不再上場。然因其解答或預告的，往往關涉劇中角色之未來命運，於觀眾而言，有預示情節發展方向之效果；於劇中人而言，亦有「指點迷津」或作為「定心丸」之功用，使劇中人對當下磨難皆願暫時忍耐、或試圖找出改善良方，故這類神媒術士在劇情中，儼然成了「天意之代言人」和「命運之宣判者」。而這一類角色根據上列，除了 60-2-5 第五出的徐曉山和 60-3-4 第二十四出的劉如見外，劇作家不約而同均選擇由「淨」或「丑」來扮飾，這固然一因活躍在市井中的江湖術士總給人「語不驚人死不休」或「故作玄虛、胡說八道」之普遍觀感；二來又劇場行當分配，需有人插科打諢以調節場上氣氛，生旦男女主角往往不宜，劇情他腳有時又有其他任務，故偶然出現的專業術士只好專門負責插科打諢外；另外最重要的原因可能是：「代言天意」和「宣判命運」由玩世不恭、嬉笑嘲諷的淨丑表演擔任，於劇作家而言，可使其宗教意識和暗示劇情方向之意圖不至著意過顯；於觀眾言，則可了解面對人生本可舉重若輕，無需對生活波折遭遇過份執持，因此由淨丑代言天意和宣判命運將使人感到強烈的「人生荒謬感」，和產生對劇中凝重嚴肅氣氛的「現實出離感」。

　　而由上列職業術士之命名用意（如：劉如見、開口靈、胡亂道、姜不辣、柳神仙），劇作家欲藉此嘲弄反諷之設計意圖也已表露無疑。尤其在上列十五位職業術士中，上場純粹為插科打諢、或顯示術數拙劣、而無其他情節關鍵作用的，其實僅 60-9-5 之青烏子和 60-8-1 的張娘娘；另 60-10-4 之巫嫗亦純以「通人情、為人解難」之形象出現外，其餘十二位無論形象嚴肅正經、安於此天人溝通之神聖職位；或表面如何胡言亂道、科諢取笑、甚至濫用藉口多歛錢財，然無一例外均一語中的、預言準確，並非僅是隨意胡說八道而已。且由上列「專門技術」種類顯示，明人及劇作家普遍對卜卦、排八字算字、風水堪輿、圓夢、風鑑面相等，有高度信任和普遍運用之傾向，其中僅對女巫所採用之民間巫術（如：60-8-1、60-10-4）抱持真正懷疑態度。更何況《六十種曲》中還出現幾位已近於半神人地位之高級神媒。如：60-5-2 第二十出之賣卜人嚴君平（外）；60-6-1 的郭璞（外）；60-12-3 的袁天綱（外）；以及 60-11-4 的袁大娘（老旦）。

　　這幾位高級神媒不同於一般江湖術士，60-5-2《琴心記》中的嚴君平便自

道是「上羅天眞」降世,因有感下民茲蠢而以「謫仙」身份在人間擔任賣卜神媒,以點化眾生(尤其是爲點化由文昌星下凡之司馬相如)。他不像上一節討論的「謫仙」通常因罪譴而謫降,反更近於第一節之「仙、佛、上聖高眞」出現時之「先知」、「智慧者」形象,然因其在人間有賣卜之專職,故塑造形象歸爲半神人之間的高級神媒。另郭璞、袁天綱都是歷史上以術數神算知名之人物,60-6-1《運甓記》寫郭璞——能算盡天下人之命運,卻無法算出自己死期已近,埋名卜隱卻正以卜筮殺身——之悲涼。顯示即使神媒能力通天,能在「彼界律則」和「人世現實」間遊刃有餘,然氣數一盡,亦無法完全掌握自己之命運。這對小老百姓欲藉「窺先機」改變命運不啻爲一種當頭棒喝;然幸運的是台下觀眾轉念一想,郭璞近於神人,故命運關乎國家政治,而庶民自給自足之溫飽生活,其困頓危機並非如此「非同小可」,相形之下「窺先機」之各類術數運用,仍有其可信可行之效力。尤其只要能遇上如 60-12-3 中袁天綱之類甚至能與天神鬥智以解救災厄之高級神媒,或 60-11-4 袁天綱之女袁大娘之類能在天宮與人間來去自如之高明者,則面對存在危機和生活憂患時,就更有保障了。

因此除了上述以此爲業之術士和高級神媒之外,民間「山、醫、命、相、卜」等五術多少略通之讀書人及俗儒亦不少(如:60-10-2《種玉記》特塑造公孫敎善相;又60-4-1《還魂記》中敎杜麗娘讀詩經的陳齋長,亦會幫杜麗娘診病及推算八字),可看出偶然以五術爲友人解疑、或爲自己預卜吉凶(如:60-7-4《焚香記》第十六出中的敫桂英自己亦善卜筮),乃是中國民間半知識份子和平民百姓間常有的普遍行動和共同認知。若得特殊因緣(如:60-9-2 第二十三出龍化之得白牝狐贈天書三卷,或 60-10-5 中的宋江曾得九天玄女授雲符),有時還可臨時串扮道士之類有法術之人捏訣步罡、祈請神兵一番(如:60-9-2 第二十五出、60-10-5 第十三出),反映在舞台上,這類臨時行使法術所造成錯亂喧鬧之效果,既調節文戲長段唱詞之冗長沉悶,亦造成「非專業形象」之意外笑料。

第五節 僧、道、居士、隱士

《六十種曲》中數量最多、出現頻率比例最高之宗教角色,可謂各式「僧、道、居士、隱士」。如果「仙、佛、上聖高眞」和「謫仙、異人」乃是高高居於上位或由上而下俯看人間;而「神媒、術士」負責來回溝通天人;則各式「僧、道、居士、隱士」可算是由下而上,亟欲透過各式修煉而達上界,至少原則上

是肯定或嚮往「天界」高於「人間」之一群人。由於宗教和性別之不同，底下就依僧人尼姑、道士道姑、隱士、居士、假扮修行者等次第分別討論。

《六十種曲》中出現有禪師或和尚的劇本，去其複重，至少有二十一本傳奇；〔註36〕而出現有各類道士之劇本則有二十三本。〔註37〕由於明傳奇劇情中僧俗交遊、借宿寺觀、法會齋醮、祈禳薦亡、誦經打坐、隱遯修道……之類情節出現得實在太頻繁，而此類活動無一不與出家僧道有關，故依其出場所擔任之任務和角色塑造之形象，佛教僧人大約可分成底下幾種類型：

（一）眞正高僧：例如 60-2-2 金山寺住持道月和尚和風魔和尚葉守一、60-4-4 的契玄禪師、60-6-5 的慧雲和尚、60-6-4 和 60-10-4 中的佛印禪師；又如《全明傳奇續編》60《醉菩提》中之濟顚和尚。這一類高僧或地藏王菩薩所化、或能以風鑑夢兆預言、或能教五遁之法（如《全明傳奇》198《靈犀錦》中之禪師林澹然）、或刻意瘋顚裝傻，在劇中均擔任關鍵預言或點化之任務。其形象顯示透過佛教式的修行，或能感通宿命、預知未來，甚至透視因果、隨緣度化，其形態未必定是道貌岸然，有時甚至更近於「濟顚」之性格。這似乎是中國人混合佛、道式「人格美」特有的一種審美向度。

（二）普通僧侶：由於劇中人難免參訪寺院甚至參與法會或借宿寺院，故《六十種曲》中出現大批主持上述活動之普通僧侶，如：60-1-1 的和尚、60-2-2 靈隱寺的住持、60-2-3 反應機警的和尚、60-3-1 和 60-4-5 普救寺的法本住持和法聰、惠明，以及 60-4-1 的老僧、60-4-2 的無相、60-4-4 講經的老僧、60-5-1 帶人參觀寺院的老僧、60-7-5 負責招待的老僧、60-9-3 的老禪僧四空、60-10-3 的靈隱寺長老和明心長老、60-12-3 爲消業出家的僧悟眞、60-12-5 誦經的老僧。這些僧侶在劇情中通常並無情節上的特別重要性，只是爲了配合劇中主角之活動而存在，其出場任務多是負責法會誦經薦亡、打坐說法或帶人參觀寺院，而爲顯示其年高德劭，上場多有弟子陪同（而此類弟子通常只上場跟班或傳遞法器，台詞甚少，至多是「弟子遵命」之類）。這一類僧侶反映一般人對普通僧人穩重木訥之普遍印象，較例外的，僅有《西廂記》中的惠明，

〔註36〕分別是：60-1-1、60-2-2、60-2-3、60-3-1（60-4-5）、60-3-5、60-4-1（60-12-5）、60-4-2、60-4-4、60-5-1、60-6-4、60-6-5、60-7-5、60-8-1、60-8-4、60-9-1、60-9-3、60-10-3、60-10-4、60-11-1、60-12-3。

〔註37〕分別是：60-1-2、60-1-3、60-2-1、60-2-3、60-3-2、60-3-3、60-3-5、60-5-3、60-5-5、60-6-1、60-6-3、60-6-4、60-7-4、60-8-1、60-9-4、60-9-5、60-10-3、60-10-3、60-11-1、60-11-3、60-11-4、60-12-4。

由於其在劇中尚擔任「搬請救兵」之任務，故武勇暴躁之性格才表現得較爲鮮明，否則一般而言，此類普通僧侶，在性格塑造上通常較爲「扁平」。

（三）不肖僧人：明傳奇中最使人印象深刻的往往是一些不肖僧侶，如：60-8-1 第三十一出在穆素徽追薦于鵑的法會上，和尚與道士趁機吃狗肉葷菜去；60-8-4 蕅禪師與梁太醫、左太沖等人去妓館飲酒；60-9-1 第十出兩和尚互相研討淫女、好男風以及如何讓信徒布施之各式手段；60-10-4 第四出透過小和尚之口道出定惠禪寺住持破淫戒之事體；60-11-1 第九出則有碧長老以誦經爲業之胡鬧因而被驅趕；又如《全明傳奇》138《鴛鴦縧》中惡僧廣智、廣謀因分贓故殺張小二；152《翠屏山》中爲前夫做法事之潘巧雲卻藉機與報恩寺僧裴如海通奸；169《荷花蕩》中僧了然謀劫徐國寶之資財；171《二奇緣》中草寇出身的寶華寺僧悟石、覺空與張小乙狼狽爲奸、專行謀財害命。這一類僧侶是劇作家有意諷刺，因當時市井中不少人藉宗教之名騙吃騙喝，[註38]故在劇作中頻頻反映。

（四）各式尼姑：在《六十種曲》中總共出現了十五位尼姑，分佈在九本傳奇中。[註39] 這一些尼姑或有眞正了悟出家的（如：60-6-4 之琴操）；或有眞正清修的（如：60-8-4 之尼僧）、甚至能講經（如：60-6-3 法靈寺之老尼悟空）或解籤（如：60-11-3 大悲寺尼僧），但一般而言，明傳奇中出現的尼姑形象輕則愛調笑嬉鬧（如：60-6-3 的尼姑慧月和法雲）；重則到處攀緣（如 60-4-2 水月院的小尼姑、60-8-5 的尼姑和 60-9-1 的曾尼姑了緣）；甚至有的還兼淫媒（如：60-3-4 的王尼姑、60-6-4 尼姑圓通、60-9-1 極樂庵庵主）。一般只是純粹與仕女作伴之單純尼姑（如：60-5-2 的尼姑通性），而僅當當跟班的（如：60-5-2 尼姑通性之徒弟、60-9-1 淨扮之尼姑）反佔少數，無怪「三姑六婆」之負面形象，[註40] 以尼姑爲首。

而《六十種曲》中塑造道人，亦有底下諸種類型和方式：

（一）高道：道教由於道派眾多，發展形成來源不一，故所謂「高道」形象亦各有偏重不同。例如：有善於煉丹的（如：60-3-3 之茅山仙子有妙藥還

[註38] 可參見魯威《市井文化》頁 300（遼寧教育出版社，1993 年 10 月，第一版第一刷）。

[註39] 分別是：60-3-4、60-4-2、60-5-2、60-6-3、60-6-4、60-8-4、60-8-5、60-9-1、60-11-3。

[註40] 參見林保淳〈中國古典小説中的「三姑六婆」〉（此文收在台灣學生書局《人物類型與中國市井文化》，1995 年元月，初版，頁 201～239）。

魂香與續命膠)、有會望氣的(如:60-3-5 之徐洪客)、有具神通法力的(如:60-5-3 郭璞善隱遁之法;60-5-5 葉法善能帶人遊月宮;60-7-4 青牛道人稚川子能救敷桂英還魂;60-9-4 公孫勝會呼風喚雨請神兵);但一般而言多爲「隱遯修道」形象(如:60-2-2 之周三棄職歸道;60-2-1 張子房亦功成身退、入山修道);雖有時只是在劇中以知名道士之清遠飄逸身影出場一下(如:60-5-5 之元丹丘;60-11-3 邢和璞眞人),並無戲份可言;或偶然點化劇中人(如:60-5-5 之清虛道士和 60-6-4 之道士點化蘇軾)即不再出場;然亦有以其爲主角(如:60-11-3 之木清泰)或主角之一(如:60-6-3 的李王孫)演其修道磨煉過程。這一類高道上場通常會有小道童陪伴,而道童台詞亦不多,當然偶然會有寫其師父不在,道童逞舌鬥機鋒諷刺來客者(如:60-2-3 第三十三出),但通常只是擔任閒角。

(二)職業道士:這一類道士不重視個人心性修行,主要職業是以爲人做齋禳星爲主(例如:60-1-2、60-1-3、60-2-2、60-10-3、60-11-1、60-12-4 中之道士、法官、提典、表白均是),他們在劇情中未必有何推展情節之重要性,但卻是擔任「安慰劇中人心靈」之重要人物,而其科白通常亦顯示作者宗教意識之內涵。然既以道士爲職業,其中不免有些魚目混珠、招搖撞騙者(如:60-9-5 之貝戎、馬扁)以及不守清規者(如:60-8-1 之老道士及眾道士吃狗肉、葷菜),但相對於前面對佛教不肖僧人描寫多、高僧之描寫少之情形,《六十種曲》中此類職業道士之負面形象描寫較少,「高道」之正面描寫比例反而較高。

(三)各式道姑:《六十種曲》中出現的道姑總數幾乎比尼姑多了一倍,有已達極高境界的高道(如 60-5-5 的廬山女道李騰空),和正在尋師求道的修行者(如 60-5-5 的許湘娥、60-6-3 的輕蛾、60-11-3 的衛德棻);亦有命運不幸被迫修行(亦終思凡)的道姑(如 60-3-4 的陳妙常、60-6-2 的魚玄機);和丈夫出家,亦只好修道(當然不免也難耐清悶)者(如 60-9-3 的杜秋娘和善才)。此類角色除了李騰空外,在劇本中多擔任重要主角或配角,反映女性修道之種種複雜背景和心境。而另外有一類到處以齋醮法會誦經爲生的粗俗女道姑(如 60-4-1、60-12-5 的石道姑),以及到處攀緣謀施主布施者(如 60-4-2 王母觀道姑),但大體而言,除最終還俗之陳妙常和魚玄機外,《六十種曲》中的道姑形象(如 60-3-4《玉簪記》中的女貞觀主、60-4-1 或 60-12-5《還魂記》中的碧雲庵庵主、60-6-2《鸞鎞記》中的咸宜觀主、60-7-1《繡襦記》中的淨眞道姑曹大姐、60-10-5《義俠記》第二十六出的清眞觀主)多穩重本份、

平實清雅，造型較特別的例外僅有：60-10-5 第三十一出擅解夢的跏子道姑。

另外，《六十種曲》宗教角色中還出現了一些居士（如：60-6-4、60-10-4 的蘇東坡、60-10-4 的陳季常、60-9-3 的杜黃裳），隱士、方士（如：60-4-2 的黃衫裡名豪客；60-5-1 隱士荊飲飛，60-5-5 天台山隱者司馬子微，60-9-3 山人尚子毗、山童，60-10-3 隱者太盧道人陳公，60-11-3 羅公遠方士、衡山隱士李泌），以及各式打算修行的人（如：60-6-4 的朝雲，60-9-3 的霍王、鄭六娘，60-10-4 蘇秀英，60-11-3 郭倩香、賈凌波），甚至廟公（如：60-9-5 的呂公）、婆羅門弟子（回子）（見 60-4-4），這些人在劇情中或因個人先天因緣、或因後天遭遇、或天生性向使然、或工作所需，均與宗教脫離不了關係。其中皈依佛教之居士多半還因受宗教信仰吸引之緣故，然隱士之所以隱，卻可能是為逃避政治現實（這個問題在第七章談「文化心理」時會再進一步申論）。

因為中國人自來對宗教修行的態度非常靈活而善於權變，政壇或考試失意可以出家（如：60-6-2 賈島僧扮，60-12-2 駱賓王僧扮，又《全明傳奇》184《千鍾祿》中建文帝亦僧扮避難）；男人出遠門為顯示意志堅決或掩護身份可以扮道人（如：60-1-5 周瑞隆、60-11-3 木龍駒、60-2-4 靈輒、趙朔，及《全明傳奇》228《十義記》中的韓朋、171《二奇緣》中的楊維聰均扮道人）；甚至為打家劫舍亦可扮和尚、行者、道友、或進香婦人（如：60-10-5 的魯智深、武松、矮腳虎、張青、孫二娘、扈三娘）；更別說女人離家逃難或扮道姑（如：60-1-1 趙五娘，60-10-5 賈氏、賈母）、或扮尼姑（如：60-5-2 卓文君、60-6-3 柳氏、60-12-4 丁香；及《全明傳奇》136《遍地錦》中的劉嫻嫻、228《韓朋十義記》中的李翠雲等等）；連男人逃難都可扮成尼姑混進廟庵（如：60-8-5 談塵）。因為苦難現實已如修行生活，有時逃入宗教當中，反而變得輕鬆，然若現實有一真實福樂可得，出家避世本是最不得已之選擇。「天界」雖在「人間」之另一岸召喚，但早熟之中國人更明白「安於當下」之可貴。相形之下，道教求「長生不老」亦較佛教欲「斷輪迴、了生死」更切合實際。所以 60-3-2 第十六出及 60-3-5 第二十五出兵火逃難中，各色人等中必有僧道（當然可能也因腳色行當分配之故），因在重重憂患苦難的現實中，神通佛咒其實往往至此均休。

第六節　其　他

在討論過前五節幾種角色類型後，最後要探討的是無法歸在上述各類，

又非常特別的幾種宗教角色：

首先，在 60-12-4《四賢記》第二十二出中曾出現過一群民間白蓮社之社主及信徒結社，並以宗教結社勢力而欲造反之「大過場戲」。其中社主棒胡由淨腳扮飾，另有二徒弓伯長（末）、烏六禿（丑）和眾（外、小生、小旦、貼旦）信徒等共七人上場。這一群人中的社主棒胡，在歷史上確有其人，原名「胡閏兒」，河南陳州人，好使棒，進退技擊如神，故人稱「棒胡」。在元代假宗教之名帶領農民起義建立政權，聲勢極大，元朝政府花極大力氣才將其鎮壓，〔註41〕基本是一以宗教結社名義組成漢人反外族勢力之農民團體。但在劇中以與女主角（小旦王氏）作對之反派形象出現，故淨末丑等腳均被劇作家設計成藉宗教行騙、好色又野心勃勃之人格類型。又 60-10-3《雙烈記》第十七出中亦出現一「定光和尚」（腳色不詳），此和尚非一般佛教修行人，而是作為方臘欲稱帝作亂之「天神國師」形象出現（雖則其上場只有武打身段虛晃一招，而並無任何賓白、唱詞）。

另《全明傳奇》196《三社記》第十九出中，亦有淨扮沙和尚拜白蓮教大教文沈某（丑戎裝扮）為師，在徐州作亂，後被孫湛仗仙術擊退；又 132《雙螭璧》第五、八出，亦寫白蓮教首王鴻儒之妻——蓮夫人（旦扮）帶領陰兵使妖法在閩粵一帶作亂；而 171《二奇緣》中則有草寇出身之寶華寺僧悟石（淨扮）、覺空（末扮）與張小乙（丑扮）等人所組白蓮會作亂等情節。上述角色除了 60-12-4 中的棒胡、弓伯長、烏六禿在劇中有部分插科打諢之娛樂效果；又 171《二奇緣》中之悟石、覺空、張小乙在劇中以作為反派之次要動線發展外，其他各劇中之腳色，基本上於劇情主動線發展均無足輕重，然在明傳奇中，凡出現民間秘密宗教情節或角色，必被塑造成負面反派之邪惡形象，顯見明代政府對民間宗教秘密結社已有嚴密管制，〔註42〕即便同為反蒙元統治

〔註41〕此事在馬西沙、韓秉方《中國民間宗教史》頁150～151（上海人民出版社，1992年12月，第一版第一刷），及濮文起《中國民間秘密宗教》頁27（台北：南天書局，初版一刷）中都提到。棒胡之事則載於《元史》卷三十九《順帝紀二》、及《庚申外史》頁3（北京：中華書局，1985年，北京新一版）中。

〔註42〕參見《大明律集解附例卷之十一・禮律・祭祀》中「禁止師巫邪術」條：「凡師巫假降邪神、書符、咒水、扶鸞、禱聖，自號公太保、師婆，及妄稱彌勒佛、白蓮社、明尊教、白雲宗等會，一應左道亂正之術，或隱藏圖像、燒香集眾、夜聚曉散，佯修善事，扇惑人民，為首者絞，為從者各杖一百，流三千里。」（台北：學生書局，1970年12月，影印初版，頁934）。

之漢人抗暴團體，亦基於新統治者之立場，將之視爲與政府對立之團體而予以醜化，造成多數人對此抱持負面印象。

其次明傳奇中亦有幾本戲特別反映出民間賽社某些慶樂雜耍、小戲表演、活人祭賽或廟祝藉機哄人財貨之概況：例如：60-2-4《八義記》第五出中鬧元宵，有樂人扮「東方鶴神」（丑扮）在內府中駙馬、公主前應承；又60-8-4《金雀記》第四出鬧元宵亦有眾扮「鬼判」在賽會上唱歌、跳舞；而60-9-2《蕉帕記》第三出西湖雜耍百戲中，演月明和尚度柳翠故事（《全明傳奇》196《三社記》第二出鬧元宵之慶會，亦有度柳翠之表演）；又60-11-1《白兔記》第三出李文奎擔任社主以元纊風獻祭伊尼大王，而劇中亦有賽會，諸跳鬼判的、踮蹺的、做百戲的（淨與眾扮）輪番表演；而60-8-2《投梭記》第十七出中更有賽社諸人（雜扮）敲鑼打鼓，約王鑒伊尼廟祭賽，劇中更有末扮伊尼大王（鹿精）、而由雜分扮麋將軍、麞丞相、鹿先鋒、麂校尉。而《全明傳奇》51《十無端巧合紅蕖記》第九出則寫十月初一洞庭潮龍王廟祭賽、廟祝藉機賺人福物、錢財；另 167《萬事足》「誅妖救女」一出中亦寫社首以新鶯獻祭獨腳大王等。上述宗教角色除了伊尼大王外，在劇情中均無任何重要性，只是作爲襯托背景而上場之熱鬧過場演員。然文人傳奇劇本中屢屢出現民間祭賽之喧鬧場景，這也直接說明了自古民間賽社與宗教演劇密不可分之關係，因「社戲」原即中國戲劇文化史上資格最老，影響最大的戲劇形式之一。〔註43〕

而最後尚須一提的是：60-4-4《南柯記》中的蟻國眾角。原來《南柯記》中之蟻國是作者爲淳于棼神遊歷幻而設計之異域，目的爲提出「人間君臣眷屬，螻蟻何殊？」之慨歎，故「蟻國」眾生相，其實即「人間」眾生相之反映，因此這一類蟻國眾角，無法與第二節曾討論之「精怪」混爲一談。然因「蟻國」眾角到底是爲使淳于棼悟道而設計，仍屬「宗教角色」一類，故歸在本節中。由於湯顯祖有意藉想像中的蟻國抨擊現實生活中的昏君奸臣，〔註44〕故劇中人淳于棼雖不知其神遊蟻國，觀眾卻清醒旁觀其際遇，觀蟻國群相，不啻如觀人間，因此對現實可有一比較和反省。故人間有寺廟盂蘭大

〔註43〕參見蔡豐明《江南民間社戲》第一章緒論（上海：百家出版社，1995 年 12月，第一版第一刷）。

〔註44〕此處參考俞爲民之說法，見其《明清傳奇考論》頁 112（台北：華正書局，1993年 7 月，初版）。

會講經說法，蟻國女眷道姑亦相偕參與法會（見第七出）；人間宗教有不肖道姑，蟻國亦有上眞仙姑穢亂宮闈（見第三十八出）；人間女性月信期間禁入寺院，蟻國亦有類似習俗（見第七出）；而人間相信請血盆經及長齋三年可保母子平安，蟻國亦信如此可災消福長、減病延年（見第二十三出）；當然人間信瑞兆、堪輿，蟻國亦有類似信仰及活動（見第三十三出、三十六出）。故此類宗教角色雖需另談，其塑造手法與人間其他宗教諸色，卻無甚分別，於此就不再贅言。

第五章 各類宗教角色的舞台藝術

　　戲劇之研究除了劇本的品鑑賞析外,最重要的還是場上表演和劇場整體藝術之呈現。在前兩章經由分析劇本情節敘事模式和結局,以及歸納宗教角色之類型及塑造手法之後,本章要討論的是:宗教角色之「舞台藝術」問題。所謂「舞台藝術」,指的是戲劇在舞台上的一切活動,包括腳色與其造型(面部化妝、服飾穿戴),腳色的唱、做、念、打(音樂、賓白、科介),以及舞台上的景物造型〔註1〕等。本章著重探討「宗教角色」在舞台表演時,有別於其他角色之演劇特色,以及人們如何透過其表演形式瞭解有關宗教之意涵和主題等問題。由於現存有關明傳奇「宗教角色」方面的表演記錄資料並不算完整,無法詳知每種宗教角色之穿關扮飾,然利用有限材料,亦可作一大致描述勾勒,底下就依行當分類、面部化妝、服飾穿戴與砌末、曲詞科白、劇場造景與演出場合等要點,分節論述之。

第一節　行當分類

　　明王驥德《曲律‧論部色第三十七》談到南戲之行當分類有底下一段話:

　　　　今之南戲,則有正生、貼生(或小生)、正旦、貼旦、老旦、小旦、
　　　　外、末、淨、丑(即中淨)、小丑(即小淨)共十二人或十一人。

　　　　〔註2〕

而代表清中葉以前崑山腔腳色行當分類觀念的李斗《揚州畫舫錄》則有:

〔註1〕參見王安祈《明代傳奇之劇場及其藝術》前言頁 3(台北:學生書局,1986
　　　年 6 月,初版)。

〔註2〕此書收在《中國古典戲曲編著集成》四(北京:中國戲劇出版社,1959 年 8
　　　月,第一版第一刷)。

> 梨園以副末開場，爲領班。副末以下，老生、正生、老外、大面、
> 二面、三面七人，謂之男腳色；老旦、正旦、小旦、貼旦四人，謂
> 之女腳色；打諢一人謂之雜。此江湖十二腳色，……。〔註3〕

根據上述，明傳奇的腳色行當似應分爲十一或十二人。然由《六十種曲》中
之各類宗教角色行當看來，名稱卻不僅限於上列十二腳色，今人黃克保曾重
新參考同時期其他論著之有關材料，將清中葉以來崑山腔之行當體制重新劃
分，〔註4〕雖其結果與《六十種曲》劇本中作者實質標示之行當仍不完全相類，
然下面仍大致參酌其歸納出的行當體制，依實際所見略做增補，將宗教角色
約四百八十六人依不同顏色標示，以圖表分類示之：〔註5〕

(1) 仙、佛、上聖高真
(2) 鬼、魂、魔、精怪
(3) 謫仙、異人
(4) 神媒、術士
(5) 僧、道、隱士、居士
(6) 其他（蟻國諸色，因與一般角色大致雷同，故不另列）

行當 人物 劇目	生						旦				淨	丑			雜 （眾）	不詳
	(正) 生	小生	外 (老外)	小外	末 (副末)	小末	(正) 旦	小旦	貼旦 (占) (小貼)	老旦		副淨 (中淨) (外淨)	丑	小丑 (小淨)		
60-1-1 《琵琶記》			陳留當 山山神		五戒		趙五娘 （扮道 姑）					南山白 猿使者 和尚	北岳黑 虎將軍			
60-1-2 《荊釵記》											道士					

〔註3〕 此書收在任中敏編《新曲苑》第二冊《艾塘曲錄》中（台灣：中華書局，1970
年版）。

〔註4〕 參見黃克保《戲曲表演研究》頁114（北京：中國戲劇出版社，1992年版）。

〔註5〕 根據傳統習慣，行當分類素有「生、旦、淨、丑」和「生、旦、淨、末、丑」
　　　（如：張敬《明清傳奇導論》頁132即採此種分法）等兩種分法，近代以
　　　來，由於不少劇種的「末」已歸入「生」行，通常已把「生、旦、淨、丑」
　　　作爲行當之四種基本類型，而每個行當都有若干分支和層次細目。然明傳奇
　　　由於所收劇本年代橫跨三百多年，其中正值「生」與「末」分化、「老生」
　　　「小生」分工、「旦」「淨」亦分別各有分化，「淨」與「丑」兩者又有分工之
　　　現象時期，行當分類尚未完發展成熟，且各別戲目情況未必完全相同，故本
　　　表仍採黃克保所用「生、旦、淨、丑」四分法底下列分支之方式再略加增補
　　　說明。

行當 人物 劇目	生						旦				淨	丑			雜	不詳
	(正)生	小生	外(老外)	小外	末(副末)	小末	(正)旦	小旦	貼旦(占)(小貼)	老旦		副淨(中淨)(外淨)	丑	小丑(小淨)	(眾)	
60-1-3《香囊記》					呂洞賓						踢殺(貴卦)法官		道士(表白)			
60-1-4《浣紗記》	范蠡(謫仙)		伍員(陰靈)錢塘江之神		公孫聖(陰靈)	吳國太子友(陰靈)	西施(謫仙)									陰兵
60-1-5《尋親記》			金山大王周瑞隆(扮道人)													鬼判
60-2-1《千金記》			崑崙仙人		弱水仙人 張子房道人											
60-2-2《精忠記》	岳飛(魂)雷部都元帥	岳雲(魂)雷部都總管	幽冥教主地藏王 風魔和尚祭一	張憲(魂)雷部副總管	頒玉帝旨使者 道月和尚 周三畏真人			岳銀瓶(魂)地仙府仙姑	秦檜夫人(魂)	岳夫人(魂)天仙宮仙姑	道士(做齋禳星)		棲霞嶺山土地神 卜卦先生 和尚徒弟 道士(做齋禳星)靈隱寺和尚			鬼判(聽差小鬼)
60-2-3《鳴鳳記》			道童 漁鼓				道士				金甲神 和尚	小鬼	萬俟卨(魂)			
60-2-4《八義記》	趙朔(扮道人)		土地神										員夢人 姜不辣 鉏麑(扮道人)			
60-2-5《三元記》	河南土地神	馮京(謫仙)	京都土地神 風水先生徐曉山		湖廣土地神		玉帝前掌書金童	富碧雲(謫仙)	玉帝前傳言玉女		關公 衛冰月(排八字)		趙元帥	祥符縣土地神		
60-3-1《南西廂》					法本和尚		僧法聰						僧惠明			
60-3-2《幽閨記》			道士		明朗神 太白星						和尚		花園土地神			北斗七星化七僧
60-3-3《明珠記》		古押衙(謫仙)	茅山仙子		茅山仙子徒弟											
60-3-4《玉簪記》					趙諜 劉如見		陳妙常(道姑)	道姑 女道姑		女貞觀主	課命方先生 道姑 香公		道姑	王尼姑		

行當／人物／劇目	生 (正)生	小生	外(老外)	小外	末(副末)	小末	旦 (正)旦	小旦	貼旦(占)(小貼)	老旦	淨	丑 副淨(中淨)(外淨)	丑	小丑(小淨)	雜(眾)	不詳
60-3-5《紅拂記》					西岳大王 道士						判官 道士徐洪客		小鬼	僧人		
60-4-1《還魂記》	趙大(鬼)		錢十五(鬼)		花神 陳最良(算八字) 孫心(鬼)		杜麗娘(鬼)		勾令使 小道姑	李猴兒(鬼)	胡判官 石道姑	鬼使(持簿) 小道姑之徒弟				老僧
60-4-2《紫釵記》			老僧無相		僧弟子							僧弟子				埋名豪客 王母觀道姑 水月院小尼姑
60-4-3《邯鄲記》	盧生(被點化修道)				天曹									眾鬼		呂洞賓 張果老 鐵拐李 漢鍾離 曹國舅 何仙姑 韓湘子 藍采和
60-4-4《南柯記》			老僧								契玄禪師	僧俗四人 契玄禪師弟子				婆羅門弟子 石延(回子) 五戒僧 僧(持磬) 小僧 僧(持幡)
60-4-5《北西廂》																法本長老 僧惠明 小僧法聰
60-5-1《春蕪記》			隱士荊仗飛		劍仙(扮道者)		仙女	巫山神女 仙女					老僧			
60-5-2《琴心記》	司馬相如(謫仙)		嚴君平(賣卜)				卓文君(翦髮出家)		孤紅(翦髮出家)			尼姑之徒				尼姑通性
60-5-3《玉鏡記》					魚頭使者 郭璞真人						水怪	水怪 道徒趙戴				
60-5-4《懷香記》											卜課張先生					

行當／人物／劇目	生						旦				淨	丑			雜(眾)	不詳
	(正)生	小生	外(老外)	小外	末(副末)	小末	(正)旦	小旦	貼旦(占)(小貼)	老旦		副淨(中淨)(外淨)	丑	小丑(小淨)		
60-5-5《綵毫記》	李太白(謫仙)	唐明皇(謫仙)	隱者司馬子微 盧山山神 金甲神 展畫旗(謫仙)	葉法善真人	盧山當山地神 清盧道士元丹丘道士		嫦娥 太上值殿仙官 許相娥(出家訪道)	楊貴妃(謫仙)	太上值殿仙官	李騰空(女道士)				道童		嫦娥侍女(持旌節) 猛虎神兵
60-6-1《運甓記》			伽藍土地神郭璞										柳神仙君平 雙髻道童鶴童			小鬼
60-6-2《鸑鷟記》			貫島(僧份)					魚惠蘭(道姑)		咸宜觀道姑玄談						
60-6-3《玉合記》		李王孫(訪道遊仙)	張果(九霄仙伯)	金童			柳氏(扮尼姑)	玉女	輕蛾(扮道姑)	悟空(扮老尼姑)	鬼尼姑法雲		鬼尼姑慧月			虎
60-6-4《金蓮記》	東坡(修道) 五戒禪師			道士			朝雲(入道)	琴操(尼姑)				佛印禪師 觀主圓通尼姑				
60-6-5《四喜記》			許真君		慧雲和尚											玉帝 判官 城隍 日巡鬼使
60-7-1《繡襦記》									淨真道姑曹大姐				道姑	道姑		
60-7-2《青衫記》																
60-7-3《紅梨記》																
60-7-4《焚香記》	王魁(魂)		龍王(海神)				桂英(魂)					青牛道人(稚川子) 鎮海龍王部下判官 胡亂道(相士) 張先生(算命)	小鬼			
60-7-5《霞箋記》					老僧											
60-8-1《西樓記》		于鵑(魂)											張娘娘(女巫)	僧 眾道士(法衣、鼓樂、行者) 和尚	老道士	
60-8-2《投梭記》					伊尼大王									夜叉 蒙社四人 鞮術家	鬼卒鞮術光牙	

行當 人物 劇目	生 (正)生	小生	外 (老外)	小外	末 (副末)	小末	旦 (正)旦	小旦	貼旦 (占) (小貼)	老旦	淨	丑 副淨 (中淨) (外淨)	丑	小丑 (小淨)	雜 (眾)	不詳
60-8-3 《玉環記》																
60-8-4 《金雀記》					二太子 盧禪師		白衣 大士		尼僧						扮鬼 判弄	土地神 化虎
60-8-5 《贈書記》	談塵 （扮小 尼姑）												尼姑			
60-9-1 《錦箋記》					金甲神				極樂庵 庵主	尼姑 五戒和 尚		曾尼姑 了緣 南房師 弟				
60-9-2 《蕉帕記》	龍孫 （持寶 旛） 龍化之 （作法）	呂洞賓	龍王 （執笏） 胡章 （謫仙）		漢鍾離		龍女 （持寶 旛） 胡弱妹 （謫仙）	白北狐				鐵拐李 胡達 （扮道 士）	飛來洞 矮土神 張果老	柳樹精	金童 玉女 神鬼 劉豫 （魂）	魁星 馬趙溫 關四大 天王
60-9-3 《紫簫記》																霍王 （修道、玉 芙蓉冠、九 光衣） 杜秋娘 （女道 士） 鄭六娘 （在家修行） 善才 （女道士） 老禪僧 四空 法雲和尚 法香和尚 山人尚 子毗 山童 杜黃裳 （學佛修行）
60-9-4 《水滸記》					公孫勝 （道服）		閻婆惜 （鬼魂）							鬼兵		
60-9-5 《玉玦記》	王商 （魂）		癸童廟 神 廟令呂 公		道士馬 扁							鯨波 使者 青烏子 （相風 水） 答喜 （鬼魂）	癸童部 下鬼使 鬼卒 道士貝 戈			睡魔

行當／人物／劇目	生 (正)生	小生	外(老外)	小外	末(副末)	小末	旦 (正)旦	小旦	貼旦(占)(小貼)	老旦	淨	丑 副淨(中淨)(外淨)	丑	小丑(小淨)	雜(眾)	不詳
60-10-1 《灌園記》																
60-10-2 《種玉記》		東華福星			南極壽星							公孫敖(看相)	西華祿星			
60-10-3 《雙烈記》	異人緯世忠		太虛道人陳公 紫陽宮老道士 靈隱寺長老 明心長老							道童野鶴			星士閭口靈卜者 道士 道童溪雲 小僧一錠金			變光和尚 道童
60-10-4 《獅吼記》	龍丘居士陳常	東坡居士蘇軾	土地神 佛印禪師		閻羅帝君		柳氏(鬼魂)	蘇秀英(皈依)		琴操(皈依)	巫媼 牛頭		土地娘 馬面 小和尚		鼓樂殯儀 二鬼卒(執鐵叉鐵鎖) 判執簿吏(操業鏡)	仙妝數嬪女 神將金瓜曹官
60-10-5 《義俠記》	行者武松		宋江(作法)		張青(扮道士)		賈氏(扮道士)	扈三娘(扮進香婦人) 清真觀觀主		賈母(扮道士)	殷天錫(請神兵作法) 花和尚魯智深		神兵二人 孫二娘(扮進香婦人) 踟子道姑	武大郎(鬼) 矮腳虎(扮道友)		
60-11-1 《白兔記》	異人劉智遠						衛德簝(道裝)			硯魂判 馬鳴廟提典			碧長老	硯魂・假方丈		鬼 馬鳴王 鬼判
60-11-2 《殺狗記》			土地神													
60-11-3 《曇花記》	木府土地神 木清泰(道扮)	李太白仙卿 玉皇掌書香吏 閻羅天子 木龍駒(裝雲遊道人)	顏真卿仙卿 日間神 西天祖師賓盧 許旌陽真君 羅公遠方士	雷師皓翁 天神 眈沙門天王使者 蓬萊仙客卿 隱士李泌	李長源仙卿 景卿 顏卿 刑和璞真人		王婉娘(鬼魂) 曹凌波(在家修行)	紅綃花神 伏后(鬼) 郭倩香(在家修行)		小魔王盧杞(鬼) 秦檜(鬼魂)		半天遊戲神 孟冢宰(鬼) 楊再思(鬼) 曹操(鬼)	華歆冥府(鬼) 冥府送宮丸 北幽太子	神兵陰兵		雷神鬼使二人 曹使下神力士 左右侍從 鬼 巨蟒 猛虎 蒼虎 陰府女使 胡媚兒 冥府神將

行當\人物劇目	生						旦				淨	丑			雜(眾)	不詳
	(正)生	小生	外(老外)	小外	末(副末)	小末	(正)旦	小旦	貼旦(占)(小貼)	老旦		副淨(中淨)(外淨)	丑	小丑(小淨)		
																鬼卒 曹丕(鬼) 司馬懿(鬼) 宋之問(鬼) 王戎(鬼) 元載(鬼) 張宗昌(鬼) 伯嚭(鬼) 騅(陳贊魂) 臧義(鬼) 陳神愿(鬼) 王延叟(鬼) 范博平(鬼) 金氏(鬼) 夏璜(鬼) 張嬌兒(鬼) 判官 曹官 李林甫(鬼) 祝欽明(鬼) 醜女西施(鬼) 老病人 項羽(鬼) 乞人范丹(鬼) 乞人石崇(鬼) 龐靈照(扮雲水尼僧) 淮河水神 將吏 金童 玉女 仙女 金瓜將士 大悲寺尼僧

行當 人物 劇目	生						旦				淨	丑			雜(眾)	不詳
	(正)生	小生	外(老外)	小外	末(副末)	小末	(正)旦	小旦	貼旦(占)(小貼)	老旦	淨	副淨(中淨)(外淨)	丑	小丑(小淨)	(眾)	
60-11-4《龍膏記》	天宮司香使	天將仙官（執旛幢）			仙官（執旛幢）		水府織綃仙妹 天將 道童	天將		袁大娘（道扮）		天將仙女（執符節）	仙女（執符節）		值日天將	
60-11-5《飛丸記》																土地神
60-12-1《東郭記》																
60-12-2《節俠記》		駱賓王（僧扮）														
60-12-3《雙珠記》			袁天綱	玄天上帝	僧悟真											四神將
60-12-4《四賢記》		祿星 白蓮社信使 張霞杯道士	白蓮社信使		秦書博士 男份長（白蓮社信使）		執符節仙女	執符節仙女 王氏（謫仙）白蓮社信使	白蓮社信使	順娘（白蓮社主）鬼卒			原次送（白蓮社信使）鬼卒 丁香（扮尼姑）			
60-12-5《牡丹亭》					花神 陳霤長（會算八字）		杜麗娘（鬼）		勾令使 小道姑	胡判官 石道姑			鬼卒（持算簿）道姑之徒			老僧

　　根據實際所見，《六十種曲》中「生」行底下大致包含有「生」、「小生」、「（老）外」、「小外」、「末（副末）」、「小末」等幾種行當細目。依上列圖表中之「宗教角色」實際分布而言，劇本中直接標示行當有「小末」者，其實僅有 60-1-4《浣紗記》中之「吳太子友（陰靈）」一腳，其餘劇本均不曾見。故所謂「小末」應是梁辰魚沿用元雜劇中「小末尼」（指次要副腳）之稱，其實即是指「小生」（又因《浣紗記》中亦不曾出現「小生」此一行當名稱）。另外，在 60-2-2、60-5-5、60-11-3、60-12-3 四本戲中有所謂「小外」一行，然「小外」應非每一劇團常態必具之腳色，而是根據劇情所需，在「正生」和「小生」之外臨時增加戲份不多之又次要副角。一般而言，「生」行底下最常見之分支應為：「（正）生」、「小生」、「老（外）」、「（副）末」等四行。

　　由於劇團腳色人手有限，往往一種「腳色」需扮好幾個「劇中人」（僅就宗教角色而言，如圖中「（老）外」、「（副）末」即常一人兼扮二、三種不同型態之宗教角色），而愈是「主要腳色」（如：「生」、「旦」），因其出場頻率本已較高，故扮飾之「劇中角色」則較少，且通常「正生」、「正旦」不扮反派人物或太過滑稽可笑之角色。然有時作者爲故意設計「笑點」，或在群戲大場中成員難免不足，在捉襟見肘下亦有例外，如：60-4-1 中「生」扮「愛唱歌、而被罰來生輪迴作黃鶯兒」之鬼魂趙大；又 60-8-5 談塵扮成小尼姑，「生」在劇中亦需扭捏作態男扮女裝（雖則是出家人，但到底是裝成「小尼姑」，而非「和尚」）。平均而言，「生」最常扮飾之宗教角色類型實原本即是主腳之「謫仙」、「異人」，及出家求道、被點化之「修道人」、或男主角本身之「離魂」，偶然才兼扮其他充場之閒雜宗教角色（如：60-9-2 兼扮龍孫；60-11-3 兼扮木府土地神）。而「小生」作爲第二男主腳或次要副腳，〔註6〕則常扮演劇情中次要情節線出現之「謫仙」、「神眞」、「修道人」，甚或以其端正形象扮演「閻羅王」（見 60-11-3）。此外在「生」行中最常扮飾「仙眞」、「出家人」、「高級神媒」的腳色其實是「（副）末」，其次是「（老）外」。由於想像中之「仙眞」、「出家人」或「高級神媒」應不至於太過年輕，且形象莊嚴端正，若非主腳，偶然在劇中「顯聖」或擔任「智慧點化者」，通常由中年之「（副）末」或年齡較大之「（老）外」扮飾。

　　而「旦」一行一般可細分爲「（正）旦」、「小旦」、「貼旦（小貼或占）」、「老旦」等四支。其中「（正）旦」所扮飾之宗教角色通常亦即是作爲「女主腳」之「謫仙」、臨時改扮之「出家人」、眞心慕道之「修道人」，或以女主腳冤死之「鬼魂」身份上場；當然偶而也兼扮道士、道童或天將、仙官，因其形象端莊嫻雅，亦是扮「嫦娥」（60-5-5）、「白衣大士」（60-8-4）等女仙菩薩之不二人選。而「小旦」一般作爲次要或年輕女腳，所扮角色類型亦類「（正）旦」，但形象較具佻達風情（如 60-9-2 之狐精白牝狐；60-9-4 之鬼魂閻婆惜），且有時實際即是女主腳（如：60-2-5 之謫仙富碧雲；60-6-2 道姑魚惠蘭）。另「貼旦」與「小旦」所扮人物類型差別不大，只是「貼旦」可老可少，〔註7〕甚且容許反派角色（如：60-2-2 扮秦檜夫人之鬼魂）。而「老旦」

〔註6〕 參見曾永義〈中國古典戲劇腳色概說〉頁 262（此文收在台北：聯經出版《說俗文學》頁 233～295）。
〔註7〕 參見王安祈《明代傳奇之劇場及其藝術》頁 231。

則例扮年長婦人，故多扮老尼、老道姑等宗教角色，如 60-11-4 袁大娘之類
女性智慧點化者，亦由「老旦」扮飾；當然若人手不足，亦扮如 60-4-1《還
魂記》中「鬼魂李猴兒」之類大場閒角（在 60-12-5《牡丹亭》中此類閒角
即被呂碩園刪掉了）。

　　而「淨」行一般可扮男亦可扮女，由前列圖表所見，「淨」所扮飾之宗教
角色大致分為三大類：一扮正派之神祇、高僧或術士（如：60-1-1 扮南山白猿
使者，60-2-3 之金甲神，60-2-5 扮關公，60-3-5 扮判官、又扮排八字之衛冰月
先生，60-4-4 之契玄禪師，60-6-2 扮咸宜觀道姑玄談，60-7-4 扮鎮海龍王部下
判官、又扮青牛道人稚川子，60-9-2 扮鐵拐李，60-9-5 扮鯨波使者）；二扮亦
正亦邪之魔王或術士、以及反派之權臣奸相鬼魂等（如：60-5-3 之水怪，60-10-2
扮會看相的公孫敖，60-11-3 扮小魔王、又扮盧杞、曹操之鬼魂）；三扮插科打
諢之江湖術士、道士（姑）、巫媼或判官，以及民間宗教結社之社主之類市井
或小人（參見上圖「淨」行底下所列，大部份均屬此類），而在人手不足時，
亦兼扮無需任何台詞或身段表演之天將、仙女、鬼卒。上述三大類「淨」行
所扮宗教角色中，前兩類較講求唱工、氣派（後世其他劇種行當分類中的「大
面」即以此為基礎發展而成）；第二種插科打諢一類市井小人則念白、做表必
須出色，較近於「丑」行之表演。〔註 8〕

　　而所謂「丑」在元刊雜劇三十種中本無，若元曲選中所見「丑腳」，多因
明人羼入。蓋「丑」為南曲系統之腳色，若在北曲系統當屬「副淨」或「外
淨」。傳奇「丑」行一般是分成「丑」及「小丑（小淨）」等兩類，〔註 9〕「小
丑（小淨）」是「丑」之副角，與年齡輩份無關，大部份扮演詼諧滑稽或卑瑣
無賴之市井或不正經之小人物。然由前面圖表可發現，傳奇實際劇團一般多
只有一人擔任「丑」扮，少數劇目如 60-3-4、60-3-5、60-10-5，才除「丑」之
外多一「小丑」；有些劇目則只有「小丑」而無「丑」（如 60-5-5、60-8-1）。
但 60-6-4、60-9-1 二劇則逕使用北曲系統所謂「副淨」（或中淨、外淨）之
腳，反無一般常見之「淨」、「丑」；而 60-2-3、60-9-2、60-11-3 三劇由於腳色
較多，則同時混用北曲系統所用之「副淨」和南曲系統所用之「丑」等腳。
故本文為方便表列起見，在圖上將「丑」行底下並列三支，實際最常見之劇
團丑行分腳仍是「丑」與「小丑」兩類。以傳奇中「宗教角色」而言，「丑」

〔註 8〕此處參考王安祈《明代傳奇之劇場及其藝術》頁 238 之觀念。
〔註 9〕參見曾永義〈中國古戲劇腳色概說〉頁 283。

行除了不扮擔任劇中主腳之「謫仙」、「異人」一類角色外，其餘各類都可能扮飾。換言之，「丑」行有時也擔任「顯聖」之神祇（如：60-1-1 北岳黑虎將軍，60-2-5 扮趙元帥，60-3-2 扮花園土地神，60-10-2 扮西華祿星）；天意之代言、預言者（如：60-2-2 扮卜卦先生，60-2-4 扮圓夢人姜不辣，60-10-3 扮星士開口靈）；甚至點化之先知（如：60-6-4 扮點化東坡之佛印禪師）。撇開丑腳卑瑣無賴的一面，正因其滑稽荒唐之造型做表，使人超越一般對「命運之神」嚴肅冷怖之潛在想像，在劇情中反呈現一種嘲弄天意及遊戲人間之輕鬆快意態度。

另有所謂「雜（眾）」，嚴格說來「雜（眾）」不另作一行，有時指因劇情需要臨時增扮之演員或群眾；以及大場群戲中主要腳色之外其餘諸腳亦稱之。通常沒有什麼台詞身段，若有亦只是簡單一兩句話、或一兩個動作，為劇中壯大聲勢排場之附庸人物（如：60-4-3 眾鬼，60-4-4 眾僧，60-10-4 鼓樂旛幢仗隊，60-11-3 眾神兵、陰兵之類）。而《六十種曲》中有一大類「宗教角色」劇作家並未特別標示其行當種類，這一大類有時是作者寫作時尚未細慮分配行當問題（如 60-4-3 及 60-9-3）；有時即指「雜（眾）」一類，故不標明（凡上圖中「雜（眾）」一行底下未列，而「不詳」一欄下列有「宗教角色」者均是）；此外還有一種情形是因劇情中所涉宗教人物實在太多，連「雜（眾）」一行分配完畢而人手仍不敷使用（凡上圖中「雜（眾）」與「不詳」兩行均列有宗教角色之劇均是），此種劇目通常即是宗教氣氛較濃之戲，如：60-4-3《邯鄲記》、60-4-4《南柯記》、60-9-2《蕉帕記》、60-10-4《獅吼記》、60-11-3《曇花記》之類。

第二節　面部化妝、服飾穿戴與砌末

明傳奇已開始以「人物特質」進行腳色分工，雖分工原則尚未嚴密，但就面部化妝而言，「生」行、「旦」行大抵「素面」（俊扮、本臉）上場；「淨」行則普遍運用勾臉化妝；「丑」行亦利用塗粉白面方式以象徵性格和人物類型。其中「淨」行可男可女，故宋元雜劇中妝扮醜惡之「搽旦」亦漸歸入「淨」行。由於自宋元雜劇以來，即有利用面具來扮鬼神之「神佛雜劇」，〔註10〕故

〔註10〕　朱權在雜劇分科時即稱此類雜劇為「神頭鬼面」。又孟元老《東京夢華錄》卷七〈駕登寶津樓諸軍呈百戲〉中亦載有：「……有假面披髮，口吐狼牙煙火，

「宗教角色」使用「面具」及「面部化妝」之頻率，普遍高於其他角色類型，直至現代戲中凡不開口說話之金剛、魁星、財神、加官、土地、小鬼等仍承數百年來「淨」行遺制，戴面具上場。〔註11〕而現存明傳奇面部化妝的形象資料，目前僅可見梅蘭芳綴世軒藏「明朝人員臉譜」十一幀和「明朝神怪臉譜」十一幀（參下頁圖1、圖2），但根據黃殿祺之說法，大陸考古學根據紙料畫工鑑定，上述臉譜應是元朝作品，另梅氏所藏清初昆弋臉譜（參見頁172圖3）才是明代人物所繪。〔註12〕

　　無論如何，圖1、2、3中包含有關羽（人死成神）、包拯（橫跨幽冥兩界之異人）各二幀臉譜，另外天王（護法神將）、龍王、雲神、雷神、火神（以上為「自然神」）、灶君、月下老人（民俗神）、鍾馗（捉鬼神）、白額精、豹精、象精、九頭鳥（以上為「動物精怪」）等十二幀共七種宗教角色類型。圖中顯示「自然神」和「動物精怪」面部圖案依自然物和動物形象勾描，色彩線條較為複雜，數量也最多；「捉鬼神」鍾馗則以黑臉為底，臉畫「蝙蝠」表示死後「恨福來遲」及夜間出沒行動；而天王、灶君、月下老人、關公、包拯等神祇、異人則是色調單一、圖案較單純之整臉勾法。由於演出劇目制約之故，一般昆曲在白面上表現得較突出，而弋陽諸腔在黑面上表現得更出色些。〔註13〕

如鬼神狀者上場。著青帖金花短後之衣，帖金皂褲，跣足，攜大銅鑼隨身，步舞而進退，謂之『抱鑼』。……有面塗青碌，戴面具金睛，飾以豹皮錦繡看帶之類，謂之『硬鬼』。……有假面長髯，展裹綠袍靴簡，如鍾馗像者，傍一人以小鑼相招和舞步，謂之『舞判』。繼有二三瘦瘠、以粉塗身，金睛白面，如髑髏狀，繫錦繡圍肚看帶，手執軟仗，各作魁諧趨蹌，舉止若排戲，謂之『啞雜劇』。……有七人，皆披髮文身，著青紗短後之衣，錦繡圍肚看帶，內一人金花小帽、執白旗，餘皆頭巾，執真刀，互相格鬥擊刺，作破面剖心之勢，謂之『七聖刀』。忽有……數十輩，皆假面異服，如祠廟中神鬼塑像，謂之『歇帳』。又……有一擊小銅鑼，引百餘人，或巾裹，或雙髻，各著雜色半臂，圍肚看帶，以黃白粉塗其面，謂之『抹蹌』。」（參見台北：大立出版社，1980年10月版，頁43）。

〔註11〕參見《齊如山全集》第一冊「臉譜」，頁653。

〔註12〕原圖影印自《齊如山全集》第一冊中「國劇簡要圖案」摹本部份，彩圖確實顏色請參原書（台北：聯經出版，1979年11月版，頁792～795）。而黃殿祺之說法，參見其〈面具和塗面化妝的演進〉一文頁19（收在黃殿祺輯《中國戲曲臉譜文集》，北京：中國戲曲出版社，1994年5月，第一版第一刷，頁7～21）

〔註13〕同上黃殿祺〈面具和塗面化妝的演進〉一文頁12。

圖1：明朝人員臉譜

圖 2：明朝神怪臉譜

圖 3：乾隆以前臉譜

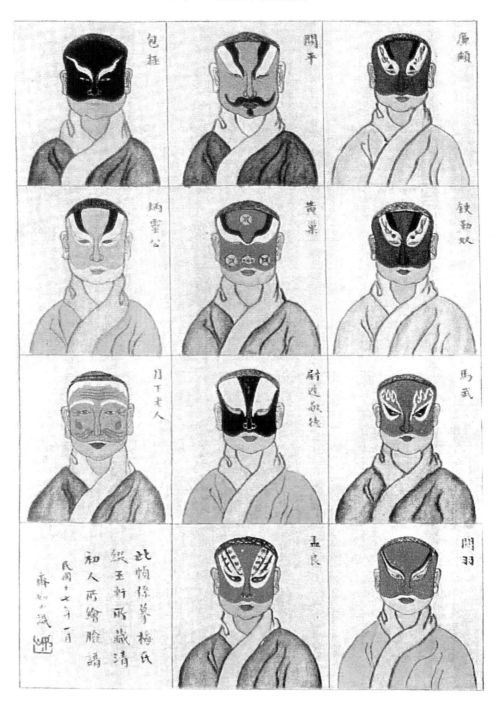

圖 4：現代臉譜

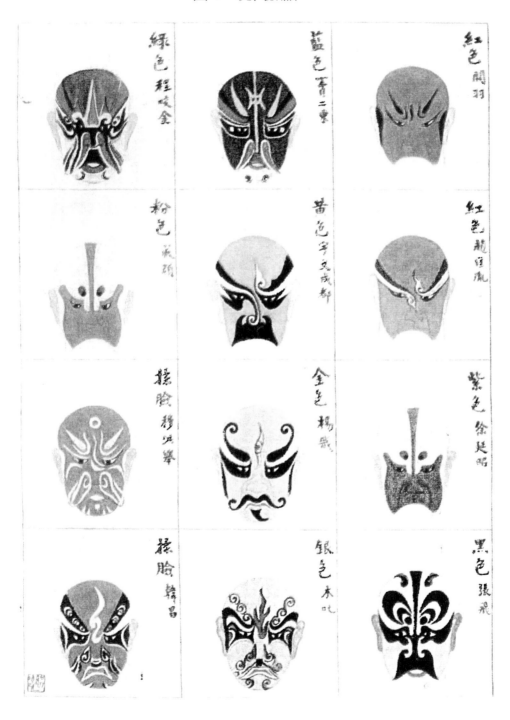

　　崑曲淨行勾臉有所謂「七紅八黑三僧四白」之說，其中的「宗教角色」即有紅臉的《單刀會・訓子》中之關羽（此戲中的關公雖是「人」，但在觀眾和演員心目中其出場已具「神格」）、《九蓮燈・神示》的火判、《安天會・大戰》的李靖（《封神演義》和《西遊記》中其已成爲「托塔天王」〔註14〕）、《西遊記・火焰山》的牛魔王、《南柯夢・瑤台》的紅螞蟻；黑臉的有《天下樂・嫁妹》中的鍾馗，《瓊林宴・陰審》的包拯（「包公」素來在民間被視爲能穿越陰陽幽明兩界審案之異人）；三僧則是《虎囊彈・山門》的魯智深、《西廂記・下書》的惠明、《昊天塔・會兄》的楊延德（楊家將中五郎爲僧）；白臉的則有《鐵冠圖・刺虎》中的一隻虎。〔註15〕顯見明代戲劇淨行已有紅臉、黑臉、白臉、僧臉〔註16〕及自然神和精怪之類花臉；又60-11-3《曇花記》第十四出有「淨扮盧杞藍面上」、《全明傳奇》中《呂眞人黃粱夢境記》第二十三出亦有「扮盧杞藍面」，故在《曇花記》第四十四出盧杞以「鬼魂」身份上場時，應爲一「藍面鬼」。而所謂「馬、趙、溫、關」四大元帥，在《目連救母勸善戲文》中卷「遣將擒猿」中標示：「生掛鬚扮三眼馬元帥執蛇鎗上舞立東一位；丑扮黑面趙元帥執鐵鞭鎖舞上立西一位；末扮藍面溫元帥執查槌舞立東二位；外扮紅面關元帥執偃月刀舞上立西二位。」均說明明代神將、鬼、精怪等宗教角色幾乎都勾紅、黑、白、藍、花等各色臉上場表演，而在齊如山所收集之近代臉譜中，二狼神楊戩和二太子木吒甚至已發展出有金臉和銀臉等神佛專用臉譜（參見頁173圖4）。一般而言，由於戲班人手有限，有時淨腳不敷分配，其他行當亦需勾臉上場。〔註17〕

〔註14〕　參見呂宗力、欒保群編《中國民間諸神》頁1026～1028及馬書田編《華夏諸佛・佛教卷》頁206～209（台北：雲龍出版社，1993年10月，初版）。

〔註15〕　「七紅八黑三僧四白」之內容參考黃殿祺〈我國戲曲臉譜的色彩〉頁64～65（此文亦收在《中國戲曲臉譜文集》，頁62～70）。

〔註16〕　明代淨行僧臉與京劇僧臉畫法或有不同，然《齊如山全集》第一冊頁687～688論臉譜勾法，曾提到：「僧人之臉譜，與他種人員皆不同，內行人勾出臉來，一挑門簾便知道他是個和尚。那麼這種臉譜，與平常人的臉譜，有什麼分別呢？據老輩人云：全在眉毛與眼窩。蓋僧人須勾棒錘眉、腰子眼窩，這是勾僧臉的原理」。

〔註17〕　《齊如山全集》第一冊頁174談國劇戲班中各行應扮之神怪時，特別提到：「戲中之神怪，當然亦照其性質情形，分隸各行，男即歸生，女即歸旦。如八仙皆有專行。但戲中有不露腳，不發聲之腳，則無從分派，故須特別規定之：如加官則歸生末行扮演，財神則歸淨丑行扮演，魁生亦歸淨丑行扮演，雷公則歸武行扮演等等，皆有專責，屆時不得推委。」

　　另目前保存崑劇服飾史料最完整的實是《崑劇穿戴》〔註18〕一書，此書記載的雖是清末以後的昆曲扮法，然由於昆劇穿戴規則非常嚴謹，〔註19〕而劇班素來亦有「寧穿破、不穿錯」之說，故藉由其中記載亦可概窺明傳奇劇目上演時某些「宗教角色」之扮相與砌末。在清初以前，正戲演出之前加演「跳加官」之類開場節目習慣業已定型，〔註20〕此類「仙聚」、「天官賜福」、「三星上壽」、「財源輻輳」等開場節目，照例由演員扮仙上場以顯吉慶，其中曾出現的仙官俗神大抵有：八仙、福祿壽、加官、財神、魁星、玄壇、黑虎、天官、招財童子、利市仙官等。其扮相穿戴砌末依序大致如下：〔註21〕

〔八仙〕

漢鍾離：（大面）　頭戴紅武生巾（或軟黃巾）　口戴黑滿　身穿紅開氅　腰束黃肚帶（或宮絛）　紅彩褲　高底靴　手拿鍾離扇

張果老：（老外）　頭戴秋香員外巾（或果老巾）　口戴白滿　身穿秋香員外帔、襯寶藍素褶（或黃開氅）　腰束黃宮絛　藍（或黃）彩褲　鑲鞋

曹國舅：（副末或二面）　頭戴寶藍員外巾（或鑲巾）　口戴花三（或短黑滿）　身穿寶藍開氅　腰束黃官絛　紅（或藍）彩褲　高底靴　手拿拆板

鐵拐李：（丑或小面）　頭戴黑升籮巾　口戴黑二字　身穿黑開氅　腰束黃肚帶　紅（或黑）彩褲　鑲鞋（或高底靴）　手拿短拐扙、肩揹葫蘆

〔註18〕此書共兩集，由老藝人曾長生口述，蘇州市戲曲研究室記錄整理，徐凌雲、貝晉眉校訂，1963 年印行。全書載有早年蘇州全福班昆劇傳習所常演 440 餘折劇目之穿戴。

〔註19〕《清稗類鈔》：「昆劇縝密，迥非亂彈可比。非特音節台步，不能以己意損益，服飾亦纖屑不能苟。」且根據龔和德〈結構框架及其他〉一文研究，清朝政府並沒有禁止明代戲衣的繼續使用，理由是：可避免「下賤」的優人「褻瀆」新朝的「朝廷」名器，這樣一來記錄清末昆班服飾的《崑劇穿戴》之類書籍，反而可保存自明以來戲裝之基本形貌（此文收在《亂彈集》頁 283～318，北京：中國戲劇出版社，1996 年 3 月，第一版第一刷）。

〔註20〕參見陸萼庭《崑劇演出史稿》頁 98（上海：文藝出版社，1979 年版）。

〔註21〕上述穿關砌末雖大致參考《崑劇穿戴》一、二集，然各別戲目或有些許不同，本文並非直接迻引，而是總合全部劇目中同類型宗教角色之穿戴詳細比對後才約略歸納得出。

呂純陽：（官生）　頭戴純陽巾　口戴黑三　身穿白開氅　腰束黑（或黃）
　　　　宮縧紅（或油綠）彩褲　高底靴　寶劍插在開氅內　右手執雲
　　　　帚（案：在《邯鄲夢》中呂洞賓則另飄帶打結、身穿月白團花
　　　　帔、襯月白素褶子、再罩白蟒，左手拿枕頭、背插寶劍，肩背葫
　　　　蘆）

藍采和：（作旦或六旦）　頭戴采和巾　身穿桃紅花（或湖色繡花）褶子
　　　　湖色彩褲　鑲鞋　揹花籃

韓湘子：（六旦或作旦）　頭戴湘子巾　身穿湖色（或繡花綠）褶子　粉
　　　　紅彩褲　鑲鞋　手拿玉笛

何仙姑：（五旦）　梳大頭、戴道姑巾加大過橋　身穿粉或湖色繡紅花帔、
　　　　襯（湖色）素褶子　腰束白裙　白彩褲　彩鞋　手拿長柄荷花
　　　　（案：《邯鄲夢》中則右手另拿棕掃帚）

〔福祿壽〕

壽　星：（老外）　頭戴黃壽星巾　口戴白滿　身穿黃蟒　腰束黃宮縧
　　　　黃（或藍）彩褲　雲頭鑲鞋　左手拿拐扙、扙上掛小葫蘆（或直
　　　　接手執龍頭拐）

福　星：（白面或白大面）　頭戴黑（或素）相貂　口戴黑滿　身穿紅蟒
　　　　腰束角帶　紅彩褲　高底靴　左手捧牙笏

祿　星：（官生或末）　頭戴祿星巾　口戴黑三　身穿綠蟒　腰束藍宮縧
　　　　粉紅（或紅）彩褲　高底靴　右手執拂塵（或執雲帚）

〔男女加官〕

孫叔敖：（幫開大面）　頭戴素相貂　口咬加官臉　身穿加官蟒　腰束角
　　　　帶　紅彩褲　高底靴　左手執牙笏，右手執加官條

女加官：（五旦）　頭戴鳳冠，梳大頭　身穿女紅蟒、大雲肩　腰束花裙、
　　　　角帶　白彩褲　彩鞋　手執女牙笏
　　　　（註：中間雙手捧官誥和鳳冠霞帔）

〔財神〕

鄧九公：（二面）　頭戴三叉盔　口咬財神臉　身穿黑蟒　腰束角帶　紅
　　　　彩褲朝方　手捧活落藏寶

〔其它〕

魁　星：(小面)　頭套魁星臉　身穿紅靠、揹宮縧、外罩虎皮馬甲　紅
　　　　　　彩褲　薄底靴　左手執斗、右手拿筆

玄　壇：(大面)　頭戴黑踏鐙加金花、帔紅彩綢　口戴黑滿　身穿紫蟒、
　　　　　　帥肩腰束角帶　紅彩褲　高底靴　手拿龍虎單鞭

黑　虎：(雜行)　周身套全虎形殼

天　官：(老生)　頭戴汾陽加雙翅　口戴黑三　身穿(紅)天官蟒腰束
　　　　　　角帶　紅彩褲　高底靴　手執金如意，頸掛項鉗

利市仙官：(作旦)　頭戴方翅紗帽加金花　身穿白蟒　腰束角帶　紅(或
　　　　　　粉紅)彩褲　高底靴

招財童子：(三榜小面或二面)　頭戴三叉盔加花金　口戴黑二字　身穿
　　　　　　黑蟒(或加帥肩)　腰束角帶　紅彩褲　朝方

此外《崑劇穿戴》中記載「仙、佛、上聖高眞」之穿關砌末約出現以下
幾種：

〔道教天王、仙將、神眞〕

關　羽：(幫開大面)　頭戴綠夫子巾　口戴黑五綹　身穿綠繡花箭衣、
　　　　　　綠團龍馬褂　腰束黃肚帶　紅彩褲　高底靴　手執青龍刀(案：
　　　　　　上爲《連環記》中之穿著)

另在《單刀會》中之扮相則爲：

關　羽：(大面)　頭戴綠夫子盔　口戴花五綹　身穿綠蟒、綠靠(或加
　　　　　　帥肩)、背黃宮縧　腰束角帶　紅彩褲　高底靴　腰掛青龍劍
　　　　　　註：出席卸蟒掛寶劍

黃靈官：(淨)　頭戴大紫金冠　口戴紅夾嘴　身穿黃靠(無背旗)　紅
　　　　　　彩褲　高底靴　手執靈官鞭

馬天君：(老生)　頭戴紅額子　口戴黑三　身穿紅靠(無背旗)　紅彩
　　　　　　褲　高底靴　手執大刀

趙天君：(副淨)　頭戴黑踏鐙　口戴黑滿　身穿黑靠(無背旗)　高底
　　　　　　靴　手執玄壇鞭

溫天君：(白面)　頭戴綠硬扎巾　口戴短紅夾嘴　身穿綠靠(無背旗)
　　　　　　紅彩褲　高底靴　手執狼牙棒

岳天君：（老生）頭戴白夫子盔　口戴黑三　身穿白靠（無背旗）　紅彩
　　　　褲　高底靴　手執長槍

四神將：（雜行）　頭戴披巾　身穿紅龍套、什色馬褂（或罩馬甲）　黑
　　　　彩褲　薄底靴　手執玉華旗

從　神：（作旦）　頭戴孩兒帽　身穿紅開氅　黑彩褲　黑鞋　手捧寶劍

南方火德星君：（大面）　頭戴紅判帽　口戴紅抓、加耳插　身穿紅官衣、
　　　　裝肩膀、裝胸、加帥肩　腰束黃肚帶、束紅靠腳、裝屁股　紅彩
　　　　褲　高底靴　牙笏插在腰內　右手扎品級

道德真君：（官生）　頭戴黑蓬頭、加荷花冠　口戴黑三　身穿　八卦衣
　　　　黑彩褲　鑲鞋　手執雲帚

傳香童子：（作旦）　頭戴孩兒帽加紫金冠　身穿綠花褶子　粉紅彩褲
　　　　鑲鞋　左手執符節、右手執雲帚

〔佛教諸神〕

觀　音：（老旦）　頭戴觀音兜　身穿觀音帔加竹葉白斗篷　腰束白裙
　　　　白彩褲　赤足　左手執雲帚、右手執念佛珠

韋　陀：（小生）　頭戴黃帥盔　身穿黃靠　紅彩褲　高底靴　手執韋陀
　　　　寶杵（或稱降魔杵）

善　才：（作旦）　頭戴兒孩髮、加紫金冠　身穿紅采蓮衣褲　腰束白肚
　　　　帶　紅跳鞋

龍　女：（旦雜）　頭戴小過橋　身穿綠素褶子加雲肩　腰束白裙　白彩
　　　　褲　彩鞋　捧淨瓶、內插楊柳枝

伽　藍：（幫開大面）　頭戴大蓬頭　口戴黑一字　身穿黑快衣加男道坎
　　　　腰束黃肚帶　黑彩褲　薄底靴　手執月牙鏟

哪　叱：（作旦應行）　頭戴小紫金冠都鬚頭　身穿紅龍箭衣加帥肩　腰
　　　　束黃肚帶　紅彩褲　高底靴　手執單槍

達摩老祖：（大面）　頭戴大紅風帽加金箍　口戴黑二字　身穿紅開氅加
　　　　紅斗篷　腰束黃宮縧　紅彩褲　僧鞋　右手執雲帚　左手拐扙
　　　　上用黃宮縧縛蒲鞋

〔民俗諸神〕

織　女：（作旦）　頭戴道姑巾　身穿道姑衣　腰束白裙、湖色絲縧　白

　　　　　　彩褲　彩鞋　手執雲帚

牛　郎：(娃娃旦)　頭戴孩兒帽、紫金冠頭　身穿妃色繡花采蓮衣褲　腰
　　　　　束藍肚帶　鑲鞋　頸戴項圈　手執雲帚

日遊神：(末)　頭戴方翅紗帽　口戴黑三口身穿紅官衣　腰束軟角帶
　　　　　紅彩褲　高底靴　右手執筆、左手捧簿

夜遊神：(小生)　頭戴方翅紗帽　身穿紅官衣　腰束軟角帶　黑彩褲
　　　　　高底靴　右手執筆、左手捧簿

夢　神：(小面)　頭戴知了巾、套夢神臉　口戴黑吊搭　身穿綠素褶子
　　　　　黑彩褲　鑲鞋　手拿日月鏡、加紅綠綢

祖　師〔註22〕：(官生)　頭戴平天冠　口戴黑三　身穿黑蟒　腰束角帶
　　　　　紅彩褲　高底靴

〔地方神〕

馬明王：(雜行)　頭戴黃絨三叉盔、套三眼臉　口戴短紅扎　身穿黃開
　　　　　氅　黑彩褲　薄底靴　雙手捧朝笏

祠山張大帝：(小面)　頭戴黑篷頭　口戴黑滿　身穿黑開氅　紅彩褲
　　　　　薄底靴　手執月華旗(捲緊)

金山大王：(老生)　頭戴金踏鐙　口戴白滿　身穿黃開氅　紅彩褲　高
　　　　　底靴　執牙笏

黃崗土地：(老外)　頭上反戴員外巾、套土地臉　口戴白六喜　身穿白
　　　　　棉綢褶子　腰束黃宮縧　黑彩褲　鑲鞋　手拿土地拐杖

另土地神有其他打扮：

土　地：(小面)　頭戴知了巾、套土地臉　口戴黑六喜　身穿油綠褶子
　　　　　腰束藍宮縧　藍彩褲　鑲鞋　左手執拐扙(或右手再加執雲帚)

土地奶奶：(小面)　頭戴藍梳粧　身穿紅素女褶子　腰束綠裙　白彩褲
　　　　　彩鞋　手拿家法板

〔自然神〕

雷　公：(小面或雜行)　頭戴紅色小鬼篷頭　嘴咬(或套)雷公臉　身

〔註22〕根據《齊如山全集》第一冊頁 197 指出：「戲界所謂祖師爺者，又名曰老郎
　　　神。……。各劇場前後臺，前龕所供之祖師，或各廟中祖師殿所供之祖師，
　　　其龕其廟之匾額，皆書曰翼宿星君，……」，故「祖師」即指「翼宿星君」。

穿黑快衣、披（黃）小鬼雲肩　束黃色屁股墊子　黑彩褲　薄底靴　右手拿木鄉頭、左手執筆（或拿針）

電　母：(旦雜)　頭戴大過橋、道姑巾、飄帶打結　身穿大紅采蓮衣褲、加大雲肩　腰束白裙打腰　彩鞋　雙手拿日月鏡加紅綠綢　裙角塞起

月白星：(五旦或六旦)　梳大頭或彩球白打頭、加戴白紗罩　身穿白褶子（白打衣）　腰束白裙、白裙打腰　白彩褲　彩鞋　右手執寶劍、左手提首級、加紅夾嘴
　　　　註：最後披湖色斗篷

龍神（海龍王）：(老生)　頭戴草唐加狐皮　口戴白滿　身穿白蟒加帥肩　腰束角帶　紅彩褲　高底靴

〔植物神〕

花　王：(老生)　頭戴九龍冠　口戴黑三　身穿黃蟒　腰束黃宮縧　紅彩褲　高底靴　左手執牡丹花　右手拿雲帚（案:《審音鑑古錄》於《牡丹亭》「堆花」一出特別標示「大花神依古不戴髭鬚為是」〔註23〕）

正月花神：(小生)　頭戴桃翅紗帽　身穿紅官衣　腰束湖色宮縧　紅彩褲　高底靴　手執梅花
　　　　註：象徵柳夢梅

二月花神：(五旦)　頭戴鳳冠　身穿紅女官衣　腰束湖色絲縧、花裙　白彩褲　彩鞋　手執杏花
　　　　註：象徵楊玉環

三月花神：(老生)　頭戴武生巾　身穿紅龍箭　腰束黃肚帶　粉紅彩褲　高底靴　手執桃花
　　　　註：象徵楊延昭

四月花神：(作旦)　頭戴大過橋　身穿月白團花帔、襯藍褶子　腰束白裙　白彩褲　彩鞋　手執薔薇花
　　　　註：象徵張麗華

〔註23〕參見台灣：學生書局，1987年11月，影印初版，頁559眉批處。

五月花神：（白面）　頭戴黑判帽　口戴黑滿　身穿黑青素黑靠腳　腰束
　　　黃肚帶　紅彩褲　高底靴　手執石榴花
　　　　　註：象徵鍾馗

六月花神：（六旦）　頭戴紗罩　身穿湖色襖褲加粉紅斗篷　腰束四喜帶
　　　彩鞋　手執荷花
　　　　　註：象徵西施

七月花神：（小面）　頭戴知了巾　口戴黑吊搭　身穿綠繡花褶子　綠彩
　　　褲　鑲鞋　手執鳳仙花
　　　　　註：象徵石崇

八月花神：（作旦）　頭戴小過橋　身穿綠繡花褶子　腰束白裙　白彩褲
　　　彩鞋手執木樨花
　　　　　註：象徵綠珠

九月花神：（末）　頭戴紫員外巾　口戴黑三　身穿紫員外帔襯紅褶子
　　　藍彩褲　鑲鞋　手執菊花
　　　　　註：象徵陶淵明

十月花神：（刺旦）　頭戴小過橋　身穿紫帔、襯紅褶子　腰束白裙　白
　　　彩褲　彩鞋　手執芙蓉花
　　　　　註：象徵謝素秋

十一月花神：（老外）　頭戴秋香員外巾　口戴白滿　身穿秋香員外帔、
　　　襯藍褶子　黃彩褲　鑲鞋　手執茶花
　　　　　註：象徵白樂天

十二月花神：（老旦）　頭戴老旦挽頭、黃打頭　身穿秋香帔、襯藍褶子
　　　腰束綠裙　白彩褲　鑲鞋　手執梅花
　　　　　註：象徵佘老太君

閏月花神：（六旦）　頭戴包頭加紗罩　身穿粉紅襖褲、大紅斗篷　彩鞋
　　　手執紫薇花
　　　　　註：象徵楊宗保

而有關「閻王、判官、鬼、魂」之穿關砌末則大致如下：

閻　王：（大面）　頭戴平天冠　口戴黑滿　身穿黑蟒　腰束角帶　紅彩
　　　褲　高底靴

陰陽判官：（老外）　頭戴黑白方翅紗帽、套陰陽臉　口戴黑白滿　身穿
　　　黑白青素　腰束黑白角帶　黑白彩褲　黑白高底靴
　　　註：左半身穿戴全白、右半身穿戴全黑

《還魂記》中有名的：

胡判官：（大面）　頭戴判帽披紅綢加耳毛子　口戴紅扎　身穿綠蟒罩紅
　　　官衣　腰束角帶　紅彩褲　高底靴　手拿馬鞭
　　　註：接印後脫去官衣，放下馬鞭

一般常見的判官造型則是：

判　官：（白面、末或雜行）　頭戴尖翅紗帽（或黑踏鐙）、加判官臉（或
　　　套小鬼臉）　口戴黑（短）滿　身穿紅龍套（或藍官衣腰束角帶）
　　　紅（或黑）彩褲　薄底靴（或高底靴）　右手執筆、右手拿（公
　　　案）簿

其他幽冥諸色則是：

鍾　馗：（大面）　頭戴黑判帽、披紅綢　口戴黑夾嘴　戴耳毛子、裝肩
　　　胛、屁股　身穿青布箭衣、裝胸　腰束黑布帶、罩青素、束黑靠
　　　腿、黃肚帶、罩角帶　右手捲袖扎品級　大紅彩褲　高底靴
　　　註：中間送妹成親時、換大紅判帽、大紅官衣、右手除品級、拿
　　　　　大摺扇。三人騎白馬下

值日公曹：（白面）　頭戴相貂、翅豎插　口戴黑滿　身穿青素加帥肩　腰
　　　束黑靠腳、黃肚帶　紅彩褲　高底靴　手執牙笏

黑皂隸：（小面）　頭戴黑皂隸帽、套黑臉　身穿黑箭衣　腰束黑皂隸帶
　　　黑彩褲　黑薄底靴　手執黑堂板

白皂隸：（二面）　頭戴白皂隸帽　套白臉　身穿白箭衣　腰束白皂隸帶
　　　白彩褲　白薄底靴　手執白堂板

吏　典：（三榜老生）　頭戴吏典帽　口戴短黑滿　身穿青素　腰束黃宮
　　　縧　黑彩褲　高底靴　雙手捧印上，中間換公案盤

牛　頭：（小面或雜行）　頭套牛頭臉　身穿藍布或黑青袍、反穿紅小
　　　馬甲　黑彩褲　薄底靴　手拿刀片子（或腰束黃肚帶、手執鋼
　　　叉）

馬　面：（副末或雜行）　頭套馬面臉　身穿藍布青或黑青袍、反穿紅小

馬甲　黑彩褲　薄底靴　手拿刀片子（或亦腰束黃肚帶、手執鋼叉）

骷　髏：（雜行）　頭戴白小鬼蓬頭　身穿白布長衫　腰束白布帶　白彩褲　白布鞋

　　　　註：用絲瓜筋套臉，放烟火後變「化身」

收屍鬼：（丑或雜行）　頭戴長（或矮）棕帽、披黑紗（或口戴黑八字）　身穿青布長衫（或箭衣）　腰束黑布帶　黑彩褲　薄底靴（或跳鞋）　手拿家法板（另亦可右手拿油紙扇、左手拿鏈條）

　　　　註：腰帶內塞鏈條二條，下場時鏈條套死屍頸上拉下

雪　鬼：（雜行）　頭戴紅（或綠）小鬼蓬頭、面套絲瓜筋　身穿藍布青袍反穿紅（或綠）小甲　黑彩褲　黑布鞋　手執玉華旗、捲緊內放白紙屑

水　鬼：（雜行）　頭戴小蓬頭　身穿青布青袍、反穿黃小甲　黑彩褲　黑布鞋　各執水旗

大　鬼：（老旦）　頭戴魁星臉　身穿紅龍套、反穿小馬甲或加紅馬甲　紅或黑彩褲　薄底靴　手拿小鬼銅鎚

另有大鬼之造型爲：

大　鬼：（武生）　頭戴黑大蓬頭　身穿黑快衣、加黃大披肩　腰束三块黃遮屁股　黑彩褲　薄底靴　戴腰箍、捧花瓶、瓶內插連升三級

小　鬼：（旦雜）　頭戴小鬼蓬頭（或魁星臉）、加（套小）鬼臉　身穿藍布青袍（或紅龍套）　反穿（黃）小（鬼）馬甲（或罩小軍甲）　黑彩褲　薄底靴或黑布鞋　手執方天戟或王八鎚（或雙手捧金瓜）

而在《鍾馗嫁妹》中四小鬼之扮相砌末特別有：

小鬼甲：（丑）　頭戴雜色小鬼蓬頭　身穿黑布快衣　腰束三块黃遮屁股　黑彩褲　跳鞋　手提長柄燈籠

小鬼乙：（小生）　頭戴雜色小鬼蓬頭　口戴白六三　身穿黑布快衣　腰束三块黃遮屁股　黑彩褲　跳鞋　挑書和琴劍担子

　　　　註：中間推車子、車中坐鍾馗妹

小鬼丙：（武生）　頭戴雜色小鬼蓬頭　身穿黑布快衣　腰束三块黃遮屁

股　黑彩褲　跳鞋　手執長柄油紙傘

小鬼丁：（小面）　頭戴小鬼蓬頭　身穿黑布快衣　腰束三塊黃遮屁股
　　　　　黑彩褲　跳鞋　手拿驢鞭

此外，「鬼魂」則一律以「披黑紗」代表其爲「魂魄」而非「人」，如：《還魂
記》「冥判」中的：

杜麗娘：（五旦）　頭戴銀泡、披黑紗　身穿黑素褶子　腰束白裙　白彩
　　　　　褲　彩鞋

趙　大：（老生）　頭戴高方巾、披黑紗　口戴黑三　身穿黑褶子　黑彩
　　　　　褲　鑲鞋

錢十五：（二面）　頭戴藍氈帽、披黑紗　口戴黑吊搭　身穿青布褶子　黑
　　　　　彩褲　鑲鞋

孫　心：（小生）　頭戴苦生巾、披黑紗　身穿青布褶子　黑彩褲　鑲鞋

李候兒：（小面）　頭戴白氈帽、披黑紗　身穿短跳　腰束白裙　黑彩褲
　　　　　薄底靴

《水滸記》「活捉」中的鬼魂：

閻婆惜：（刺旦）　包頭、戴花、黑水紗魂魄　身穿紅褶子黑色花長馬甲
　　　　　腰束白裙、白汗巾　白彩褲　彩鞋
　　　　　　註：最後用汗巾牽張文遠下

《鳴鳳記》「寫本」中的：

楊父陰魂：（副末）　頭戴方翅紗帽、披黑紗　口戴花三　身穿紅官衣　腰
　　　　　束角帶　紅彩褲　高底靴

而《義俠記》「顯魂」中的武大郎則是在臉部化妝：

武大郎：（丑）　頭戴矮子巾　口戴黑八字　身穿藍棉綢短褶子　腰束白
　　　　　綢裙黑褲　黑鞋　手拿小芭蕉扇
　　　　　　註：眼瞠塗兩條紅色，左煩戴紙魂、裝肚皮

《崑劇穿戴》中的「精怪」可見的則有以下幾種類型扮飾，如《白蛇傳》
中的：

白素貞（白蛇精）：（五旦）　頭戴銀泡包頭、加白絨球紗罩　身穿白戰
　　　　　衣褲裙、雲肩　腰束花鸞帶　白薄底靴　掛雙劍
　　　　　　註：現在頭上用白蛇額

小　青（青蛇精）：（刺旦）　頭戴銀泡包頭、綠絨球紗罩　身穿綠戰衣
　　　　　　　褲裙、大雲肩、藍宮縧　腰束花鸞帶　綠薄底靴　揹雙劍、拿槊
　　　　　　　板
　　　　　　　註：現在頭上用青蛇額
蝦　兵：（老生）　頭戴大蓬頭　口戴短黑滿　身穿靠腳馬褂　紅彩褲
　　　　　　跳鞋　手執單槍
蟹　將：（白面）　頭戴大蓬頭　口戴黑四喜　身穿靠腳馬褂　紅彩褲
　　　　　　跳鞋　手執單槍
鱉　殼：（六旦）　頭戴小過橋　身穿粉紅繡花采蓮衣褲　腰束汗巾　彩
　　　　　　鞋　手執雙刀
王　八：（小面）　頭戴紅鬚頭小涼帽　身穿黑快衣　黑彩褲　跳鞋　手
　　　　　　執王八鎚

《邯鄲夢》「掃花」中的：
柳樹精：（老旦）　頭戴魁星臉　身穿紅龍套、罩虎皮馬甲　紅彩褲　鑲
　　　　　　鞋

《慈悲願》「借扇」中的：
鐵扇公主：（刺旦）　頭戴七星額子、加翎子、狐尾　身穿軟靠　白彩褲
　　　　　　　紅跳鞋　執雲帚、捧雙劍、芭蕉扇
孫悟空：（老生）　頭戴黃羅帽　身穿猴子衣褲　黃跳鞋　手執金箍棒

　　　「謫仙、異人」方面目前可以找到服飾穿戴的則有范蠡、西施、唐明皇、楊貴妃、李太白、劉智遠等人，然由於其所以「被謫」、或所以為「異」，往往由劇中人對白中道出或藉身段動作表演，而不在穿關砌末中呈現（至多《浣紗記》第十二出以後由范蠡換道服上場而已），因此此處就不詳細描寫。而《崑劇穿戴》中唯一可見有關「術士」之服裝造型，則是《十五貫》「訪鼠」一出中假扮算命先生的：
況　鍾：（老外）　頭戴高方巾　口戴黑滿　身穿藍褶子　腰束黃絲縧　紅
　　　　　　彩褲　高底靴　拿白摺扇、揹衣包、左手拿「觀貌測字」招牌

　　　最後該注意的「宗教角色」，則是有關出家僧道及許多臨時道扮者之穿關砌末，一般若出現佛教之老和尚或方丈（由老生或老外扮〔註24〕），其造型扮

────────────────

〔註24〕根據曾永義〈中國古典戲劇腳色概說〉頁282：「蓋崑曲中以外扮白鬚老生，以

節多半是：

> 頭戴黃（或黑或素）緞僧帽（或毘盧帽） 口戴（短）白滿（或白二字） 身穿白棉綢褶子（或黃僧衣） 腰束黃宮縧 黃彩褲 僧鞋 頭掛念佛珠（或手托金扥、拿念佛珠、雲帚）

而其身邊多半跟有小僧一至數名：

> 小僧：（小面） 頭戴（黑）僧帽 身穿黑（或湖色素）褶子（或黑布青袍） 腰束藍宮縧 黑或湖色彩褲 黑（布）鞋 手執念佛珠、金鉢禪杖、或符節

一些名僧：比如「法海和尚」則另外披袈裟，而鞋子穿「鑲鞋」；「玄奘」則身穿紅素褶子披袈裟；「道濟和尚」則左手搭袈裟、右手另拿芭蕉扇；而《西廂記》中的法本、法聰亦類上述老和尚和小僧之穿戴。較特別的則是身段動作較多的：

> 惠　明：（大面） 頭戴大蓬頭、套金箍 身穿黑快衣、罩藍布斷俗 腰束黃宮縧 黑彩褲 蔴筋草鞋
>
> 註：下場時脫去斷俗、宮縧，拿木棍下

以及《精忠記》「掃秦」中諷刺點化秦檜的瘋和尚：

> 瘋　僧：（小面） 頭戴大蓬頭 身穿黑快衣、加僧坎 腰束黃宮縧 黑彩褲 蒲鞋 左手拿火筒、右手拿掃帚
>
> 註：宮縧鬚頭塞在帶內

還有《虎囊彈》「山門」中為顯其粗豪形象的花和尚：

> 魯智深：（幫開大白面） 頭戴大蓬頭加金箍 口戴黑捲絡二字 身穿黑快衣、斷俗、黃宮縧 腰束黃肚帶 黑彩褲 蔴筋草鞋 手執雲帚

另外《孽海記》中因思凡下山的和尚：

> 本　無：（小面） 頭戴鵝搭頭 身穿夏布斷俗襯紅女褶子女黑馬甲 腰束黃宮縧、內襯藍宮縧 紅彩褲 赤足穿朝方 手拿念佛珠

其穿戴之衣著較為鮮麗，不同於一般出家人，暗示其塵心未斷、仍慕女色。

老生、末扮黑鬚，而老生為主，末為老生之副」。又崑劇行當發展至清中葉，在腳色分工歸屬上，已有嚴格規定，以老生為主的戲稱老生戲，以副末為主的戲稱副末戲，以老外為主的戲稱老外戲。雖然演員習藝時未必如此嚴格分工，但場上表演時，卻不能將副末戲、老外戲混入老生戲中統稱老生戲。此觀念參見朱建明〈話說崑劇老生〉一文（收在《藝術百家》，1997 年 1 期，頁 94）。

另外《千鍾祿》中建文帝因逃永樂帝追捕，原本已有出世之心，其造型先是：

建文君：（官生）　頭戴兜流　口戴黑二字　身穿綠夏布斷俗　腰束黃宮
　　　　縧　黑褲　蔴筋草鞋　手執念佛珠

後來隱遯出家，穿戴則改換為：

建文君：（官生）　頭戴黑僧帽　口戴花二字　身穿黑褶子　腰束藍宮縧
　　　　黑彩褲　鑲鞋　手執念佛珠

而道教廟官、香公之類穿關砌末則大致是：

廟　官：（邋遢白面）　頭戴網巾加道冠　口戴花吊搭　身穿青布短跳、
　　　　罩長青袍，腰束黃宮縧　黑彩褲　鑲鞋
　　　　註：中間演法事時，加戴蓮花冠，罩罡衣，手執牙笏，法事畢，
　　　　　　卸去蓮花冠、罡衣，放下牙笏；打架時，解去黃宮縧和長青
　　　　　　袍，用宮縧縛青袍，下場時隨手帶下。

香　公：（小白面）　頭戴青布道巾　口戴白四喜　身穿白棉綢褶子　腰
　　　　束青布帶　黑彩褲　鑲鞋　手執念佛珠

女道姑、師姑之造型則是：

陳妙常：（五旦）　頭戴道姑巾　身穿道姑衣　腰束白裙、鵝黃絲縧　白
　　　　彩褲　彩鞋　手執雲帚

小師姑：（作旦）　頭戴黑布師姑帽　身穿黑布褶子　小圍身　黑彩褲
　　　　彩鞋　托方盤、盤內放茶杯二只

而《目連救母勸善戲文》中思凡的「小尼」，到了《孽海記》為造型美觀故，身份亦換成「道姑」：

色　空：（五旦）　頭戴道姑巾　身穿月白素褶子、道姑馬甲　腰束湖色
　　　　絲縧　白彩褲　彩鞋　手執雲帚

女人遠遊或逃難臨時改扮「道姑」則如：

趙五娘：（正旦）　梳頭、戴道姑巾　身穿青布道姑衣　腰束白裙、黃絲
　　　　縧　白彩褲　彩鞋　肩揹圖容、包裹，懷抱琵琶

而《六十種曲》60-8-4《金雀記》中被顯聖救至尼觀暫住的巫彩鳳，傳奇劇本中並未明顯標示其後來暫現出家相，但在實際場上表演時，亦被改扮成：

巫彩鳳：（六旦）　頭戴道姑巾　身穿道姑衣　腰束白裙、湖色宮縧　白

　　　　彩褲　彩鞋　手執雲帚

　　　　註：二場除道姑巾、宮縧、雲帚、換穿粉紅花帔、襯湖色素褶子

　　此外，所謂的道人、隱士其造型大致如：

　　黃石公：（老外）　頭戴黑福星巾　口戴花滿　身穿黑開氅　腰束黃宮縧

　　　　　　藍彩褲　鑲鞋　手執雲帚

　　張　良：（官生）　頭戴八卦巾　口戴黑三　身穿八卦衣　黑彩褲　鑲鞋

　　　　　　手執雲帚

以上大概是目前所知各類宗教角色實際場上表演時之各式服飾造型和砌末。

第三節　曲辭科白

　　這一節要討論的是宗教角色在「曲、辭、科、白」等各方面之表演藝術。所謂「曲」、「辭」，指的是音樂的曲律形式和歌唱之文辭內容；「科」在此則是指演員的面部表情和身段動作；「白」則是指人物之賓白。以下先論「曲」；而「辭」、「白」合併論述；最後再討論「科」：

一、音樂曲律

　　錢南揚曾考證出早期南戲曾運用若干道曲如：《步虛聲》、《長生道引》、《蓬萊仙》、《叱精令》等曲目。〔註25〕而崑劇南北曲牌中亦有如《笑和尚》、《好觀音》、《哪吒令》、《閣金經》、《華嚴贊》、《大和佛》、《太子遊四門》、《上堂水陸》、《華嚴海會》、《梁武懺》、《念佛子》、《誦子》等有關佛教之曲目。〔註26〕顯見就聲腔曲律而言，道教、佛教音樂分別都對傳奇之聯綴套曲形式發生過影響。話雖如此，「宗教角色」上場演出時，未必每支曲子均演唱道曲或佛曲，甚至有時可能根本沒有任何宗教曲牌音樂；而唱道曲、佛曲者，也不一定即是「宗教角色」。一般演員上場表演時，仍是遵循套曲宮調之固定聯綴組合模式依序演唱，只是其中某些唱段偶然夾雜道曲或佛曲，而依劇情場上配樂有時會近於齋醮科儀或法會課誦之音樂節奏氛圍，但未必場上即必演出宗教活動；另若演出有宗教角色及宗教活動，也不一定即配佛、道音樂。

〔註25〕參見《戲文概論》頁 32（台北：木鐸出版社，1982 年 2 月，初版）。
〔註26〕參見陳宗樞《佛教與戲劇藝術》頁 21（天津人民出版，1992 年 12 月，第一
　　　　版第一刷），及錢南揚《戲文概論》頁 32。

　　例如《琵琶記》第三十四出：「寺中遺像」中的確有「淨」扮和尚唱了一支〔佛賺〕，全出套曲組合如下：

　　　　〔縷縷金〕→〔前腔〕→〔銷金帳〕→〔前腔〕→〔前腔〕→〔前腔〕→〔前腔〕→〔賞秋月〕→〔縷縷金〕→〔前腔〕→〔佛賺〕→〔江兒水〕→〔前腔〕→〔前腔〕→〔前腔〕→〔縷縷金〕

但《西廂記》第四出「齋壇鬧會」有多名和尚如法本、法聰等上場，卻沒有唱任何一支佛曲，反全出由張生和旦角輪流唱：

　　　　〔新水令〕→〔駐馬聽〕→〔沉醉東風〕→〔雁兒落〕→〔得勝令〕→〔喬牌兒〕→〔甜水令〕→〔折桂令〕→〔錦上花〕→〔么〕→〔碧玉簫〕→〔鴛鴦煞〕

在齋壇法會中才子佳人互示愛慕，反風光旖旎而毫無宗教氣氛。又《荊釵記》第四十三出「執柯」並無宗教角色上場，卻有插科打諢之「淨」扮媒人與生對唱第一支以佛曲為首之套曲：

　　　　〔普賢歌〕→〔玩仙燈〕→〔啄木兒〕→〔前腔〕→〔三段子〕→〔歸朝歡〕

可看出：明傳奇曲律套式中的佛、道教音樂已與其他曲牌融合無間而成一整體，「宗教角色」上場演出未必即配合劇中活動演唱宗教音樂，音樂聲情之配合原則實依生、旦、淨、丑等「腳色行當」區分，而不依「角色類型」。〔註27〕

二、文辭賓白

　　明傳奇作為一由市井文化與文人抒情傳統相結合之戲劇體制，雖不同於元雜劇而原則上所有腳色行當都能演唱，且生、旦、淨、丑各自有不同之演唱風格和適用曲牌，但劇中婉轉抒情大抵還是由生、旦承擔；而調劑冷熱、插科打諢則由淨、丑負責。尤其崑曲音樂抒情性較強，水磨流麗之旋律往往毫不間斷，曲牌中插入賓白情形較少且簡短，故生、旦以演唱抒情並交待情節，特重「吐字」、「歸音」；而淨丑在劇中則偏重滑稽有趣之念白身段，所謂

〔註27〕汪志勇《明傳奇聯套研究》頁 251 即提到：「若五方鬼、趙皮鞋、吳小四、倒拖船、禿廝兒、大齋郎等曲，專屬丑、淨用，若生旦用之，則不免流於侮慢矣」（台北：嘉新水泥公司文化基金會研究論文第二〇〇種，1976 年 1月）。

「生旦有生旦之體，淨丑有淨丑之腔」。〔註28〕而弋陽系諸腔戲曲則因徒歌乾唱，沒有文場伴奏，故曲文之間才加入大量獨白、對白和滾白，唱念結合運用使劇情反較生動。而就宗教角色而言，仙佛神眞無非經由文辭賓白表明宗教立場、宣布天界彼岸之實存、以及顯聖或點化勸助主角；鬼、魂、魔、精怪則往往陳述死後去向、引逗修道人或表慕修眞意向；謫仙異人則多以文辭賓白表述人間固有可戀，然天界世界或更爲可貴之觀念；神媒術士則以嬉笑怒罵、嘲謔諷刺方式代言天意或宣判命運；而出家僧道、居士、隱士則或表達隱遯理想，或揭露方外醜態，總體而言，宗教角色藉由文辭賓白除了舖展情節外，無非傳達天人共存、善惡因果、三教混同等宗教觀念。

試各舉諸例如：60-2-5《三元記》第二十三出「格天」中「玉帝」並未露面，由玉帝殿前掌書金童和傳言玉女往來傳達眾神所奏人間善惡，由外、生、末扮之眾土地神齊唱〔出隊子〕，歌詞是：「纔離黃壤，纔離黃壤，足躡祥雲到上方，昭靈神職事非常，一一敷陳到皇，善惡攸分，禍福自彰」，然後由眾神道白：

〔外〕小聖乃是京都土地是也。〔生〕小聖乃是河南土地是也。〔末〕小聖乃是湖廣土地是也。

〔雜〕小聖乃祥符縣土地是也。〔眾〕今日乃臘月三十日，不免各把人間一年之內所作善惡，奏聞玉帝。此乃三天門下，列位請進。〔旦〕奏事官出笏三舞蹈。〔神仗兒〕〔眾〕揚塵舞蹈，揚塵舞蹈，遙瞻天表，彌羅浩浩，各具敷陳干冒，明罪祿顯天條。……

眾神藉由合唱及各自道白，既表達由人間至天上之遙遠距離及各自之身份，同時也唱出「善惡攸分，禍福自彰」之觀念。又 60-2-2 《精忠記》第三十四出「冥途」，秦檜夫婦被鬼判押解至酆都途中，夫婦分別獨唱及合唱：

〔山坡羊〕〔淨占鬼上〕黑沉沉暝途迢遞，冷颼颼陰風括地，性烈烈沒面目的夜叉，惡狠狠催促登程去。心暗思，身居相位日，薰天勢業成何濟？今朝做囚魂無所依〔合〕夫妻，苦哀哀受禁持，夫妻，苦哀哀受禁持〔鬼〕秦檜，你在世爲官之日，挾寵專權，欺君賣國，與金相通，殘害忠義，到此罪不勝誅。〔打介〕還不快走。……

藉由秦檜夫婦唱詞之回想反省，以及鬼卒之口白批判和動作鞭打，顯示罪人受報之苦。

而 60-11-4《龍膏記》第三十出神媒袁大娘點化謫仙張無頗、元湘英，有

〔註28〕李漁語。出自《閒情偶寄‧詞曲部》之〈詞采第二‧戒浮泛〉一節中。

二人合唱、獨唱、對白、共同道白：

〔生旦〕袁大娘，我二人蒙你指點，如夢方覺，似醉初醒，我想塵世勞勞，真是終無結果也。

〔南園林好〕聽伊言塵迷恍然，猛回頭繁華枉然，想蕉鹿終成夢幻，離浩劫學香園，參秘訣，練金丹。〔老旦〕張先生，你聽我道來，你原是玉帝殿前司香仙吏；夫人，你原是水府廣利王長女，只因你二人塵緣未了，合當配爲夫妻，因此謫在塵中，屢遭磨難，若不早棄浮榮。復歸正道，只恐真性一迷，永淪劫海，何時再得上升也。

〔北沽美酒帶太平令〕你是雲臺吏水府仙……離閬苑謫塵寰……若不早飄然駕驂，向山前水邊呀，怕難尋本來面目。〔生旦拜介〕願隨袁大娘山中學道去也。……

在文辭賓白顯示謫仙需藉再次放棄人間生活、去山中學道，才能重歸仙班。

另60-10-3《雙烈記》第四出「推詳」中：

〔天邊雁〕〔丑扮星士上〕命演禽星，精微在子平，貧窮富貴，開口見分明，壽夭莫非命、窮通各有時，迷途人不識，惟有我先知。……我精通命理，開口便靈，人呼我爲開口靈，小子便是。〔生〕如何見你靈處？〔丑〕官人聽我道來，我算那說言說語，必定是口；拿東拿西，必定是手；臂膊底下是骨肘；腿生兩腳定會走，麻面歪嘴必定醜，我算那白鬍子終些是老叟。……

丑扮星士在劇中插科打諢、胡說亂道了一番，但算出韓世忠是大貴之命，故又白：

〔丑〕……此命大貴之命，不可輕易，命金十兩，定少不得，與了錢，還有許多話與你說，不與錢命就不准了。〔生〕〔前腔〕生平鯁直爲愚性，最惱人諛佞，聽你幾般言，火向心頭迸。……

韓世忠以爲星士諂諛故不信、要打人，但後來劇情仍證明「丑」表面雖似嘲弄嬉笑，骨子裏卻是嚴肅正經、算命算得很準確。這是中國人對生命特有的舉重若輕之遊戲態度，亦是對現實悲傷困境之調和作用，形成了劇場中「喻認真於插科打諢」之特殊模式。

雖則有時，某些「插科打諢」只是一種真相之曝光或醜化，而無其他嚴肅意義。例如60-9-1《錦箋記》第十五出「進香」中：

〔佛偈〕〔淨上〕和尚生來也是個人，怎教慾火便離身，色空空色能參透，便是靈山活世尊，南無金剛王菩薩摩訶薩。自家非別，天竺寺一個五戒是也。靠著龍天福陰，喫好穿好，不在話下，更喜居住名山古刹，燒香女子，往過來續，看之不足，用之有餘，好快活……〔前腔〕〔丑〕俏麗娘娘入寺門，道人和

> 尚盡來跟〔做手勢介〕這丟若肯輕輕捨，何必齋僧與誦經？南無救苦王菩薩摩訶薩。師兄稽首。〔淨〕師弟少禮。〔丑〕師兄如何幾日不見。〔淨〕有病。〔丑〕怎麼樣起？〔淨〕只爲燒香這些妖嬈，日日誘我眼，那宵不覺火動，手銃放了七遭。〔丑〕色慾過度了。〔淨〕便是……。

而最後試舉一代陽腔系劇本，以見唱念大量結合運用以顯「僧俗不當交遊」，例如《全明傳奇》152《翠屏山》第十二出中，正旦去報恩寺看佛牙並與付（和尚海師父）調情：

> （正旦）迎兒，去看看外公若是醒了，我每回去罷。（占）我不去，要看佛牙。（付）佛牙，六隻眼睛，見勿得個。（占）爲何？（付）六隻眼見子，就要跳起哉，（占）吓，我曉得了（正旦）曉得什麼？（占）我便去了，你每兩個，（正旦）兩個便怎麼（占）不要做了一個，（付）尖酸勞，就溜勞（占）罷罷，天上人間，方便第一，我去了。（付）吾，去了沒？及是個哉？（占下）（付）〔不是路〕慾火難降望你女菩薩慈悲做個救命王（正旦從）看你淫情蕩，輕輕栗暴，打你個硬皮囊（付從）這禪床爲娘待備在三年上（正旦從）任你鐵打心腸向火內炸（付從）交歡暢，這福衫大袖多遮障，（正旦從）走來把帽兒搬漾（付）走得來把髻兒搬漾……。

三、面部表情與身段動作

宗教角色表演時的面部表情和身段動作，目前可以找到詳細資料記載的，獨有《審音鑑古錄》中的以下幾處：

（1）《琵琶記》「賢遘」一出中——趙五娘因遠遊尋夫，故道姑打扮、手執拂塵、背包裹，而書上特別註明「作道姑樣，還須趙氏爲」，顯示演員在場上表演時，要讓觀眾感覺五娘只是權移出家以便出遊，並非眞心慕道出世，故舉止體態仍保持趙五娘舊貌。故若如 60-6-4 第十二出琴操一時醒悟而祝髮爲尼；或 60-5-5 第五出許湘娥去盧山求道而改道扮，在前後表演身段上，則應有明顯不同而無在家小兒女之行貌體態才是。

（2）《牡丹亭》「遊園」一出——「睡魔神」擔任促成杜麗娘與柳夢梅夢中好事之關鍵人物（神意之操弄執行者），書上標示：「（副扮睡魔神上，作夢中話白云）：睡魔、睡魔，紛紛馥郁，一夢悠悠，何曾睡熟，某睡魔神是也。奉花神之命，說杜小姐與柳夢梅有姻緣之分，著我勾取二人魂魄入夢（引小生折柳上，又引小旦與小生對面，小旦作驚式，副下）」。在全本戲中，「睡魔神」就出現一次，其行動只爲促成男女主角好事，觀眾透過其自白和行動認

知天意和未來發展，而被勾取魂魄的柳夢梅和杜麗娘在劇中對「睡魔神」是無知的。

又「驚夢」一出──眾花神亦代表天允好事之保護促成者，故書中標示其上場動作為：「依次一對徐徐並上，分開兩邊對而立以後，照前式，閏月花神立於大花神傍，末扮大花神上，居中合唱」；又註明「花神各色亦皆貫相點綴西湖夢境，大花神依古不戴髭鬚為是」，顯示各腳色除了生旦之外均已上場，但為顯示「花」之明媚柔美，特別交待各腳不戴髭鬚，以免破壞觀眾對花神之美好想像。

再「冥判」一出──胡判官之身段有「進拜印畢，卸圓領，進桌坐，吏典、鬼卒、牛頭、馬面叩頭畢」，顯示冥司之判官派頭亦類陽間之縣官。而在審案過程中，聽到「丑」扮李猴兒跪上訴說自己生前好南風之癖時，胡判官表驚詫發出一聲「唗」，書中特別標明「再重，此語不像判官」，顯示胡判官雖被塑造成牢騷滿腹、官官相護之形象，但其言語口氣仍需保持一種身份在，不可過份輕浮。

（3）《西廂記》「遊殿」一出──法聰被塑造為不守清規、酷好男風採戰之好色和尚上場插科打諢，書上標註：「凡花臉上場要未開其口，先貫於相，使觀者一見即笑，方為趣極也」，又註明其動作有「作呵欠、頭暈式」然後自道：「啊唶箇兩日頭眩眼花，滿身骨頭痛得極，晤，多因酒色過度虐」（暫下），可見此類不肖和尚本即為製造笑料、曝露當時某些寺院實情而塑造，故要一上場亮相，即使人發噱。

再「慧明」一出──「淨扮慧明垂頭懶怠倦眼拖棍上介」，此出書末標示：「俗云跳慧明，此劇最忌混跳，初上作意懶聲低走形若病體，後被激聲屬目怒，出手起腳俱用降龍伏虎之勢，莫犯無賴綠林身段，是劇宜別之」，說明慧明原本之垂頭懶怠只是意興闌珊，實其為有真功夫之出家人，故不可與綠林無賴之身段相混。

（4）《鳴鳳記》「寫本」一出──楊繼盛夜半寫本要彈劾嚴嵩，其父靈知其將死，夜半出聲警告，鬼魂身段是「末紗帽圓領白三鬚扮鬼魂，垂手上，向生哭介」又「作悲狀」，又「鬼近哭」再「鬼打滅燈火下」，這一幕以「鬼哭」反托忠臣義薄雲天、「知其不可而為之」之精神堅持，真驚天地泣鬼神，連鬼亦莫奈何。

（5）最後《審音鑑古錄》收有《鐵冠圖》二折，根據《傳奇彙考》記戴，

《鐵冠圖》演明末崇禎事蹟而眞偽錯雜淆惑視聽，〔註 29〕根據內容此戲應爲清朝人作，《全明傳奇》及《全明傳奇續編》均未收。但因「煤山」一出有詳細神怪表演場面之記載標示，此處仍錄下：「內把桌鼓擂動，金鑼重篩似作風雨，不用鑼鼓後跳，風伯、雨師、雷公、電母、鶴神執長旛，青龍、白虎二神各執皂旗，眾神將各挈寶蓋、長旛、或添烏雲，八使齊上聊作擺勢，即立檯上，或朝官、或仙吏多皆增得，不用玄天上帝吊場」；又「內作雷聲、空鼓浪板，風伯引雷公繞場轉，又立檯，末作衝地側身看天」；又「鼓作響雷，雨師引電母作閃電飛圍上檯，末唬衝身唱科」，可看出神怪熱鬧場面除了演員輪番上場外，尚需製造各種音效以增強氣氛。

根據上列，概可看出各類宗教角色如：道姑、和尚、睡魔、花神、判官、鬼魂、各種自然神、神將等在舞台上之表情、身段動作，雖不完整，但亦略窺一、二。

第四節　劇場造景及演出場合

戲劇的「搬演形式」受制於「劇場的形製」，而「劇場的形製」其實往往又受「演出場合」的影響。明傳奇演出場合依王安祈研究大約是在：宮廷、祠廟、勾欄、廣場、客店、酒館、家宅、船舫、勝地名園、古刹僧房等處，故表演劇場依地點形製不外是「宮廷」、「戲棚」與「氍毹」等三大類。而搬演的題材劇目在畫閣雕樑、小庭深院的「氍毹」之中多以昆腔演唱才子佳人之戀愛情事，重文戲且往往精選散齣折子；而鄉野「高臺戲棚」之上，則多以弋陽諸腔演唱通俗熱鬧、排場繽紛火熾之連台本戲，故重武打且多宗教神怪和風月淫戲；而專供皇家觀賞的戲劇則專投皇上個人喜好即可，不需顧慮大眾興趣。〔註 30〕故一般而言，方型有限的「氍毹」和空闊的「戲棚」不設布景，至多加一臺幔帳額區隔前後，使演員便於上下場，「舞台」不過是爲演員虛構的表演動作提供一個容納的「天地」，而非具體的「劇場地點」，〔註 31〕故所謂「布（背）景」乃由「表演」產生，而不依靠實景裝置。

〔註29〕參見《傳奇彙考》頁 75（作者不詳，北京：書目文獻出版社，1994 年 3 月，第一版第一刷）。

〔註30〕參見《明代傳奇之劇場及其藝術》第二、三章。

〔註31〕龔和德在《戲曲景物造型概說》頁 377 中稱此舞台爲「太一舞台」（此文收在北京：中國戲劇出版社，1996 年 3 月，第一版第一刷，頁 373～393）。

　　在本文第二章的圖表歸納「故事發生地或劇中人曾經（遊）歷之宗教場
所」時曾提到：《六十種曲》出現過的「宗教場所」約有傳統祭祖的祠堂、道
教的廟觀及仙山洞天、佛教的寺庵堂院、神話傳說中的蟻國和酆都地府及天
界、以及民間俗神小廟等。根據上文已知，所有這些「宗教場所」在劇中出
現方式，多半由各類腳色以唱詞或賓白之「暗場」方式表述，或由宗教角色
及其他演員之服飾、砌末混合動作「明場」表演使觀眾認知，〔註32〕而通常
不是藉助具體之景物造型。例如：60-9-2《蕉帕記》第三出「下湖」中，胡連
與白元鈞、龍化之遊西湖，言談中走走停停已經過了「淨慈寺」、「昭慶寺」
和「竹林寺」（暗場）；而《審音鑑古錄》所收《西廂記》中「遊殿」一出：
和尚法聰上場之穿著為「副穿紬褶、戴和尚帽、繫宮絛、戴念珠、執扇上」
然後說道：「小僧法聰，是這普救寺法本長老的徒弟，今日師父赴齋去
了……」，使觀眾知故事背景已在「普救禪寺」中，然後張生上場遊殿時，即
經由兩人之對白及身段動作使人知道他們已走過花園牌樓、廚房、茅坑、僧
房古殿、七層寶塔、羅漢堂、法堂等寺院四周〔註33〕（明場）。

　　又如《荊釵記》錢玉蓮出嫁前去祠堂向母親辭靈一出，僅以「一桌」象
徵祠堂內神主，《審音鑑古錄》特別有詳細之身段譜標示：

　　　（錢玉蓮）不免到祠堂中拜別親娘神主則箇（走右角轉至中對下）來此已
　　　是，（進門看泣）一人祠堂心慘悽，百年香火嘆無兒（慢走轉右邊見左邊桌迎
　　　泣科）涓埃未報母恩德，反哺忍聞烏夜啼（雙手撲走近桌略偏斜）噯，母親，
　　　孩兒今日出嫁，特來拜別，母親，親娘，哎呀娘嚘（右手撲桌哭介）……。

　　　〔註34〕

而在清順治刊本的《比目魚》傳奇附「明代江南農村演戲圖」中可看出：在
紅氍上演《荊釵記》「男祭」一出時，砌末除了「長桌」之外，桌上另多了一
「牌位」和簡單的「祭禮」。另《金雀記》第二十出「喬雀」中井文鸞與扮道
姑的巫彩鳳在觀音庵相認，《六十種曲》本中先由「中淨」扮僕人彩鶴道：
「前面風雨來了，不能前進，此處有尼姑庵，借宿一宵便了」（指示背景），
底下則由老尼僧讓徒弟開門借宿（以服裝顯示庵觀所在）。而《崑劇穿戴》演

〔註32〕參見曾永義《中國古典戲劇的認識與欣賞》頁207對各種「劇場術語」解說
　　　　中「明場」、「暗場」條（台北：正中書局，1991年11月，台初版）。
〔註33〕台灣：學生書局，1987年11月，景印初版，頁623～626。
〔註34〕同前書，頁253～254。

出台本記錄的這一出之演員較爲精簡，已將內容改名爲「庵會」，直接由巫彩鳳之扮相「頭戴道姑巾、身穿道姑衣、手執雲帚」來指示劇中人所在地點是「庵觀」。〔註35〕又《琵琶記》「彌陀寺」一出，亦是類似情形：趙五娘（戴道姑巾、身穿青布道姑衣）去見方丈（頭戴素僧帽、身穿僧衣僧鞋、手拿唸佛珠），由衣著指示地點爲「彌陀寺」。〔註36〕（案：明人似乎一點也不覺「道姑」去佛教寺院參與「法會薦亡」有何可怪，此亦説明「宗教混同」特有之現象。）

較特別的是：張岱《陶庵夢憶・卷六》記錄「目連戲」以紙紮裝束「天神地祇、牛頭馬面、鬼母喪門、夜叉羅刹、鋸磨鼎鑊、刀山寒冰、劍樹森羅、鐵城血澥」等，舞台布置類似吳道子之《地獄變相》畫，是少見的使人產生「人心惴惴，燈下面皆鬼色」之觀劇效果的舞台造景。〔註37〕另外《陶庵夢憶・卷五》「劉暉吉女戲」中演屠龍《曇花記》「唐明皇遊月宮」，背景則利用「黑幔」一收，露出一月如規，並利用「賽月明」之類煙火和「舞燈」，以製造葉法善作法後之月宮幻境效果。〔註38〕但這都是某些有錢文人雅士特別用心製作改良劇場之少數例外，一般而言，若民間社戲在山谷、橋樑、水澤、街道等處覓空地臨時搭棚演出，是無法有如此複雜之舞台裝設，而仍以象徵性之表演藝術來展現舞台的無限空間，最多只是藉助手中砌末來暗示場景。最明顯的例子比如：《牡丹亭》中杜麗娘與柳夢梅夢中歡會，花神來促成好事，清代昆劇演出時已安排多達十四人分扮花王及各月花神，手中分別持「牡丹、梅花、杏花、桃花、薔薇花、石榴花、荷花、鳳仙花、木樨花、菊花、芙蓉花、茶花、紫薇花」〔註39〕等砌末，以大型歌舞表演顯示夢幻仙境之花團錦簇。

因戲劇的演出場合有一類是民間利用各項節日迎神賽會以在祠廟演劇，且許多寺廟逐漸附建了固定舞台，因此神怪氣氛濃厚、宗教角色眾多之戲劇演出頻率甚高，而這一類祠廟演劇往往也是觀賞人數最多、影響遍及最深遠的。根據田中一成《中國地方劇的發展構造》一文考察，這一類由貧下層民所主導的演劇戲曲類型，以仙佛神怪類劇目最多，竟達全部演劇數量之七成。

〔註35〕 參見《崑劇穿戴》第二集，頁 16。
〔註36〕 參見《崑劇穿戴》第二集，頁 98。
〔註37〕 參見北京：作家出版社，1995 年 12 月，第一版第二刷，頁 116～117。
〔註38〕 同前書，頁 110～111。
〔註39〕 參見《崑劇穿戴》第一集，頁 117～119。

〔註40〕顯見戲棚演劇中祀神娛人之劇場功能，以及排場熱鬧之氣氛營造，多由宗教角色來承擔。由劇本來看，例如：60-9-2《蕉帕記》第二十出「脫化」中，白牝狐因受眾仙點化且呂洞賓收其為弟子，又有柳樹精將之送往弱水脫凡胎，而由龍王、龍孫、龍女鼓樂旛幢送上來，可以想像舞台上全部演員幾乎都上場，是劇中最喧熱豪華之一幕。又 60-11-3《曇花記》第二十一出「卓錫地府」，閻羅天子有神將、曹官及左右侍從隨上，再加上一佛一道兩祖師及男主角木清泰，亦會將舞台上地獄森羅威嚴之隆重氣氛塑造得無與倫比。若配合祠廟演劇氛圍，可明顯襯托宗教神怪實是舞台上最受注目之焦點，故祠廟演出場合與宗教神怪之表演實有密不可分之關係。

〔註40〕參見《民俗曲藝》十三期，頁 52～55（1982 年元月）。

第六章　宗教角色的戲劇功能

　　談宗教角色的「戲劇功能」大抵可從兩方面來分析：一是針對戲劇藝術本身；一是就觀眾欣賞而論。前者指的是「宗教角色」的出現對戲劇之「文學性」和「表演藝術」兩方面所造成之功能作用；後者則是指欣賞「宗教角色」上場對觀眾所可能產生之影響。進而言之，所謂「宗教角色」的出現對戲劇之「文學性」所造成之功能作用，主要指：宗教角色的塑造及運用對戲劇「主題思想」和「情節結構」之安排所產生的功能效應；而針對戲劇之「表演藝術」所產生之功能作用，則是指：宗教角色在戲劇藝術之表演呈現上有何特別效果？此效果是否有其存在之必要性？此外，對「觀眾所造成之影響」則是指：觀眾在欣賞因宗教角色之存在而導致主題、結構和表演有別於其他角色存在之全本劇目或單齣單折時，所產生之效果和影響為何？順此思考，本章將分四節來討論：首先，就戲劇文學之主題思想方面論述「傳奇主題、結局與宗教角色戲份之關係」；其次，就情節結構談「宗教角色在程式化敘事模式中之功能」；再者，就表演藝術方面討論「從全本戲到折子戲間宗教角色之變化」；最後，針對觀眾談「觀眾欣賞有關宗教內容之戲劇所產生的效能」等問題。以下就依序分節論述之：

第一節　傳奇主題、結局與宗教角色戲份之關係

　　在本文第三章曾提到傳奇劇本之結局可簡單二分為：「出世」的歸隱、法會、悟夢修道、昇天證果、群仙會等等；以及「入世」的未婚之有情人終成眷屬、離散之夫婦或家人終於團圓、士人登科衣錦還鄉、皇帝賜官封誥、

榮壽慶賀、冤屈得雪或英雄聚義等兩大類。然根據實際統計《全明傳奇》二百四十七個劇本中純粹為「出世」結局的，僅有二十三本；〔註 1〕混合「出世」與「入世」概念之結局如：先團圓後成仙、或先證夢中仙緣後團圓、死後還魂又證夢再團圓之類的約有九本；〔註 2〕其餘二百一十五本故事則均以上述「入世的」圓滿福樂作結。而所謂「出世」的結局中，「歸隱」與「法會」多因現實之不可期待、仗恃，故逃避山林、或藉齋醮法會以求轉化提昇，最終目的仍為求此世安穩；而「悟夢修道」、「昇天證果」、「群仙會」之類結局，其所顯示之「彼界」最高則莫如人間帝王之華貴富麗，而群仙之聚樂（如：蟠桃會、八仙慶壽之類）及天府各級神祇之層層世界，至多亦如人間各級官僚所得享之榮華慶樂。換言之，在傳奇劇本中即使追尋「出世」結局所達之「彼岸」圖象，其內涵實仍帶著俗世性格。

故不論描寫「求道、歷幻、果報」、「情愛風波」、「家庭離合悲歡」、「歷史、俠義」或其他混合等各型傳奇故事，其最終實均肯定現實人生之價值，反映在傳奇劇本士庶心靈深處中的民族共同之夢亦均是：祈求永世之和諧安寧。因此在「無傳不奇，無奇不傳」〔註 3〕審美概念發展下的明代傳奇劇本，表面似追尋跳脫世情、荒誕興怪的故事人物之新鮮炫奇，藉以妝點調劑平凡真實之現世人生，然綜觀現存可見之全部劇本，其內在意願莫不根植於現實，求禱現世生活之平穩安樂。也因此，所謂「彼岸世界」之描繪均帶著現實願望之投射，「彼界」實為「此界」生活之理想原型。故傳奇故事中的各類「宗

〔註 1〕 這二十三本傳奇分別是：以歸隱作結的 33《浣紗記》、216《鳳求鳳》；以法會作結的 50《南柯夢》、68《目連救母勸善戲文》、91《驚鴻記》、148《西園記》；以個人或全家悟道揭果升天作結的 43《曇花記》、89《蕉帕記》、111《呂真人黃粱夢境記》、130《蝴蝶夢》、128《續西廂昇仙記》、194《竹葉舟》、211《韓湘子九度文公昇仙記》、215《藍橋玉杵記》、227《張子房赤松記》；以悟夢修道及群仙會作結的 44《修文記》、49《邯鄲》、50《南柯夢》、71《櫻桃夢》、157《墨憨齋重定邯鄲夢傳奇》，另以造橋蓋廟還願、出家仙會作結的則有 155《墨憨齋重定女丈夫傳奇》、176《秣陵春傳奇》、235《重校四美記》。

〔註 2〕 這九本傳奇分別為：122《異夢記》、143《夢花酣》、139《節義鴛鴦塚嬌紅記》、140《張玉娘閨房三清鸚鵡墓貞文記》、147《畫中人傳奇》、162《墨憨齋新定灑雪堂傳奇》、164《墨憨齋訂定人獸關傳奇》、207《重校劍俠傳雙紅記》、208《全本千祥記總綱》。

〔註 3〕 王永健《中國戲院文學的瑰寶——明清傳奇》第十四章「關於明清傳奇"無傳不奇、無奇不傳"的美學思考」中已詳論此觀念，其引述倪倬、茅瑛、李漁、孔尚任、姚燮等人之說，證明此為明清傳奇美學之一重要觀點，此處就不詳論（參見江蘇教育出版社，1989 年 11 月，第一版第一刷，頁 347～358）。

教角色」，承負著明人對彼界之理解、現世之期待、以及對生命困境中未知操控力量之想像、和對神秘超驗力量探索掌握之願望。所以相對於《全明傳奇》劇本之龐大數量而言，真正以「宗教角色」為主角和以宗教故事為主線、或宣揚輪迴報應之傳奇故事雖屬少數，但各劇中沒有任何宗教角色戲份和絲毫宗教意識成份的，卻才是屈指可數。

　　故以肯定現實人生為價值之明代士庶，對「彼界」之理解和想像雖帶著俗世性格，然其實亦表示「彼界」之於「此岸」而言，是一個未知的、難以企及之「真實存在」，而並非只是空洞的形上概念或個人之假想和幻夢。且雖則「彼界」和「此界」有一對應關係，而「彼界」對「此界」實有一操控力量，然明人仍謙虛地嘗試探索其中規律及天人交通之道，了知天人並不分隔，並欲透過個人一定程度之積極累善培功來改變命運之規律和方向，證明「我命由我不由天」（家國氣運之改變則牽涉變數較多，尚難完全掌握和改變）；而並不狂妄無知地自以為人能掌控天地間之一切，且世界僅只是一唯物的、可為人所用之淺薄存在。故宗教之「外在表現形態」〔註4〕或因人、或因民族、或因時空變異而各自不同，然對「彼界」之嚮往、探尋、思考，卻是人類終究不能不面對之終極關懷問題，亦是明人顯示在傳奇劇作「內在意識結構」中之根本核心問題。

　　鄧啓耀在《中國神話的思維結構》一書中曾談到神話依賴「象徵語言」和「具象符號」來思維，〔註5〕實際傳奇劇作所描繪之宗教世界，亦即明人亟欲對超自然、超現實世界之深層秩序以象徵符號——即各類「宗教角色」——思維、描述、解釋之結果。雖則此一思維其實仍只是常民嘗試觀察感知超自然、超現實世界之渾沌原始力量，而以具象符號想像、投射、幻化成一表層秩序結構；然毫無疑問，各類宗教角色在劇中之行動，正反映明人對「彼界」以審美意象思維落實後之普遍結果，並模塑出中國人特有的神話架構。

〔註4〕宗教社會學家喬基姆・瓦奇將宗教信仰者與宗教境界相聯繫的方法歸納為三種「宗教表現形態」，即理論形態、實踐形態和社會學形態。其中「理論形態」包括教義、信條、戒律、神話，以及有關宗教理論的其他論述；「實踐形態」則包括禮拜、祈禱、冥思、布施、講經和其他宗教活動；「社會學形態」則包括教堂、教派、寺院組織、神權政治國家，以及在宗教節日聚會之特殊會眾等（參見克里斯蒂安・喬基姆《中國的宗教精神》第二章，北京：中國華僑出版公司，1991年版）。

〔註5〕參見重慶出版社，1992年1月，第一版第一刷，頁177～184，第八章「神話的思維形式因素」。

這使得「宗教角色」在劇本中有別於其他各類型角色，而有其存在之特殊意義。故「宗教角色」在劇中之戲份無論多寡，其一出場，即展現或暗示某種特殊意味——亦即「天」與「人」之各種可能關係。換言之，傳奇劇本中之各類宗教角色正是「天」與「人」各種可能關係之具體實相化身，故每一類宗教角色幾乎都各有其暗喻象徵，而不僅止於過場或濫竽充數。

　　例如「仙、佛、上聖高眞」，往往暗喻彼岸爲一安寧和樂、有序、且具超自然力量之世界，除了極少數例外（如：《呂眞人黃粱夢境記》、《韓湘子九度文公昇仙記》、《觀音魚籃記》、《觀世音修行香山記》等四本），傳奇多不以其爲主角，而上列以之爲主角之劇本亦僅著重描述仙眞菩薩之成道歷程。實則此類角色只是象徵理想世界之存在，並適度展現干預人事之神力，若爲主角正面直接描寫其內心活動，通常只爲暗示凡人亦可透過修練而有成仙成佛之可能性；或說明修道歷程艱辛不易，作爲對凡人平生遭難時之勉勵，故本不正面實寫成仙成佛本身之境界內涵爲何。因仙佛眞聖之內心世界，遠非一般人所能想像和理解，太過直接展示仙佛之內心或頻繁地演出天界之華麗超凡，往往將反襯人類想像力之貧乏和思議能力之薄弱。故此類角色通常只在劇情高潮或急難之重要關鍵才適時出現，而不會有很重的戲份。另一類宗教角色如：閻王、判官、鬼使、鬼魂等亦有類似情形，其出場多爲表示死後審判之可能，以爲百姓道德上之教誡警惕，戲份雖不重，但往往有關鍵高潮之用，故亦不可能太常出現。因偶然出現可有警示作用，但太重之戲份，反將突顯地獄實際審判景象之荒謬淺薄。除非以冤屈而死之劇中人魂靈出現，目的爲控訴復仇，方才可能有較多戲份塑造其性格及描述內心之抒情活動。

　　另外，「魔」和「精怪」通常暗喻「彼岸」和「此界」之間某些未定的莫名力量，顯示人類對破壞及擾亂原本安定秩序之各種可能力量的揣測和想像，通常伴隨修道者之歷難磨考而出現，隨著修道人戲份之增加而增加。而傳奇劇中通常戲份較多、或作爲主角之宗教角色其實是「謫仙、異人」、以及某些「僧、道、居士、隱士」（顯示「人」才是舞台和現實人生之眞正「主體」），前者因有「奇」故值得一「傳」，同時也暗示天上仙眞亦可能犯錯而墜墮，已臻彼岸未必即一永恆保證（人生所追尋之價值何嘗不是蓋棺亦未必即能完全論定？）；而後者則普遍顯示「彼界」實爲一可嚮往歸依之理想方向。此外，「神媒、術士」通常是擔任主角身份之類宗教角色或其他劇中人之「命運預言者」和「天意代言人」，在第四章第四節已提過這類角色戲份都不多，但其作爲「彼界」和「此

界」之溝通者，已可看出明人對「天律」探索理解之渴望，以及嘗試拆解對治之企圖心。大體而言，傳奇之主題思想、結局與宗教角色之關係較其他類型角色結合得更爲緊密，「宗教角色」往往以其動作作爲故事「內在宗教意識」之實質推動、展現者，這正是其存在最重要的價值意義。

第二節　宗教角色在敘事程式中之功能

　　根據前幾章之分析，已知各類宗教角色之行動實一定程度承負明傳奇「內在宗教意識」之呈現，而在幾種基本敘事模式中亦有著特定之功能作用。故這一節將就情節結構之安排，總括「宗教角色」在程式化敘事模式中所擔任之各種可能任務。首先就「仙、佛、上聖高眞」而言，其在傳奇中出現大抵有底下幾種功能任務：

　　（一）展示對應人間之「天界眞實存在」的理想具象。

　　（二）人間律則之實質掌控操弄。

　　（三）人間善惡之鑑察、記錄及審判。

　　（四）人間之賜福或急難之顯化救助。

　　（五）擔任點化、啓悟修道人之智慧者。

　　（六）作爲命運之先知預言者。

上述幾種功能在劇情中當然亦可同時交錯出現，但無論如何均有著「關鍵轉化或推動」劇中人命運之作用。尤其除了（一）之於劇情而言算是較「扁平」而最少動作之呈現方式（雖則在舞台上是最繁喧熱鬧的，但於情節鋪排而言，反稱不上有任何「動作」）；其餘（二）（三）（四）（五）項功能，在「仙、佛、上聖高眞」出場行使之後，都改變了劇中人之未來命運；而第（六）項功能至少也預示了情節未來之發展方向。

　　其次所謂的「閻王、判官、鬼使」等地府群相，其在劇情中亦有以下幾種存在目的：

　　（一）幽冥世界存在之證明及掌理。

　　（二）死後審判之實際執行。

　　（三）對人間惡徒之懲誡威嚇。

但根據前人對小說中「地獄觀念」之研究，宋明以後之「地獄觀念」已有腐化墮落之傾向，且原來由印度佛教傳來之地獄觀已愈來愈「人間化」和「中

國式」，其審案程序亦無疑是明代衙門之縮影，〔註6〕而由明傳奇劇本中觀察，基本上亦反映類似現象。但當然，若明傳奇情節所述「彼界」活動之「仙、佛、上聖高眞」，象徵著「天」對人間較慈眉善目的一面；則在「彼界」最低層次活動之「閻王、判官、鬼使」等角色，則仍能顯示對人間示現「金剛怒目相」之另一面，而有其存在之嚇阻作用和嚴肅意義。故在其中出現的「鬼」或「魂」，則往往代表底下幾種狀況：

（一）死後受報之自食惡果者。

（二）因冤屈而爭取復仇、索命之機會或權益者。

（三）死後被封神而終歸神格，或亦成爲冥界管理階層之一份子。

（四）在陽世及幽冥界間來回穿梭，以證雖冥陽兩隔，但兩界卻又有其溝通縫隙（夢境往往是最佳溝會交流方式）。

總括而言，冥界諸色存在，目的爲展現正義公理之不容挫侮，增進戲劇高潮之張力，及創造劇場上既熱鬧但又冷肅恐怖之氛圍。

另外「魔」與「精怪」在劇情中則大致有下列三種功能效應：

（一）擔任人間秩序之破壞擾亂者。

（二）負責試煉、引誘或考驗修道人。

（三）本身亦修煉，以求轉昇更高境界（證明由「此界」至「彼界」原是由層層疊疊之不同時空和世界組成）。

顯見其均象徵隱喻人性中之魔性和罪感，且由異時空態而來之力量與人間往往有互動關係（甚至是干擾作用），而人間僅只是宇宙無限時空中之一環。因「他界」固有干擾影響「此界」之力量，然「此界」亦有其殊勝，而爲一「最適合上下轉升」之過渡時空，故所謂「謫仙、異人」之類有先天修道種性和緣份者，往往需藉來「此界」修煉歷難方能達成謫譴功效而返歸天門，或完成其發跡變泰之人生。因此在劇情中各類「謫仙、異人」所顯示之作用大致可二分爲：

（一）表彰來歷不凡或特殊身份，以利於推展其之所以可爲主角之傳奇人生（事實上目的是爲說服觀眾「此類事件是眞實存在發生的，因本有形上之緣由」）。

（二）自身受磨考波折，但也擔任人間公義之執行者、或人事之助成者

〔註6〕參見量齋〈地獄觀念在中國小說中的運用和改變〉一文說明（收在台北：《純文學》第九卷第五期，頁34～51）

　　　　（此類「謫仙」多非主角，但以助成主角之行動事件來完成謫譴考驗）。

這也說明了一般文學多只談「此界」，只談人與自我、人與人、人與社會或自然之問題，但「宗教文學」正是要跨越「他界」，處理「他界」本身，以及「此界」與「他界」之關係和問題。而其中「謫仙」概念，則是「中國宗教文學」有別於其他文化體所特有的一種觀念。

　　而作爲「天」和「人」之間中介溝通的「神媒、術士」，其在劇情中出場之次數雖低，但相較於其他各類「宗教角色」，其在傳奇劇本中出現之頻率和相對比例卻最高。因其中除了一部份反映當時在社會市井謀生之「走騙郎中」外，均以其嘲諷諧謔、遊戲人間之形象，藉插科打諢以調節劇場較抒情滯重之氣氛，且通常亦是引起觀眾最多笑聲之重要人物。同時之於劇情推動亦賦有以下幾類功能作用：

　　（一）天意之「實質代言人」和命運之「直接宣告者」。
　　（二）擔任先知預言（或事先點化、預卜）未來吉凶。
　　（三）天人交通之行使者（即天律之窺探、及齋醮祈禳之類法術之掌握運用）。
　　（四）人事之建言者（實際指點迷津）。
　　（五）平民百姓之心理輔導者。
　　（六）見證天意之先在，和經由後天人爲努力可改變命運最後之結果。

　　如果前述「仙、佛、上聖高眞」、「閻王、鬼判、鬼使、鬼魂」、「魔、精怪」、「謫仙、異人」等宗教角色實質與人類世界現象差距太遠，故仍難對人暗示或說服「彼界」眞實存在；則「神媒、術士」這一類「中介溝通者」，正以其先天特殊秉賦（如：通靈）或後天之修持功夫（如：高僧、高道之神通能力）、以及某些專業技能（如：占卜術數）爲劇中人預言未來（也對觀眾預示劇情發展方向），並以其造型之親切、普遍常見性，和徵驗本身之確實度，來顯現「彼界」對人間之操控干預力量。因任何人在現象界不可免之困境和「人力極限感」中，均不得不誠實承認人身的確有其「有限性」，甚至轉而探索（至少正視）「宗教」所欲討論面對之「神秘（聖）」領域。而「天人溝通」之嘗試，亦不過是明人欲對此「神秘（聖）」領域中的「非理性」要素，予以拆解、合理化、並企圖轉而運用的卑微努力（雖則此嘗試、努力之結果還有待檢討和驗證，但明代士庶一般而言卻已樂觀地普遍認可其效果，並頻繁地

運用此方法，故「神媒、術士」成爲傳奇劇本中最常出現的宗教象徵人物）。

　　相形之下，所謂的「僧、道、居士、隱士」在劇本中或爲主角、或爲幫襯閒角、或插科打諢，以其各種不同修行等次、心態出現在傳奇中，之於宗教性情節之敘事模式而言，自有其存在之不同功能，而有各式類型如下：

　　（一）以行動直接顯示對彼界之嚮慕追尋。

　　（二）懷疑天意，但終肯定天意實存而歸道修行。

　　（三）藉修持功力擔任先知預言者。

　　（四）藉宗教明哲保身，或隱藏身份、暫現出家相以逃避世情。

　　（五）擔任專門宗教職事，以此謀生爲業。

　　（六）因相信宗教神秘而略通五術，爲自己或他人預卜吉凶。

由於人間世不可能不遭遇困境，故產生對宗教之不同需求，此類角色各以其需要對「宗教」加以探索或運用，藉劇情舖排出人對「彼界」之各種面對方式和對應心態，無形中亦暗示著人潛意識中所感到的「存在焦慮感」。[註7]明人以水磨流麗之婉轉抒情、或鑼鼓喧天之弋陽鬧腔，在表面太平歌舞之傳奇敘事、以及樂觀地企圖窺先機中，實仍隱隱地透露人亙古以來即感到的「存在焦慮」，這或許正是人類之永恆難題罷！無怪傳奇劇本中亦經常出現民間秘密宗教信仰者，藉宗教力量自我暗示、或以宗教之名義自我膨脹、甚至於作亂之情節，因這正是弱勢者藉宗教力量壯大自己，以對抗外在社會和內心存在焦慮之常見方式。

第三節　從全本戲到折子戲間宗教角色及情節之變化

　　明傳奇劇幅一般而言少則二、三十出，多則五、六十出。《六十種曲》中出數最少的是60-4-5《北西廂》二十出，最長的則是60-4-1《還魂記》和60-11-3《曇花記》各五十五出。而《全明傳奇》所收《目連救母勸善戲文》則是目前所見篇幅最長之明傳奇文本，[註8]共一百出。傳奇作者在編劇時通常已考慮

〔註7〕西方哲學中之存在主義者，正感知且正視此「存在焦慮感」而發展出：有神論的存在主義者（如：祁克果）和無神論的存在主義者（如：尼采）。

〔註8〕特別指出「明傳奇文本」，乃因當文人案頭劇作由藝人場上表演後，其腳本在內容和長度上多少都有更動。而目連戲在清宮大戲由張照重編爲《勸善金科》時，已分爲十本二百四十出；而江湖演出條綱本的四川高腔「四十八本目連戲」甚至長度高達一千零四十二出（參見重慶：川劇研究所出版《四川目連戲資料論文集》中，頁243～267所收李樹成抄本）。

到實際搬演問題，將劇本分上、下兩卷（小收煞、大收煞），分兩日演完；或分上、中、下三卷，三日演完。然實際演出時往往須依當時情況：或家宅氍毹通宵達旦一次演畢，或迎神賽會連台本戲三日夜〔註9〕、連五夜〔註10〕、至近代最長記錄甚至曾有長達一年多持續演出之記錄。〔註11〕故因演出場合實際需要而將傳奇文本增刪，本是由案頭至場上演出不可避免之現象、過程。而除開上述某些特定廟會祀神所需，當戲劇愈往純娛樂觀賞之方向靠攏，且在觀眾對許多風行多年老戲皆已瞭若指掌、耳熟能詳的情況下，則篇幅普遍嫌長之明代傳奇由「全本戲」往「折子戲」方向發展；而觀眾興趣由「注意情節起承轉合」，轉而「關注演員之表演藝術」情形，至遲在嘉靖年間亦已然形成。〔註12〕而「折子戲」之劇本陸萼庭早已指出有四項重要特點（或優點）如下：

（一）不同程度地發展和豐富了原作的思想性。

（二）適當的剪裁增刪使內容更為概括緊湊。

（三）大段加工，在形象化、通俗化上下功夫。

（四）重視穿插和下場的處理，化板滯為生動。〔註13〕

然在導論中談「研究方法」時，曾提到劇作家重視結構——即總體構思和全面布局設想的重要性。由「內在宗教文化意識」統籌填實，且與「表層形式結構」密切結合，而逐漸程式化的明傳奇敘事結構，正是明人對「全本戲」狂熱著迷、且一時全國盛極的重要藝術質素之一。當如陸萼庭所言「折子戲」有上述四特點（此亦正反映「表演藝術日益精湛」，且「腳色分工愈發

〔註9〕 祁彪佳《遠山堂曲品》：「目連救母勸善戲文……以三日夜演之」，此書收在中國戲曲研究院編《中國古典戲曲論著集成》第六集，中國戲劇出版社，1982年11月，一版四刷。

〔註10〕 根據張岱《陶庵夢憶·卷四》頁82～83「嚴助廟」一條，即知中元節連五夜在廟中演《全伯喈》、《全荊釵》。

〔註11〕 參見嚴樹培〈敍府民國年間的一次搬目連始末〉中提及民國十七年至十八年間四川宜賓搬目連戲，每天上演不同劇目，先後歷時一年又三個月，是筆者目前所知連續搬演時間最長之記錄（此文收在四川戲劇出版社《目連戲與巴蜀文化》頁63～70，1993年）。

〔註12〕 關於折子戲發展流行的起源時間和場合，最早有陸萼庭《崑劇演出史稿》書中第四章〈折子戲的光芒〉提出，後來有王安祈〈再論明代折子戲〉一文之進一步修正、補充、發明（此文收在台北：大安出版社《明代戲曲五論——附明傳奇鈎沈書目》頁1～47）。因王安祈對陸萼庭「將折子戲流行定在乾嘉之世」之說法已作修正，並有詳細論證、說明，故此處直接採取王說，不另解釋，關心此問題者可自參看。

〔註13〕 參見《崑劇演出史稿》頁186～192。

「明確」等屬於戲劇史上之兩意義〔註14〕）的同時，屬於戲劇本身之重要質素
——情節要素——亦逐漸被抽離，故其內在的宗教、文化意識和神話架構亦
一定程度地剝落崩塌。當然根據今人看法，往往將宗教神怪或鬼魂之類戲劇
內容視為迷信、或所謂的封建禮教糟粕而欲去之後快，〔註15〕然經由前幾章
節之分析，或可理解筆者正試圖換一觀點重新審視其中意義。即令科學昌明、
資訊知識日新月異之今日，其中部份內涵確有時代限制而不再有存在價值，
然今人亦不能低估明代士庶之集體經驗智慧，以及對彼界之「神秘（聖）性」
嘗試理解、探尋之好奇和決心。如若明人真如此迷信和淺薄而已，則今人因
自以為天地只是一「物理」存在，故不再有敬意，終於大肆破壞自然而導致
整個地球之平衡失序，或反更使明人失笑而將以為今人迷信「物理」罷！

　　故當全本戲刪節濃縮而改編為短齣折子戲過程，如何兼顧表演藝術、情節
要素，和明傳奇利用神話結構所欲傳達之神秘（聖）宗教意識，而使主題深化、
觀眾沈思的部份，將是由「全本」去蕪存菁為「折子」中值得考量的問題之一。
因前面陸萼庭提到折子戲的第一項特點中，雖亦提及「不同程度地發展和豐富
了原作的思想性」，然其所謂的「思想性」並非指宗教中的神聖性部份，而僅是
就更貼近人民百姓之真實感情而言。而從全本戲刪節濃縮或改編為折子戲的過
程中，「宗教角色」在劇中的存在和行動到底產生何種變化？且明傳奇內在宗教
文化意識和神話架構又如何顯示一定程度之剝落崩塌？以下就選一些折子戲目
加以說明。目前可見收錄折子戲的選集除了王秋桂主編《善本戲曲叢刊》〔註16〕
中所收諸如：《詞林一枝》、《玉谷新簧》、《時調青崑》、《大明春》……等刊本外，
還有龍彼得主編的《明刊閩南戲曲絃管選本三種》〔註17〕和李福清、李平所編
的《海外孤本晚明戲劇選輯三種》，〔註18〕此外就是規模和影響最大的一部折子

〔註14〕引自王安祈〈從折子到全本〉一文所談折子戲在戲劇史上所反映的二意義
　　　　（1992 年 10 月《湯顯祖與崑曲藝術研討會》發表論文）。
〔註15〕張庚、郭漢城《中國戲曲通史》第三冊頁 128 提及《綴白裘》中地方戲曲劇
　　　　本的宗教部份，即如此認為。又馮其庸在〈鬼戲縱橫談〉一文中則認為鬼戲
　　　　有部份傳達古人某種思想，而有一大部份則均屬封建迷信糟粕（此文收在《戲
　　　　劇藝術論叢》1979 年十月第一輯，頁 81～86）。而李嘯倉〈論古典戲曲藝術
　　　　中的鬼魂問題〉亦有類似馮其庸之看法（此文收在中國戲曲研究院編《戲曲
　　　　研究》季刊，1957 年第三期，頁 14～30）。
〔註16〕台灣學生書局影印出版，1984 年版。
〔註17〕北京：中國戲劇出版社，1995 年版。
〔註18〕上海古籍出版社，1993 年版。

戲選集《綴白裘》。〔註19〕

此處就先由《綴白裘》舉例觀察，試窺一二：在《綴白裘》十二集中所收與《全明傳奇》劇目重疊之劇本，根據筆者比對約有四十八本，〔註20〕和《全明傳奇續編》劇目重疊之劇本有七本，〔註21〕另和《六十種曲》劇目重疊者亦有二十四本。〔註22〕然因其基本上是一「演出腳本」之折子選齣，故所選折子劇名往往經民間藝人改動，而與傳奇原本之每出名稱不同。然正因其每出名稱大多已被改過，更可看出結構性意義之支離和改編後之要點已不同。例如：在全本戲中上場次數不多，但往往擔任「預言命運」或「天意代言人」，且有「預示未來情節」功能作用之「神媒、術士」，在《綴白裘》中只發現出現在《紅梅記》「算命」和《十五貫》「測字」兩折。然由於折子戲根本沒有「未來劇情」可預示，即使「預言天意或命運」亦無太多「未來」可發展。故此類術士或藉職業身份科諢嘲謔、指點迷津（《紅梅記》〔註23〕）；或在《十五貫》中根本是劇中人反藉此種職業身份偽裝以辦案（此中「人文意識」大大抬頭，「神媒、術士」所具有「代言天意」或「宣判命運」之意義完全消失），故其表演之重點即已改移，在情節結構中預示劇情之特殊意義亦消失殆盡。又如所謂的「謫仙神話結構」，由於折子戲長度太短，故在全本戲中以「謫仙」身份下凡歷劫，而最終返回天界之內涵多被刪除。《浣紗記》中的范蠡、西施；以及《綵毫記》中「吟詩」、「脫靴」兩折中的李白，均再度還回歷史名人之原始身份，而不再給予「形而上」的身份詮釋（若提及謫仙概念，亦真正只是一「形容詞」而已）。

〔註19〕本文參引的是玩花主人原編；而錢德蒼增補重編的《綴白裘》十二集，（台北：文光書局，1957年1月版）

〔註20〕即天一出版社《全明傳奇》目錄編號 1（2）、3（4）、6、8、12（115）、13、16、17（30）、19、20、21、22、24、25、33、35、39、40、45、47、54、62、74、79、80、81、84、98、101、112、114、130、146、151、152、157、164（181）、166（182）、178、180、183、184、191、192、206、219、232、236 之劇本。

〔註21〕即天一出版社《全明傳奇續編》目錄編號 30、35、39、48、60、71、75 之劇本。

〔註22〕即 60-1-1、60-1-2、60-1-3、60-1-4、60-1-5、60-2-1、60-2-2、60-2-3、60-2-4、60-3-1、60-3-2、60-3-4、60-5-5、60-7-1、60-7-3、60-7-4、60-8-1、60-8-4、60-9-4、60-10-4、60-10-5、60-11-1、60-12-3、60-12-5。

〔註23〕《紅梅記》中之算命先生在劇中之任務，除了告知盧昭容與裴禹未來確有姻緣之份外，主要是盧昭容藉其口打探裴禹消息。而作者亦有意以算命先生洞悉世情之冷眼，反托盧昭容對婚姻之期待、和未出嫁女子對愛情之渴望及欲言又止之羞澀。

　　另如《焚香記》中的「陽告」一折，在王玉峰傳奇中的桂英本因冤恨而對海神陳情撒潑，然在《綴白裘》中剛烈的桂英則已演化至進一步地「打神」，〔註24〕此一「打介」、「推介」固然對女主角之性格和心理狀態有傳神之塑造，然自此明傳奇文本內在意識所具有之「彼界天威」亦蕩然無存（雖然在這個地方「天威」蕩然無存是有眞正「人文價值意義」的）。換言之，接下來即使桂英之魂魄藉神助終得以重回人世復仇、報恨，但此劇之主題意識已全然改觀——亦即「打神、再自殺」之桂英的一切行動，其實完全有著堅決的意志，此時的鬼神再無絕對性意義，因桂英實已完全承擔了自己的命運，脫離了明傳奇原本企圖「天」、「人」和諧，且人「相對地承擔命運」即可的僥倖聰明態度（在這個意義上的桂英實即已脫離了「命運」的先在限制，亦進一步深化了明人的思考，而甚至達至「知其不可而爲之」之「絕對意志」深度）。

　　又如明刊本折子戲選集《堯天樂》所選《昇仙記》「雪擁藍關」一出，〔註25〕在《全明傳》211《韓湘子九度文公昇仙記》中本是抗拒出家修道的韓愈所受考驗之最後一關，原全本戲中韓湘子已藉祈雪、祝壽、迎佛骨等三次機會示現各種神蹟，並變化成各種身份以點化執迷不悟的韓愈，故全劇以一次又一次神通變化、化身示現之情節串連推展，一來顯示成道者隨心所欲之神通變化能力；另一方面則反襯塵俗中韓愈之沈迷難度。故到第二十七、八出藍關遇雪、馬阻不前時，實爲全劇之高潮，亦是韓愈執迷轉生悔恨，心境上開始放下己見，而有了「被度」可能性之「關鍵轉折點」。而此度化之「關鍵契機」，卻是由前情一次又一次之「度化不成」舖展推進，使底下韓湘子、藍采和最後一次點化韓愈成功之情節具有說服力，也使韓愈由迷轉悟之心路歷程有了深度。然單折演出之「雪擁藍關」因無前情舖排，故使人感覺韓愈似只以唱詞抒發乖蹇時運之痛苦、或日暮途窮之末路辛酸，原全本戲由迷轉悟之心路轉折和得以度化成仙之關鍵契機，亦消失不存。

　　再如弋陽腔系民間傳奇：243《觀世音修行香山記》中，《堯天樂》亦收有「觀音掃殿」一折。〔註26〕在全本戲演出時，原書第十一出「佛殿拂塵」

〔註24〕王安祈〈川劇王魁戲的四個系統及其影響〉一文對其中何以如此改變有詳細分析，可以參看（此文收在其《傳統戲曲的現代表現》書中，頁133～171，台北：里仁書局，1996年十月，初版）。

〔註25〕參王秋桂主編《善本戲曲叢刊》第一輯《堯天樂》，頁77～84上層（台灣學生書局，1984年7月，景印初版）。

〔註26〕同前書，頁27～34上層。

中鬼神使鐘自鳴、鼓自響、香自著、燈自亮、地自淨，此本是觀音成道前示現諸多神蹟以表先天來歷不凡之仙傳記錄之一，其他出中則還示現至少有：花神助其春放菊、秋放桃；獨辦齋奉三千羽林、八百僧眾；火焚清秀庵、僧尼俱亡，獨妙善登鐘樓；又嚙指血為香禮拜、甘雨大注……等諸多神通奇蹟。故「佛殿拂塵」只是為塑造「仙傳」一層層神聖光環中之一環，全本戲原由一個個神蹟串成，因以塑造描繪觀音之神聖偉大形象。然民間折子戲獨選這一出改編成「觀音掃殿」單折演出，實看中由「旦腳」扮妙善掃殿，一邊唱詞抒情、又一邊在寺中拜介，而由真人扮演、本站立不動之伽藍、土地、判官、小鬼，因妙善「神格」較高，在其拜介後反因「受不起」而紛紛倒地，表演直直臥倒之趣味身段。然尚未成道之妙善，因還不知自己成正果後將成「千手千眼觀音」之無上尊位，亦被伽藍眾鬼神因己一拜竟紛紛直直臥倒嚇得「戰戰兢兢魂魄飛」，且以為自己觸怒眾神尊，故慌張失措地扶起眾鬼神（此時演員又表現直挺挺身段，任其扶立），還因此懺悔自咎。原本在全本戲中觀眾需仰視之「觀音」神聖光環，在折子戲中反轉成了會害羞、驚慌失措之鄰家小兒女般親切、可人，故觀音成道之神聖意味亦因此轉成可嬉戲、嘲謔之人文趣味，觀眾反如神一般宏觀、了知全局。

　　根據上述可知：明傳奇內在宗教、文化意識與神話結構之剝落崩塌，並非絕對是缺點（當然亦不必即是優點），只是在檢討前人之思維及創作時，需先同情地理解再予以嘗試超越，而非粗魯地全盤否定，以為凡涉及宗教則必是迷信。由全本戲至折子戲間劇作家及改編者對宗教角色之種種變化改造，亦可看出明清至民國以來傳統儒、道、釋三教逐漸通俗擴散，並逐漸失其威權或經典地位，而賸下表面之空洞形式。故如何重建古典戲劇美學之形上意義，並重新審視明人對終極關懷的意象思維和沈思，亦是這一代人需再思考的論題。

第四節　觀眾欣賞有關宗教內容之戲劇所產生的效能

　　「宗教角色」與「宗教性情節」是明人藉戲劇以形象性思維表述對「他界」之思考、理解及嚮往。故藉宗教角色羅列組合出的「神魔世界」，實對「彼界」內涵排列出一表層結構秩序，而透過此一「表層結構秩序」又可觀察、瞭解明人之終極關懷，和對「神秘（聖）」領域之態度和看法。因此當觀眾欣

賞戲劇中之宗教內容時，其實亦隱約模糊有著宗教性之省思淨化、戲劇之藝術審美、休閒之娛樂消遣、以及心理之圓滿補償等多重作用。其中審美淨化功能雖非明顯而立即，然正因其「寓教於樂」，故反而作用真實而深遠。因明傳奇中「宗教角色」和「宗教性情節」之演出，雖不似純粹宗教儀式祭典有著單純明確之功能和目的，但傳奇劇作家在寫作有關宗教性人物和情節時，亦不可能無中生有、憑空創作，通常早自覺不自覺地受到某些宗教觀念或儀式之薰習浸染，至少亦可能參觀過自古以來中國各地普遍常見之民間社祭活動。因此戲劇中宗教角色之行動多已融匯作者個人對宗教活動之理解、體悟和運用，而當其寫作成劇本流傳時，又往往反過來為民間某些節日慶典或祠廟演劇所改編、採用及演出。

　　而戲劇的「演出場合和目的」，決定演出的「劇目」和表演的「形式與內容」，〔註27〕典型的「宗教儀式劇」固因度亡、祭煞、驅邪或祈福、還願等目的而搬演，而文人最初未必為宗教儀式祭典編寫之傳奇劇本，當被民間社戲或祠廟演劇所改編、刪節而場上表演時，亦無形中被賦予了特殊的宗教涵義，而達成「宗教儀式」或結合「儀式」與「戲劇」之「宗教儀式劇」所欲達至之宗教目的與審美淨化功能。明末陶奭齡在《小柴桑喃喃錄》中即提到：

> 余嘗欲第院本作四等。如四喜、百順之類，頌也，有喜慶之事則演之；八義、葛衣等，小雅也，尋常家庭燕會則演之；拜月、繡襦等，風也，閒庭別館，朋友小集或可演之。至於曇花、長生、邯鄲、南柯之類，謂之逸品，在四品之外，禪林道院皆可搬演，以代道場齋醮之事。〔註28〕

當初屠龍、湯顯祖、汪廷訥創作曇花、邯鄲、南柯、長生諸劇時，或可能受宗教觀念影響，才寫作出宗教意味甚濃之戲劇，但其劇作後來竟可代道場齋醮之用，恐怕亦是諸作家無心插柳、始料未及的。

　　而所謂「淨化（希臘文 katharsis，英文 catharsis）」之說，在西方美學中

〔註27〕容世誠《戲曲人類學初探》序言中，提到他詮釋解讀中國儀式演劇的幾組核心觀念為：（一）表演場合和演劇意義，（二）宗教儀式和故事母題，（三）「祭中有戲，戲中有祭」，（四）劇場空間和社群區域。上述這幾組觀念，也幫助筆者嘗試思考戲劇之功能與演出場所之關係。故此處雖非直接引述容氏之觀點，但特別加註說明。

〔註28〕此段收在《元明清三代禁毀小說戲曲史料》頁267～268第三編〈社會輿論〉中，王利器輯，上海：古籍出版社，1981年2月版。

原是亞里斯多德（Aristotle）悲劇學說之一重要概念。亞氏曾對「悲劇」下一定義，其中提及「淨化」之概念：

> 悲劇為對於一個動作之模擬，其動作為嚴肅，且具一定之長度與自身之完整；……；時而引發起哀憐與恐懼之情緒，從而使這種情緒得到發散（案：即「淨化」）。〔註29〕

亞氏藉悲劇對觀眾所產生之「心理淨化效果」揭示悲劇之性質，故為了確保最佳之「悲劇形式」，亞氏認為以下三種情節之樣式應予避免，即：

（一）一個好人不應讓他由幸福到不幸；

（二）或一個惡人不應讓他由不幸到幸福；

（三）再者，所不宜者，一個極惡之人應見其自幸福陷於不幸。〔註30〕

因亞氏認為第一種好人遭遇不幸之情況，非但不能激發人的恐懼或哀憐，反使人反感厭惡；而第二種惡人由不幸而幸福之情況，則違背人的道德感和情操；〔註31〕另第三種惡人遭報情況雖使人稱快，但卻不能引發吾人之哀憐或恐懼之刺激作用，因此上述三種情節樣式正是亞氏之悲劇所欲避免的。

根據上述，則亞氏的「悲劇淨化」之說，實不止純粹就美感欣賞而論，且還包涵道德上之價值判斷。故其悲劇之淨化作用，亦綜合著兩種功能——亦即審美意義上的「快感作用」和道德意義上的「教育作用」。〔註32〕若藉亞氏之「悲劇淨化理論」反觀中國古典戲曲之宗教內容，尤其是第三章所述明傳奇各型宗教性情節敘事模式中的「故事結局」和「劇中人物」，則雖然絕無「惡人反得幸福」者，而偶有「好人遭遇不幸」（如：《精忠記》中岳飛、《鳴鳳記》中楊繼盛均被殺），但實際絕大多數劇本均已「翻案補恨」，而符合觀眾所期待之「善有善報、惡有惡報」、「大團圓」之類，完全不合乎「悲劇」原則之情節樣式和結局。故曾永義在〈中國古典戲劇的形式和類別〉〔註33〕

〔註29〕 參見姚一葦譯註《詩學箋註》頁67（台北：中華書局，1993年8月，十版三刷）。姚氏將 catharsis 譯為「發散」，此處採取大陸學者普遍翻譯為「淨化」之用法。

〔註30〕 同前書，頁108。

〔註31〕 參見衛姆塞特和布魯克斯著，顏元叔譯《西洋文學批評史》頁36（台北：志文出版社，1972年一月初版，1995年8月再版）。

〔註32〕 此兩種功能之歸納，參考程孟輝《西方悲劇學說史》頁46（北京：中國人民大學出版社，1994年1月，第一版第一刷）。

〔註33〕 此文收在曾永義《中國古典戲劇論集》頁1～13（台北：聯經出版，1975年10月初版，1982年8月第四次印行）。

一文中特別提到，中國戲曲中多爲「悲喜劇」，而少有純粹之「悲劇」和「喜劇」。如此一來，難道中國古典戲曲就將失去其「淨化效果」——尤其審美上之快感及道德之教育兩作用？因中國戲曲並不完全具備西方戲劇理論中之「悲劇質素」，而甚至有關「宗教角色及其行動」之部份，除了少數修道人在磨考修煉過程中有較多波折之外，幾乎凡宗教角色上場時，反是劇中最熱鬧火熾或科諢逗趣之部份。

　　這個問題固因中西戲劇在歷史發展、表演場合、演出目的、表演形式、觀眾素養……等各方面都有不同背景外，〔註34〕實則亦因中國人之思維習慣總非二元對立之兩極思考，故「悲」、「喜」感從不截然二分，反更明瞭「悲欣交集」〔註35〕之眞諦，而在戲曲中呈現「悲中有喜，喜中含悲」之審美型態。且當西方悲劇藉劇中人之行動引發憐憫和恐懼情緒以達心靈淨化、鬆弛之效果時，中國人則反是在農閑慶典賽會、祠廟演劇之週期性娛樂中，由「常」進入「非常」之狂歡聖域，〔註36〕以抒發平日因農忙規律生活所產生之煩悶情緒。也因此當觀眾欣賞有關宗教內容之戲劇時，宗教角色之出現正呼應「非常」時節才得入之「神聖時空」，並在其中抒發「非常」時期才得享之恣意狂樂。所以純綷「宗教儀式劇」因帶領百姓由「俗」而進入「神聖」領域，而觀眾透過諸如前述曇花、邯鄲、南柯、長生等劇，及其他具有「內在宗教意識」但實非典型宗教劇之戲目時，透過其中天界地府、神仙度脫、法會齋醮等等場面之出現，或其中窺先機、謫仙意識、神話架構等宗教內涵之一再出現，亦藉由劇情虛擬神遊，在非常時節領略「聖域」之殊勝；若在平時娛樂欣賞，亦預習（或重溫）了非常時期才得享之狂歡和進入聖域之特殊間隔感，得到「審美」及「淨化」之雙重歡悅，而同時又完成休閒時之娛樂消遣功能。這是與西方悲劇達成「淨化作用」完全不同、中國人特有的「既歡樂又神聖」之進路。

　　因此，此類「既歡樂又神聖」思考進路下之中國戲劇，尤其在節日祠廟前演出連本戲中出現的宗教角色，反成了帶領觀眾進入非常時節才可放恣遊

〔註34〕 藍凡《中西戲劇比較論稿》一書頁706，有一附錄乃「中西戲劇發展比較簡表」，可明顯看出中西戲劇各方面之不同（上海：學林出版社，1992年11月，第一版第一刷）。

〔註35〕 弘一法師臨終偈語。

〔註36〕 參見李豐楙〈由常入非常：中國節日慶典中的狂文化〉一文（收在台北：《中外文學》第22卷第三期，頁116～154）。

戲之特殊熱鬧時空的引領者，同時劇中顯聖救助、翻案補恨、善惡有報等宗
教性觀念和情節，以及大團圓之理想結局，亦補償了人們在人間難免之遺憾、
不滿心理。正如俞大綱所說：

> 因為中國人的生活太苦，在人世間得不到的東西，希望在舞台上獲
> 取滿足，這就是所謂補償作用。……中國人相信，只要能掌握人性，
> 有極深刻的感情，就可感動自然界，而能給予自己某種補償，這補
> 償也不一定要在他有生之年。〔註37〕

故舞台上危急時神仙之「顯聖救助」，既是人在現實苦難人生中卑微的期盼，
也是對大宇宙律則之信任，在舞台上以情節示現，讓台下觀眾心靈得以快慰。
而「翻案補恨」、「善有善報、惡有惡報」、「大團圓」等觀念和情節之安排，
則讓「舞台人生」補償了缺憾的「現實人生」。

故傳奇劇中人通常沒有過於決絕之堅強意志，因信任天意、順應天律之
人生中，「信任」、「順應」本身即已是一種存在之力量，而藉定期週期之節慶
演劇中常常去看戲，亦補償了人生之缺憾、宣洩了生活之不滿，且接受及信
任老天必給予人間「公道」之理念（雖不一定立即）。故中國戲劇不似西方戲
劇以意志去對抗命運而產生「悲劇」，亦不止是滑稽嬉戲之「喜鬧劇」而已，
而是一種超越此二元對立思考之「中和」的美學觀。百姓在擦乾眼淚之後仍
有一生命之圓滿可期；並以看戲經驗人生秩序之破壞與重建；更何況沒有多
少機會受教育或閱讀之廣大民眾，亦藉看戲重新審視人生並自我教育。因此
戲劇中宗教角色和宗教性情節往往不可等閑視之，亦無法輕易抽換，有些宗
教角色或場景甚至有其不可取代性（例如：至今許多地方還保留的開場「扮
仙戲」），而擔負著比其他角色及情節內容更為複雜深刻之功能作用，這是最
特別的地方。

〔註37〕參見俞大綱〈國劇原理〉一文頁 299（收在台北：幼獅文化出版《俞大綱全
　　　集》——論述卷（一），頁 295〜310，1987 年 6 月，初版）。

第七章　由宗教角色所反映的明代歷史、民俗現象與宗教、文化心理

　　「宗教角色」作為明代士庶對「終極關懷」、「天人溝通」等問題之象徵人物及中介者，顯示人生存之困境，無論大小，總有某些尚屬世情而還能設法處理；另有一些，卻遠超人力極限，而非人間世所能解決。而傳奇中「宗教角色」之頻頻出現，暗示了人在困境中欲藉超自然及宗教力量解除「生存危機」及「存在焦慮感」之願望。故在宗教角色及其行動背後所指涉之宗教意識內涵，本身即賦有豐厚的文化意蘊，由傳奇宗教性敘事情節和各式宗教角色類型所構成之神魔世界中，便可看出明人特有的一些宗教、文化心理，以及反映某些歷史現象和風俗民情。所以「宗教角色」除了作為幾種「人物類型」存在於劇本中，更重要的是體現了明代士庶之集體意識和願望，透過對這些角色的解讀，可加深我們對明代宗教、文化等精神內涵之理解，及欣賞其在戲劇舞台上之藝術呈現方式。故以下就依「歷史現象」、「風俗民情」、「宗教心理」、「文化心理」等四要點，分別探討透過明傳奇宗教角色所反映之種種現象、意蘊。

第一節　歷史現象

　　前文談宗教角色大量出現的「時代社會背景」時曾提到，明清時代儒道釋三教混同現象漸為普遍，民間秘密教派亦紛紛興起，宗教儀式、信仰「擴散」為日常生活、社會習俗的一部份，成為這一時期特定的歷史現象。然明傳奇中所反映出的「歷史現象」尚不止於此，而以戲劇之方式呈現，又有其特別的詮釋觀點和著重層面。整體歸納，至少反映了以下幾個重要面向：

一、三教合流

　　「三教合流」的具體示現是明傳奇劇本中所反映最明顯之一歷史現象，然此「三教合流」到底是文人自覺地想要融合解釋三教之間的關係？或民間百姓不自覺地在習俗上之三教混同？抑或文人僅純粹反映當時民間社會之三教關係？種種仍有些許不同。例如 60-6-2 葉憲祖所撰《鸞鎞記》最後一出「圓成」中，溫庭筠（生）娶當過道姑而今還俗的魚惠蘭時，而當過和尚、此時亦還俗當官的賈島（外）來祝賀，兩人有這樣一段對話：

> 〔外〕……怎麼夫人們見了小弟，都避了進去？〔生〕想是年兄做過和尚，怕你眼毒。〔外笑介〕若論溫年嫂從道姑出身，正該同席，好畫作三教一圖了。

而高濂撰 60-3-4《玉簪記》第二十一出，女貞觀主（老道姑）為督促潘必正用功讀書卻勸說了如下一段話：

> 你隨我到經堂上去，一邊我打坐，一邊你讀書。待我出定時，方去寢息，不可不依。從來佛教通儒教，要識儒修即佛修。

　　此外最常見、也是最典型的，是如 60-11-3《曇花記》中佛、道祖師往往連袂同行，而第七出「儇佛同途」中還藉「西天祖師」之口對「蓬萊仙客」說道：

> 〔外末同上外〕道術分三教，源流本一家。……。真空妙有，無生不說長生；忠孝淨明，仙道原非外道。菩提妙覺，最上無倫；高真上玄，亦自可貴。仙道清虛不染，若要再超，須用皈依三寶。佛門廣大無邊，既云普渡，豈得獨舍諸仙？如來與上真在虛空中道法相與，師徒甚歡。只是無知的野道人不聞佛法，詆祖位為精靈；不廣的禪和子未究仙宗，罵真人是外道。兩家聚訟，積漸成仇。此是後世子孫所為，並非當時老祖之意。我如今與你同在一塊，正是欲明此事哩。……

顯然上述諸如葉憲祖、高濂、屠隆等文人有意在傳奇作品中強調三教可不分之觀念。其中尤以刻意寫作《曇花記》、《彩毫記》、《修文記》之類作品之屠隆，專以「三教同源」為寫作主要理念，雖其心目中仍有分判，而以「佛」為最高。〔註 1〕且其所謂與佛教同源之「道教」，則特別是指受官方和知識份子普遍肯定之「淨明忠孝道派」。

〔註 1〕可參見周志文《屠隆文學思想研究》第三章第四節之說明，台大博士論文，1981 年 6 月，張敬教授指導。

　　另文人傳奇中亦常以如下方式反映民間「三教合流」之社會現象，例如佛、道祖師固然往往相伴同行，而民間僧尼、道姑之間亦經常彼此來往、相偕出現。如 60-3-4《玉簪記》第十三、十八出中，王尼姑即常為了溧陽王公子事，往來女貞觀去向陳妙常說親；而 60-12-4《四賢記》第三十五、三十七、三十八出中王氏與丁香，一為道姑、一為尼姑亦相伴同尋主家消息。而一家人中可以有的學佛、有的修道：例如 60-6-3 柳氏投禪寺出家、輕蛾則往熙陽觀當女冠；而「道姑」去參加「佛教法會」亦屬稀鬆平常：例如 60-1-1《琵琶記》中趙五娘扮道姑，但卻到佛寺作佛會追薦翁姑；另 60-4-4《南柯記》第七出中，蟻國的上真仙姑（道姑）亦跑到禪智寺天竺院報名聽經，並參予契玄禪師所主持的盂蘭盆會講經。

　　因此一時期之「三教合流」，除了表現在僧、道、尼、姑彼此之往來交遊外，由於在當時普化之宗教氣氛當中雖也有純正之道教或佛教，但民間百姓多沒有明顯的皈依之別，而是以各地生活習慣視其所用，普遍實行各式宗教儀式。例如一般人生病時往往或請道士解禳、或請和尚誦經：見 60-11-1《白兔記》第九出李文奎夫婦生病，李三叔勸其子請道士祈禳，而李洪一基於「經濟」的考量，便請沙陀寺碧長老誦經（理由應是：專事祈禳之專業道士通常乃以此謀生之在家火居道士，故需給予較高之祈禳費用；而出家和尚若代人誦經，通常只是對其「隨緣布施」，反而可酌情給錢，故較便宜）。此外，60-4-2《紫釵記》第四十四出中，霍小玉為打探李益消息遍尋卜筮，有尼姑持籤筒為哄幾貫鈔使；又有道姑拿畫軸小龜為其定吉凶，而霍小玉之態度亦是來者不拒，均布施香錢各三十萬貫。另人死後所辦水陸追薦法會則往往又請和尚、又請道士一齊超度：例如 60-8-1《西樓記》第三十一出，穆素徽為了追薦于鵑，請人辦九晝夜水陸法會，其中不肖和尚與道士輪番上場，又辦起懺功德、又有禳星告斗。雖然道教所謂「禳星」本為「解厄」之用，「告斗」目的則為「祈福」；佛教之「起懺功德」方為拔度亡靈。然此劇因為超薦于鵑，人已死，本無厄可解，亦無福可祈，故只需超度即可，但袁于令之類文人在寫作時，卻一視同仁，並不詳加考辨，而讓僧道一同上場。

　　另在民間無名氏所作傳奇方面，上述諸種混同合流現象則又更加全面而明顯。例如在 239《青袍記》第四、五出受雷神整飭天庭秩序因而受罰之眾神，依序上場的有劉海、寒山、拾得、鐵拐李、呂洞賓等。劉海本是五代宋初時道士；寒山、拾得則是唐代有名之詩僧；鐵拐李和呂洞賓則是著名的八仙之

二。然在民間戲劇舞台上，劉海以「戲蟾」之傳說形象，〔註2〕與已被結合成「和合二俗神」之寒山、拾得，〔註3〕及「道教神」鐵拐李等，以「四蓬頭」之類可怪又親和之面目一同出現，不同時代之和尚、道士不分家，且均衍化成百姓所喜愛且具有各式弱點之俗神形象。又如228《韓朋十義記》第二折韓朋自報家門時本自道：「時人休笑儒生蹇，只待龍門一跳開」以儒生自居。然在第十七出其妻李翠雲因逃難而入白雲庵爲尼，第二十四出韓朋爲尋妻則易道裝雲遊，並藉唱「道情」以謀生，老友認出他時對他說到：「須然是個道人，還有些儒家氣象」。而此劇結局夫妻亦均還回俗裝團圓，韓朋夫妻仍受官帶誥命，重以儒生身份過世俗生活，一點亦無任何心理上之矛盾或現實之考量衝突。可見明人在舞台上對三教合流現象，早已視爲天經地義、理所當然了。

二、皇帝重齋醮、誤用權臣方士並信秘術

再者此一時期之傳奇劇本亦反映了皇帝重齋醮、誤用權臣方士並信秘術等歷史現象。例如描寫嘉靖當時現實政治黑暗的 60-2-3《鳴鳳記》，其第六出中夏言欲興兵收復河套，嚴嵩即反對道：

> 皇上久厭兵革，方與邵眞人（案：指邵元節）修延熙萬壽清醮，太師要興兵，先已逆天了。

而第七出嘉靖帝要打醮，因嚴嵩上本和戎，正合其意，便命太監對嚴嵩道：

> 上位正要罷兵，見你的和戎本，不勝歡喜；正要打醮，見你的修齋本，一發大喜。明日就來召你監齋，道場完日，封蔭三代。

另 60-4-3《邯鄲記》第二十九出中，湯顯祖藉夢中盧生妻之口，亦透露了：

> 近因皇帝老兒沒緣沒故送下幾個教坊中人，歌舞吹彈，則道他老人家飲酒作樂而已，誰想聽了個官兒，他希求進用，獻了個採戰之術。
> 三月以前，偶然一失，因而一病蹺蹊，所仗聖眷轉深，分遣禮部官于各宮觀建醮祈禱，王公國戚以次上香，可謂得君之至矣。……

又在 60-9-1《錦箋記》第三十一出中，周履靖亦假託元朝皇宮太監迭不花之口，反映了以下：

> 近因丞相哈麻陰進番僧於帝，導帝秘密之術、天魔之舞，帝心喜甚。第恐女色未多，爲樂有極，著俺遙抵江浙等處，廣選二八嬌姿，以

〔註2〕 參見馬書田《華夏諸神——道教卷》，頁246～251。
〔註3〕 參見馬書田《華夏諸神——俗神卷》，頁51～56。

此即欲前行……

上述諸例均暗示明代帝王除自己重玄崇道外，朝廷任用獎賞，亦多根據士大夫對崇道打醮之態度；而因帝王個人私慾之需要，特接近能爲其修建齋醮或提供採戰祕術之道士，且其對官員之封賞內容亦包括了長生採戰之祕術。〔註4〕故上行下效，自明中葉以後，上自皇帝、下至士大夫，均聲色犬馬、荒淫窮奢，並每每以各式理由廣建齋醮，民間百姓亦多受影響。因此《六十種曲》中類似齋醮場面之出現，至少在 1-2《荆釵記》、1-3《香囊記》、4-1《還魂記》、8-1《西樓記》、8-2《投梭記》、10-3《雙烈記》、10-5《義俠記》等劇中都可看見。其中因上元節（1-2）、玉皇誕辰（10-5）等理由都可啓建醮場；而人死薦亡之齋會則可祈請關仙（8-1）、南斗註生眞妃和東岳受生夫人（4-1）等神祇拔度亡魂；另最常見的是啓建「黃籙大齋」（1-3、8-2、10-3），顯示道教正一派由於統治者之扶持，其「靈寶科儀」亦最常爲明人所通用。〔註5〕而道教所謂「齋醮」本又有不同，「齋」以懺謝爲主，目的是替亡人或自己向神懺悔罪過，以求拯救；「醮」則以祈福禳災爲主。唐代「齋」與「醮」的界限逐漸打破，二者聯稱；〔註6〕宋明以後民間則已完全混稱。此外，佛教因神誕或薦亡等理由所辦之「佛會」或「法會」，在明傳奇中亦往往與「齋會」混稱。

然前述道教齋醮場面，若是皇帝所重、官方所辦者，由於場面太過正式且浩大，在傳奇中通常僅由劇中人口中提及而不實寫。而一般爲親人朋友所辦之齋會、法會，在劇中則往往由一名道士、法官或和尚、女尼來演出，最多再加一名徒弟之類助手。而若此種場面是放在全劇末，目的在「法會」中讓劇中人超度升天，以達「證道」、「揭果」之結局，則擔任法會之腳色多爲形象較爲穩重之老和尚，如 60-4-4《南柯記》中契玄禪師之類。但因傳奇劇中擔任齋醮、薦亡、誦經之類道士、法官、和尚等腳色，一因行當人手分配故，往往由淨丑所扮；再者作者往往有意反應不肖僧、道之行逕，故通常此類嚴

〔註4〕 參見呂凱〈湯顯祖邯鄲記的道化思想和明代中葉以後之社會〉一文（收在台北《漢學研究》第 6 卷第一期，頁 407～423，1988 年 6 月），及卿希泰主編《中國道教史》卷三第十章「道教在明中葉以前的發展和貴盛」。另前引楊啓樵〈明代諸帝之崇尚方術及其影響〉一文可同參。

〔註5〕 參見卿希泰主編《中國道教史》卷三，頁 417～419。另高壽仙《中國宗教禮俗》，頁 150～157 有南宋蔣書輿編撰《無上黃籙大齋立成儀》之詳細流程解說，而《香囊記》、《雙烈記》之本事朝代均發生於南宋，故其中儀式類似，可參看高書。

〔註6〕 參見朱越利《道教答問》頁 302（台北：貫雅文化，1990 年 10 月，初版）。

肅場面反成為插科打諢之笑點，而其誦唸之經文口訣，亦穿插荒唐可笑之語。

例如 60-1-3《香囊記》第三十九出之「黃籙大齋」：

〔丑扮道士上〕……小道乃是玄妙觀中一個表白，今日上元佳節，本觀鋪設淨壇，啓建黃籙大齋，不諫追薦先亡、保安本命，一切檀那都到此聚會……〔玉臺令〕〔末隨生上〕十載邊塞風煙，怎想一家播遷，叩首禱龍天，保禳特賜週全。〔見介丑〕大人稽首。〔生〕你是甚麼執事？〔丑〕小道是表白。〔生〕請法官出來。〔丑〕師父有請。〔淨上〕貧道身微賤，出家三第院。不戴七星冠，頭插一枚箭。不著五銖衣，身披一幅絹。腳穿破靸鞋，手執乾木片。日裡化齋糧，夜間眠薦。好酒喫三瓶，那通咒百卷。肥肉啖二觔，那燒丹百煉。口腹恣貪求，修得兩足健。徒長六十年，不曾識州縣。見說上司來，嚇得心兢戰。沒處可逃身，只索去參見。……不知大人做甚功果？〔生〕只為母親妻子兄弟三人漂流他處，與我祈安集福，一家早得完聚。〔淨〕小道啓請洞中玄虛太極無極中山神咒元始玉文按行五嶽八海知聞：凶穢消蕩，道氣常存。上開八門，飛天法輪。儻道鬼道，生門死門。神道釋道，景門休門。人道業道，開門杜門。畜生地獄，驚門傷門。北斗七星，太乙十神。左輔右弼，五福四神。蕊珠碧玉，青華凝神。沖玄長星，五殿正神。虔誠稽首，來叩玉宸。為因骨肉，漂散離分。朝夕痛念，情惆無伸。母親崔氏，鞠養之恩。室家邵氏，結髮之恩。兄弟九思，手足之恩。早來聚會，仰乞洪恩。至心皈敬旱君九天應元雷聲普化天尊。請大人上香。……

劇中當然不可能有正式全套之「黃籙大齋」科儀，通常是由淨腳胡亂唸一些祈請文及奇門遁甲、六道輪轉、各類星辰名稱等內容，並做一些身段充數，即算完成齋會。而台下觀眾心知此乃「演戲」，亦不會太認真追究。

三、蓋生祠

《全明傳奇》劇本中另反映一特殊現象——蓋「生祠」。〔註7〕例如 60-4-1 第三十三出中湯顯祖藉石道姑之口提到，陳最良因杜麗娘之父讓他收取三年祭租，在杜寶由南安調職轉任揚州時，起哄要大家蓋了杜寶「生祠」之事：

俺這梅花觀，為著杜小姐而建。當初杜老爺分付陳教授看管，三年之內，則是他收取祭租，並不常川行走。便是杜老爺去後，誑了一府州縣士民人等許多分子，起了個生祠。昨日老身打從祠前，豬屎

〔註7〕蓋生祠是明代才發展出的特有現象，尤以明末宦官魏忠賢藉全國各地所蓋生祠作為是否對己效忠之「政治試探」而大為盛行。《明史‧閻鳴泰傳》中即提到：「一祠之費，多者數十萬，少者數萬，剝民財、侵公帑、伐樹木無算。」顯示明末之政治腐敗「蓋生祠」亦是帶給百姓災難之根源之一。

也有，人屎也有。陳最良，陳最良，你可也叫人掃刮一遭兒。

另在60-4-4《南柯記》第二十四出中，又寫由於淳于棼治理南柯一地頗得民心，老百姓紛紛捧香去其「生祠」祝禱。有一商人說道：

> 這南柯郡自這太爺（指淳于棼）到任以來，雨順風調，民安國泰，終年則是游嬉過日，口裡都是德政歌謠，各鄉村多寫著太爺牌位兒供養。則這是大生祠，祠宇前後九進，堂高三丈，立有一丈五尺高的幾座德政碑，碑上記他行過德政。二十年中，便一日行一件，也有七千二百多條，言之不盡。

古代設祠祭祀，本爲報后土之功或爲宗族祖先崇拜，但由湯顯祖劇中顯示，當時已有爲生人設祠之趨勢。根據今人陳寶良之研究，這種生祠與報鄉先生之德的「先賢祠」不同，是屬於「社神偶像化」之側面反映，除了社主有姓氏爵號之外，往往將石主改爲肖像。〔註8〕明人爲政績極佳之縣官設祠奉祀頌揚，顯示「神」乃「生人」，實重其「實際效益」；而「生人」亦可成「神」，再次說明天人無隔，人可透過後天、人爲努力達至「神格」；且此種「神格」甚至不必死後得證，生前利益百姓、德被眾民，即能配享，故「宗教神格」原爲人集體願望意識之投射。又如在60-2-5《三元記》中，馮商因助人盤費、又拾金不昧，第十三出中即有王以德爲之立牌位焚香禮拜；而第十八出亦有趙得濟與兩孩兒爲其拈香點燭，望空拜謝祝禱。可見位居縣官廣利眾生，百姓往往以生祠奉祀配享；而一般人廣積善，亦可得後人立牌位祀饗，「宗教儀式行爲」成爲明人傳達「內心感激」、「尊重情意」之重要外在形式之一。

然相對的當然也或爲某些有心人士爲圖利進爵、詔媚阿諛之好方法，最明顯的例如《全明傳奇》所收清嘯生撰214《喜逢春》第二十齣「建祠」中：

> 〔丑儒巾上〕腹中全無墨水，臉上盡是塗花，做文一丁不識，覓利萬事無差。自家監生陸萬齡是也，欲與魏太監造祠，因公科斂，覓利肥己，爭耐司成不肯，且到魏府把些花言哄騙那沒卵子的長家。我是陸監生，與爺啓造生祠，特來見爺，望乞代言〔雜報介〕……〔淨〕（案：太監魏忠賢）此是你們好意，只怕聖殿之前不可啓造。〔刮古令〕（丑）廠爺呵神上格天，翊皇圖當配獻，監生聞知　州建的生祠，左是關帝祠，右是岳武穆祠，不知那二人，

〔註8〕參見陳寶良《中國社與會》頁387（浙江人民出版社，1996年3月，第一版第一刷）。他引明人曾燦、袁黃之文集，說明明代始「爲里人而神之」，在此之前，通常是人死後爲感其功績才立祠社祀，但此時已進一步在有政績之人生前即「私繪公像，飲食必祭，家家尸祝」。

怎比得廠爺……。〔淨〕此是諸生公論，你們自去啟造。……

將魏忠賢裝模作樣之嘴臉表露無遺。而 129《魏監磨忠記》第二十七齣「矯旨建祠」中亦提及此事，此劇作者范士彥在書前「目次」後面還特別註明：「是編也，俱係魏監實錄，縱有粧點其間，前後相為照應，無非共抒天下公憤之氣……。」

顯見明末魏忠賢閹黨亂政事，已成為民間戲台上之演出重點之一，而各地各省以「建生祠」方式向魏忠賢歌功頌德之無恥嘴臉，亦成了劇作家描寫批判之對象。因李玉所作 189《清忠譜》第四折「創祠」中，也以此為重點呈現魏忠賢在明末作威作福、自我膨脹至極點之現象；故第六折中寫周順昌「罵像」，以其頂天立地之正氣反襯其他無恥小人之狐假虎威。今人王毅即認為「閹黨為主子竟造生祠，既是奴才向主子獻媚，奴才與奴才爭寵，又是有意製造偶像崇拜，為禍起蕭牆作輿論準備和政治試探。」〔註9〕故上述諸劇紛紛寫到「蓋生祠」此一歷史現象，既為文人藉此揭露明末社會之腐朽本質，亦是士庶藉舞台演出表達對現實政治不滿之方式之一。

四、民間秘密宗教結社及假宗教之名造反

最後要討論明傳奇中所反映的重要歷史現象，是「民間秘密宗教結社」及「假宗教之名造反」之類史實。由於明太祖朱元璋出身民間，而其打天下過程中又曾藉助宗教之力，故深知流傳在民間的白蓮教、彌勒教、摩尼教等民間宗教組織具有「創造預言」和「鼓動造反」之強大威力。〔註 10〕60-12-4《四賢記》第十五出棒胡得「讖緯之書」；又第十九出妄言親見「彌勒尊佛」，聲稱他「鳳準龍顏、必登九五之位」，故「藉白蓮社聚眾設建道場、結納人心」等事，即是反映這種民間農民團體假借宗教之名結社，甚至伺機造反作亂之歷史事實。由於這一類秘密組織是政府統治的潛在威脅，當然要強制取締，因此傳奇中的此類人物，多被塑造成卑瑣無賴或騙子、投機者之類小人，結局亦必然被收拾打壓。

例如《全明傳奇》171《二奇緣》第二十一出中：

〔註 9〕 參見王毅《清忠譜校注》代序頁 13（北京：人民出版社，1990 年 8 月，第一版第一刷）。

〔註 10〕 馮佐哲語。參見其與李富華合著之《中國民間宗教史》頁 212（台北：文津出版社，1994 年四月，初版一刷），及馬西沙、韓秉方《中國民間宗教史》一書第二、三、四章（上海：人民出版社，1992 年 12 月，第一版第一刷）。

〔淨〕寡人新建立白蓮會紫光玉皇帝悟石是也，全賴御弟覺空、張小乙匡服寡人今早登基，只是戴了平天冠，御光頭上有些或疼或癢，就長出許多塊來，這是什麼意思？〔外〕臣村學究啟陛下，此謂之龍首崢嶸。〔淨樂介〕妙！好個龍首崢嶸。怎麼穿了龍袍，連肚子也脹大了？〔外〕肚子者，腹也；脹大者，洪也，這叫洪福齊天。〔淨大樂介〕一發說得妙，可見道學先生出口自然不同。……寡人的龍體也困倦了，洪腹也飢餓了，快散了夥罷。〔外〕退班〔眾拜介〕萬歲萬歲萬萬歲。〔淨做過不得介〕阿也！你們不要叫萬歲罷，如今一歲也活不得了。寡人的小便甚急，快備鑾駕，抬寡人去撒尿。……

這樣的皇帝臣子，既是明代文人有意醜化民間之秘密宗教結社者，亦一定程度反映素質不高之農民結社知識水平。當然此類妄稱皇帝者，在劇中第三十五出即被朝廷官兵收拾打壓了。

萬曆中葉以後，明室勢微，內憂外患，飢饉頻仍，故秘密宗教亦乘機發展。實則這一類組織結社有明一朝從未斷絕，國家安定時即潛入地下，而社會動盪不安時即大肆發展擴張，明末發展至鼎盛，至少有數十種教派〔註11〕之多。有一教名，便有一教主。而當時政府官吏，將此類秘密教派均視為白蓮教，或諱白蓮教之名而實演白蓮之教。《明神宗實錄》卷五三三中即提到：

> 禮部請禁左道以正人心，言近日妖僧道，聚眾談經，醵錢輪會，一名涅槃教、一名紅封教、一名老子教。又有羅祖教、南無教、淨空教、悟明教、大成無為教、皆諱白蓮之名，實演白蓮之教。

而根據戴玄之研究，上述所舉各教皆非白蓮教，亦非白蓮支派，受白蓮教的影響小，受羅教、弘陽教的影響反大。〔註12〕另《四賢記》中出現的「白蓮社」，亦非「白蓮教」，〔註13〕只是明、清兩代政府均共同嚴禁「白蓮教」與「白蓮社」；此外在《全明傳奇》132《雙螭璧》第五出之白蓮教主，乃為「一蓮夫人」之類女流，此反映出民間農民團體中婦女地位之提升；又196《三社記》第十九出中，則特寫白蓮教徒沙和尚與女尼之曖昧關係；另171《二奇緣》第三十五出白蓮會紫光皇后被塑造為矮胖尼姑。

〔註11〕參見戴玄之《中國秘密宗教與秘密會社》下冊頁582所列（台灣商務印書館，1990年12月第一刷，1992年10月初版第二刷）。又前註馬西沙、韓秉方書，即針對此數十種教派之發展源流、信仰組織特點及變遷一一考述，可參看。
〔註12〕同前書頁583。
〔註13〕同前書上冊頁103～108「白蓮教與白蓮社無關」一節。

以上均可看出明政府強調此類邪教「男女混雜、煽惑愚民」等事已成明人共識。美國學者歐大年在其《中國民間宗教教派研究》一書中曾指出，許多民間宗教結社與農民的反抗運動雖然經常連接在一起，實際其中有一部份仍應歸爲「宗教團體」，旨在普渡眾生；而某些農民的反抗運動雖往往藉宗教的劫變觀念，來支持自己富有政治意義的暴亂或起義，然這兩類團體仍應有所不同。〔註14〕但由傳奇劇本中看來，劇作家一律將此類宗教結社者當作暴亂團體來塑造，其中腳色造型雖亦有僧扮或道扮者，然劇中均不著重其宗教性，而均以政治反派角色來醜詆。歸根結底，這一類「民間宗教結社」或「假借宗教之名造反」情節，在傳奇中通常並非劇情主線，但作爲明朝重要歷史現象反映在戲曲中，亦值得特加注意。

第二節　民情風俗

由於明代宗教爲一「普世化」、「擴散」之型態，宗教生活往往與社會生活、習俗不分，故傳奇中的「宗教角色」及「宗教性情節」不免反映當時某些民情風俗，而此類「民情風俗」又往往成爲推動劇情之重要情節關目，和鋪排人物出場之重要場景、以及表情達意起興吟唱之理由。明傳奇中可明顯歸納出來的，至少有以下幾方面：

一、拜月祈願

明傳奇劇中人「對天祝禱」、「望空對神明祈願」或到寺廟「焚香祈願」之類的情節經常出現，然其中有一類獨獨是「拜月焚香」，且通常是由女性在夜半祈願祝禱，例如：60-3-1《南西廂》第九出、60-3-2《幽閨記》第三十二出、60-3-5《紅拂記》第二十九出、60-4-5《北西廂》第三出、60-5-4《懷香記》第三十三出、60-6-5《四喜記》第十八出及60-9-2《蕉帕記》第八出中都曾出現；另《全明傳奇》中「拜月燒香」幾乎是一常見襲用關目，在 37《竊符記》、124《易鞋記》、83《旗亭記》、99《題紅記》、104《七勝記》、107《雲臺記》、125《臙脂記》、15《雙忠記》、14《伍倫全備記》、13《牧羊記》、167《萬事足》中，和《全明傳奇續編》的 17《劉希必金釵記》中均有類似關目。

〔註14〕參見《中國民間宗教教派研究》第一、三、四、九章，上海古籍出版社，1993年 7 月，第一版第一刷。

〔註 15〕這一類女性「拜月燒香」均有共通目的，主要祝求男女婚諧、夫妻團圓或家人父母平安。尤其古人因月亮時圓時缺之變化現象，特視之爲「團圓之神」，〔註 16〕而女性拜月目的亦特重「求團圓」。因爲在「男主外、女主內」之古代習俗中，離鄉求功名、工作的多是男人，女人只能在家等待或侍奉公婆，而未婚之小姐亦只能藉夜半對月傾訴少女懷春之情愫，故「月亮」以其陰柔性質成爲女性之守護神及好朋友。

　　根據高國藩之研究，明清至現代，「拜月」風俗約有以下四種類型：

　　（一）女子先拜，男子后拜（案：根據《京都風俗志》云）。

　　（二）女子拜月，男子不拜（案：根據清‧富察敦崇《燕京歲時記》記
　　　　　　載）。

　　（三）女子拜月時必須迴避男子（案：根據《北平俗曲十二景》和《民
　　　　　　社北平指南》所道）。

　　（四）男女老少一齊拜（案：雲南傣族之風俗）。〔註 17〕

除開第（四）種爲少數民族之習俗外，傳奇中所反映的，基本上是屬於上列第二和第三種方式。因劇本中這一類「拜月燒香」幾乎均由旦腳（女主角）主演，通常先要丫環或侍女準備香案或簡單瓜果，小姐夜半新月初上或月圓夜時，才上場祈願，通常是唱曲抒情。

　　這一類「情節關目」之安排基本上有幾種作用：就「傳奇分場」而言，多屬於「文細正場」，是極少數能讓旦腳完全單獨表演身段唱腔之單齣，通常安排在較熱鬧之文武場、大場或男性腳色表演之前後，〔註 18〕既調節劇場之動靜陰陽氣氛，亦讓剛表演過之其他腳色可以輪流休息；而就「腳色個人設計」而言，由於正旦身份既不適合插科打諢、大家閨秀亦較少主動惹事生非，在劇中至多是因惡少求親、夫妻遠別、逃難等理由方「有戲可做」，而其又多爲重要女主腳，不能不上場，故「拜月燒香」即成爲最好之抒情方式。再就

〔註15〕參見許子漢之博士論文《明傳奇排場三要素發展歷程之研究》中〈研究資料
　　　　甲編：襲用關目〉頁 175。又劇目之編號由筆者根據天一出版之目錄編號所加，
　　　　若有許書未見而筆者新見者，則逕補列。

〔註16〕參見何星亮《中國自然神與自然崇拜》頁 186（上海：三聯書店分店，1992
　　　　年 5 月第一版；1995 年 3 月第二刷）。

〔註17〕參見高國藩《敦煌古俗與民俗流變──中國民俗探微》頁 413（江蘇：河海大
　　　　學出版社，1990 年 6 月，第一版第一刷）。括弧中「案」爲筆者根據高書加入。

〔註18〕此處可參見張敬《明清傳奇導論》第四編第一章「傳奇分場的研究」中對分
　　　　場排列分析。

「劇情安排」而言，凡女主角拜月燒香通常是因父母病危、家人離散、未婚之小姐期盼佳偶、或已婚少婦等待夫君來歸等理由，基本上若非面臨某種「生存危機」，即屬於「人生之徬徨焦慮感」，故藉助超自然力──比如「月神」之類團圓神的力量，實是人在莫可奈何中唯一之希望。且「拜月燒香」此一動作，雖沒有複雜劇情，但之於劇中人而言，本是「徬徨焦慮」之轉移及替代，而對觀眾來說，既可聽曲，又可疏解心情上進入劇情之緊張性，這是為什麼傳奇中總是出現「拜月祈願」、而又不得不出現之重要原因。

而上述「月神崇拜」自遠古即有，〔註19〕歷代王朝亦有祭月儀式。〔註20〕由於「月神」，在中國被歸為「女性神」，因其夜出，與女性均屬「陰」，故又稱「月娘」、「太陰」、「太陰菩薩」、「太陰娘娘」、「夜明之神」等，〔註21〕故「拜月」在明代傳奇中顯示為女人的專利，而傳奇中「拜月」多沒有特定的日期和場地，一般多在後花園夜半，但太陰娘娘誕辰習俗上是訂在八月十五日，即中秋夜月圓時。由於劇中有時所拜為「新月」，故亦可能在「七夕」夜拜月，以表現對愛人分離之痛苦和思念，而自魏晉南北朝以來，民間已另外衍化出一種七夕夜拜星的風俗。〔註22〕前述拜月屬於「太陰信仰」；「拜星」則原為「星辰崇拜」，由於星、月均夜晚所見，又拜月祝星均有相思之意，故明代劇本中似乎並未嚴格分開。另湯顯祖在60-4-2《紫釵記》第三十三出、60-9-3《紫簫記》第三十四出中、及60-8-4《金雀記》第十七出，亦均寫到婦女在七夕夜備香燭瓜果暗祝牛郎、織女雙星，並有乞巧穿針等風俗；而《全明傳奇》203《袁文正還魂記》第十九出中，作者欣欣客亦安排袁文正託夢救妻是在韓秀真七月七日翫月思夫之夜。另208《雙紅記》第十七出亦寫紅綃於七夕之夜穿鍼繡祥雲贈崔慶。上述種種均顯示出古代女性對戀人分隔之同情、美滿姻緣之期待和個人女紅巧技之自許〔註23〕等態度，故戲劇欣賞時即著重旦腳之

〔註19〕同前書頁399，又參見詹鄞鑫《神靈與祭祀──中國傳統宗教綜論》頁25～32第一節「日月神」（江蘇：古籍出版社，1992年6月，第一版第一刷）。

〔註20〕《魏書‧禮志一》、《隋書‧禮儀二》、《新唐書‧禮樂三》、《金史》卷二十八〈禮志一〉、《明史》卷四十七〈禮志一〉、《清史稿‧禮志二》中均有祭月之記載。

〔註21〕參見林進源編《中國神明百科寶典》頁334（台北：進源書局，1988年9月初版，1995年9月再刷）。

〔註22〕同高國藩書，頁401。

〔註23〕可參見鍾敬文〈七夕風俗考略〉（收在《國立中山大學語言歷史研究所週刊》第一集11、12期合刊，1928年1月），和王孝廉〈牽牛織女的傳說〉（收在台

優美身段和抒情唱腔。

二、遊歷寺觀、進香祈（還）願

　　前面已提到明人常焚香祈願，然傳奇中另有一常見習俗，則是去遠地進香祈願、還願，或藉故遊歷、借宿寺觀。由於古代安土重遷，民眾鄉土意識很重，而農耕生活並沒有多少機會外出遠遊，因此越境進香，成了民眾開闊眼界、增廣見聞的好方法，亦是外出旅遊之最好藉口，且甚至是婦女合理外出社交之極少數正當理由之一。然平民百姓資財有限，不可能經常有機會到處遊山玩水，故辛苦存錢，往往藉去遠處進香才得以享受旅遊歡樂；〔註24〕而一般士大夫亦好禮佛近道，往往遊歷、借宿、甚至借用寺觀宴客，以顯清雅閑情。這一類「借宿（用）寺觀」並非普通士子為進京趕考節省盤纏而借住寺觀，反而是士大夫為顯身份階級，藉故廟中休息或宴客，由寺院方丈或老道之類住持歡迎招待，以顯方外交情（由此亦可見宗教普世擴散化以後庸俗之一面）。例如：60-1-2《荊釵記》第三十三出、60-3-4《玉簪記》第六出中均寫到官員赴任途中借宿寺觀，而由主持歡迎招待；而60-2-2《精忠記》第九出、60-4-1《還魂記》第六和二十一出中，亦可看出寺觀為官員士人之遊覽重點；另在60-4-2《紫釵記》第五出中，也寫到崇敬寺成為士人宴客邀酒之地。這一類內容在劇情中多非重要情節，只是塑造過場人物之小動作或僅在言語中提及，當然有時亦藉此曝露士大夫附庸風雅、或「醉翁之意不在酒」的一面。

　　例如《玉簪記》第六出寫張知府假宿女貞觀：

　　　〔末上〕……自家乃張知府院子王安是也。俺老爺因赴任金陵，恐城中炎熱，著我先在城外尋個僧房道院，洗澡乘涼，叫我不要說出官府，假說是個相公。行到此間。前面有個寺院，上寫敕建女貞觀，且是清幽，不免徑入。……有事稟上河南一位相公，欲借閒房、安宿數宵，房金重謝，不知容否？〔老旦〕我們出家的當以慈悲為念，方便為門，有何不容？來時通報。……〔外于湖上（案：張知府）〕……〔老旦〕相公稽首。〔外〕觀主拜揖。〔外背云〕王安，這觀主半老佳人，瓊姿玉立，好一似雨過櫻桃，隔年老酒，意味自佳。快到寓

　　　北：聯經出版《中國的神話與傳說》頁165～225，1977年2月初版，1994年4月初版九刷）二文。
〔註24〕以上參考陳寶良《中國社與會》頁379。

取香絹來送觀主。

又第十出中：

> 〔外上〕……下官張于湖是也。因赴任建康，船到中山地方，天道
> 炎熱，借宿僧房。恐人知我是地方官長，故假說姓王、在此暫住。
> 昨夜乘月閑吟，急聽仙姑彈琴，令人整整想了一夜，聞他住西方，
> 不免探望一回，多少是好。……〔旦上案：陳妙常〕……相公稽首。
> 〔外〕仙姑少禮。〔旦〕有失迎候。罪過萬千……〔外〕仙姑，瑤琴
> 一曲邀殘月，松梢露滴聲悲切，歸去洞房更漏永，巫山有夢和誰說？
> 〔旦〕相公，我無意絮沾泥心鍊鐵，從來不愛閑風月，莫把楊枝作
> 柳枝，多情還向章臺折。……

這一類塑造手法，一來可以反映明代士大夫風氣；二來也藉以襯托劇中人物
性格。比如在《玉簪記》這一出中，由張于湖被拒，即襯托後來潘必正情挑
陳妙常成功，顯示陳妙常芳心並非真的「如如不動」，只是尚未遇到真正理想
對象罷了！

　而百姓去遠地進香祈（還）願、並順道遊覽，則反映在 60-7-1《繡襦記》
第十七和十八出、60-9-2《蕉帕記》第二十一出、60-10-3《雙烈記》第十四出
中。另 60-9-1《錦箋記》第十四出中，甚至還特別寫到常大娘因想外出進香，
但苦無盤纏，因而向陳大娘借貸以滿願之事。這一類遊歷、借宿寺觀或至遠
地進香之情節，在傳奇中多非主要關目，通常在劇中人之對話或身段中表示
出來。且在前面已提到，傳奇中劇中人遊經歷之宗教寺觀多非藉助布景呈現，
若非由唱詞賓白「暗場」表述；即由演員之服飾、砌末和身段「明場」演出，
由於這一類內容在情節中一再出現、或由劇中人口中頻頻提及，顯示出「遊
歷寺觀」或「遠遊進香」均是明人常見之風尚、習俗，而藉進香順道遊覽，
亦是一種實際而功利的生活態度。當然伴隨而來的是僧俗密切交遊往來，以
及所衍生出之糾紛、是非，婦女與僧道通姦曖昧之事亦層出不窮，使得明代
法律要特別規定：

> 若有官及軍民之家，縱令妻女于寺觀神廟燒香者，笞四十，罪坐夫
> 男。無夫男者，罪坐本婦。其寺觀神廟住持及守門之人不為禁止者，
> 與同罪。〔註25〕

〔註25〕參見《大明律集解附例卷之十一・禮律・祭祀》「褻瀆神明」一條。（台北：
　　　成文出版社，1969 年 2 月台一版，頁 929，據清・光緒二十四年重刊本影印）。

故 60-5-1《春蕪記》第四出當登徒大夫（淨）想去勾欄嫖妓娶小時，登徒夫人（丑）亦不甘示弱、口出威脅，兩人有一段可笑對話如下：

〔淨〕夫人，今日我們兩口兒喫酒，全沒些興頭。聞得勾欄裡有個標緻小娘兒，接來奉夫人一杯酒如何？〔丑〕這話好古怪，你這幾日想瞞著我又去嫖了？〔淨〕下官一來守夫人的法度；二來是個大夫，怎麼去嫖？〔丑〕我實對你說，你若到勾欄裡尋小娘兒，我也去招提寺尋和尚。〔淨〕是下官說得沒理。院子，拿酒過來，罰一杯，你與我送杯敬夫人。……

顯然明代之婦女去寺院「尋和尚」，早已不是什麼稀奇的事，才可在口語對話中隨便拿來取樂說笑以爲消遣。而在明人喜好進香、遊覽寺觀及僧俗交遊之普遍風氣外，另外附帶而來的結果，則是某些人漸漸不再相信「宗教神聖」，視去「進香」對神明「許願」之行爲爲家常便飯，而可依個人喜好隨意利用。

例如：60-9-5《玉玦記》第十七出中王商被李娟奴及李媽媽用計擺脫，沒奈何只好去癸靈廟問廟公李娟奴平日行徑，呂公告知「他一年在此與人說誓，不知多少，那裡信得他？」；另 60-7-1《繡襦記》第十七、十八出中，當李大媽要李亞仙甩掉鄭元和時，亦是設計他們去竹林寺「燒香祈男」。由於《繡襦記》本事出自唐傳奇《李娃傳》，也因此顯示自唐至明以來，已愈來愈多人（劇中特別是指煙花女子或老鴇）開始藉他人對神明之普遍信任，反過來「利用」此心理，以「神誓」爲兒戲，使得劇作家拿來在舞台上諷刺批判，並成爲塑造反面人物手法之一。因這一類「對神靈不敬」之事，通常在劇中必被作者安排遭到「報應」（如：60-9-5 第三十一出）。不過在《全明傳奇》171《二奇緣》第六出中亦寫到，由於小偷太多，連廟中神像都可能被偷，揚州府猛將堂之廟官只好「把神像都放在床頂板上，今早清晨起來，點了香燭，不免打掃神廚，抱出神像供養」。又如 155《女丈夫》第六出中：李靖經過西岳大王廟歇息，順便向西岳大王求卦，若三問而不對，就要斬神像頭且焚其廟，西岳大王只好示筶又夢示，暗示「神靈」有時亦會「自身難保」。不過此種手法通常只是劇作家爲顯示「天人相親」之小小幽默而已，並非不信神靈，因上述之「揚州府猛將神」和「西岳大王」在劇中後來都「顯靈」而且具靈驗性。

三、神誕及民俗節日

在明人普遍信仰神明的風氣背景中，由於各類儀式慶典往往配合歲時節

令，而明代「宗教儀式行為」與「民間禮俗」亦交融難分，故傳奇中以燈會、賽會、或宗教法會作為故事關目、背景之劇目亦很多。〔註26〕這一類情節通常藉觀賞花燈或各式百戲雜耍，使各腳都有機會輪番上場，促成情節之熱鬧氣氛；或藉劇中人在神誕及各式節日所從事之宗教活動行為，增添劇情之波瀾。這也顯示：現實生活中大多數人們在農閑節慶時之祠廟廣場前，藉由觀賞演戲及各式節日祭祀慶祝活動，心情上由平常之單調規律進入到一個「非常時空」。而在此段「非常時間」中，可以脫離平日之單調和繁忙；通過戲劇舞台之「非常空間」，又引領人民進入超脫平常想像之波瀾起伏中；且其中之宗教神怪角色及情節，亦以儀式般地表演方式帶領人們進入非常之「神聖空間」。〔註27〕故傳奇中頻頻出現之各種節俗和神誕，既是現實節慶狀況之反映；亦為劇中人物生出「非常事件」以供現實觀眾娛樂、觀賞和談助。因此種「非常時空」之於劇中人而言，是滋生事端、舖排場景之最好方式；而之於現實觀眾而言，亦正是親切合理之眼前事實。如此一來，劇情安排既易引人入勝，又更具說服力，故成為劇作家常用之編排手法。根據明傳奇歸納，出現的各種民俗節日依時間順序（農曆）至少有：

正月十五上元燈會（鬧元宵）──這一類劇本在《明傳奇》中最常出現，例如60-2-4第二、五出、60-8-4第四出、60-9-3第十七出；又如《全明傳奇》144《鴛鴦棒》第五出、175《雙金榜》第七出、196《三社記》第二出、207《雙紅記》第十九出、208《千祥記》第七出。而173《春燈謎》甚至是以上元燈謎為主情節而展開內容。根據《明會典・卷之八十・節假》所載，永樂七年詔令元宵節自正月十一日起給百官賜假十日，〔註28〕故上元燈會是明人十分重視的大節日，天子與民同樂，到處人山人海觀燈遊戲，〔註29〕乃至有時樂極生悲、反滋生事端，歷朝都有天子或大臣建議「禁元宵」，然成效不彰。〔註30〕而許多

〔註26〕可參見同前許子漢博士論文〈研究資料甲編〉頁188「觀燈賽社」、頁232「道場法事」等處所列之傳奇劇本。

〔註27〕此觀念參見前引李豐楙〈由常入非常：中國節日慶典中的狂文化〉及〈台灣慶成醮與民間廟會文化──一個非常觀狂文化的休閒論〉（收在行政院文建會出版《寺廟與民間文化研討會論文集》頁41～64，1995年3月）二文。

〔註28〕參見申時行等重修《明會典》第十七冊頁1834（台灣商務印書館，1936年9月，初版）。

〔註29〕可參張岱《陶庵夢憶》卷八頁152～153「龍山放燈」、頁162～163「閏元宵」二節。

〔註30〕這個現象在徐元《八義記》第二出亦有反映。但根據郭興文、韓養民《中國

寺廟更藉此節日辦佛會、法會，吸引香客施主前來參與佛會、法會，並順便布施（例如60-1-2第三十八出、60-1-3第三十九出，這兩出均是正月十五日在「玄妙觀」〔註31〕辦「起醮大會」或「黃籙大齋」）。

四月五日清明（祭掃及踏青）——60-8-5《贈書記》第二出提到，談塵請奚奴安排祭禮準備到父母墳上祭掃，而魏輕煙亦約姊妹郊外踏青，故兩人才相遇。而《全明傳奇》198《靈犀錦》第三出則是曹氏攜女琳瑛掃墓踏青而惹出一段風波；又207《雙紅記》第二十三出亦寫到崔慶與紅綃趁清明春遊曲江。清明是廿四節氣之一，但廿四節氣中俗演爲節日的獨有清明，〔註32〕清明之日春回大地，亦正是郊遊踏青的好時光，《贈書記》、《靈犀錦》、《雙紅記》中所反映的即是此節日之風俗。然掃墓之悲酸相較於踏青之歡樂，往往稍遜一籌，故《陶庵夢憶・卷一・越俗掃墓》還特別提到：「越俗掃墓，男女袨服靚妝，畫船簫鼓，如杭州人遊湖，厚人薄鬼，率以爲常」。〔註33〕

五月五日端午節（划龍舟）——明代端午節又稱「女兒節」，因少女須佩靈符、簪榴花，而娘家要接女兒歸寧「躲端午」；另又稱「天中節」，乃從陰陽術數的角度來定義，故稱之。〔註34〕而《全明傳奇》203《袁文正還魂記》第十出中寫到曹皇親於端陽佳節大放龍舟，出下曉諭：「不許男女混雜」，因袁文正、韓秀英同看龍舟，被曹皇親誤以爲不遵王法，因而惹下一段禍端。根據劇中顯示，明代端午節「家家懸艾虎，處處泛蒲觴」，且觀賞龍舟時，需男女分開、不

古代節日風俗》（台北：博遠出版社，1989年2月，初版）頁111、和陳久金、盧蓮蓉編著《中國節慶及其起源》第23（上海科技教育出版社，1989年5月，第一版第一刷）所載：元宵節起源於漢代。然《八義記》本事卻是春秋年間，故第二章已提過：傳奇內容不管本事年代爲何？情節均已「明人化」，又此得一證明。另郭、韓書頁117～144提到隋文帝曾採柳或建議「禁元宵大鬧燈火」，隋煬帝及唐代帝王卻都大力提倡「元宵放燈」，唐睿宗時才又有嚴挺之上疏規諫，但歷代元宵實愈禁愈烈，假期亦愈來愈長。

〔註31〕根據田尚主編《中國的寺廟》一書頁114～117所載，「玄妙觀」在江蘇省蘇州市市中心觀前街，建於西晉咸寧二年（A.D.276），距今已有1700多年之歷史（北京：中國青年出版社，1991年8月，第一版第一刷）。而《荊釵記》和《香囊記》之本事均發生於宋代，而劇中男主角一爲溫州人，一爲蘭陵人（江蘇武進縣），故作者將齋醮地點設計在「玄妙觀」，應非憑空捏造。

〔註32〕參見郭興文、韓養民《中國古代節日風俗》頁148。

〔註33〕同前張岱書，頁33。

〔註34〕參見王熹《中國明代習俗史》頁12（北京：人民出版社，1994年4月，第一版第一刷）。

准混雜。

七月七日（七夕乞巧祝星）——此節日習俗前文已提過，故不再述。

七月十五中元節（盂蘭盆節）——所謂「中元節」原屬於道教之說法；〔註35〕而「盂蘭盆節」才是佛教的名稱，然因時間同一日期，民間亦混而不分。60-4-4《南柯記》第四出因契玄禪師屬佛教高僧，故主持「盂蘭盆大會」講經，此類活動因參加者眾，故有的需事先報名。而《目連救母勸善戲文》一類「目連戲」即針對此節日編寫上演，此類戲劇本非純爲娛樂觀賞而做，在此節日上演，實質有「宗教儀式」之用。〔註36〕而 60-8-2《投梭記》第十七出中亦可看出民間祭賽（此劇祭「伊尼大王」）有的亦選此日。另《全明傳奇》235《四義記》第四出則寫到：七月十五中元令節、地官赦罪之辰，天下各處寺院建蘭盆大會，而天地水府三官大帝在此日結算赦罪，北極鎮天眞武玄天上帝亦在此日赴蘭盆會查考。顯示民間相信「中元節」是天上神明對人間善惡之「年中結算」時間。

八月十五中秋節——中秋是中國人之大節，明傳奇似乎並未有以之爲背景描寫之劇目，但常常描寫「拜月」習俗，只是未必在中秋才拜。但 60-9-1《錦箋記》第十九出有極樂庵老尼爲刮些齋施，藉中秋擺下慶生道場禮誦祈申，找人去請施主來參加。這說明了在各種節日、神誕之時舉辦法會、道場，實是一般寺廟之主要經濟來源。

上述諸節日本身即反映出農業社會季節和氣候之變化，及配合此規律變化所產生之生活緊弛安排。但凡每一節日都有相關連之傳說和故事，其中飽含一個民族對過去生活之歷史和記憶，戲劇中未必直接描寫此類傳說或故事，但往往由劇中人之唱詞或對白中提及。顯示有關節俗之傳說和故事，亦已成爲中國人集體意識之一部份，並成爲文學上之重要典故用語。另外，明傳奇中亦往往以「神誕」時之祭祀慶典，作爲故事發生或劇中人行動之重要促因。而前述「節日」通常因配合季節和氣候之變化規律而產生，然「神誕」卻各自有其神格形成之「成神之道」，〔註37〕因而得到人們之景仰祭祀。由《全明傳奇》中出現有

〔註35〕道教將正月十五稱「上元」、七月十五稱「中元」、十月十五稱「後元」。此處參見陳久金、盧蓮蓉編著《中國節慶及其起源》頁129。

〔註36〕可參劉禎《中國民間目連文化》頁154～158（四川：巴蜀書社，1997年7月，第一版第一刷）。

〔註37〕參見李豐楙〈從成人之道到成神之道〉一文（《東方宗教研究》新四期，1994年10月，頁184～207）。

較明確日期、或日期尚可查考得出的神誕（依農曆）至少有：

二月二十六日（一作三月初六〔註38〕、一作三月初三〔註39〕）玄帝降生——在 60-12-4《四賢記》第九出中，道士張霞杯因玄帝降臨之日必有人來禱祝，因而自道要多誦經以消除磨障。又《全明傳奇》241《觀音魚籃記》第二出武當山提點因三月三日玄天上帝之期要啓建伽藍大會，因怕屆時眾信拈香、男女混雜，故去御史處要一張告示張掛。據說武當山玄帝極是感應，要男便有男、要女便有女。故張瓊、金寵均去武當山求子，因而生下劇中男女主角。玄帝在此已決定兩人同年同月同日同時生，而將來要配成夫妻。

三月十五日鎮海龍王誕辰——60-7-4《焚香記》第十出中，由鎮海龍王（淨扮）自道今日爲其誕辰，若有人民到殿堂祭賽者，聽其詞旨，一一登記文簿，以憑稽考，報應施行。而王魁與桂英正在此日前去海神廟進香共通盟誓，才發展出後來一連串情節事端。

四月八日浴佛日——《全明傳奇》172《牟尼合記》第二出中提到龍塘寺壁上有張僧瑤的畫龍，每年四月八日用香水洗濯，喚作「濯龍大會」。而龍塘寺乃王憪先朝所建，故眾姓推爲會首，每年必去拈香。原來「浴佛節」是佛教的節日，據說是釋迦牟尼佛的生日，可能在南北朝由印度傳入，由於佛教在中國傳播很廣，唐宋時洗佛節很流行。〔註40〕然在《全明傳奇》中唯一出現浴佛日的《牟尼合記》中卻不是「浴佛」而是「浴龍」，顯示「浴佛節」已脫離佛教節日而完全「中國化」了。

四月十五日天生聖母（西王母）娘娘誕辰（可求嗣）——由於西王母爲「女仙之宗」，掌管賜福壽子嗣，〔註41〕故 60-7-1《繡襦記》第十七、十八出和 60-9-3《紫簫記》第二十七出中均提到此日爲王母娘娘生日，可去竹林院或西王母觀之類供奉王母娘娘之廟求子嗣。

〔註38〕二月二十六日或三月初六此二日期，是根據馬書田《華夏諸神——道教卷》附錄一：「華夏諸神誕辰一覽表」頁 4 所列（台北：雲龍出版社，1993 年 10 月，初版）。

〔註39〕此日期是根據林進源編著《中國神明百科寶典》頁 455 所列（台北：進源書局，1988 年 9 月初版，1995 年 9 月再刷）。

〔註40〕參見陳久金、盧蓮蓉編《中國節慶及其起源》頁 61～63。及高國藩《中國民俗探微》頁 379～397。

〔註41〕參見呂宗力、欒保群編《中國民間諸神》頁 501～514、和馬書田《華夏諸神——道教卷》頁 46～55。

　　六月廿四日〔註42〕九天雷神降生——60-3-4《玉簪記》第十一出中女貞觀主提到今日九天雷神降生，故喚眾徒弟作功果，仰答十方，若有施主們燒香酬願，也好迎接。而許多施主香客果來酬願，因曾許花幡燈燭，故備白銀十兩，請道姑上疏，伏乞領納通神。

　　七月三十地藏生辰——在60-9-1《錦箋記》第十八出寫曾尼姑因地藏生辰修齋禮誦，藉故送山肴給施主結緣，實爲到處攀緣、探人隱私。這一類神誕通常不會大肆慶祝，但供奉寺院多會辦法會誦經。

　　十月一日龍王祈賽——《全明傳奇》51《紅蕖記》第九出中寫到洞庭湖龍王廟十月一日燒香祈賽，鄭交甫（生）與韋淡成、房氏、楚雲一家人及曾友直、賈氏、麗玉一家等人均先後至龍王廟拜見祈賽，廟祝則藉機哄錢財、賺福物。

　　最後，根據一般習俗臘月二十三或二十四日爲送神日，但《六十種曲》中沒有直寫此節日之劇本，僅在60-2-5《三元記》第二十三出有：臘月三十日眾神均已回到天上，向玉皇大帝報告人間一年善惡之情節。顯示習俗上認爲：人間的除夕夜，正是天上審察作業之時期。另在60-11-3第十三出中亦提到：每月初八是毗沙門天王使者考察人間之日。算來天上神佛菩薩輪番值班，人間小人物除了「送神」這段時間外，是不可在德行上有任何「公休日」的。

　　在前述諸神誕中，四月八日釋迦牟尼生日和七月三十地藏誕辰屬於佛教神誕，而六月廿四日九天雷神降生既屬於自然神崇拜、又被歸爲道教神之誕辰。上述諸神誕於傳奇劇中提及，只是配合劇中人之身份和信仰來描述拈香或修齋禮誦之類行動，以讓劇中人有一名目上場，與「神」自身所掌理之內容性質，倒無絕對關連。但玄帝降生、王母娘娘誕辰之類祭典，傳奇中卻均依循劇中人本身欲「求子」之願望而配合描寫，顯示某些神誕之所以受人重視，實際與此神能庇佑人們之內涵項目有關。另鎮海龍王或洞庭湖龍王誕辰則屬水神信仰，傳奇劇中均以「祭賽」或「祈賽」讓劇中人上場，顯示民間賽會確爲百姓定期表達對自然神崇拜之重要方式，而此類自然神，劇中亦通常描寫其能直接傾聽百姓心聲，天上亦立即作下記錄，顯示中國古代各式信仰中，人與大自然之關係還是最爲密切的。

〔註42〕此日期根據前馬書田書附錄二：「與諸神相關的民俗節日一表」頁4所列。

四、占卜術數

　　前幾章中已提到：藉占卜術數等各種方式「窺先機」以安排日常生活行程，是明人之普遍習慣，亦早已形成社會風俗。實則中國自古關於天文、農事、戰爭和諸侯婚葬等重大國事活動，亦往往藉助占卜；而《詩經》、《尚書》、《左傳》等先秦典籍，則均有占卜、占星、占夢、相術、堪輿等術數行為之記載。〔註43〕連敬鬼神而遠之的孔子，雖「不語怪、力、亂、神」（《論語・述而篇》），但亦讀《易》讀得津津有味，乃至於亦期待「加我數年，五十以學易，可以無大過矣」（《論語・述而篇》）。王爾敏在《明清時代庶民文化生活》一書中即談到：「術數雖創生於先秦，惟深入民間，形成專職專業，則以明清兩代最具清楚領域」。〔註44〕顯然占卜數術一類活動，自來雖不在學術道統之正規傳習之內，但仕儒作為知識博聞來理解、而庶民當作生活方向之指引方針，在中國自別開流派承傳不絕。而明人將之發揚光大，亦編有類似今人常見黃曆（農民曆）書後所附日常生活必備通書〔註45〕之類《萬寶全書》，〔註46〕其中特包涵〈星命門〉、〈剋擇門〉、〈卜筮門〉、〈相法門〉、〈堪輿門〉等術數門類。而根據《六十種曲》觀察，明人之占卜術數依類別至少運用在以下幾方面：

　　卜卦——占卜的種類方式很多，〔註47〕《六十種曲》中明確提到使用方式的，有在廟裡直接「求籤問卜」（如：60-8-1 第二十七出問姻緣，60-11-3 第十六出問可否殺人〔註48〕、第三十七出問遠人消息）；有用聖筶卜問功名、姻

〔註43〕參見衛紹生《中國古代占卜術》第一章「占卜總說」頁3～4（台北：谷風出版社，1993年6月版）。

〔註44〕台北：中央研究院《近代史研究所專刊（78）》頁114～115，1996年3月版。

〔註45〕根據呂理政、莊英章在〈台灣現行農民曆使用之檢討〉一文之研究，到民國73年為止，台灣農民曆之家庭擁有率仍高達83.6%，而受訪者使用比例，至少56.3%實際使用過農民曆（此文收在李亦園、莊英章主編《「民間宗教儀式之檢討」研討會論文集》頁103～125，台北：中國民族學會出版，1985年6月）。顯示直至今日，此類術數之運用和傳承，實從未斷絕。

〔註46〕此書筆者未見。此處乃根據王爾敏《明清社會文化生態》第三篇「傳統中國庶民日常生活情節」頁94～95中提及而徵引。王氏在此文後面特別附記：《萬寶全書》向來不入於著作之林，然其內容豐富，皇皇典籍所不及者甚多，固自珍愛，願推介於學界，當以社會史珍籍視之，毫無誇誕之意（台北：商務印書館，1997年7月，初版第一刷，頁71～115）。

〔註47〕可參考金良年主編《中國神秘文化百科知識》預測篇（上海：文化出版社，1994年12月第一版，1998年3月第4刷，頁239～384）。

〔註48〕《曇花記》此出中之孟夌葦竟抽籤問關真君「可否殺蕭黃流」？這是一個荒謬的舉動。作者如此安排，不過是為突顯孟夌葦之「知天逆天」，但此種塑造

緣（如：60-7-4 第十出）、個人前途抉擇（如：60-8-2 第二十五出）、或藉以得知貴人臨莊的（如：60-11-1 第四出）；另有直接用籤筒或龜兒畫軸卜姻緣的（如：60-4-2 第四十四出）。一般而言，劇本中並未明確指出是以何種方式占卜，但大抵是以「易卦」之理論爲解釋根據。而「卜卦」之目的不外是尋物（60-2-5 第十六出）、尋人（60-9-1 第十八出）、問遠人歸期（60-3-1 第三十三出）、擇日（60-3-5 第二十二出）、問不明病因（60-3-4 第十七出）或何時病癒（60-5-2 第二十出、60-8-3 第二十八出）；最常見的是問外出親人之安危吉凶和消息（如 60-1-3 第二十三出、60-2-2 第十三出、60-3-4 第二十四出、60-5-3 第二十五出、60-9-2 第三十四出）；以及個人前途命運（如：60-3-4 第四出、60-5-4 第二十九出、60-6-1 第十七出、60-7-4 第十六出、60-10-3 第三十九出、60-11-4 第二出）；60-9-2 第二十四出則有爲「問自己是否有皇帝命？」而卜卦的；60-5-4 第二十六出則以卜卦決定是否從事「軍事行動」。

算命——明人好「排八字」算命，往往新生兒出生即爲其排好八字以確定命格（60-2-5 第二十四出）；而個人命格（60-10-3 第四出）、未來功名（60-8-3 第十二出）、以及流年（60-1-4 第二十九出）、姻緣（60-2-5 第二十五出、60-4-1 第十八出、60-7-4 第十六出、60-12-5 第十二出）都在算命觀察之列；甚至個人何時病癒（60-4-1 第二十出）亦藉算命得知。而前述爲姻緣算命，往往是男女雙方之八字要一齊排，才能得知正確結果。

堪輿——這一項在《六十種曲》中出現較少，僅出現在 60-2-5 第五出中，目的是爲從風水上找出何以「無子嗣」之理由。因古人相信人和水土、五行存在著某種必然的聯繫，而祖先死後休養生息之所，可影響家族和子孫的福祿壽永。〔註49〕

風鑑——古人相信「人可以貌相」，故重視冰鑑之術。藉觀人己之體氣形貌以知前途功名（如：60-5-1 第二出，60-6-1 第四出，60-6-5 第三、十二、三十七、四十出，60-7-4 第二、五出，60-10-2 第七、十一出，60-12-3 第三出）；或爲女兒選女婿（60-8-3 第十出）；更相信透過累積功德，長相形貌亦將徹底改變（60-6-5 第十一出）。

擇日——由於神明無所不在，而宇宙又有一運行規律，爲免隨意冒犯神明、或無意犯上沖煞，明人日常生活許多大事往往需「擇日」。婚喪喜慶尚且不說，

法已稍違離常情。
〔註49〕參衛紹生《中國古代占卜術》第七章「信否人間有風水——說堪輿」頁130。

僅《六十種曲》中即為賞花遊園（60-4-1 第五出）、建醮（60-4-1 第二十七出）、還願供佛（60-6-3 第五出）、開墳（60-4-1 第三十三出、60-12-5 第二十四出）等事擇日。而描寫韓信的 60-2-1《千金記》，當蕭何要劉邦拜將時，為表慎重其事，亦需擇日、顯示「擇日」實基於對天地、對人表禮敬尊重之意。

　　觀星、望氣——前述幾種占卜術數一般而言較偏重個人之福禍，若要觀國家軍事、國事（60-9-3 第三十三出，60-4-4 第三十九、四十二出）或創業真主為誰（60-3-5 第九、十出），則較常利用觀天象、望氣、或占雲、占風角。以今人語言，或可解釋為：因一般人磁場圈小，但天子或國家大事之類影響萬民之人事，則需觀察較大之天地磁場以決吉凶是非。另外，有一類「望氣」之使用是當仙真度化時，通常亦以「望氣」方式，觀察被度者之先天根基（如60-4-3 第四出），以決定度化之方式和時機。

　　觀夢兆——在《六十種曲》中，除了「卜卦」是劇作家最常設計用來「窺先機」的方式之外，而觀察「夢兆」，亦是傳奇中出現頻率極高之方式。由於信「夢兆」會顯示吉凶，但夢中情節醒來往往迷離難解，故有職業「員夢人」為人問國事（60-1-4 第二十九出）、或問全家安危（60-2-4 第十七出）而解答疑難。一般而言，以為夢兆可觀察個人安全（60-2-2 第十三、十四出）、和家人朋友之未來安危（如：60-2-3 第十八出、60-5-2 第三十一出、60-7-4 第三十出、60-8-1 第二十六出、60-12-4 第二十四出）；又可觀前途功名（如：60-2-3 第八出、60-3-5 第四出、60-6-1 第二十三出、60-6-5 第二十七出、60-7-1 第五出）、和未來姻緣（如：60-4-1 第二出，60-10-2 第四出，60-10-5 第三十一出，60-11-5 第十二、二十五出，60-12-5 第二十九出）；甚至他人來訪亦可預知（60-2-2 第十四出、60-8-4 第十九出、60-12-4 第十五出）；另外神佛若要降臨（如 60-11-3 第五十二出）亦可事先夢知；而夢中亦可觀前世（60-6-4 第三十出）；並預知所生是否為貴子（60-5-5 第二出、60-6-4 第三十出、60-6-5 第二出）。另在 60-2-3《鳴鳳記》第八出及《全明傳奇》162《灑雪堂傳奇》第九出、171《二奇緣》第六出都提及一特別風俗：「祈夢」。劇中人為預知自己未來前程，特去福建仙遊縣、或伍相祠、揚州府猛將堂廟主動「祈夢」，這說明了明人認為「夢境」可做為「天人溝通」的方式之一，為知天意，既可被動的「做夢」，甚至可主動「祈夢」得來。

　　觀瑞兆——若夢中都可預知未來，則現實生活當中實亦潛藏許多可預知未來之徵兆，而需細心觀察。例如：燈花結蕊、喜鵲聲喧（60-2-1 第四十五出）

或銀缸結蕊、蛛喜當門（60-6-1 第八出），可藉知遠人安全；而久失之物再得（60-1-3 第四十出）亦兆示家人終將團圓；若聽喜鵲喧嘩（60-3-1 第三十三出）或可能將得功名；空中鼓樂喧天或環珮鏗鏘、笙竽嘹亮（60-2-5 第二十四出、60-12-4 第十九出）則暗示將生貴子；而曇花長葉抽枝開花（60-11-3 第二十、五十四出）預示修道將成功；槐樹作清聲（60-4-3 第三十三出）則顯示國有拜相將升官。

　　觀凶兆——既然瑞兆可知幾，則凶兆需更注意。有一例：如 60-5-3 第三十出烏鴉噪喧，則恐怕暗示家人有難。由此可知：中國人素來將喜鵲視爲吉利之象徵，而烏鴉則爲不祥之兆。

　　巫術——在第四章第四節中已提過，一般而言，《六十種曲》中的文人劇作家對上列諸占卜術數知幾之法均抱持肯定態度，獨對民間巫術持否定看法（60-8-1 第二十七出）；或以爲此類巫嫗只是老於世情罷了（60-10-4 第十七、十九出）。由於此類巫術之從業者平均素質較差，功效和準確度又低，因此文人描寫時多偏重負面看法，但由前述亦知，除此之外的各類術數觀幾之法，文人都是不反對，甚至還主動運用的。

　　總結而言，明人利用占卜術數無非想預知未來，好讓當下心理平安放心。雖這些術士形象素質良莠不齊，但明傳奇中幾乎並不曾對「占卜術數」本身採取批判態度，至多是如《全明傳奇》131《元宵鬧傳奇》第四出中吳用故意扮算命先生賺盧俊義落草，誤導其未來方向；或如 60-5-4《懷香記》第二十九出中稍微顯示「占卜」有時非但沒有助於抉擇，反而增加面臨抉擇時之徬徨；另 60-3-5 第二十二出中藉紅拂之口，反問李靖「不疑何卜」？說明「占卜」本身是在徬徨難抉時使用，而非事事運用、徒增生活之迷惘混亂、自縛手腳。而上面所列亦可發現，明傳奇中出現占卜術數之頻率極高、運用種類亦繁多。這一類情節之安排，之於劇中人而言，多暗示其即將面臨之情境，或先天形貌、命運註定之規律，以爲底下情節動作發展之形上解釋；而之於觀眾，亦預示了未來情節之發展方向，同時如上帝一般宏觀全局，既學習了以神之觀點審視人生，亦滿足窺伺別人命運之好奇心。此中透顯明人對超自然力量之先在肯定，並企圖及早試探天意天律之想法。大致說來，明人運用「占卜術數」之法，早已與生活密合無間，因明人事事想與天意和諧，故利用「占卜術數」以安排日常生活，幾已熟煉至「爐火純青」之境界。

　　談完上列透過宗教角色和情節所反映之明代風俗民情後，最後尚可注意

某些民間禁忌：例如 60-4-1 第四十八出（或 60-12-5 第三十七出）中顯示，明人相信「丟紙錢」可以「除煞」；又 60-4-4 第七出中提到女人月信期間，不得入寺廟；而第二十三出則有「女人生產過多，定有觸污地神天聖之處」，故需「請血盆經」及「母子長齋三年」則可災消福長、減病延年。上述禁忌，顯示民俗傳統中有著：一切身體的排泄物都是不潔的，其中又以女人經期中及生產時的排泄物最爲不潔；而不明煞氣亦是不潔物之一，均需隔離，以保持社會空間潔淨之類觀念。〔註 50〕有趣的是，這一類描寫民間禁忌及先前提及描述各節日之劇本，許多是湯顯祖所作，若不就湯顯祖個人觀念想法來評論，而站在本文之立場，湯顯祖之劇作除了在戲曲創作上是明傳奇之巔峰代表外，實際在比例上亦是提供最多風俗民情及各式禁忌資料之佳作。

第三節　宗教心理

前文中已提到，「宗教角色」及其在劇情中之行動與其他任何角色類型比較，有其本質上不同。因除了美學之考量外，「宗教角色」實作爲一象徵隱喻符號，透顯明人對「彼岸世界」之理解、想像和對應態度，形成了「宗教文學」有別於其他文學類別之特質。而傳奇作品容或有觀念意識之個別差異，但一時代多數劇作家對「彼岸世界」、「終極關懷」諸論題天馬行空之想像和描述，透過宏觀總合，實可歸納出某些共性和規律，而呈現一種「集體文化心理」，且特別是一種「宗教文化意識」，因此可看出中華民族文化內在深層所蘊涵的某些原型概念內涵。故在接下來的兩節中將專門討論此問題，這一節先偏重討論「宗教心理」方面；下一節則另外分析「文化心理」。

對「終極」問題之關懷、以及對「形上」世界之思考，是人類在「有限人生」和「形軀之內」之「自覺意識」中難免觸及之根本問題，各大宗教聖賢及多數哲學學派，莫不針對此問題試圖提供各種詮釋和解答。哲學思想家容或堅持以「理性」對「終極」和「形上」之思考提出合理化之詮釋和理論分析，直至超乎邏輯分析和理性思維之範疇，即謹守本份〔註 51〕不再推測；然宗教世界，卻更容許以神話、以藝術，大膽思維、馳騁想像，極盡所能以

〔註50〕 參見李亦園〈社會變遷與宗教皈依〉一文頁 23（此文收在台北：允晨文化《文化的圖像》，頁 14～63，1992 年 1 月初版，1996 年 6 月初版二刷）。

〔註51〕 此本份在老子至少是「道可道、非常道」之態度；孔子則認爲「未知生，焉知死？」；而禪宗則以「說是一物即不中」來謹守其理性之人文本份。

各種意象、符號象徵隱喻、正面實寫。亟欲努力嘗試與「神聖（秘）」領域直接取得交流；某些情況、時刻甚至是「超越」、乃至「放棄」理性和邏輯分析能力，期待（或者渴盼）一活生生之直接「照面」。故佛學思想體系之建構本以四大假合來解釋宇宙時空乃「因緣和合」、「唯識變現」而成，實無「本體論」可言。但佛經中亦不排斥敘述、甚至大量描繪各「因緣和合」、「唯識變現」而成之諸天世界中，佛、菩薩、天人之活動和境界，以供眾生體會和嚮往（或者應反過來說，原來由印度傳來之佛經本更富神話色彩且擅用各種象徵比喻，因印度文化中本有其神話傳說之背景和系統；但傳至中國之後，文化早熟的中國讀書人〔註52〕卻更重視其思想中合乎理性思考的一面，而將其體系合理化地建構詮釋）。

　　而哲學的道家以自然主義立場認為「以百姓為芻狗」、本質上實「不仁」、而為一自然界之總律則、且本是「無狀之狀、無象之象」的形而上之「道」；〔註53〕和儒家站在人文主義之立場，將「天理」道德形上化的「仁天」道體，〔註54〕在民間庶民文化中即完全將之人格化、形象化，具體示現為一鮮活生動的「鬼神世界」。庶民大眾之「認識能力」雖近乎「神本」主義，但實際對應之立場態度，卻仍是充滿「人文意識」的（這一點下文會更清楚申述）。此類由文人大膽任意想像、半知識份子隨意口述描繪、而廣大平民百姓不假思索之接受傳播，所共同塑造而成之三教混融的「宗教神怪世界」，反映在戲曲中、舞台上，即是一層層疊疊但上下有其等級次第之各級神明和時空層次。而其中所反映之集體意識，實為某種特定之「宗教心理」，而可歸納為「天意弄人」、「求天命與意志之諧調」、「窺先機以為用」、「我命由我不由天」等四要點。

　　此四要點雖非明人所特有，而在歷代小說、筆記、甚至史傳中亦分別可見，然以《全明傳奇》大量而全面之劇本歸納觀察，即可看出有一理路規律，而非只是片斷而零亂之概念。其由上而下、從外至內，正是明代士庶追求「天

〔註52〕梁漱溟語。見其《中西文化及其哲學》頁 236（台北：里仁書局，1982 年 7 月初版，1996 年 1 月初版五刷）。

〔註53〕參見《道德經》第五、十四章。

〔註54〕此說在儒家思想內部脈絡中，或許亦因各自立場不同而可能有所爭議。例如：荀子受道家影響所主張「不見其事，而見其功」（《天論篇第十七》）的「天」，和孟子「盡其心者；知其性也；知其性，則知天矣」（《盡心上》）的「天」即有所不同。但因儒者之所以為儒，均因其基本為一「人文主義」之立場，而此處所泛指的「道德的形上仁天」，基本上仍指孟子、王陽明一路之思想而言說。

人和諧」、「天人交流」之意欲呈現，內部有其合理之邏輯順序，而非盲亂無章之胡亂思緒。其中最特別的是「算命」方法之運用，因人若相信「天意弄人」，本為一典型之「宿命論」，此中實際感到的是生命的無常和難以掌握；然認為「我命由我不由天」，卻是「強烈意志」之行使、及對命運主控意欲之呈現。此二者本為矛盾之概念，然明人卻以「算命」之方法調合二者，並以傳奇戲劇之方式不斷表演示現。因明人「算命」，目的並非被動安於宿命，反是為主動掌握命運，上述觀念在明代其他單本小說、筆記、雜記中雖亦各別反映上述諸觀念之各別要項，然由全明傳奇劇本大量檢索觀察，才足以看出明人對命運觀念之全面理解和思考，並尋出其中轉折和理路，以下即嘗試就此邏輯理路分析，以見廣大民間文化中集體「宗教心理」之一端。

一、天意弄人

人在現象界存在不免興起「人力有限感」之體察中，既已確實感知宇宙間有一遠強大於個人小我之操控力量，故宗教角色中的「仙、佛、上聖高真」和代表地府群相之「閻王、判官、鬼使」，實作為「彼界確實存在」之具體實相化身，掌理審判著人間世之一切現象。而其中之「天界」，有著永恆之繁華富麗（如：帝王、官員之生活）、寧靜詳和（如執拂、掃花之類無需承擔太重責任、衣食無虞匱乏、又免於過度勞動之清閒生活），和無限之力量（如：可使人死而還魂、移動千里），是化解一切困境之能力根源，亦是人生命的永恆歸宿（就算謫仙在人間已享大富大貴，仍企盼返回天門，故當然亦更是一般人心目中之永恆歸向處），實為明人所能設想之現實生活的理想原型。然相對於此「理想天界」，人間世之所以為一不完美之社會現實，乃因「此界」是一具有陽與陰、善與惡、是與非、正義與邪惡、光明與黑暗……種種二元對立現象之世界。在確實理解此二元對立之律則之前，人模糊感知的是一被掌握、操縱、監督、獎懲等不由自主、身不由己之感。此「被操弄感」，小至個人之際遇偶合、男女之姻緣，大至國家、歷史之劫運天數，莫不被掌理操控。而上述「仙、佛、上聖高真」、「閻王、判官、鬼使」正是此類天律之執行者，亦是人間一切之鑑察、審判者。

而人存在此天地間，若不完全被動地接受「宿命」並任其操弄，唯一能做的，實是嘗試瞭解「天意」、「天律」，以減低人在既定「宿命」中之卑弱無力感；甚至是懶惰、免於責任之虛無感；且若在現實中遭遇不公不義之事，

產生冤枉、委屈感之時，亦能得一合理化之解釋以安頓心靈。故勇於自省之中國人，終將人在「天意弄人」之不得已中，尋出「合於天律、爲天意所喜的，正是個人道德上之善」〔註55〕此一解釋和法則。雖則個人德性上之善惡，與實質被操弄之際遇、姻緣、劫數……間之具體關係爲何，實際亦難確切而合理的完全指陳，然明人根據幾千年文化傳統中所累積之「經驗法則」，卻幾乎已肯定其內涵和效力。而此種態度實爲「個人」與「天」之關係中，在行爲上尋出一可「自我作主」之安頓方式，消除人在「天意弄人」力量下之不安定、不安全之疑慮感；並爲人生找到一理想方向、實踐目標，而免於人存在價值之失落、生命自身之虛無。

故在對此「天律」之理解前題下，當人問心無愧且已實踐了道德上的「善」之後，若仍遭遇不平、不幸之事時，便採取佛教「因果報應輪迴」之說，將之解釋爲此乃前世所造之「因」；而某些惡貫滿盈之人卻一向逍遙法外時，便歸諸爲「善惡到頭終有報、只爭來早與來遲」、「不是不報、時候未到」等「三世」時間邏輯。例如《全明傳奇》181《人獸關》中寫施濟曾助桂薪還債並贖回妻女，復又贈屋，但施濟病亡之後，其子施還因家道中落，欲向桂薪求助，但桂薪夫妻卻對之百般凌辱，故第二十一出中施母罵道：「罵伊忒喪心，報德反操刃，四命葬溝渠，虧我揮金全活也，分毫不忖，眞獸心人面活猩猩，料天報不差分寸」，以期待將來之「報應」來安慰眼前不合理、不公平之待遇。

另國家、歷史之大事，一般則籠統歸諸爲「劫運」、「天數」（因此本由「彼界」所掌理，故何以「劫數」如此而非彼？則一般平民連自身命運都自顧不暇、無法完全掌握；國家、歷史之「劫數」就更非小老百姓所能理得了）。例如：129《魏監磨忠記》中爲解釋何以明末天啓年間政治竟可由魏忠賢一人操弄，陷害天下忠良百姓，鎮壓異己，故第三出「天王採訪」中便安排一「形而上」之解釋：

> 〔外袍金幘頭將吏同上〕……小聖乃玉帝駕前四大部洲採訪使者是也。……今日是月之廿三，小聖往世間考察一番，分付將吏隨行。……
> 〔雜扮土地上〕職掌在下土，隸籍在上天，北京城土地迎接天王，有事奏上，目今仕籍贅緣，人心奔兢，乞示懲戒。（王云）叱！判官

〔註55〕德性上的善惡價值判斷，上至聖賢、下至廣大庶民或亦各有標準，而解釋如何方是「正確的善惡價值判斷」，以及實際判斷時甚至可能千差万別，但肯定人之「善」在世間之必要性，卻是聖賢思想家及各類士庶都不能避免和否定的。

　　　　查勘。(判桌云)上帝有旨了。已著屬鬼化爲閹宦魏忠賢，貪殘成性，

　　　　後來忠良死者使升仙道；諛佞死者使沈畜道，以彰報應。……

以上天早已安排「屬鬼」化身魏閹，來詮釋此劫難。又242《舉鼎記》中對周朝之動亂在第二折中亦藉太上老君之口說道：「陝西秦穆公蓄心起血半，他乃上方白虎星，下界擾亂周朝，以完劫數」。

　　然某些在如此解釋後，仍無法消解之冤怨，則更積極地期待：「天」早日實踐善惡審判（如：《焚香記》中之桂英）。當然相較於「現實人生」中審判時間本身之不可確實掌握和預測，則「舞台上」鬼神之積極審判作業，至少亦使人得到一立即之快慰（這就是「舞台人生」之所以使人留連，而「通俗劇」永遠有擁護之觀眾，「宗教劇」則必有其儀式淨化作用之根本原因之一。）

二、求天命與意志之諧調

　　根據上述，明代士庶既非對「天意」、「宿命」懵懂無覺，而一般而言淳厚的廣大中國老百姓自認爲在個人道德上之「良善」，似又非全然實踐且「絕對地」問心無愧。所以與其悲劇性地堅持個人之絕對意志（因或者這「絕對意志」可能是「盲目」的？），無如追尋「天命」與「意志」間之「諧調」，換言之，也就是追求「天人和諧」之對應關係。故此中之「意志」實爲一「相對的意志」，對人生之承擔，則爲「相對的承擔」；而非堅持個人之「絕對意志」，「絕對地承擔」自己之全幅存在，成爲純粹之「人文意識精神」。因爲抱持絕對之「人文意識精神」雖非必然即是「唯物論者」，但因敬鬼神而遠之、六合之外存而不論，基本上是不預設「鬼神存在」的。因即使鬼神存在，亦認爲完全屬於不同之存在範疇而兩不相涉、完全無干。但明代士庶追尋「天人和諧」之宗教心理，對鬼神存在既採取正面肯定之「神本」立場，且認爲彼界與此界並非兩不相涉、完全無隔（實即肯定世間有一「他律」力量），然面對之態度反因「並非無隔」故偏於「人文意識精神」。因人在「正視」神律、神意之下，反發現其實並非全然無法自我作主，而似可有一以「個人德性之良善」與之協商之和諧關係（亦即人亦須「自律」方可）。故「天」與「人」基本上雖屬「上」對「下」之不平衡關係，然因有「天人相親之無隔」可恃，某些時候反可「平行」對談；甚至因爲全然信任依賴，必要時幾乎亦能撒賴使潑，而使不平衡之對應關係有了扭轉，反賦有「人文意識精神」之積極色彩。

　　而由於「求天命與意志之諧調」，明傳奇中所反映之宗教心理即並非僅止

於一「俗智之思慮」，〔註56〕或純粹柔順安頓於其「宿命」之人生。因實際自然順應「天」所安排之「宿命」，若其宿命內容結果並非一定令人難以接受，則順此「宿命」合乎本然，實亦無可厚非。除非此結果太過違離預期、且令人難以忍受，才需突顯個人之「意志」與之抗爭；而個人「意志」之抗爭並非直接針對「天命」自身，反是先針對「個人德性之缺失」（而這實是具有「自省」美德之良善心理），也因此「現實之磨難」一般而言，反成為個人精神生命成長之助力、動力。故旁觀謫仙、異人之類宗教角色所遭遇之罪譴、磨歷，反成為平凡可安之人生中隱隱可欣羨之際遇；當然亦顯然是可悲憫歎惋之跌宕人生。於是即使自身平凡平常之現實人生，於此亦有了可堪玩味、安身立命之特別滋味；而若預知自己之命運將非平順可期之時，則亦似上天提供了一可積極改變、使之提升轉化之特別人生，亦甚至隱隱可暗自猜測自己有別於常人（會不會自己即是「謫仙」、「異人」？）之人生際遇。此中表象似為平凡小人物之俗智思慮、漫天遐想，然內在卻有著飽經憂患、老於世情之中國人，累積至明代逐漸形成之成熟的「人生智慧」，〔註57〕而實有其在一切情形之下皆可處之泰然、舉重若輕之積極意義。

三、窺先機以為用

　　反映在傳奇中，欲「窺先機」而不斷從事卜卦、算命、風鑑……等種種占卜術數活動之明人心態，至此可理解其「目的」本質上實欲「窺先機以為用」。因就「窺先機」自身之活動而言，除了人本能之「好奇」之外，實際亦顯示明人不願盲目被動地直接接受已被「註定」好了的「命運人生」。因愈早知道天生之「命限」程度，即愈早可以自作安排，且愈早有著可「以透過個人德性之努力」、或「積極累積善功」等方式，與「天」在「宿命」上討價還價之餘地。所以最好新生兒一落地，即為其算好八字命格，好為未來之各種可能性及早做好準備，而居安思危心態下之明人，如此喜好各式算命活動亦非僅止於軟弱順命。故明人藉「窺天機」之各式活動與「彼界之意志」取得

〔註56〕此用語出自樂蘅軍〈宋明話本的命運人生〉一文頁272（此文收在台北：大安出版社《意志與命運——中國古典小說世界觀綜論》頁85～273，1992年4月，第一版第一印）。

〔註57〕因即使亞聖孟子亦要以「天將降大任於是人也，必先苦其心志，勞其筋骨，餓其體膚，空乏其身，行拂亂其所為，所以動心忍性，曾益其所不能。……」（《孟子、告子篇》）來自勉勉人呀！

聯繫溝通，肯定「彼界」之實存先在，亦肯定了「命運」之實存先在。因明代士庶至少發現：天意、天律之實存先在並不可怕，而命運之實存先在亦並不可懼；因世上真正可怕的是「無知」（個人之「絕對意志」亦可能是一種「無知」），而真正可慮則是人並未盡全力去實踐「善性善行」。若在前者已然「破除」、而後者已然「實踐」之後，則即使人生尚未圓滿，於「己」至少可以問心無愧；於「天」則將可與其正面據理力爭。更何況一般而言，絕大多數人之於自己全面人生之開展（即前述之全然「破除無知」、「實踐善性善行」），實尚未「全力以赴」哩！

故作為「窺天機」技術之專業操作者，和「天」、「人」之間中介溝通之「神媒、術士」，在傳奇中往往以淨丑之荒誕滑稽形象，對命運之窮通示以建議卻又嘲弄，讓人生成為一可逍遙嬉戲之舞台，既可舉重若輕以面對，又帶有道德上之「善」需努力實踐之嚴肅意味。而由欣賞戲台上呈現之虛實人生，亦反襯人生之態度亦一定程度可「視之如戲」。然現實生活中神媒、術士之選擇，正如傳奇戲中所指示，需慎選種類及人選，因優秀之神媒、術士可為正確之天人溝通者、命運預言者、心理輔導者、以及人事建言者，然人品低劣之神媒、術士，則將令人喪失財物、增加徬徨迷惘，以及誤導人生之方向。故若在無法找到一高明專業之神媒、術士以正確方式預知、啟示生命前程時，其實最保險之方式原即努力行善布施、培功立德。因無論是否已知自身命運，則積極累積善功直至一定程度，即有改變「命運」之力量。在此功效和律則之下，「無知」相較於「實踐善功」則成為次要，因在積極實踐善行、培功立德之過程中，即使無知於命運之真相內涵，則實踐善功於命運而言必是「有益無害」的（當然至此亦易產生：為刻意求償而媚神偽善之功利心態）。

四、我命由我不由天

因此所以，至此實可得出「我命由我不由天」之「天人關係」的最後結論。因天意固然弄人，但人亦自可尋出個人意志與天命之和諧之道，而透過窺先機之各類占卜術數之法，甚至可以事先預知天律之行動方向。故人即使原始真被天意操弄，但只要透過人為善功，即有改變命運之餘裕，故「我命由我不由天」實是明人對命運樂觀積極之自許和信念，本為一種「應然」，必須透過道德實踐，方成為「實然」和「必然」，此中並不便宜、亦非廉價。主

要突顯人生需一定程度「自我承負」之事實，然也因有此事實，反似在「天意」寵允下得到一定程度之「保證」。此一「保證」即：人在天地間並非純然只能被操弄，而無任何反抗之餘地；透過個人在德性上之努力，仍能一定程度掌握自身之命運。

然而人在天地間亦非因此即能無法無天、隨意任行，因「天」永以其超越先在，鑑察人之良善與否（他力）。且即使有今世之福慧可安於宿命，然既有前世累積之福慧以供此生得享，則此生之福慧終有耗盡之日，亦不能任意掉以輕心。故「我命由我不由天」之信念就此生而言，是以個人之善功德行掌握了自身命運之律（自力）；於「彼界」而言，則以個人之善念德慧，成為將來歸向彼界上層之資具。因人生之終極審判，即以一生之累功善行與否來評價衡量，善功善行累積至一定高度，即可轉升天界成神；而惡念惡行若不斷累積，一定限度之後亦將墮入地獄接受懲罰。故由上而下，由天而人有一貫通諧調之理路，此中有其合理之邏輯思考順序，而形成明代士庶所共同認知之「集體宗教心理」——亦即通過對「他力律則」之理解，再加上「自力自律」之力量，方能掌握自己之命運人生。

第四節　文化心理

透過「宗教角色」和「宗教性敘事情節」所反映出的明代士庶內在心理意識結構，上一節已偏重討論「宗教心理」方面，這一節則針對「文化心理」來申述：

一、喜好隱逸與遊仙

傳奇中所反映的明人內在「文化心理」，首先在士人方面很明顯地呈現為一種喜好「隱逸與遊仙」之傾向。例如《六十種曲》中出現有各式僧、道、居士、隱士，其中士人有的學佛、有的修道，比例上「修道者」和「隱士」比出家之「僧人」、「居士」還多。而劇中皈依佛教之居士多半還因對佛法本身有其理解、體悟（如：60-10-4 蘇東坡、陳季常及 10-3 後來稱「清涼居士」的韓世忠）；而修道者中某些人之所以「遊仙」、和隱士之所以「隱逸」，卻往往具有政治現實之考量或其他複雜因素。根據其中所塑造之角色看來，所謂「道人」與「隱士」之間身份之界定為何，其實亦並未非常明確。因為「歸

「隱」未必一定「學道」，而歸隱若又「學道」，是學「哲學的道家」之「道」，還是「宗教的道教」之「道」〔註58〕、抑或更後來三教完全混融之「道」，彼此之間還應有一定程度之不同。〔註59〕但事實上程式化的中國戲曲一律將這一大類人籠統總歸爲「道人」，即在服飾上一律「道扮」。故劇場上「道扮」的可能成因、實際眞實身份、用意目的、作用及效果等，其實都值得追究與斟酌。〔註60〕並非「道扮」即指所謂的專業道士，因「道扮」在劇場效果上有時無足輕重，但某些時候卻有劇情之實質作用。而即使專門修道，由於中國道教之教派形成原因複雜，到底「火居」還是「出家」？〔註61〕「隱遯山林」或「城市住觀」？重「符籙」還是「煉丹」？「凡人慕道」抑或「謫仙隱修」？……其中個別差異還是很大。

　　就《六十種曲》已出現「道扮」一類之角色觀察，即可發現除了前面所提及之「高道」、「職業道士」、「各式道姑」，以及許多人因某些特定目的臨時改扮「道人」，事後又回復俗裝外，事實上作者塑造有些「天上仙眞」如：11-3《曇花記》中的蓬萊仙客山玄卿、5-1《春蕪記》中之劍仙；以及「神媒」如60-11-4《龍膏記》中的袁大娘，出現時亦均「道裝」上場。而屠隆《曇花記》本以佛教爲最高境界，但劇中男主角木清泰出家修行後法號是「木西來」，然服裝卻是「道扮」，且本身還是「西方散聖」因故謫讉下凡歷難修道的。更特別的是 60-3-1 李景雲、崔時佩所寫的《南西廂記》第七出，作者有意以佛道不分製造笑點，因文本上記錄普救禪寺的「法本」（末僧扮）第一次上場之後，再度上場時則是「扮道人」，讓紅娘（貼）問他「長老如何不見？」末則回答

〔註58〕歐美漢學研究通常使用 Taoism 指稱「廣義的道家」，但「哲學的道教」（Philosophical Taoism）通常指先秦的老莊思想，屬「初期道家」（early Taoism）；「宗教的道教」（Religious Taoism）則代表後起的新興宗教，屬「新道家」（Neo-Taoism）。這個問題台灣學者李豐楙參考 H.Creel, "What is Taoism"和 D.Howard Smith, "Chinese Religious"之書，也早說明過（可參其〈不死的探求——道教信仰的介紹與分析〉一文，此文收在台北：聯經出版《中國文化新論——敬天與親人》頁189～241，1982年初版，1993年12月初版第七刷）。

〔註59〕例如：至少在上一節即已提到的，哲學的道家之「形上道體」概念是一個近於「自然律總則」之理念；但宗教的道教之「天界」卻正是一人格化之「神仙世界」。

〔註60〕如：第四章第五節即談到許多如趙五娘、周瑞隆之類「道扮」，即只是一種生活權變，並非爲修道而改扮。而劇場上某些場面爲顯兵馬雜沓，各式人等逃難，其中亦必混含僧道，可讓整個舞台上之服裝造型變化看來更爲多樣熱鬧。

〔註61〕在傳奇中之眞正出家道人扮相多近於北方全眞教道士。

「悟空入定去了」，而琴童（丑）亦叫他「老道」（可見劇團常一「腳」飾多人，甚至藉此人手不足現象趁機作爲插科打諢之笑料使人「會心」而笑；而劇作家對佛、道兩者之區別其實亦並不眞那麼嚴謹）。當然劇中一般「道扮」之「道人」服飾，較爲簡單，若是齋醮時之作法道士，其頭頂加冠，手執法器，造型則較複雜多彩。

此外，一般隱士通常「野服」上場（如：60-1-4 范蠡、60-5-1 荊茨飛），但當他們表示更堅決之隱遁修道意向時則均改換「道服」；而某些角色爲顯示棄離政治決心、或使執政者對其免去戒心，因此離職時亦扮道人。故「道扮」除作爲相對於「僧扮」之宗教區判，以及指示修道進路、境界外，亦作爲一種遠離世俗富貴功名、政治現實的、在野的象徵暗示，有時並沒有眞正嚴格意義的「宗教」意味。例如前文提過228《韓朋十義記》中之韓朋換道裝尋妻、又以唱「道情」雲遊謀生即爲代表。實際傳奇中有的劇作家在編劇時，亦只籠統地指示劇中人已「出世修道」，然到底是「僧扮」或「道扮」倒是無所謂的。

故士人或爲逃避亂世而隱遁（如：60-1-4 第十二出時的伍員、公孫聖）或功成身退（如 60-1-4 范蠡、60-2-1 張良），或爲現實政治之處事爲難而修道學仙（如：周三畏），或厭煩繁華富貴之虛浮而遊仙（如：60-6-3 李王孫、60-9-3 霍王），或本喜好山林而隱居（如：60-10-3 之隱者太虛道人陳公、60-9-3 山人尚子毗），或有道緣、原爲謫仙而修道（如：60-3-3 古押衙、60-5-5 李太白、60-11-3 木清泰）。整體而言，在戲曲中均顯示爲一種「反」儒家「立德、立言、立功」或「治國平天下」之類主流價值、社會責任之傾向，而更重視個人精神內在之修養（煉）保全，形成普遍「崇道」、「反智」之理念、方向。〔註62〕當然這除了是因藝術家自身質性通常亦較重視情感、才性，且主流價值、社會責任之類儒家觀念若直接成爲戲劇內涵往往易流於說教或假道學氣（如：《香囊記》、《伍倫全備記》歷來即因其八股陳腐而爲人所批評），〔註63〕可能

〔註62〕傅謹在其《戲曲美學》第四章談神仙道化劇及大量以愛情爲題材之劇目之人物塑造時，亦提到類似之看法（台北：文津出版，1995年7月，初版，頁61～185）。

〔註63〕明人徐復祚《曲論》中批評：「……《伍倫全備》，純是描大書袋子語，陳腐臭爛，令人嘔穢，一蟹不如一蟹矣。」而徐渭《南詞敘錄》則道：「以時文爲南曲，元末、國初未有也，其弊起於《香囊記》……。賓白亦是文語，又好用故事作對子，最爲害事。」（參見北京：中國戲劇出版社，《中國古典戲曲論著集成三》頁243，1959年7月第一版，1960年2月第二刷）。今人周貽白在《中國戲劇史講座》頁134～136中亦表明贊同上說（台北：木鐸出版社，

亦因歷代王朝都還允許士人隱居，而明王朝作爲中國歷史上皇帝空前集權獨裁之時代，爲確保政權、防犯任何可能政治叛亂、思想對立團體之產生，讀書人竟連最起碼的「選擇隱居權」都沒有。〔註64〕因明太祖《御製大誥三編》上有規定：

> 率土之濱，莫非王臣。寰中士大夫不爲君用，是自外其教者，誅其
> 身而沒其家，不爲之過。〔註65〕

比起元朝外族統治時期，士人因不能出仕而乾脆追求個性的解放、藉戲曲以寄情；明代在思想文化嚴密控制下因此對讀書人心靈之斲傷，從這一個角度看，反而比前朝更有過之而無不及。

因中國文化傳統中自來即有「儒」、「道」或鐘鼎、或山林之兩種性格理念、人生態度可供讀書人嚮往或選擇，〔註66〕然明代文人自承繼金元以來之反正統傾向（因當時之「正統」是異族政治統治）之後，由於法令規定而失去隱居之自由選擇權，在心理上已漸成反彈。因原來若眞太平盛世，本亦無需特別隱逸山林以避世，然基於讀書人原本即需被尊敬、重用之本能渴望和骨氣，此一「不能隱居」之規定，反造成明代讀書人因感覺不被尊重、而心中憤憤不平且因此蠢蠢欲動之「失樂園」心理。顯示在傳奇中，即使文人劇作家身份地位其實普遍較前朝升高許多，〔註67〕然亦幾乎全面有著喜好「隱

1988年9月，初版）；而吳國欽《中國戲曲史漫話》頁156～159中則直接將此二戲歸爲「八股戲」（台北：木鐸出版社，1983年8月，初版）。

〔註64〕《孟子・公孫丑篇》有言：「大有爲之君，必有所不召之臣，欲有謀焉則就之。其尊德樂道，不如是，不足與有爲也。」故歷代王朝不強迫士人作官，可顯示泱泱風度，然明王朝卻無此心量。

〔註65〕參見北京：書目文獻出版社，1988年。又張燕瑾《中國戲劇史》頁138在談明代戲劇前期社會環境時亦特別提到此點，筆者因此認爲明代傳奇中充斥的「好隱逸與遊仙」之傾向，與此應不無關係。

〔註66〕明代知識階層與中古及古代之知識階層在性格上已漸有顯著不同，但作爲「知識階級」雖有古今中外之異，但未嘗不備若干通性，此處即就中國讀書人之「通性」大體而言。而有關「士」之起源及歷代差異，則可參考余英時《中國知識階層史論——古代篇》一書，台北：聯經出版，1980年8月初版，1984年2月再版。又吳璧雍〈文人生命的二重奏：仕與隱〉一文亦談到此問題（此文收在台北：聯經出版《中國文化新論・文學篇一・抒情的境界》頁165～201，1982年9月，初版）。

〔註67〕林鶴宜在〈從劇作家看晚明劇壇〉一文中參考日人八木澤元《明代劇作家研究》和曾永義《明雜劇概論》一書之「明代雜劇的作家」一節，重新將明代劇作家之籍貫、身份做一整理，總計明劇作家中身份可考89人中，具仕宦資格者即有61人之多，顯示明代劇作家普遍身份地位並非泛泛（此文收在其《晚

逸與遊仙」之傾向。且由於此一心理,晚明時期「山人」、「處士」、「布衣」、「名士」之類象徵「隱君子」形象之形容辭彙,甚至蔚爲流行,〔註68〕反成了本來即無法升登社會上層階級、又不甘於廣大庶民踏實農耕生活之社會半知識份子用以標高身份、並妝點虛假自尊之護身符。《全明傳奇》196《三社記》中所寫到「富春情社」、「西泠詩社」、「秣陵詩社」等文人結社,實際即是此類現象之反映。因「士不遇」既是讀書人敏感心靈面對現實挫折易有的感懷,亦是凸顯自我意識、失去渾沌浮沉本能之後必生的永恆之「憂」,在中國文學中早有其描寫傳統。〔註69〕故「隱逸與遊仙」成了士人素來藉以安頓生命之憂、保全自身的一種理想方式。文士因憂而隱逸,進一步則修道求仙,因此二者均表現爲一種對現實與世俗價值捨離放棄的態度,故在舞台上其身份、扮相並沒有很嚴格之區分。

二、遇神仙亦難捨富貴功名

如此說來,明代士人之好「隱逸與遊仙」,若在「富貴功名」與「遇神仙」之間讓其抉擇,應是捨「功名富貴」而就「神仙」的,實則卻又不然。因「隱逸遊仙」固值得嚮往喜好,然只要眞得帝王青睞而賜賞封誥,亦是半推半就、喜不自勝,不能掩飾這畢竟是人間世最眞實的肯定與榮譽。因「不遇」之「憂」是一種「既期待又怕受傷害」之複雜心情,如若果眞已選擇「隱逸遊仙」、甚至「已臻仙班」,則遲來之「皇帝旌獎」至少證明自己具「不屑富貴功名」之能力,而非失敗無能者逃脫世情之遁辭;且士人亦並非不知,所謂「遊仙登眞」其實亦一定程度是因現世不圓滿只好寄情「彼界」之託辭。因儘管藉由「上升仙界」或在「戲劇舞台」上均已「翻案補恨」、「代天行道」,仍不能掩飾在現實中之眞正遺憾,而這遺憾亦只有得到人間帝王之肯定方足以消解,故傳奇中不免呈現士人在「面聖」與「遇神仙」間思量、抉擇之複雜矛盾心

明戲曲劇種及聲腔研究》之附錄頁291〜292)。

〔註68〕可參看陳萬益〈晚明小品與明季文人生活〉一文(此文收在台北:大安出版社同一書名,1988年5月,初版,頁37〜83)。

〔註69〕可參呂正惠〈「內斂」的生命形態與「孤絕」的生命境界——從古典詩詞看傳統文士的內心世界〉一文(此文收在其《抒情傳統與政治現實》,頁209〜221,台北:大安出版社,1989年9月,初版);和李豐楙《憂與遊》一書導論:「憂與遊:遊仙文學的永恆主題」一節。(台北:學生書局,1996年3月,初版,頁8〜15)。

理，〔註70〕當然此中亦一定程度反射出寫作者本身之「不遇」心情。

最明顯的例子莫如 60-2-2《精忠記》最後一出：「表忠」這一出之背景是發生在「彼界」，因成「神」之岳飛、岳雲、張憲、岳夫人、岳銀瓶一家與成「眞人」之周三畏，全部聚合一起監視和見證秦檜、萬俟卨等人之受審，但姚茂良最後竟安排有一「錢塘西湖上樓霞嶺下當境土地之神」手持「宋朝皇帝焚賚誥命一通」，來對位居天界之岳飛全家與周三畏等「神眞」表示人間帝王追封與附廟享祀之「皇恩」，而眾「神」和「眞人」，竟一同欣慰感激、受寵若驚地合唱著：

> 〔眾〕萬歲〔大環著〕感皇天恩賜，感皇天恩賜，表我精忠，不泯我
> 半生百戰之功，幸一門重得顯榮，千古不磨名重。恨奸臣無端計策，
> 與金酋計挽相通。〔合〕誰知道得再逢，明正賊臣之罪難容。……

顯見台上台下眾人均心知肚明：天上「玉帝」封神縹緲虛幻，人間「皇帝」恩賜方確切眞實。讀書人在帝王權威制度之下，「隱逸、遊仙、修眞」不過是不得已中勉強開拓出來之自由空間，然人間眞正可能最大之自由，在集權帝制之下，其實只有一人得享，而一人之下萬萬讀書人，亦只能以帝王之價值爲價值，以帝王之恩寵爲恩寵，且以帝王之青睞爲「得遇」之最後鑑別標準。其「政治結構」如彼，文士之「文化心理結構」即如此，這是當時讀書人莫可奈何且唯一之選擇。

又若 60-3-3《明珠記》最後一出之古押衙，其本已是「仙都散吏」謫謫人間修道，且已在茅山修眞有成，但當知朝廷下詔書封號時，亦沾沾自喜藉機下山，當人問他「古押衙，朝廷賜你一道號，你肯受麼？」他亦快快回答：「天子所賜，小道怎敢不受？」更遑論 60-5-5《彩毫記》中之李白夫婦，一個本是謫仙受點化修道能散盡萬貫家財之豁達心性、一個則是出家訪道拜師修仙，雖爲女流但亦道心堅固，在第三十八出「仙官列奏」時均已登天榜、仙爵有份。但在最後一出「團圓受詔」時，對皇帝「因誤會導致李白蒙冤，而今省悟爲之復官」之恩情，馬上感覺「皇情浩蕩如天地，微臣感激恩私」，而對修眞與得聖上恩寵雙雙有份亦覺：「鍊丹砂蹁躚羽衣，如今騎馬登玉墀，早

〔註70〕此種士人矛盾心理，遠在唐代就已然出現，可參見胡萬川〈神仙與富貴之間的抉擇──唐代小說中一個常見的主題〉一文（此文收：在清華大學中語系編《小說戲曲研究》第二集，頁 3～43，台北：聯經出版，1989 年 8 月，初版）。

看控鶴驂赤螭，少伯留候遠共風期」，屠隆藉李白之口顯示出：若得人間皇帝封賞，將不亞於仙榜有份之洋洋得意。就算 60-6-3《玉合記》中的李王孫先天本已是謫仙受張果老點化修道，本身又能捨棄富貴繁華真心修煉，而當皇帝賜號「混元真人」，命其主持「先天觀」，他亦不推不拒，謝恩就之。另 60-10-3《雙烈記》最後為免遭忌、功成即告老還鄉、歸隱山林，又與方外高僧高士交遊、自號「清涼居士」的韓世忠，事隔十多年，才得皇上策封，仍慶幸感激地認為：「……感當今聖主，記念愚庸，……，老年何幸，復借天風，湛湛霑甘露。……。皇恩廣布，念此生潦倒何須數？深愧已無補」。

當然如 60-11-3《曇花記》最後一出，木清泰一家入道亦同時受到人間皇帝與天上如來敕封。而其接受西方彌陀如來敕封時，作者只描寫「眾叩頭科」，但先前接受「聖旨」時，木清泰是表示：「快排香案迎接」，因頒旨者告知「曾為朝廷大臣，今雖成道出世，不可失人臣之禮」。事實上，在《六十種曲》中真正顯示對皇上封賞不放在心上的，是 60-1-4《浣紗記》中的范蠡夫婦、和 60-2-1《千金記》第四十六出的張良。然這些人一來均為歷史上真實人物的真正行為；二來亦有功成身退以避禍之心。故整體而言，傳奇中所顯示之明代士人心理，表面以好隱逸、修仙之態度輕視現實富貴功名，實則對皇帝之眷寵內心仍是戀戀不忘。而甚至「狀元」之類功名價值直逼「神格」，連天上低階神靈亦需退讓三分。

例如《全明傳奇》167《萬事足》第二折中，狀元陳循因喝醉酒後散步至城隍廟，因一時氣悶，就神桌上之筆硯戲書一聯，將「土地神」罰去雲南，「判官」則流移冀北，而土地神與判官竟有如下對白：

> 〔淨〕……小聖乃城隍廟中土地〔指副淨介〕這是判官。分大廟之香燈，受下民之供養，今夜陳狀元酒醉到此，嗔我不迎，將我罰去雲南，判官流冀北，好苦啊！〔副淨〕我等何不去告訴城隍老爺，不准其判便了。〔淨〕你有所不知，他是文曲星，就是城隍老爺，也讓他的。〔副淨〕如此怎麼好？〔淨〕哦！我有道理，那周豹文是他業師，乘其熟睡，託夢於他，求其解脫，多少是好。〔副淨〕言之有理。

而 235《四美記》第十二出中則寫到，王氏有娠，歸寧時乘船渡洛陽海口，途中舟將覆，半空中竟有聲音說到：「閑神野鬼休得興波作浪，蔡狀元在舟中，毋得驚動。」另湯顯祖《還魂記》第二十三出「冥判」中，杜麗娘在陰間被判可還陽尋柳夢梅，理由亦是因：杜父是知府、而其夫婿是「新科狀元」哩！

而上述所呈現既可笑又複雜之心理，實可說是明代不遇文士之集體意識反映，藉戲劇形式以表情志，故有此種種想像。

三、反出家、崇人倫

再者，明人透過宗教角色和宗教性情節所反映出的「文化心理」，還普遍呈現爲一種士庶均「反出家、崇人倫」之傾向。前文提過，許多傳奇故事才子佳人戀愛地點即發生於寺觀之中，甚至出家人與在家人發生戀情，最後還還俗成婚。如果其中男女主角是出於眞情、自然純潔地發生戀愛，並非一開始即苟合而隨意淫亂，則可看出明代士庶非但不予反對，反而大加頌揚，即便劇中人原先是「出家」身份、後來才「還俗」，亦不排斥。因爲明傳奇的絕大多數作者雖是文人，且許多具仕宦之資格身份，[註71] 但到底並非主張「存天理、去人欲」[註72] 之理學家或極少數如丘濬、邵燦之類道學先生。在明中葉以後，經由王陽明「心學」對「理學」之反動，文壇以李贄、徐渭、湯顯祖、袁宏道等人爲代表，亦普遍提出重童心、主情性之類美學主張。[註73] 表現在戲曲上，文人對人性眞實自然情感之發抒，有較具彈性之包容空間和欣賞能力。更何況戲曲的絕大部份審美主體是廣大的庶民百姓，其對人七情六慾之理解和體會，本又較文人更爲開放而野性，故若面對禁欲者突破戒規、正視自己之眞實情慾；或青年男女相遇自然產生之戀情，即便是在寺院發生的，亦均產生一種不假修飾的、寧對禮教直接反動的「同情相應」與「本然如此」之過癮心理。

且基於中國人原來對「傳宗接代」之重視，普遍對從印度傳來佛教之「出家禁欲」行爲隱隱地似有一種民族的潛在敵意。表現在對前述「在寺觀戀愛」及「出家人還俗」之隱約容許和鼓勵之中；又表現在對「明明出家卻又藉機大開淫戒」、甚至「兼任淫媒」之類虛僞行爲之批判上。前者例如《西廂記》、

〔註71〕參同前林鶴宜書，頁291。

〔註72〕此爲程頤觀念而由朱熹繼承。參見《二程遺書》上卷第二十四：「人心私欲故危殆，道心天理故精微，滅私慾，則天理明矣。」

〔註73〕可參見吳毓華《古代戲曲美學史》頁110～141（北京：文化藝術出版社，1994年8月，第一版第一刷），姚文放《中國戲劇美學的文化闡釋》頁192～198；夏咸淳《晚明士風與文學》第五、六、七章（北京：中國社會科學出版社，1994年7月，第一版第一刷，頁179～274）；以及黃卓越《佛教與晚明文學思潮》第二、三章（北京：東方出版社，1997年10月，第一版第一刷，頁105～155）之詳細申述。

《春蕪記》和《玉簪記》、《鸞鎞記》，其中凡阻礙「張生與鶯鶯」、「宋玉與季清吳」姻緣之崔母、登徒履，均被塑造成蠻頇、不講理或邪惡好色之類負面形象；而陳妙常、魚玄機之還俗追求個人幸福，非但沒有受到批判，其在劇中之猶豫思量、情慾交戰，反成為人們同情理解、甚至憐惜之對象。更遑論《目連救母勸善戲文》中的小尼與和尚，雖然在劇中文人是帶著反省批判意識來描寫的，但由《孽海記》到有名的《尼姑思凡》折子戲，人們獨選取這令人尋思的一段在舞台上反覆咀嚼回味。〔註74〕顯然明代士庶對「出家禁欲」之違離人性之常，均表達出共同的反對想法。故傳奇中對高道、道姑之塑造普遍較僧人、尼姑之形象行為描寫正面。這除了因道教出於中國本土，中國人感覺較為親切外，亦因道教教派及修持法門眾多，少數如全真教之類道派雖亦需出家守貞，其他許多道教道派卻因修煉方式不同，未必即需「出家禁欲」，故傳奇中對不肖道人之描寫至多是不守清規、招搖撞騙；但對非守淫戒不可之僧人、尼姑，卻常常刻意大量描寫其破戒淫亂，甚至擔任仕女與和尚姦淫之媒人等事，對此中虛偽有著強烈的不以為然。

四、喜大團圓

因著這種反出家、重傳宗接代之民族文化心理，明人之「崇人倫」，且尤重家庭團圓之樂則成為可理解。有關傳奇「大團圓」之結局安排，學者就其背後之民族心理機制討論者已很多：有從佛教因果業報和道教鬼神觀念去分析的；〔註75〕有從中國古典悲劇團圓結局之審美心理討論的；〔註76〕王宏維在《命定與抗爭──中國古典悲劇及悲劇精神》一書中則將此重「團圓之趣」總括為以下三點理由：

其一，中國傳統的「中和」之美的影響。

其二，戲劇的大眾性、民間性的影響。

〔註74〕郭英德在其《世俗的祭禮》中編頁110～127「禁欲絕情」一節，亦特別提到這個例子，指出各地方劇種亦往往反覆上演這一名折（北京：國際文化出版，1988年5月，第一版第一刷）。

〔註75〕參見周育德《中國戲曲與中國宗教》頁155～160「因果業報與"大團圓"」一節（北京：中國戲劇出版社，1990年12月，第一版第一刷）。

〔註76〕參見吳國欽〈論中國古典悲劇〉一文（收在《學術研究》1983年第11期），和彭修銀《中西戲劇美學思想比較研究》書中頁162～174（湖北：武漢出版社，1994年5月，第一版第一刷）。

　　其三，中國古代文人悲劇心理的影響。〔註77〕

此外，當然還需加上中國戲劇表演場合如家宅宴樂、祠廟慶典等對劇情本身之制約等理由。然其中戲劇之大眾性、民間性影響正如本文上述：廣大中國老百姓對現實人倫安樂之期待、渴望，以及對人生之「理想型態」實均投射到戲曲中。獨獨因千年來幾經離亂，嘗盡憂患之民族，才會對「能傳宗接代」、「重人倫需要」、「家庭和樂團圓」之類現實願望有如此深的執著與期待，「大團圓」既是一種理想，亦是一種渴盼，不只是在舞台上要求「喜劇結局」而已，早已成為一種「基本人生態度」，是人存在天地間最起碼的要求。雖然非常「現實」，但多苦難的中國人在歷史上卻經常是連如此都難求，故成了百姓集體文化心理深層之情意結，藉由宗教角色和宗教性情節之描寫尤其反映出來，特值得後人深思與同情。

〔註77〕北京：新華書店，1996年4月，第一版第一刷，頁106～108。

第八章 結 論

　　作爲「中國宗教文學史」文獻專題研究之一環，《明傳奇宗教角色研究》行文至此可做一基本定位與價值論析：

　　英國人類學家 Edmund Leach 認爲人類行爲若分三大類：（一）實用行爲（practical or rationaltechnical behavior）、（二）溝通行爲（communicative behavior）、（三）巫術宗教行爲（magicoreligous behavior），則其中第（二）（三）種行爲基本上都是利用一套「符號」或「象徵」以表達人類內心感情與慾望的訊息。實際爲一種「儀式行爲」（ritual behavior）。只是第（二）種是以「他人」爲表達對象，稱爲「世俗的儀式」（secular ritual）；而第（三）種則是以「超自然」爲表達對象，稱爲「神聖儀式」（sacred ritual）。台灣學者李亦園將此一觀念分類表解如下：

$$
人類行爲
\left\{
\begin{array}{l}
實用行爲 \\
溝通行爲 \\
巫術行爲
\end{array}
\right\}
儀式行爲
\left\{
\begin{array}{l}
世俗的儀式 \\
神聖儀式 〔註1〕
\end{array}
\right.
$$

若根據此一分類來觀察中國戲曲，則爲炫文逞才、以典麗駢雅取勝之文人案頭劇，或氍毹之上才子佳人愛情纏綿的精選短齣單折之類，純粹爲娛樂欣賞表演之戲劇，在行爲分類上即屬世俗的「溝通行爲」，因劇作家和演員藉舞台演出與台下觀眾交換對人生之體會和美的感受；然一般爲除煞、祈福、還願、

〔註 1〕 以上可參見李亦園〈現代化過程中的傳統儀式〉一文頁 109 中對 Leach 觀念的分析徵引（收在其《文化的圖像》一書下冊，頁 95～116）。

超度等目的而專門進行演出之某些特定宗教儀式劇（如跳靈官、跳鍾馗之類），則更近於具有神聖性質之「巫術儀式行為」，因人們主要是透過戲劇性的儀式表演，藉以與他界鬼神取得溝通連繫。

而一般節日慶典時在祠廟、廣場前演出的大型連台全本演劇，其目的既為「悅神」、同時為「娛人」（尤其是如中元節例演的有名的「目連戲」）；以及一般在勾欄、酒店、客店、家宅等先前必加演、例演吉祥戲、扮仙戲之全本正戲，其性質則同時具有「世俗的溝通行為」和「神聖的巫術儀式行為」等雙重效能。這一類戲劇基本上藉整體表演行為展示一舞台人生面相，劇作家以劇中人行動傳達某種觀念價值和意願，以和觀眾取得共鳴，完成世俗的溝通行為；同時藉戲劇中的宗教神怪等角色和宗教性敘事行動、以及扮仙、吉慶之類開場儀式劇目，〔註2〕達至「神聖儀式行為」之類似效用。觀眾藉觀賞此類宗教角色、宗教性情節或正戲前後之儀式劇目，以舞台為媒介和「彼界」進行交流，故劇中人對象徵彼界存在之宗教角色、宗教性情節之感受和反應，亦正替代了現實觀眾對「彼界」有一感受和作出反應。而扮仙、加官一類開場儀式劇中神仙角色對觀眾的慈悲和善意（如：賜福、封官、招財進寶之類），或戲劇中神靈顯聖對劇中人命運之救助、以及因此對觀眾心靈所產生之安慰，亦同時替代抽象無形之彼界神靈對現實中相信其存在、期盼其回答的人們發言、或回應。故戲劇中宗教角色和宗教性情節之出現，除了有其自身之審美效果和娛樂功能之外，最重要的是，人們藉由其在舞台上之行動，正視「彼界」之存在；而正戲之前之後的儀式劇目，則具有演員藉此對彼界「示敬」；而天上神靈亦藉宗教角色對人間觀眾「致意」之象徵涵意。

而原來戲劇藉各式角色在劇中之行動，就「舞台」自身之藝術特質而言，與「宗教儀式」實有類似本質——即均藉某種行動表演以達成一特定目標，只是一為藝術審美、一為宗教目的。故為除煞、祈福、還願、超度等明確目的演出之純粹「宗教儀式劇」，雖密切結合兩者，但主要仍為「宗教目的」。而明傳奇中藉宗教角色及其行動表演所產生之功能，則既有藝術審美之效果，亦有類似「宗教儀式」之功能，且甚至因其表演形式主要為一藝術審美之方式，故之於宗教儀式所欲達至之宗教功能，則以「寓教於樂」之方式間接完成。而明傳奇中宗教角色及宗教性情節之塑造描寫，除了就「表演目的」

〔註2〕邱坤良〈「中國劇場之儀式劇目」研究初稿〉一文即專針對此部份來研究（收在台北：《民俗曲藝》第三十九期，頁100～127，1986年1月）。

和「功能」兩方面與純粹「宗教儀式劇」有些微不同外，就傳奇自身所顯示出的意識內涵和創作手法而言，文人劇作家與民間無名氏之作品間，亦有以下幾點明顯差異：

首先就「仙眞之塑造方式」而言，民間藝人筆下之仙眞形象似乎有較多「人性化」之弱點，而劇情中甚至反以曝露仙眞之弱點爲情節重心，與文人筆下仙眞威嚴端肅之形象有明顯不同。例如《全明傳奇》239《青袍記》中出現的劉海、寒山、拾得、鐵拐李、呂洞賓等眾神，不同於文人筆下常用的「群仙會勘」、「八仙慶壽」等上場方式。上述仙眞上場既從容又營造出昇平安樂之氣氛，但《青袍記》眾仙則是以紛紛躲避雷神處罰之慌張方式出場。又211《韓湘子九度文公昇仙記》中之韓湘子，在劇中寫其屢度韓愈不成，故一次又一次之示現神通，反被老於世情之韓愈譏爲雜耍魔術。又241《觀音魚籃記》中出現之四大天將，竟打不過法力高強之金線鯉魚精，還得等觀世音菩薩藉魚籃設法收服。上述種種仙眞形象，若對照 60-11-3《曇花記》中的西天祖師賓頭廬、蓬萊仙客山玄卿；或60-9-2《蕉帕記》中的呂洞賓、鐵拐李、漢鍾離、張果老等，即可看出民間無名氏所設計之仙眞造型實較爲親切、滑稽，當然通常也較狼狽。此倒不因百姓對信仰較不虔誠之故，而是以仙眞較人性的，具有缺點之藝術形象，拉近人與神之間的距離。因民間藝人所塑造之仙眞，在舞台上並非高高在上的監督掌控者，而是如你我一般有著困境（雖其困境亦是神怪之理由）之具有缺點者，然因其在舞台上，倒底具有超常之神通法力，所以之於百姓而言，亦可激起「有爲者亦若是」之鼓勵。

其次就「度化過程和方式」而言，文人劇作家在寫作有關求道歷幻之類作品時，多將重點放在主角之「最終了悟」上，故劇情中「入夢、出夢」、「乘竹葉舟、出竹葉舟」之類安排，以及智慧點化者之出現，往往有著關鍵性之作用。因由其帶領劇中人和觀眾「由眞入幻、由幻入眞」，台上台下即因此均受到點化而得以成長啓悟。然就民間無名氏作品而言，此類「點化啓悟」並非戲劇之表現重點，因點化過程中波瀾起伏之挑戰和神通展示之遊戲意味，才是表現的重心。例如211《韓湘子九度文公昇仙記》寫韓湘子對韓愈之漫長度化過程中既祈雪、又請仙童奏樂、變美人圖爲仙女、又點石成金……等等，在舞台上輪番雜耍嬉戲，非常熱鬧好看。此與諸如60-5-5《綵毫記》李白之努力尋師訪道；或60-4-3《邯鄲記》中盧生夢中之種種歷難之表現重點和戲劇氛圍完全不同。此中顯示百姓觀賞宗教神怪戲劇時，雖亦因此藉機進入非常之

「神聖時空」中，但在此非常時節中休閒娛樂之放鬆遊戲，才更切合所需。

再者就所謂「謫譴之內涵」而言，文人筆下之謫仙異人或為歷史名人來歷不凡，或為試煉心性和光同塵，其中似有較嚴肅痛苦之磨勵解罪意義；然民間無名氏所塑造之謫仙異人，則通常並不強調其罪譴及在人間磨煉之深刻涵義，反較重視其神異之能力，及超常之際遇。例如：242《舉鼎記》中寫伍子胥乃左喪門星下凡，能舉起重逾千斤之石獅；而220《五福記》中韓琦身現五色雲，娶四妾又生五子，五子均金榜提名；又239《青袍記》中梁灝乃文曲星降，偶然救了呂純陽，即夜半有裸女送懷，且母長壽、四代子孫均登高第。相形之下60-3-3《明珠記》中之左押衙需助主角度過劫難以完成心性磨煉；或60-12-5《四賢記》寫王氏父母雙亡、親人離散，又需當人妾室、含莘茹苦養育正妻兒子成人，最後四處逃難，方得歸天上仙班之過程實艱辛得多。前述民間藝人塑造謫仙異人，往往以一誇張而令人欣羨之方式來突顯，使人驚奇讚歎劇中人之人生並無須付出太多代價（只因其本為謫仙）。雖則因此情節不合理之成份增高，而深刻意義亦削弱，然人們潛在願望「不勞而獲」之心態，卻因此表露無遺。

最後還有一要點特值得一提，在《青袍記》中之謫仙梁灝，若其被謫有何具體磨礪過程可言，無非以下兩點：遇到五代政治危亂，故只好隱居二十年；再者則是屢試不中狀元（只是「不中狀元」，而非「不第」）。換言之，民間無名氏所能想像之罪譴痛苦其實非常通俗普遍（此類痛苦人人多半都有，實不值另提），故「謫仙」作為一特殊身份，「指稱語」之意義較高，人間罪譴磨勵之用意則非常小。

綜觀上述，以「傳奇」之戲劇體裁來從事「宗教文學」之創作，可見「文人劇作家」與「民間無名藝人」所呈現之藝術特質，仍有一定程度不同。而藉由大量傳奇劇作之檢尋歸納，來探討其中反映之明代歷史現象、民情風俗和宗教、文化心理亦有其全面代表性。因「戲劇」比任何其他藝術形式均更貼近人生，戲劇中的情境亦即虛擬的人生情境，劇中人物之動作，則反映現實人生中人們之願望與動作。而中國戲劇的本質，正藉此「藝術形式」補償人生中之缺憾，並在此中遊戲與學習。故「大團圓結局」正是欲使人生圓滿之反映與投射；而其中危難時適時出現之仙佛上聖高真，則是人生痛苦之解救者，教人經由超自然力、宗教神秘力之信仰（任），得以安頓當下之人生，並對未來心存盼望。故人們藉看戲體會人生、經驗人生，並學習以「神的觀

點」宏觀審視人生。劇中人物經由生命的跌宕波折而終圓滿團圓，台下觀眾亦經由看戲經驗生命秩序之重建。故傳奇中所反映之宗教，已非嚴肅之教義教理，而是人們對宗教之需求及理解；而傳奇中所反映之文化，亦非文化現象之舖排，而是文化現象底下之內在心理結構；且傳奇中反映之歷史與民俗風俗，則是人們對歷史之檢視、反省和批判，以及對風俗民情形成原因之了解。整體而言，傳奇以其藝術形式呈現人生最深沈根本處之探索與反省（有些作家當然是不自覺的），藉宗教角色之行動及宗教性情節之安排得以展開，故宗教角色有其象徵隱喻之作用，此是研究傳奇中宗教角色以明瞭明代現象及思維之最重要意義。

　　然底下仍有諸多問題懸而未決，比如：明代傳奇固為明代最具代表性之文學體裁，及具最大量觀賞閱讀人口之藝術表現形式，然而其他尚有諸如明代雜劇、或其他大量之宗教善書、寶卷與小說等，其中所反映之宗教、文化心理是否即與明傳奇中所表現相符？而就戲劇本身之歷史而言，明傳奇之前有元雜劇、其下又接清代京劇、地方劇，其中所反映之歷史現象、民情風俗和宗教、文化心理是否有其異同？再就宗教文學本身之發展脈絡而言，明傳奇藝術手法之運用與呈現方式，與其他文學體製相較又有何殊勝？而其中對宗教觀念之探索及詮釋是否又有偏重不同？……種種問題，或因時間不許可，或因現有資料不足徵，姑且做為未來進一步研究探討之題目。以上是為結論。

參考書目

壹、參考引用書目

〔古籍〕

（一）戲曲、文學類

1. 《全元雜劇》，楊家駱主編，台北：世界書局，1968 年，初版。

2. 《全明雜劇》，陳萬鼐主編，台北：鼎文書局，1979 年，初版。

3. 《全明傳奇》，台北：天一出版社，1983 年 12 月景印。

4. 《六十種曲》，明・毛晉編，台灣：開明書店，1970 年 4 月台一版，1986 年 4 月台二版。

5. 《綴白裘》，清・玩花主人原編；錢德蒼增補重編，台北：文光書局，1957 年 1 月版。

6. 《李漁全集》，清・李漁，浙江古籍出版社，1990 年 6 月，第一版。

7. 《古本戲曲叢刊》，中國社會科學院文學研究所古本戲曲叢刊編輯委員會編，上海古籍出版社，1986 年版。

8. 《善本戲曲叢刊》，王秋桂主編，臺灣學生書局影印出版，1984 年版。

9. 《海外孤本晚明戲劇選輯三種》，李福清、李平編，上海古籍出版社，1993 年。

10. 《明刊閩南戲曲絃管選本三種》，龍彼得編，北京：中國戲劇出版社，1995 年版。

11. 《明清抄本孤本戲曲叢刊》，金沛霖主編，北京：線裝書局，1996 年版。

12. 《元明清三代禁毀小說戲曲史料》，王曉傳輯，北京：作家出版社，1958 年版。

13. 《元明清三代禁毀小說戲曲史料》，王利器輯，上海：古籍出版社，1981年版。

14. 《中國古典戲曲論著集成》共十冊，中國戲曲研究院編，北京：中國戲劇出版社，1959 年 7 月第 1 版，1982 年 11 月第 4 次印刷。

15. 《東京夢華錄》，南宋・孟元老，台北：大立出版社，1980 年 10 月版。

16. 《四友齋叢說摘抄》，明・何良俊，台灣：商務印書館，《叢書集成簡編》2808 號，1966 年 3 月，台一版。

17. 《續藏書》，明・李贄，台灣：學生書局，1974 年 5 月版。

18. 《萬曆野獲編補遺》，明・沈德符，台北：新興書局，1988 年 1 月版《筆記小說大觀十五編》。

19. 《陶庵夢憶》，明・張岱，北京：作家出版社，1995 年 12 月，第一版第二次印刷。

20. 《蓴鄉贅筆》，明・董閬石，台北：廣文書局。

21. 《閒情偶寄》，清・李漁，台北：淡江書局，1956 年 5 月，初版。

22. 《審音鑑古錄》，清・琴隱翁編，台灣學生書局，1987 年 11 月影印初版。

23. 《傳奇彙考》，作者不詳，北京：書目文獻出版社，1994 年 3 月，第一版第一刷。

24. 《曲海總目提要》，董康，台北：新興書局，1985 年，第一版第一刷。

25. 《新曲苑》第二冊《艾塘曲錄》，任中敏，台灣：中華書局，1970 年版。

（二）思想、史傳類

1. 《四書集注》（甲種本），朱熹注，台北：世界書局，1982 年 5 月，二十六版。

2. 《定本墨子閒詁》，孫詒讓，台北：世界書局，1986 年 10 月，十二版。

3. 《莊子集釋》，郭慶藩，台北：漢京文化，1983 年 9 月，初版。

4. 《荀子集解》，王先謙，台北：華正書局，1982 年 10 月版。

5. 《洞玄眞靈位業圖》，陶宏景，台北：藝文印書館《百部叢書集成》第十四輯《秘冊彙函》七。

6. 《二程遺書》，程顥、程頤，台灣商務印書館，景印文淵閣四庫全書 698 冊，1983 年版。

7. 《鐵函心史》，鄭思肖，台北：老古出版，1981 年 8 月，初版。

8. 《魏書》，北齊・魏收撰，台北：藝文印書館，1956 年。

9. 《隋書》，唐・魏徵等撰，台北：藝文印書館，1956 年。

10. 《新唐書》，宋・歐陽修、宋祁等撰，台北：商務印書館，1983 年。

11. 《金史》，元・托克托，台北：藝文印書館，1956 年。

12. 《元史》，明‧宋濂等撰，北京：中華書局，1976 年。

13. 《庚申外史》，權衡撰，北京：中華書局，1965 年，北京新一版。

14. 《明史》，清‧張廷玉等敕修，台北：藝文印書館，1956 年。

15. 《大明律集解附例》，高舉刻，台北：成文出版社，1969 年 2 月台一版，另清‧光緒二十四年重刊本影印；台北：學生書局，1970 年 12 月，影印初版。

16. 《明太祖文集》，收在《四庫全書》第一二二三冊。

17. 《明會典》，申時行等重修，台灣商務印書館，1936 年 9 月，初版。

18. 《明實錄‧太祖實錄》，台北：中央研究院歷史語言研究所，1966 年 9 月，初版。

19. 《明實錄‧神宗實錄》，台北：中央研究院歷史語言研究所，1966 年 9 月，初版。

20. 《御製紀夢》，明太祖，台北：藝文印書館，《百部叢書集成之十六》中《記錄彙編卷五》，1966 年版。

21. 《御製大誥三篇》，明太祖，明洪武十九年本，不分卷；北京：書目文獻出版社，1988 年。

22. 《御制周顛仙人傳》，台北：藝文印書館，《百部叢書集成之十六》中《紀錄彙編卷六》，1966 年版。

23. 《罪惟錄》，收在《四部叢刊三編史部》，台北：商務印書館，1966 年 10 月，臺一版。

24. 《清史稿校註八十卷》，趙爾巽等撰，國史館清史稿校註編纂小組，台北縣新店市：國史館，1986 年。

25. 《清稗類鈔》，徐珂編，上海：商務印書館，1917 年。

〔**近人著作**〕（依作者姓名筆劃順序排列）

（三）戲劇專書

1. 王永健《中國戲院文學的瑰寶──明清傳奇》，江蘇教育出版社，1989 年 11 月，第一版第一刷。

2. 王安祈《明代傳奇之劇場及其藝術》，台大博士論文，1985 年，張敬、曾永義教授指導，台北：學生書局，1986 年 6 月出版。

3. 王安祈《明代戲曲五論──附明傳奇鉤沈書目》，台北：大安出版社，1990 年 5 月，第一版第一印。

4. 王安祈《傳統戲曲的現代表現》，台北：里仁書局，1996 年十月，初版。

5. 王宏維《命定與抗爭──中國古典悲劇與悲劇精神》，北京：新華書店，

1996 年 4 月,第一版第一刷。

6. 王璦玲《明清傳奇名作人物刻劃之藝術性》,台北:臺灣書店,1998 年 3 月,初版。

7. 余秋雨《中國戲劇文化史述》,台灣:駱駝出版社,1987 年 8 月,初版。

8. 吳國欽《中國戲曲史漫話》,台北:木鐸出版社,1983 年 8 月,初版。

9. 吳毓華《古代戲曲美學史》,北京:文化藝術出版社,1994 年 8 月,第一版第一刷。

10. 李曉《比較研究:古劇結構原理》,北京:中國戲劇出版社,1989 年 1 月,第一版第一刷。

11. 周育德《中國戲曲與中國宗教》,北京:中國戲劇出版社,1990 年 12 月,第一版第一刷。

12. 周貽白《中國戲劇史講座》,台北:木鐸出版社,1988 年 9 月,初版。

13. 林鶴宜《晚明戲曲劇種及聲腔研究》,台北:學海出版社,1994 年 10 月,初版。

14. 邱坤良《中國傳統戲曲音樂》,台北:遠流出版社,1981 年 11 月,初版。

15. 胡忌、劉致中《崑劇發展史》,北京:中國戲劇出版社,1986 年 6 月,第一版第一刷。

16. 俞爲民《明清傳奇考論》,台北:華正書局,1993 年 7 月,初版。

17. 姚文放《中國戲劇美學的文化闡釋》,中國人民大學出版社,1997 年 1 月,第一版第一刷。

18. 徐朔方《晚明曲家年譜》,浙江古籍出版社,1993 年 12 月,第一版第一刷。

19. 唐文標《中國古代戲劇史初稿》,台北:聯經出版,1984 年 5 月初版,1985 年 5 月第二次印行。

20. 容世誠《戲曲人類學初探》,台北:麥田出版,1997 年,初版。

21. 夏寫時《中國戲劇批評的產生和發展》,北京:中國戲劇出版社,1982 年版。

22. 夏寫時《論中國戲劇批評》,山東:齊魯書社,1988 年版。

23. 張庚、郭漢城《中國戲曲通史》,台北:丹青圖書公司,1987 年 8 月,三版。

24. 張敬《明清傳奇導論》,台北:華正書局,1986 年 10 月,初版。

25. 張燕瑾《中國戲劇史》,台北:文津出版社,1993 年 7 月,初版一刷。

26. 郭英德《明清文人傳奇研究》,台北:文津出版社,1991 年 1 月,初版。

27. 陳芳英《目連救母故事之演進及其有關文學之研究》,台北:台大文史叢刊之六十五,1983 年 6 月,初版。

28. 陸萼庭《崑劇演出史稿》，上海文藝出版社，1979 年版。

29. 傅謹《戲劇美學》，台北：文津出版社，1995 年 7 月，臺初版。

30. 彭修銀《中西戲劇美學思想比較研究》，湖北：武漢出版社，1994 年 5 月，第一版第一刷。

31. 曾永義《中國古典戲劇的認識與欣賞》，台北：正中書局，1991 年 11 月，台初版。

32. 曾永義《中國古典戲劇論集》，台北：聯經出版，1975 年 10 月初版，1982 年 8 月第四次印行。

33. 曾永義《明雜劇概論》，台北：學海出版社，1979 年 4 月，初版。

34. 曾永義《參軍戲與元雜劇》，台北，聯經出版，1992 年 4 月，初版。

35. 曾永義《詩歌與戲曲》，台北：聯經出版，1988 年 4 月，初版。

36. 曾永義《說俗文學》，台北：聯經出版，1980 年 4 月，初版。

37. 曾永義《說戲曲》，台北：聯經出版，1980 年 9 月初版，1983 年 5 月第三次印行。

38. 曾永義《論說戲曲》，台北：聯經出版，1997 年 3 月，初版。

39. 黃克保《戲曲表演研究》，北京：中國戲劇出版社，1992 年版。

40. 葉長海《中國戲劇學史稿》，台北：駱駝出版社，1987 年 8 月。

41. 寧宗一、陸林、田桂民合編《明代戲劇研究概述》，天津教育出版社，1992 年 8 月，第一版第一刷。

42. 廖奔《中國古代劇場史》，河南：中州古籍出版社、1997 年 5 月，第一版第一刷。

43. 齊如山《齊如山全集》，台北：聯經出版，1979 年 11 月版。

44. 齊森華《曲論探勝》，上海：華東師範大學出版，1985 年版。

45. 劉禎《中國民間目連文化》，四川：巴蜀書社，1997 年 7 月，第一版第一刷。

46. 蔡豐明《江南民間社戲》，上海：百家出版社，1995 年 12 月，第一版第一刷。

47. 鄧長風《明清戲曲家考略》，上海：古籍出版社，1994 年 12 月，第一版第一刷。

48. 鄧長風《明清戲曲家考略續編》，上海：古籍出版社，1997 年 1 月，第一版第一刷。

49. 鄭傳寅《中國戲曲文化概論》，湖北：武漢大學出版社，1993 年 8 月，第一版第一刷。

50. 錢南揚《戲文概論》，台北：木鐸出版社，1982 年 2 月，初版。

51. 藍凡《中西戲劇比較論稿》，上海：學林出版社，1992 年 11 月，第一版第一刷。

52. 譚帆、陸煒《中國古典戲劇理論史》，北京：中國社會科學出版社，1993 年 4 月，第一版第一刷。

53. 羅錦堂《現存元人雜劇本事考》，台北：中國文化事業股份有限公司，1960 年 4 月，初版。

54. 顧篤璜《崑劇史補論》，江蘇古籍出版社，1987 年 10 月，第一版第一刷。

55. 龔和德《戲曲景物造型概說》，北京：中國戲劇出版社，1996 年 3 月，第一版第一刷。

56. 《崑劇穿戴》，曾長生口述，徐凌云、貝晉眉校訂，江蘇戲曲研究室編印，1963 年 2 月。

57. 《中國儀式研究通訊》，台北：財團法人施合鄭民俗文化基金會出版，1995 年 4 月第一期起。

58. 《中國儺戲、儺文化研究通訊》，台北：施合鄭民俗文化基金會出版，1992 年 3 月第一期起。

59. 《四川目連戲資料論文集》中（李樹成抄本），重慶：川劇研究所出版，1990 年版。

60. 《民俗曲藝叢書》，台北：施合鄭民俗文化基金會出版。

（四）文學、理論類

1. 申丹《敘述學與小說文體學研究》，北京大學出版社，1998 年 7 月，第一版第一刷。

2. 汪辟疆《唐人傳奇小說》，台北：文史哲出版社，1983 年 7 月版。

3. 周發祥《西方文論中國文學》，江蘇教育出版社，1997 年 11 月，第一版第一刷。

4. 金健人《小說結構美學》，台北：木鐸出版社，1988 年 9 月，初版。

5. 姚一葦《詩學箋註》譯註，台北：中華書局，1993 年 8 月，十版三刷。

6. 胡亞敏《敘事學》，湖北：華中師範大學出版，1994 年 5 月第一版，6 月第一刷

7. 孫一珍《明代小說的藝術流變》，四川文藝出版社，1996 年 10 月，第一版第一刷。

8. 夏咸淳《晚明士風與文學》，北京：中國社會科學出版社，1994 年 7 月，第一版第一刷。

9. 馬美信《晚明文學初探》，台北：聖環圖書公司，1994 年 6 月，第一版第一刷。

10. 高辛勇《形名學與敘事理論》，臺北：聯經出版，1987 年 11 月，初版。

11. 陳平原《千古文人俠客夢——武俠小說類型研究》，台北：麥田出版，1995 年 4 月，初版一刷。

12. 陳平原《中國小說敘事模式的轉變》，台北：久大出版，1990 年 5 月，初版。

13. 黃卓越《佛教與晚明文學思潮》，北京：東方出版社，1997 年 10 月，第一版第一刷。

14. 程金城《原型批判與重釋》，北京：東方出版社，1998 年 12 月，第一版第一刷。

15. 程孟輝《西方悲劇學說史》，北京：中國人民大學出版社，1994 年 1 月，第一版第一刷。

16. 蔣瑞藻《小說考證》，上海古籍出版社，1984 年 7 月，第一版第一刷。

17. 魯迅《中國小說史略》，台北：谷風出版社景印 1924 年 3 月版。

18. 樂蘅軍《意志與命運——中國古典小說世界觀綜論》，台北：大安出版社，1992 年 4 月，第一版第一印。

（五）工具書

1. 《明代傳奇全目》，傅惜華，北京人民文學出版社，1956 年 12 月，第一版第一次印刷。

2. 《古典戲存目彙考》，莊一拂，台灣：上海古籍出版社，1982 年 12 月，第一版第一次印刷。

3. 《汲古閣六十種曲敘錄》，金夢華，台灣：嘉新水泥公司文化基金會研究論文第九十三種。

4. 《明清傳奇綜錄》，郭英德，河北教育出版社，1997 年 7 月，第一版第一刷。

5. 《中國大百科全書・戲曲曲藝卷》，北京：中國大百科出版社出版，1983 年 8 月第一版，1988 年 11 月第二印。

6. 《中國戲曲曲藝辭典》，上海辭書出版社，1981 年 9 月第一版，1985 年 2 月第三次印刷。

7. 《元曲百科辭典》，袁世碩主編，山東教育出版社，1989 年 4 月，第一版第一印。

8. 《中國戲曲表演藝術辭典》，余漢東編著，湖北辭書出版社，1994 年 10 月，第一版第一印。

9. 《中國戲曲劇種大辭典》，上海辭書出版社，1995 年 6 月，第一版第一印。

10. 《中國曲學大辭典》，浙江教育出版社，1997 年 12 月，第一版第一印。

11. 《中國戲曲志》，中國戲曲志編輯委員會編，北京：文化藝術出版社，（各省出版年代不一）。

12. 《道藏提要》（修訂本），任繼愈主編，北京：中國社會科學出版社，1991年7月第一版，1995年8月第二刷。

13. 《中國大百科全書、宗教卷》，北京：中國大百科出版社出版，1988年1月第一版，1994年1月第四刷。

14. 《道教大辭典》，閔智亭、李養正主編，北京：華夏出版社，1994年6月第一版，1995年1月第二刷。

15. 《道教文化辭典》，張志哲主編，江蘇古籍出版社，1994年6月，第一版第一刷。

16. 《中華道教大辭典》，胡孚琛主編，北京：中國社會科學出版社，1995年8月，第一版第一刷。

17. 《中國民間秘密宗教辭典》，濮文起主編，四川辭書出版社，1996年10月，第一版第一刷。

（六）宗教、神話、民俗類

1. 王志遠主編《道教百問》，北京：今日中國出版社，1992年12月，第一版第一刷；1997年9月，第二版第一刷。

2. 王秋桂、李豐楙主編《中國民間信仰資料彙編》，台灣學生書局，1989年11月，景印初版。

3. 王熹《中國明代習俗史》，北京：人民出版社，1994年4月，第一版北京第一次印刷。

4. 田尚《中國的寺廟》，北京：中國青年出版社，1991年8月，第一版第一刷。

5. 任繼愈《中國道教史》，台北：桂冠圖書公司，1991年10月，臺初版一刷。

6. 朱越利《道經總論》，台北：洪葉文化事業，1995年1月，臺初版一刷，原遼寧教育出版社出版。

7. 朱越利《道經答問》，台北：貫雅文化事業，1990年10月，臺初版。

8. 何星亮《中國自然神與自然崇拜》，上海：三聯書店分店，1992年5月第一版，1995年3月第二刷。

9. 呂宗力、欒保群《中國民間諸神》，台灣：學生書局，1991年10月，初版。

10. 余國藩《余國藩西遊記論集》，台北：聯經出版，1989年10月，初版。

11. 李養正《道教手冊》，鄭州：中州古籍出版社，1993年8月，第一版第一刷。

12. 李豐楙《六朝隋唐仙道類小說研究》，台北：學生書局，1986 年 4 月初版，1997 年 2 月初版二刷。

13. 李豐楙《許遜與薩守堅——鄧志謨道教小說研究》，台北：學生書局，1997 年 3 月初版。

14. 李豐楙《誤入與謫降——六朝隋唐道教文學論集》，台北：學生書局，1996 年 5 月，初版二刷。

15. 李豐楙《憂與遊——六朝隋唐遊仙詩論集》，台北：學生書局，1996 年 3 月，初版。

16. 林進源《中國神明百科寶典》，台北：進源書局，1988 年 9 月初版，1995 年 9 月再刷。

17. 金良年《中國神秘文化百科知識》，上海文化出版社，1994 年 12 月第一版，1998 年 3 月第 4 刷。

18. 卿希泰主編《中國道教史》(四卷本)，台北：中華道統出版社，1997 年 12 月 12 日，初版。

19. 馬西沙、韓秉方《中國民間宗教史》，上海人民出版社，1992 年 12 月，第一版第一刷。

20. 馬書田《華夏諸佛·佛教卷》，台北：雲龍出版社，1993 年 10 月，初版。

21. 馬書田《華夏諸神·道教卷》，台北：雲龍出版社，1993 年 10 月，初版。

22. 馬書田《華夏諸神·俗神卷》，台北：雲龍出版社，1993 年 10 月，初版。

23. 高國藩《敦煌古俗與民俗流變——中國民俗探微》，江蘇：河海大學出版社，1990 年 6 月，第一版第一刷。

24. 高壽仙《中國宗教禮俗》，台北：百觀出版社，1994 年 2 月，初版一刷。

25. 孫昌武《佛教與中國文學》，台灣東華書局，1989 年 12 月，初版。

26. 郭丹《聖凡世界——佛教神靈譜系》，四川人民出版社，1995 年 4 月，第一版第一刷。

27. 郭英德《世俗的祭禮》，北京：國際文化出版，1988 年 5 月，第一版第一刷。

28. 郭興文、韓養民《中國古代節日風俗》，台北：博遠出版社，1989 年 2 月版。

29. 陳久金、盧蓮蓉編著《中國節慶及其起源》，上海科技教育出版社，1989 年 5 月，第一版第一刷。

30. 陳宗樞《佛教與戲劇藝術》，天津人民出版，1992 年 12 月，第一版第一刷。

31. 陳建憲《神祇與英雄——中國古代神話的母題》，北京：三聯書店，1994 年 11 月第一版，1995 年 8 月第二刷。

32. 馮佐哲、李富華合著《中國民間宗教史》，台北：文津出版社，1994 年 4 月，初版一刷。

33. 黃海德《天上人間——道教神仙譜系》，四川人民出版社，1994 年 7 月，第一版第一刷。

34. 詹石窗《道教文學史》，上海文藝出版社出版，1992 年 5 月，第一版第一刷。

35. 詹石窗《道教與戲劇》，台北：文津出版社，1997 年 5 月，台初版一刷。

36. 詹鄞鑫《神靈與祭祀——中國傳統宗教綜論》，江蘇：古籍出版社，1992 年 6 月，第一版第一刷。

37. 蒲亨強《道教與中國傳統音樂》，台北：文津出版社，1993 年 3 月，初版。

38. 劉仲宇《中國精怪文化》，上海人民出版社，1997 年 10 月，第一版第一刷。

39. 衛紹生《中國古代占卜術》，台北：谷風出版社，1993 年 6 月版。

40. 鄧啓耀《中國神話的思維結構》，重慶出版社，1992 年 1 月，第一版第一刷。

41. 濮文起《中國民間秘宗教》，台北：南天書局，1996 年 8 年，初版一刷（原 1991 年由浙江人民出版社出版）。

42. 戴玄之《中國秘密宗教與秘密會社》，台灣商務印書館，1990 年 12 月第一刷，1992 年 10 月初版第二刷。

（七）政治、經濟、社會、文化類

1. 牛建強《明代人口流動與社會變遷》，河南大學出版社，1997 年 3 月，第一版第一刷。

2. 王爾敏《明清社會文化生態》，台北：商務印書館，1997 年 7 月，初版第一刷。

3. 王爾敏《明清時代庶民文化生活》，台北：《中央研究院近代史研究所專刊（78）》，1996 年 3 月版。

4. 余英時《中國知識階層史論——古代編》，台北：聯經出版，1980 年 8 月初版，1984 年 2 月再版。

5. 余英時《中國近世宗教倫理與商人精神》，台北：聯經，1996 年 9 月，初版第五刷。

6. 李文治《明清時代農業資本主義萌芽》，台北：谷風出版社，1987 年。

7. 李劍農《宋元明經濟史稿》，北京：新華書店，1957 年 4 月，第一版第一次印刷。

8. 林金樹、高壽仙、梁勇《中國明代經濟史》，北京：人民出版社，1994

年 4 月，第一版第一次印刷。

9. 梁漱溟《中西文化及其哲學》，台北：里仁書局，1982 年 7 月初版，1996 年 1 月初版五刷。

10. 許滌新、吳承明《中國資本主義發展史》，北京：人民出版社，1985 年 9 月，第一版；台北：谷風出版社，1987 年 4 月，臺初版。

11. 陳寶良《中國社與會》，浙江人民出版社，1996 年 3 月，第一版第一刷。

12. 傅衣凌《明代江南市民經濟試探》，台北：谷風出版社，1986 年 9 月，臺初版。

13. 黃仁宇《中國大歷史》，台北：聯經，1993 年 11 月，初版第五刷。

14. 黃仁宇《近代中國的出路》，台北：聯經，1995 年 4 月初版，1996 年 4 月初版第三刷。

15. 黃仁宇《資本主義與廿一世紀》，台北：聯經，1991 年 11 月初版，1993 年 5 月初版第六刷。

16. 劉達臨《中國古代性文化》，寧夏人民出版社，1993 年 9 月第一版，1994 年 2 月第 2 刷。

17. 樊樹志《明清江南市鎮探微》，上海：復旦大學出版社，1990 年 9 月，第一版第一次印刷。

18. 鄭利華《明代中期文學演進與城市形態》，上海：復旦大學出版社，1995 年，第一版第一次印刷。

19. 魯威《市井文化》，遼寧教育出版社，1993 年 10 月，第一版第一刷。

20. 韓大成《明代城市研究》，北京：中國人民大學出版社，1991 年 9 月，第一版第一次印刷。

21. 《明清資本主義萌芽研究論文集》，台北：谷風出版社，1987 年 9 月，臺初版。

（八）外籍學者著作

1. 日、八木澤元《明代劇作家研究》，東京：講談社印行，昭和 34 年，1959 年；台北：中新書局，1977 年 4 月初版。

2. 日、田仲一成《中國祭祀演劇研究》，日本：東京大學出版，1981 年 3 月 30 日發行。

3. 日、秋月觀暎《中國近世道教の形成》，東京：創文社，1978 年版。

4. 日、磯部彰《中國地方劇初探》，東京：多賀出版株式會社，1992 年 4 月 29 日。

5. 英、佛斯特《小說面面觀》，台北：志文出版社，1973 年 9 月初版，1985 年 2 月再版。

6. 美、浦安迪《中國敘事學》，北京大學出版社，1996 年 3 月第一版，1998 年 1 月第二刷。

7. 美、歐大年《中國民間宗教教派研究》，上海古籍出版社，1993 年 7 月，第一版第一刷。

8. 荷、高羅佩《中國古代房內考》，上海人民出版社，1990 年 11 月第一版，1996 年 4 月第 4 刷。

9. 荷、高羅佩著，楊權譯《秘戲圖考》，廣東人民出版社·1992 年 7 月，第一版第一刷。

10. 德、魯道夫·奧托（Rudolf Otto）《論『神聖』》（The Idea of Holy），四川人民出版社，1995 年 12 月第一版，1996 年 12 月第二刷。

11. 衛姆塞特和布魯克斯著，顏元叔譯《西洋文學批評史》，台北：志文出版社，1972 年一月初版，1995 年 8 月再版。

12. 克里斯蒂安·喬基姆《中國的宗教精神》，北京：中國華僑出版公司，1991 年版。

（九）學位論文

1. 周志文《屠隆文學思想研究》，台大博士論文，1981 年，張敬教授指導。

2. 李惠綿《戲曲搬演論研究——以元明清曲牌體戲曲為範疇》，台大博士論文，曾永義教授指導，1994 年 6 月。

3. 許子漢《明傳奇排場三要素發展歷程之研究》，台大博士論文，1998 年，曾永義教授指導。

4. 汪志勇《明傳奇聯套研究》，台北：嘉新水泥公司文化基金會研究論文第二○○種，1976 年 1 月（政大碩士論文，1969 年，盧元駿教授指導）。

5. 李桂柱《明傳奇所見中國女性》，台大碩士論文，1970 年，張敬教授指導。

6. 趙幼民《元代度脫劇研究》，輔大碩士論文，1977 年，葉慶炳教授指導。

7. 蕭憲忠《現存元人度脫雜劇之研究》，高師碩士論文，1978 年，李殿魁教授指導。

8. 陳貞吟《明傳奇夢運用研究》，輔大碩士論文，1979 年，葉慶炳教授指導。

9. 陳美雪《元雜劇神化情節之研究》，輔大碩士論文，1979 年，葉慶炳教授指導。

10. 諶湛元《元雜劇中道教故事類型與神明研究》，師大碩士論文，1983 年，余培林教授指導。

11. 渡邊雪羽《元雜劇中的道教劇研究》，台大碩士論文，1984 年，曾永義教授指導。

12. 譚美玲《元代仕隱劇研究》，輔大碩士論文，1988年，包根弟教授指導。

13. 白以文《北遊記敘事結構與主題意涵之研究》，師大碩士論文，1995年，李豐楙教授指導。

14. 鄭喬方《戲曲中的呂洞賓研究》，輔大碩士論文，1995年，柯慶明教授指導。

15. 葉嘉輝《元代神仙道化劇研究》，香港：新亞研究所碩士論文，1996年，李豐楙教授指導。

（十）影視資料

1. 《崑劇選輯》一輯，行政院文化建設委員會監製、中華民俗藝術基金會製作錄影帶。

2. 《崑劇選輯》二輯，行政院文化建設委員會監製、中華民俗藝術基金會製作錄影帶。

3. 《五大崑劇團來台演出》十五卷，傳統藝術中心製作。

貳、引用單篇論文（依作者姓名筆劃順序排列）

1. 日、田仲一成〈祭祀性戲劇的傳播原理〉，收在《民俗曲藝》十三期，頁52～55，1982年元月。

2. 日、田仲一成〈中國地方劇的發展構造〉，分章節收在《民俗曲藝》第12～14期，1980年10月～1982年2月；第39期。

3. 日、岩成秀夫〈湯顯祖和他筆下的《還魂》夢〉，收在山西師範大學戲曲文物研究所出版《中華戲曲》第十四輯，頁315～324。

4. 王安祈〈川劇王魁戲的四個系統及其影響〉，收在《傳統戲曲的現代表現》，台北：里仁書局，1996年十月，初版。

5. 王安祈〈再論明代折子戲〉，收在《明代戲曲五論——附明傳奇鉤沈書目》，台北：大安出版社，1990年5月，第一版第一印。

6. 王安祈〈明代的關公戲〉，收在《明代戲曲五論》，台北：大安出版社，1990年5月，第一版第一印。

7. 王安祈〈從折子到全本〉，1992年10月《湯顯祖與崑曲藝術研討會》發表論文。

8. 王孝廉〈牽牛織女的傳說〉，收在《中國的神話與傳說》，台北：聯經出版，1977年2月初版，1994年4月初版九刷。

9. 王春瑜〈明代商業文化初探〉，收在《明清史散論》，上海：東方出版中心，1996年1月第一版，10月第二次印刷。

10. 王秋桂、蘇友貞譯〈中國戲劇源於宗教儀典考〉，收在《中國文學論著譯

叢》，台北：學生書局，1985 年 3 月，初版。

11. 王國維〈古劇腳色考〉，收在《王國維戲曲論著、宋元戲曲考等八種》，台北：純眞出版社，1982 年 9 月。

12. 曲六乙〈建立儺戲學引言〉，收於《儺戲論文選》，貴州民族出版社，1987 年 10 月，第一版第一次印刷。

13. 朱建明〈話說崑劇老生〉，收在《藝術百家》，1997 年 1 期。

14. 吳國欽〈論中國古典悲劇〉，收在《學術研究》，1983 年第 11 期。

15. 呂正惠〈中國文學形式與抒情傳統〉，收在《抒情傳統與政治現實》，台北：大安出版社，1989 年 9 月，初版。

16. 呂正惠〈「內歛」的生命形態與「孤絕」的生命境界──從古典詩詞看傳統文士的內心世界〉，收在《抒情傳統與政治現實》，台北：大安出版社，1989 年 9 月，初版。

17. 呂理政、莊英章〈台灣現行農民曆使用之檢討〉，收在李亦園、莊英章主編《「民間宗教儀式之檢討」研討會論文集》，台北：中國民族學會出版，1985 年 6 月。

18. 呂凱〈湯顯祖邯鄲記的道化思想和明代中葉以後之社會〉，收在台北《漢學研究》第 6 卷第一期，1988 年 6 月。

19. 李亦園〈社會變遷與宗教皈依〉，收在《文化的圖像》，台北：允晨文化，1992 年 1 月初版，1996 年 6 月初版二刷。

20. 李亦園〈現代化過程中的傳統儀式〉，收在《文化的圖像》，台北：允晨文化，1992 年 1 月初版，1996 年 6 月初版二刷。

21. 李嘯倉〈論古典戲曲藝術中的鬼魂問題〉，收在中國戲曲研究院編《戲曲研究》季刊 1957 年，第三期。

22. 李豐楙〈不死的探求──道教信仰的介紹與分析〉，收在台北：聯經出版《中國文化新論──敬天與親人》，1982 年初版，1993 年 12 月初版第七刷）。

23. 李豐楙〈由常入非常：中國節日慶典中的狂文化〉，收在台北：《中外文學》第 22 卷第三期，1993 年 8 月，頁 116～154。

24. 李豐楙〈六朝精怪傳說的結構性意義──一個「常與非常」的思考〉，收在國立中正大學《六朝隋唐文學研討會論文集》，1994 年 6 月。

25. 李豐楙〈從成人之道到成神之道〉，收在《東方宗教研究》新四期，1994 年 10 月，頁 184～207。

26. 李豐楙〈出身與修行──鄧志謨道教小說的敘事結構與主題〉，收在《許遜與薩守堅──鄧志謨道教小說研究》，臺灣學生書局，1997 年 3 月，初版。

27. 李豐楙〈臺灣慶成醮與民間廟會文化：一個非常觀常文化休閒論〉，收在

行政院文建會編《寺廟與民間文化研討會論文集》，1995 年 3 月。

28. 李豐楙〈許遜傳說的形成與衍變〉、〈宋朝水神許遜傳說之研究〉，收在台北：學生書局《許遜與薩守堅》，1997 年 3 月，初版。

29. 李豐楙〈罪罰與解救：《鏡花緣》的謫仙結構研究〉，收在《中央研究院中國文哲研究集刊》第七期，1995 年 9 月。

30. 李豐楙〈道教謫仙傳說與唐人小說〉，收在《誤入與謫降》，臺灣學生書局，1996 年 5 月，初版。

31. 吳璧雍〈文人生命的二重奏：仕與隱〉，收在台北：聯經出版《中國文化新論·文學編一·抒情的境界》，頁 165～201，1982 年 9 月，初版。

32. 沈惠如〈中國古典戲曲中之翻案補恨思想〉，收在台北：聯經出版社《小說戲曲研究第二集》，1989 年 8 月，初版。

33. 林拓〈符咒的載體或變體——劍、印、鏡〉，收在《道教文化新典》上冊，頁 542～546，台北：中華道統出版社，1996 年 9 月，初版。

34. 林保淳〈中國古典小說中的「三姑六婆」〉，收在台灣學生書局《人物類型與中國市井文化》，1995 年元月，初版。

35. 林鶴宜〈台灣地區「中國古典戲曲研究」博、碩士學位論文寫作概況（民國四十五～八十二）（上）〉，收在《國文天地》9 卷 5 期（1993 年 10 月）中。

36. 林鶴宜〈明清傳奇敘事程式初探〉，1997 年 6 月中央研究院中國文哲研究所發表論文。

37. 林鶴宜〈從劇作家看晚明劇壇〉，收在其《晚明戲曲劇種及聲腔研究》之附錄，台北：學海出版社，1994 年 10 月，初版。

38. 邱坤良〈「中國劇場之儀式劇目」研究初稿〉，收在台北：《民俗曲藝》第三十九期，1986 年 1 月）。

39. 俞大綱〈國劇原理〉，收在《俞大綱全集》——論述卷（一），頁 295～310，台北：幼獅文化，1987 年 6 月，初版。

40. 柳存仁〈毘沙門天王父子與中國小說之關係〉，收在《新亞學報》三卷二期，頁 1045～1092，1958 年。

41. 胡萬川〈神仙與富貴之間的抉擇——唐代小說中一個常見的主題〉，收在清華中語系主編《小說戲曲研究》第二集，頁 3～43，台北：聯經出版，1989 年 8 月，初版。

42. 容世誠〈關公戲的驅邪意義〉，收在《戲曲人類學初探》，台北，麥田出版公司，1997 年 6 月 15 日，初版一刷。

43. 章愚〈探討目連戲的學術價值〉，收在北京：文化藝術出版社《戲曲研究》第十六輯，1985 年 9 月，第一版第一刷。

44. 陳世驤〈中國詩之分折與鑑賞示例〉，收在台北：志文出版社《陳世驤文

存》，1972 年初版。

45. 陳世驤〈原興：兼論中國文學特質〉，收在台北：志文出版《陳世驤文存》，
1972 年，初版。

46. 陳芳英〈市井文化與抒情傳統的新結合──古典戲劇〉，收在台北：聯經
出版《中國文化新論・文學篇（二）・意象的流變》，頁 539～585，1982
年 10 月初版，1993 年 6 月六版第二刷。

47. 陳萬益〈晚明小品與明季文人生活〉，收在台北：大安出版社同一書名，
1988 年 5 月，初版。

48. 陳學文〈明代中葉「工商亦爲本業」思潮的出現〉，收在《明清社會經濟
史研究》，台北：稻禾出版社，1991 年 12 月，臺初版。

49. 郭武〈神仙體系的結構──人間地理及人間神仙〉，收在《道教文化新典》
上冊，頁 97～106，台北：中華道統出版社，1996 年 9 月，初版。

50. 陸潤棠〈中西戲劇的起源比較〉，收在《戲劇藝術》1986 年 1 期，頁 103
～107。

51. 曾永義〈中國古典戲劇腳色概說〉、〈前賢「腳色論」述評〉，收在《說俗
文學》，台北：聯經出版事業公司，1980 年 4 月，初版。

52. 曾永義〈中國地方戲曲形成與發展的徑路〉，收於《詩歌與戲曲》，1988
年 4 月，初版。

53. 曾永義〈明代帝王與戲曲〉，收於《臺大文史哲學報》第四十期。

54. 曾永義〈說「排場」〉，收在其《詩歌與戲曲》頁 351～401，台北：聯經
出版，1988 年 4 月，初版。

55. 曾永義〈雜劇中鬼神世界的意識形態〉，收在其《論說戲曲》頁 23～45，
台北：聯經出版，1997 年 3 月，初版。

56. 曾永義〈論說「戲曲劇種」〉，收在其《論說戲曲》頁 239～285，台北：
聯經出版，1997 年 3 月，初版。

57. 曇齋〈地獄觀念在中國小說中的運用和改變〉，收在台北：《純文學》第
九卷第五期。

58. 馮其庸〈鬼戲縱橫談〉，收在《戲劇藝術論叢》1979 年十月第一輯。

59. 黃克保〈戲曲舞臺風格〉，收在張庚、蓋叫天著《戲曲美學論文集》，台
北：丹青圖書公司版。

60. 黃景進〈枕中記的結構分析〉，收在靜宜中國古典小說研究中心編《中國
古典小說研究專集 4》，頁 95～107，台北：聯經，1982 年 4 月，初版。

61. 黃殿祺〈我國戲曲臉譜的色彩〉，收在《中國戲曲臉譜文集》，北京：中
國戲曲出版社，1994 年 5 月，第一版第一刷。

62. 黃殿祺〈面具和塗面化妝的演進〉，收在《中國戲曲臉譜文集》，北京：

中國戲曲出版社，1994 年 5 月，第一版第一刷。

63. 錢南揚〈琵琶記前言〉，收在北京：中華書局《琵琶記校注》，1960 年 7 月第一版，1965 年 6 月上海第四刷。

64. 楊啓樵〈明代諸帝之崇尚方術及其影響〉，收在《明代宗教》，台北：學生書局，1968 年 8 月，初版。

65. 楊慶堃（C.K.Yang）〈"Religion in Chinese Society"〉，Berkeley：University of California Press，1961 。

66. 蔡英俊〈抒情精神與抒情傳統〉，收在台北：聯經出版《中國文化新論・文學篇（一）・抒情的境界》，頁 67～110，1982 年 9 月，初版。

67. 樂蘅軍〈宋明話本的命運人生〉，收在台北：大安出版社《意志與命運——中國古典小說世界觀綜論》，1992 年 4 月，第一版第一印。

68. 戴平〈獨特的信息符號系統——論戲曲程式〉，收在北京：文化藝術出版社，《戲曲研究》第二十輯，1985 年。

69. 鍾敬文〈七夕風俗考略〉，收在《國立中山大學語言歷史研究所週刊》，第一集 11、12 期合刊，1928 年 1 月。

70. 嚴樹培〈敘府民國年間的一次搬目連始末〉，收在《目連戲與巴蜀文化》，四川戲劇出版社，1993 年。

71. 龔和德〈結構框架及其他〉，收在《亂彈集》，北京：中國戲劇出版社，1996 年 3 月，第一版第一刷。